华 章
传奇派

品味无限不循环的人生

大城掌官

① 风云际会

王正 著

图书在版编目（CIP）数据

大域学宫.1,风云际会/王正著.— 重庆：重庆出版社，2023.11
 ISBN 978-7-229-17753-9

Ⅰ.①大… Ⅱ.①王… Ⅲ.①长篇小说—中国—当代 Ⅳ.①I247.5

中国国家版本馆CIP数据核字（2023）第121116号

大域学宫1: 风云际会
DAYU XUEGONG1:FENGYUN JIHUI

王正 著

出　　品：	华章同人
出版监制：	徐宪江　秦　琥
策划编辑：	张铁成
责任编辑：	王昌凤
特约编辑：	史青苗
营销编辑：	刘晓艳
责任印制：	梁善池
封面设计：	末末美书

重庆出版集团
重庆出版社　出版
（重庆市南岸区南滨路162号1幢）
北京毅峰迅捷印刷有限公司　印刷
重庆出版集团图书发行有限公司　发行
邮购电话：010-85869375
全国新华书店经销

开本：880mm×1230mm　1/32　印张：12.25　字数：282千
2023年11月第1版　2023年11月第1次印刷
定价：49.80元

如有印装质量问题，请致电023-61520678

版权所有，侵权必究

目录

第一章 机关算尽 001

第二章 左右为难 023

第三章 不速之客 031

第四章 反客为主 048

第五章 鱼跃龙门 070

第六章 何去何从 088

第七章 窈窕淑女 097

第八章 棋逢对手 106

第九章 冤家路窄 124

第十章 口是心非 144

第十一章 真相大白 149

第十二章 风雪奇遇 158

第十三章 去意已决 180

第十四章 学宫之围 192

第十五章 腹背受敌 205

第十六章 命悬一线 215

第十七章 咄咄逼人 225

第十八章 龙虎相逢 230

第十九章 翻手为云 235

第二十章 君臣失和 241

第二十一章 暗箭难防 255

第二十二章 羊入虎口 260

第二十三章 幽冥之约 270

第二十四章 走为上策 284

第二十五章 一语成谶 294

第二十六章 不让须眉 303

第二十七章 白虎神君 312

第二十八章 仇人见面 322

第二十九章 反败为胜 332

第三十章 恩将仇报 342

第三十一章 剑胆琴心 352

第三十二章 一生一世 357

第三十三章 独占鳌头 367

第三十四章 机不可失 372

后记 382

第一章
机关算尽

这可能是迄今为止，大域学宫最冷的一个深秋。

天空清澄，透明得像一块蓝色的美玉，几乎没有一丝云彩。风有些冷，树叶已经开始凋零，依然留在树上的叶子被秋风染成美丽的红色和金黄色。

灶是用黄泥垒的，灶膛里的火烧得正旺。

纤细如发的姜丝沉入碗底，碗口冒出氤氲的热气，一入腹，辛辣中带着些许甘甜，几乎要暖化了肚肠。

一只手拿起杯子，手指纤细修长，指甲修得很整齐，很配手中的青瓷茶杯，茶杯釉色古雅沉稳，釉面均匀，釉质细腻，色彩朴素，没有任何花纹，但配上琥珀色的茶，却显得非常完美。

"走啊，你大概还有三步就要走投无路了。"

这是一个非常动听的声音，浑厚却不低沉，声音的主人是一个英气逼人的年轻公子，剑眉星目，鼻若悬胆，唇似含珠，衣着华贵，手持十二骨鸡翅木宣纸折扇，一颗价值连城的翠玉被用来当作扇坠，这一切无不显示着他的身份和地位——大昭王朝四大公子之一的高漳君之子赵离。出身显赫，家境豪富，但他却不高高在上盛气凌人，一笑就会露出一颗虎牙，显得顽皮而可爱，仿佛就是邻家小弟。此刻，他正在得意地看向对面。

"廖夫子说过，有时候认输才需要真的勇气。"

在他面前有一副精美的棋盘，上面是一场残局，黑子几乎被白子逼得山穷水尽，无路可走。说完赵离竟气定神闲地哼起小曲，似乎已经胜券在握。而对面的人却沉静如深潭，一手端茶杯，一手轻轻拿起一枚黑色的棋子，凝神沉思。

赵离的相貌已然称得上美如冠玉、惊为天人，但跟这个人相比，却似乎还是略有逊色。他的身材没有赵离高大，衣着也非常简单，相貌虽然英俊，但有些过分消瘦，嘴唇很薄，脸色苍白得几近透明，略显病容，远不似赵离满脸阳光明媚。一双眼睛明亮清澈，眼神中透出一丝淡淡的忧伤，眉宇之间有一种摄人心魄的气质，显得坚韧而果决。他的手悬在空中，迟迟没有落下，面无表情，眼睛看向左手的茶盏。

远处隐约鼓声阵阵，一丝灰尘飘落，落入茶盏中，他摇了摇头，把杯中的茶水泼向身旁的石阶。这是一个造型精美的亭子，位于湖心小岛之上，雕梁画柱，青石铺地，两侧的围栏皆由上等紫檀制成，散发出上等木料原有的香味，显得雅致出尘。亭外波光潋滟，亭内两名翩翩公子跽坐对弈，实在是一幅良辰美景，就连他们身下的蒲团都是刺绣精美，质地精良。但是在距离凉亭三里开外的地方，却是另外一幅场景。那里烟尘四起，旌旗蔽日，喧嚣的呐喊声此起彼伏，车轮滚滚，战马嘶鸣，双方战士盔甲鲜明，正在奋勇厮杀。其中身着红色战袍的军队明显占了上风，他们用坚固的盾牌挡住了对方的进攻。不远处的高坡上,一名年轻的将军立马观看,他身材高大健硕,披戴玄色盔甲,在阳光下熠熠生辉,宛如天神。他挥动手中的旗帜指挥士卒。坡下,红军的阵法突变,四门兜底,把对手围在当中。年轻将军神色欣喜,抽出佩剑,纵马冲下山坡,高声喝道:"一队二队消灭残兵,三队警戒,剩下的跟我冲,踏破弈星亭,生擒司徒煜!"

红军士兵士气高涨,一队骑兵紧随其后,风驰电掣般冲向凉亭,马上骑士的战袍迎风飘扬,身后扬起一片尘烟,眼看距离亭子只有不到二里之遥。

凉亭中,赵离不由露出焦灼的神色:"喂,你真的准备束手就擒了吗?"

一旁,负责打旗语的卫士已然惊慌失措,几乎要扔下令旗逃走了。司徒煜却依然不动声色,仿佛还沉浸在棋局之中,轻描淡写地说道:"他们要捉的是我,你们何至于如此慌张?"

远处呐喊声传来:"司徒煜还不交出帅印,等霍某抓你搜身?!"

赵离几乎由跽坐变成站立:"你还不跑,等人瓮中捉鳖吗?霍安的喊声连我都听到了!"

红军骑士的马都是日行千里的良驹,转瞬之间已到百步之内,他们头盔上的簪缨都可以看得一清二楚,马蹄重重地踏在黄土地上,尘土飞扬。就在此时,地面上突然凭空多了一道绳索,几匹战马躲闪不及,马失前蹄,马上的骑士重重跌落在地。但身后的几名骑士身手了得,临危不乱,敏捷地勒住缰绳,战马嘶鸣,前蹄腾空,骑士趁势一个凌空翻身,越过绊马索,飞身跃上浮桥。他们是几名身材健壮的汉子,步履轻盈矫健,此处距离凉亭不过三丈之遥,但就在他们踏上浮桥的时候，突然脚下一空，桥面上的木板碎裂，武士们纷纷落入水中，奋力挣扎，水花四溅，他们身上的盔甲厚重，不便游水，在湖中挣扎得非常狼狈。

司徒煜看着水中挣扎的武士，揶揄道："这里确实有鳖，不过不是我。"

赵离诧异地看着司徒煜："你怎么知道有埋伏？"

司徒煜微微一笑："赵家小侯爷建造的凉亭，怎会让人轻易靠近？"

话音未落，两名身手了得的武士敏捷地攀着浮桥边缘的绳索，飞身掠上凉亭！但迎接他们的是犹如飞蝗般的弩箭。武士就势仰身，以铁板桥避开箭雨，就势一滚，踏上台阶，不料脚下的青石突然翻转，一名武士猝不及防，落入陷阱，另一名武士功夫超群，抢先一步腾空跃起，试图攀住飞檐，但一只木笼当头罩下，将他扣在其中。

司徒煜轻轻拍掌："小侯爷的杰作精妙绝伦，鬼斧神工，佩服佩服。"

岸边，霍安怒不可遏："司徒煜，别躲躲闪闪的，有种过来一战！"

司徒煜长身看向霍安："霍公子少安勿躁，胜负很快就会分明，还是回头看看你的部属吧。"

霍安勒马转身眺望，远处正在沙场激战的红黑两军之形势也发生了变化，由于霍安带走了精锐，剩下的红军并未能及时歼灭对手，反而失去了先机，优势不再，令黑军与其呈僵持对峙之势。

司徒煜轻轻地打了一个手势，一旁的侍卫挥动手中的黑旗，打出旗语。远处树林中，一队骑兵杀出，如神兵天降一般冲向红军。红军猝不及防，阵型散乱，溃不成军。黑军趁机掩杀，形势瞬间逆转。

这场战斗虽然激烈，但双方兵将脸上却并未有恐慌之色，他们手中的矛戈虽然交相拼刺，却没有锋利的金属头，而是蘸有朱砂和墨汁，被击中的兵将身上也并无血迹，而是布满黑红色的颜料。

原来，这并不是战争，而是一场名为"夺旗"的演习。"夺旗"是大域学宫每年最受瞩目的对垒赛事。全学宫四大学院自由组成两队，各展所长，奇谋斗阵，逐鹿疆场，以活捉对方统帅，夺取对方帅印为胜利，虽不是实战，但胜利一方自有荣光，故而大家都十分卖力，场面地动山摇，十足惊心动魄。今年呼声最高的两个人物，是孟章学院的司徒煜和监兵学院的霍安。

赵离笑着称赞道："司徒兄果然神机妙算，恭喜司徒兄再胜一筹。"他的笑容温暖如五月的阳光，令人如沐春风："现在，只差下生擒霍安，拿到帅印，便可大获全胜了。"

司徒煜似笑非笑地瞧着赵离："霍安最大的问题是贪功冒进，错失良机，我可没那么心急。"

"他身边只剩下一名护卫了，难道你还怕他翻盘不成？"

"有时候胜负只在刹那之间，等对手自己奉上帅印，需要几分耐心。"

赵离伸了个懒腰："好吧，让我来温习一下司徒先生此次的奇谋妙计。"他认真地掰着手指："开始是欲擒故纵，接着是瞒天过海和声东击西，最后再来一招调虎离山和以逸待劳，真是妙哉！"

面对赵离的恭维，司徒煜神情如旧，始终不动声色。

忽而赵离话锋一转："不过，我却觉得高明不过反间计，不费一兵一卒，即可屈人之兵。赵某不才，却也粗通谋略，也许并不比孟章学院的人差。"

"小侯爷聪明绝顶，博闻强识，只是专情于机关、医术，不屑于与我等追逐权谋的俗人为伍，否则一定是天下最好的谋士。"

听到对方的称赞，赵离几乎有些喜形于色了："好，那小弟就斗胆献丑了，今天露上一手，也算不负子熠兄的谬赞。"他的脸上再次露出得意的神色："你当真认为霍安是红军主帅吗？"

司徒煜做天真不解状："不然呢？"

赵离大笑："有时候最危险的人就是最亲近的人，这句话似乎是你告诉我的。"他缓缓掏出一枚帅印，放在棋盘上："抱歉，霍安只是我的傀儡，我才是红军主帅。"他的手随即按下棋盘下的机关，一张丝网从蒲团中骤然弹出！这张网并不十分大，但足以罩住一个成年男子，而且十分坚韧，即便是一只猛虎也无法挣脱！

但司徒煜却毫不慌乱，他轻抖衣袖，手中的棋子稳稳落下。

被罩在网中的人竟然是赵离！

赵离挣扎不开，翻倒在地板上，又惊又怒，大叫道："这是怎么回事？司徒煜，你使了什么妖法？"

司徒煜笑得云淡风轻："我只是在你起身如厕的时候调换了蒲团而已。"

"可……"赵离在地上的网里蜷缩着，半晌说不出话来，"你……你怎么知道……"

"第一，你今天的棋下得很乱，说明你心神不定。三年来，我们对弈过无数次，一向都是棋逢对手不分伯仲，而今天我却有无数次的机会赢你，我之所以迟迟没有落子，不是因为我无从下手，而是因为你破绽太多。"

网中，赵离听得目瞪口呆，原来自己竟然有了这么多的破绽。

"第二，你三天前在天机门设的赌局中下了注，花八百金买红方赢，你精于赌术，几乎逢赌必赢，我的对手若只是霍安，你怎么会买我输？"

赵离此刻被网缠得像一个粽子，他第一次痛恨自己制造机关的本事。

司徒煜拿起茶壶为赵离斟茶，小声道："最重要的一点，如果试图当面算计一个人，最好不要喝太多的茶。"

他伸手拿起赵离放在棋盘上的帅印。

突然，一支利箭带着破风的呼啸声飞来。不同于方才两军对抗的长矛，箭上用的是真正的金属箭头，混铁制造，呈三棱状，锋利无比，即便是上好的铠甲也可以轻松穿透。司徒煜猝不及防，利箭正中胸口。棋盘翻飞，棋子滚落满地，鲜血霎时涌出。

朔风凛冽，广漠的苍穹被浓墨一般的稠云掩盖。

大火基本熄灭，废墟上空飘荡着滚滚浓烟，未熄的硝烟星星点点地藏匿在随处可见的断壁残垣中。

战马嘶鸣声混杂着女人和孩子们的哭喊声已经渐渐远去。

雪花漫天飞舞，大地一片银白，几乎掩盖了地面上的血迹。但那些鲜血已经渗入了土壤，甚至深入下面的岩石，就像司徒煜心中的仇恨一样，永远无法抹去。

也许眼睛不再睁开是最好的归宿，司徒煜不止一次地这么想，那样就可以放下一切，像一片羽毛一样自由飘舞。但回忆就像一张巨大而无形的穹顶，把他的灵魂困在炼狱深处，百转千回，令他肝肠寸断。他无法忘记故国陈琉城中的火光，无法忘记章国士兵的盔甲和刀剑，无法忘记母亲和妹妹撕心裂肺的哭喊声……

司徒煜吃力地睁开眼睛，眼前模糊的人影逐渐清晰。赵离的脸近在咫尺，他神情焦灼，正在大声呼喊司徒煜的名字，质地优良的衣服上沾满鲜血。

赵离天生顽劣，从小喜欢冒险，是家里的小魔王，八岁时就跟随父亲狩猎，长大后也曾不顾身份在街头与混混拼得你死我活。父亲高漳君威震天下，对这个小儿子却宠爱有加，母亲更是视他如掌上明珠，上至天子，下至师尊，似乎除了老鼠之外，赵离从来没有怕过什么。但这一次他真的感到了恐惧和绝望。那几乎致命的一箭就插在司徒煜的锁骨下方，如果再向下偏两寸，就会射穿他的心脏。赵离是制造器物的高手，又精通医术，明白这种狼牙箭带有倒钩，如果立刻拔出，反而会伤及脏腑，所以现在只能暂时包扎止血。

就在赵离用短刀割开司徒煜的衣服的时候，他看到一个奇怪的图案。

孟章学院的袍子是交领内衫，大袖青袍，但司徒煜却从来不穿，他一向穿着与监兵、执明学院相仿的立领内衫，旁人若是问起来，他要么闭口不答，要么清咳两声，让人以为他是体弱禁不得风寒。

原来这立领之下，藏着的是一枚刺青？这刺青就纹在锁骨上，由于血迹的覆盖，无法看清楚。赵离扯下衣襟，正要给司徒煜擦拭血迹的时候，司徒煜却用虚弱而坚决的手轻轻推开了他。

"我没事，扶我起来。"

"你还在流血！"

司徒煜的眼神中有一种令人无法抗拒的魔力，赵离不由自主地把手撑在他的腋下，他的身体很轻，轻得像一个少年，赵离几乎不费什么力气。

"送我去你的房间。"

司徒煜掩住衣襟，他身上青衫的前襟已经被鲜血染红。

赵离转身向打旗语的侍卫喊道："快去撑船，还愣着干什么？"

侍卫也早已吓傻了，听到赵离的话蓦然反应过来，答应一声，拔腿跑向亭下。

"也好，我去请鬼谷先生，他一定可以救你……"

"霍安这厮竟用真箭，真是输不起！"赵离咬牙切齿道。

"不，我自己可以医治。"

"你伤得很重！"赵离激动地大叫，"不要命了？"

"去帮我找一些金疮药来，多找几支蜡烛，另外，不要告诉其他人。"

司徒煜突然一手握住箭杆，一手握住箭尾，双手用力，硬生生地把箭折断。断箭被触碰，伤口处的血顿时汩汩涌出。赵离不是一个晕血的人，但还是下意识地闭上了眼睛。

新月清辉笼罩着整个学宫，温柔的月色里，平日肃穆的楼阁宫殿显得格外静好。

这里是天下无数学子梦寐以求的圣地。三百年前，大域学宫由大昭王朝重臣镇滦子创办，为的是传学于天下，广育贤能之士，为大昭江山供给治世人才。大域学宫所在之处可谓琅嬛福地，依山傍水，青石高筑，这里人才辈出，能士高人云集，遗世而独立。

学宫建立之初只有培养谋士的孟章学院，后又成立了陵光、监兵、执明三个学院，冠以青龙、白虎、朱雀、玄武，四灵作为图腾，可谓四学齐全。赵离入学时不顾父亲高漳君的反对，没有进入炙手可热的孟章学院，而是偏要择教授机关制造、医药炼丹之术的陵光学院。虽说陵光院也是大域学宫四院之一，但在他爹眼里，到底不算是最正统的地方。

位于学宫正南的陵光学殿，建筑的雕刻样式上鬼斧神工，这皆因院中全是擅长制造的能人。赵离的居所，就在学殿之后的寝楼。

赵离一向喜欢开阔，寝房应是宽敞阔朗，至少要比普通学子的大上几倍才衬得上他小侯爷的身份。不过一来学宫从治学上崇尚有教无类，学生的待遇也崇尚一视同仁。再者赵离生性随和，从来不觉得自己与旁人有什么不同，所以并没有什么过分的要求。但母亲却舍不得自己的幺儿住得不精细。拗不过儿子的高漳君夫人退了一步，不拓宽寝房的大小，但在用的器物铺设上，必须与府里的一样，加上兄长姐姐们的百般关照，不时送来了许多家当。因此赵小侯爷的寝房与别的学子在外观上毫无差别，但内里却别有洞天。不说锦罗绸缎，软榻高枕，便是角落里屏风后单独置办出来的浴桶浴具便可见一斑。

雕工细致的屏风后，木桶中的水已经被染红，司徒煜用温水轻轻擦拭胸前的箭伤，箭已启出，伤口可怕地向外翻开，不时还有血迹浸出，他的皮肤白皙，锁骨处的刺青尤其显眼。这是一只异兽的图案，狰狞而诡异，与他温文尔雅的气质很不般配。司徒煜轻轻地在伤口处敷上淡黄色的药粉，用一块干净的棉布盖在伤口上，也遮住了那片刺青。

血融在水中映衬在烛火里如同禹地的锦缎一般，显得很有质感。木桶是距离他最近的东西，几乎占满他的视线，就此也挡住了地板上琳琅满目的刑具。司徒煜竭力转过头，将目光落在木桶中起伏荡漾的水面上，他不想去看那张俯视着自己的脸，却根本躲不开他的触摸，更无法阻隔听觉，对方刺耳的笑声和呼吸就如同鹰鹫一般盘旋在他耳边。他被牢牢绑在一张竹榻上，水浸过的牛皮条韧而坚硬，深嵌入他的肌肤。司徒煜知道，这皮条不再湿润的时候，只会变得更紧。

银针不断刺入锁骨上薄软的皮肤，尖锐的刺痛持续折磨着神经，每一针都如此均匀，不急不慢，几乎与呼吸同步，据说好的刺青师才会根据人的呼吸节奏下针，这样的刺青会更有生命力。

"真漂亮！"那个声音显得愉悦极了，像泡在蜂蜜中的熊掌一样腻，"你的皮肤比少女还要细嫩。"

司徒煜下意识擦拭锁骨，伤口被猛然碰触，剧烈的疼痛使他从梦魇中清醒过来。

赵离在门外守候了多时，地上胡乱扔着几个青瓷酒瓶，现在已然亥时已过，既然司徒煜生命无虞，他也帮不上什么忙，只得一面喝闷酒，一面对着已在中天的新月暗自祈祷。

赵离生在簪缨之家，父亲高漳君曾率大军与蛮族作战，三个兄长也都是勇冠三军的名将，他从小听到过无数英雄坚毅勇猛的故事，但是像司徒煜这样执意要自己拔箭的人，却闻所未闻。

另外，司徒煜锁骨上的图案真是奇怪，白天因为仓促，没有来得及看清。

回想起来，自打他识得司徒煜那天，就没见过司徒煜当众裸露过身体，哪怕天气再热，他也要穿高襟的内衫。平日里一些同窗结伴去戏水他从不应邀。赵离一直以为司徒煜是性情高冷古怪，可是今日一看，不禁心中起疑，难道是与那枚让人看不懂的刺青有什么关系？两人相识四年有余，一直朝夕相处、形影不离，赵离觉得司徒煜是个有着很多秘密的人,他经常会不定期消失一两日,对曾经的经历也讳莫如深,不过这并不妨碍两人之间情深意笃。赵离是个善良而可爱的人,他不喜欢让别人不舒服,所以虽然他的好奇心很重,但司徒煜不想说,他也一定不会多问。

"多谢。"司徒煜的声音还是那么平静。

还在胡思乱想的赵离霎时惊得回了神。

司徒煜身上披了一件棉布长袍,脸色显得更加苍白,但看上去已无大碍。

赵离方才偷了学宫里"妙手活丹炉"鬼斧老先生最好的金疮药、止痛散和还魂丹,现下估摸老先生已在发脾气骂人了。不过这药偷得还是很值,赵离想。

"你既然好了,赵某就不伺候了。"既然他已经脱离了危险,赵离自然想起了白天被他算计的委屈,小侯爷是这么好欺负的?

"好了,"司徒煜无奈,"我与你赔罪可好?"他试图躬身施礼,但却牵动了伤口,不禁发出痛苦的呻吟。

赵离的心软了,但嘴上依然不饶:"你不要来苦肉计这一招,我这次可不上你的当了。"

嘴上虽然这么说,还是把司徒煜扶进了房间,坐在了最舒服的榻上,自己背身坐在一旁,他倒要看看司徒煜如何解释。

"胜败乃是兵家常事,下一回……"司徒煜的道歉果然跟他的人一样平淡。

"怎么在你司徒煜心里,我是那种输不起的人?"

这次轮到司徒煜不解了:"那么……"

"你竟然处处防着我,亏我还把你当作挚友!"赵离终于爆发了。

司徒煜竟然笑了，他一脸苦笑着四处寻找，仿佛丢了什么东西。

赵离诧异地问道："你找什么？"

"天理。"司徒煜做无辜状，"天理都到哪去了？怎么算计人的反倒有理了，防备的一方却成了恶人。"

"我设计算计你的时候，你我是对手，一年一度的夺旗大赛，我自然没有让你的道理，这是光明正大。"赵离理直气壮地说，"你防着我的时候，我是你的朋友，你防着朋友，不很卑鄙很阴险吗？！"

司徒煜几乎被逗笑了，只有赵离这种可爱又任性的公子王孙才能想出这种逻辑。

"你笑什么？难道我说得不对？"

"对，是我错了，请小侯爷饶过阴险的小人一遭。"

"确实阴险。"赵离嘴上得了便宜，便将刚刚的不快抛诸脑后，"倘若哪一天你要算计我，我就坦然任你算计。"赵离举手发誓，"举头三尺有神明，我赵离对天立誓。"

司徒煜一把按住赵离的手，动容道："人心难测，世事无常，可不要随便起誓！"

新月过了中天，青烟一般的光辉倾泻下来，风回庭院，一切平静如初。世事就是这样，不论人间经历了什么样的生死离别，万物依旧是照常流转。

司徒煜的伤势已经平稳，这一箭虽然力道很大，但幸运的是只伤及皮肉而并未伤及脏腑，加上用药及时，此时已经完全脱离了危险，只是他体质孱弱，若要完全恢复尚需时日。此刻，司徒煜靠在榻上，眼睛微闭，呼吸均匀，似乎已经睡着，苍白的脸上也稍微有了一些血色。

鬼斧老头的九转还魂丹果然名不虚传，难怪有人说他可以起死回生。赵离心中暗想，改天一定要送他几坛好酒。赵离小心翼翼地为司徒煜盖上锦被，转身摘下墙上的佩剑，轻手轻脚地走向房门，星眸中闪过一丝杀气。

他不是睚眦必报，他是快意恩仇。

"学宫规则第三条，学子之间不准私自殴斗，违者禁闭三日，屡犯者开除学籍，"司徒煜的声音从身后响起，"我记得，这半年你已经打过三回架了。"

赵离停住脚步："学宫规矩禁止的是学员之间的殴斗，而我要打的人马上就不是学员了，所以我要趁他还没离开学宫去找他算账，以免他躲在家里做缩头乌龟。"

"我怕的是你会和他一起被学宫除名。"

赵离冷笑："你是怕我打不过他吧？"

论打架，赵离从来没有怕过任何人，哪怕是监兵学院武功最拔尖的学子霍安。至于学宫的规矩，赵离更是视如无物，规矩难道不是用来打破的吗？他生性不羁，热爱自由。在学宫里素来率性而为，我行我素，无论是偷喝祭祀用的御酒，在大殿上击筑高歌；还是为救一匹前蹄被卡在青石缝隙中的马而拆掉学宫的正门，他都做得出来。自从他进入学宫以来，违反学宫规定的事做了不下几车，司徒煜也知道凭这些是无法拦住这个天不怕地不怕的小侯爷的，如果劝得多了，说不准反而成了激将。司徒煜灵机一动："我只是现在闷得很，行动又不方便，你若走了，我岂不是连个说话的人都没有？"

赵离朗声道："耽搁不了太久，你小睡片刻，我去替你刺霍安一剑就回来。"

"你以为我刚才在睡觉？我不过是想到了一个有趣的博戏。"司徒煜做怅然若失状，"罢了，既你不在，便不玩也罢。"

"博戏？"赵离的好奇心果然被激起，他素来好赌，虽然知道司徒煜是在耍诈拦他，可还是忍不住要问上一问。

"一个非常有趣的博戏。"司徒煜认真地点头。

"你说来听听。"

司徒煜抚摸着胸前的伤口："自然是跟这处伤口有关。"

"这有什么好赌的？"赵离不解，"你不会被那一箭射傻了吧？"

赵离抬手抚摸司徒煜的额头。

司徒煜笑着躲开："霍安这一箭，好比一石激起千层浪，如果我没猜错的话，此刻最是坐立不安的绝非你我二人。"

"那是自然，一定有人比我们更着急，用不了多久，这间房内必会人满为患。"

"这就是我们的谜面。"司徒煜眼光流动，"我们来赌，下一个走进这间房的人是谁。"

赵离沉吟片刻，他受不了司徒煜这种神秘的样子，这令他想到白天在弈星亭被司徒煜算计的糗事。

"赌什么？"作为一名赌徒，赵离最关心的是赌注。

"当然不是赌钱，你知道我一向囊中如洗，就赌……一件事吧。"

"事也能做赌注？"

"输家要答应赢家一件事，无论对方提什么要求。"

这远比赌钱要有趣得多，赵离一向对这类未知的博弈有着极大的兴趣，那一瞬间，便把找霍安拼命的事忘得一干二净。他拿起笔转身背对司徒煜，沉思片刻，卷起衣袖，在掌心工工整整写下一个字，而后握紧。那一边，司徒煜也已写下答案，二人双拳相对。

"买定离手？"

"买定离手！"

"等等！"赵离略有迟疑拦住司徒煜，"若是猜得一样，又如何？"

司徒煜一直觉得赵离认真的样子像个不谙世事的孩子，眼睛微微眯起，一副狡黠而可爱的样子。

"我是庄家，相同算我输。"司徒煜笃定地回答。

窗外的回廊中脚步声响起。

两人相视一笑，同时摊开手掌。

亥时已近。

夜深风紧，霜重露浓，学宫各院殿阁星点的灯火，与夜空里稀稀疏疏的星尘交映，夜鸟偶尔的一声鸣叫令周围的环境愈发显得静谧。一个人快步走在学宫的庭院中，黑色披风掠过路旁的灌木丛，沙沙作响，匆忙的步履显示出他的心事重重。

赵离的手心中写的是"霍"字。

霍安在夺旗中使用青铜箭镞，有意伤人，严重违反了学规，按律应被除名。即便不被逐出学宫，此事一旦公开，他也将失信毁誉，葬送封侯拜相的大好前途。而霍安一直以统帅大军驰骋疆场为自己的人生目标，平日里最喜欢别人叫他少将军。故而赵离猜想，霍安现在唯一的出路就是求得苦主司徒煜的原谅。

随着敲门声响起，赵离几乎是飞身越过几案，两步冲至门前，他迫不及待想要验证这一局的输赢，连案上的竹制笔筒也被袍襟带翻在地。

门开了,一个高大魁梧的人站在门口,他看上去四十多岁的年纪,面色微黄,浓眉鹰眼,目光如炬,颌下蓄着浓密的短须,面容坚毅而威武。

"扈夫子?"赵离失望地看着对方,片刻拱手施礼。

来者正是监兵学院掌事司学扈铭,也是霍安的授业恩师。

"司徒可在这里?"扈铭神色焦虑。

扈铭是司徒煜的答案,果然又被他猜对了。

赵离沉浸在猜错的沮丧中,他挡在门口,并没有闪身请进的意思:"教习找他有事?"

"我……我来看看他的伤势如何了。"扈铭有些尴尬,他是一条硬汉子,一向不喜欢向人低头求情,可是现在……

在大域学宫傲立昭王朝近三百年的史簿中,监兵学院也曾独占鳌头,位列四学之首的记载。只是最近几十年来,天下格局趋于稳定,五大强国势均力敌,虽然杀伐征战依然时有发生,但各强国之间的关系则更多地转为谈判结盟,谋士的地位在各国疾速飙升,监兵学院也因此不敌孟章学院屈居第二。

武士崇尚无二精神,所以历代监兵学院的掌门都以恢复监兵学院当年的荣光为己任。当年,扈铭曾在恩师临终前发誓,定要在自己有生之年超越孟章学院。多年来他呕心沥血,为的也是能培养贤能,日后成为各国栋梁,借以重振监兵学院,再造辉煌。此次夺旗比赛中,得意门生霍安面临被逐出学宫的危险。扈铭纵然铁石心肠,也不得不放下面子,亲自出马了,他担心再晚一天,如果司徒煜追究起来,事情就再无挽回的可能了。

扈铭长身越过赵离的肩头往门内扫量，赵离的脸再次挡在他面前。

"夫子，这是学生的寝房，可不是司徒的。"赵离伸了个懒腰，望了望廊外的月色，"倘若您不是找我，学生可要睡下了。"

"我去过孟章，他不在那里。"扈铭说话一向简单干脆，从不拖泥带水，这与他多年的行伍生涯有关。

"学宫中有上千名学子，天知道他会躲在谁哪里！"

"躲？"

"是啊，我看他一定是被霍安吓怕了，所以才躲起来的。"赵离一副认真的样子，"您如果找他有急事，不如禀报执事院，让所有学子一起寻找。"

这小子分明是在耍无赖，他明知道这事最不能惊动的就是执事院。

"不必，我先从你这儿找起。"他懒得再废话，迈步便要向里闯。

赵离丝毫没有避让的意思，依旧是一副笑嘻嘻的样子："扈夫子武功盖世，就算千军万马也挡不住您，但是我的嗓门一向很大，现在夜深人静，我有办法把整个学宫的师生都喊起来，那时候您担心的事就会提前公之于众了。"

"我找的是司徒，不是你，不要多管闲事。"扈铭早已不耐烦。

"哦？只有我一个人在管闲事吗？"赵离调侃道，"射伤司徒的人也并非夫子您吧？"

见赵离如此，扈铭一时语塞，怒气冲冲头也不回地走了。

扈铭为人老成持重，刚直正义，在学宫中一向很有威望，赵离对他素来非常敬重，这次气跑了这位耿直的先生，自己心里也很有些过意不去，不过这个雷迟早要有人扛，不是他便是司徒煜。赵离很清楚司徒煜的为人，司徒煜平日里虽然清高，对学宫的先生们却礼敬有加，显然无法招架扈夫子的当面求情，这个驾只能由他这个局外人来挡了。

"这老夫子，真是豁出老脸了，这是我第一次看他如此不淡定。"赵离抓起桌子上的酒壶，直接大口灌了下去，"也实在是可怜。"

司徒煜裹着锦被，一边在火炉旁烹茶，一边饶有兴致地看着赵离内疚的样子，片刻做同情状，调侃道："常言道，豪门薄幸，势大欺人，可怜这忠厚的夫子，被侯门公子欺负成这样。"

赵离口中的酒几乎喷出来，大叫："好你个忘恩负义的司徒煜，拿我当枪使，现在还调侃我！"

赵离越过几案，一把抓住司徒煜。

司徒煜伤势触动，轻声呻吟。赵离连忙松开，刚才一时兴起，竟然忘了司徒煜有伤在身。

赵离关切地问道："怎么样？"

司徒煜微笑打趣："你再用些力气，就可以替霍安杀人灭口了。"

两人齐声大笑。片刻，赵离还是有些不解："我还有一事想不通，扈夫子为了留住监兵学院最出色的学子，也在情理之中，但总不应该比霍安本人更紧张吧？就像你胸前的伤，我就是再感同身受，总不会比你更痛吧。"

司徒煜将炉上的紫砂壶提起，将沸腾的水稳稳地注入杯中："茶好了。"

赵离端起茶杯，一边嗅着袅袅茶香，一边若有所思道："想不到霍安这厮这次倒真沉得住气。"

司徒煜将自己那盏茶轻轻端起，放至唇边轻啜一口："你怎知他们现在没有行动？"

司徒煜猜得不错，霍家历代都在景国为官，是天下赫赫有名的贵族，地位尊贵，虽比四大公子略逊一筹，但也是四世三公，名人辈出。霍安的曾祖曾经被天子拜为大司马，父亲是景国上卿，叔伯辈无一不是朝廷重臣。如此家族，自然不能坐视族中最有前途的子弟被学宫除名，他们有足够的人脉和财力来解决这个危机。但也不出司徒煜所料，他们不屑于纡尊降贵去求一个名不见经传的穷小子，他们习惯的做法是走上层路线。

"他们此时一定在无为阁。"司徒煜笃定地说。

无为阁，如同它的名字，是一个非常不起眼的小院子，方圆不足十丈，只有五间草舍，几棵青竹，规模远不如一般小康人家，篱墙柴扉，门口甚至没有一块牌匾。然而这个坐落在学宫一隅的院子，却被世人视为圣地，因为这里住的是名满天下的学术泰斗——学宫的最高管理者学宫祭酒廖仲夫子。

廖仲年近花甲，身材消瘦，寿眉深目，一副银白长须更显得仙风道骨。他为人清心寡欲，最喜清净，除了读书之外别无他趣，因此虽然住在学宫内，但也很少有人能见到他，只有爱女廖清陪在身边。可是今天，一向鲜有访客的无为阁却人满为患了。

堂屋内，两只木箱闪着珠光宝气，里面装满珠翠玉石、珊瑚奇珍，与这间质朴雅致的房舍显得十分不匹配。

"太初永兴年间，祖上曾以千金求得这块旷世宝玉，夫子是天下奇才，见识广博，一定认得这件宝贝。"

座席之上，一个高大长须的中年男子正手执一块晶莹剔透的羊脂玉璧，大肆鼓吹卖弄，此人正是霍家大总管霍平。

廖仲一直不动声色地饮茶，几乎连眼皮都没有抬。

"大人有话直说吧，老朽年纪大了，熬不得夜。"

霍平有些尴尬，干咳了几声，满面赔笑："祭酒大人，此次确实是小侄霍安的无心之失，还望祭酒念在他是初犯，又是个可塑之才的分上，从轻发落。"

廖仲抬起头，看着面前的白玉："但不知这件事与这块白璧有何关系？"

看来这个老学究有些心动，霍平连忙趁热打铁："只要您既往不咎，霍家还会有厚礼奉上。"他凑近廖仲，神秘地小声说："听说受伤的人只是一介书生，您放心，这条小鱼翻不起大浪来。"

廖总淡淡地道："大人只怕是找错了人，霍安是去是留，由执事会决定。"

"您是学宫祭酒，执事会还不是您说了算？"

廖仲冷冷一笑："大人太高看老夫了，这里是大域学宫，不是你们霍府。"

霍平尴尬地看着廖仲，不知如何搭话，他早知道廖仲为人性情古怪，软硬不吃，不通情理，今天看来，果然所言非虚。

这该死的腐儒，活该一辈子受穷，霍平心中暗骂。

廖仲起身，平静淡漠地拱手道："大人还是请回吧，否则现下便可同老朽一道去请执事院的夫子们，当面有个定论也好。"

大域学宫的执事会由几名颇有威望的老学究组成，是学宫的最高权力机构，虽然他们分属诸子百家，学术见解各有不同，却都是光明磊落、贤良方正之人，一向执法公平，不徇私情。霍平是个聪明人，他当然知道，恶意伤人再加上行贿的罪名实在得不着好结果。

"说得有理。"赵离拍掌称快,"这一局我输得心服口服。"

比起扈铭,廖仲更担得起铁面二字。他学富五车博古通今,天下人都敬重他坦诚公正。

"下一局,我可不让你了。"赵离拿起笔,毫不犹豫地在手心写下答案。

司徒煜哑然失笑:"多谢小侯爷高抬贵手,下一局您尽管出招。"

司徒煜刚刚在手心写完答案,门外就响起脚步声。

第二章
左右为难

单凭门外传来的脚步声，赵离就知自己已经输了。

廖仲是出名的铁面无私，芒寒色正。既然廖夫子已经知道此事，赵离断定他定会来为司徒煜主持公道。犹记得两年前，赵离刚入学宫，某国王孙自恃出身高贵，恃强凌弱，欺凌家境贫寒的同学而遭执事会除名。那王孙一家动用了所有能动用的人脉，甚至昭天子都卖了面子，特意遣使前来说情，廖老夫子从容回拒，毫无缓和。

"要么他走，要么我走。"

言犹在耳，赵离每想起这话，就会对廖夫子多一分钦佩。他虽生性热爱自由不喜拘束，对繁文缛节更是全然不挂心，在一些严肃正统的人眼里颇有几分玩世不恭，但是这并不妨碍他坚信正直侠义。这次廖夫子没有第一时间前来，实在是出乎赵离的意料。

廖仲的确铁面无私，不在乎任何人的情面，只不过在他心里，担忧的却另有其事。

大域学宫作为大昭王朝最负盛名的学城，名满天下，是各国公侯卿相的摇篮，是所有心怀志向的年轻人心中的圣地，也是廖仲心中的圣地。他一生致力学术，希望可以在有生之年把学宫发扬光大。十五年前，廖仲周游列国，拜谒天子和各国诸侯，目的就是为了开办分校，把学宫推广到各国，广纳学子，宣扬仁政，倡导和平，减少杀伐征战。廖仲有着巨大的能量，经过他的不懈努力，现在终于看到希望，如今天子特使即将莅临学宫考察，但偏偏在此时出了霍安伤人的事，他担心一旦学宫内部的丑闻曝光，那么他多年来为之奔走的大事必将受到影响。

送走霍家来使之后，廖仲感到坐立不安，独自在屋中踱步沉思。

帘笼一挑，一个清丽秀美的女子走进。她衣着朴素，神情典雅，举止端庄，与这间充满书卷气的房间非常匹配。正是廖仲的掌上明珠，廖清。

廖清把手中一把雅致的陶壶放在炉上："女儿烹了菩提茶，特意加了龙眼和桂花，可以安神助眠。"

她的手如柔荑，肤如凝脂，动作舒缓轻柔，把琥珀色的茶倒入杯中。

但廖仲却似乎无心饮茶，他长叹一声，坐在榻上。

廖仲一向沉稳坚韧，处变不惊，廖清的记忆里很少见父亲长吁短叹，可见这回他是真的为难了。

廖清把茶放在父亲面前，微微一笑："父亲还在为刚才的事烦心？"

女儿的笑靥宛如三月春风，令老学究心中一暖。如果这世间还有能令他感到些许欣慰的，那就是女儿了。

廖仲苦笑一声："心底无私方能坦荡自若，我虽然拒绝了霍家的厚礼，但却有另一桩难言之隐。为父这一生自诩光明磊落，想不到，如今碰上两难之事，也不能免俗。"

廖清宽慰道："父亲谋的并非私利，而是福泽天下的大义。"

"私利也罢，大义也罢，但对于子熠是不公平的，我没有权力牺牲他的利益换取学宫的前途。"廖仲看了女儿一眼，"毕竟我才是学宫祭酒，扩大学宫也是我的主张。"

司徒煜字子熠，是廖仲最得意的门生，也是无为阁的常客，与父女两人都非常熟络。

"您不是一直说做事但求无愧于心吗？子熠一向深明大义，他会理解的。"

廖仲点了点头："我也知道他会理解，所以我才觉得自己很卑鄙，以正义的名义裹挟他人，这和那些天天举着尊王攘夷的大旗，要士卒为他们血洒疆场的诸侯有什么区别？"

廖仲最痛恨的就是那些诸侯之间的征战杀伐，他们每个人都大言不惭信誓旦旦地说自己是为了天子，为了天下，为了百姓，但实际上心里只有自己的地盘。他怀念大昭王朝的黄金时代，那时的天下是国泰民安的盛世。所以他才希望通过扩大学宫，教化万民，达到平息战乱，重返和平盛世的目的。

廖清冰雪聪明，她当然知道父亲的心事："父亲说得不错，不过您忽略了一件事，子熠不是别人，您也说过，凡事不可一概而论。"

老学究当局者迷，听了女儿另有其他见解，抬头问道："怎么讲？"

"如果您以正义为由去裹挟，或者以祭酒的身份去压制他，那么当然不对，可是您怎么知道他自己不这么想呢？"

廖仲也知道司徒煜非同一般。自从他入学那一天，廖仲在迎新大典的正殿礼堂上看到他时，便对这个清瘦苍白、沉默寡言的年轻人印象颇深。他那双眼睛里有着与年龄不匹配的沉稳和忧郁，远不像其他同龄的学子那般少不更事。

"你的意思是？"

"以女儿对子煜的了解，他和您一样，也是一个胸怀天下的人。"

廖仲低头沉吟，手捻长髯，这是他的招牌动作。廖仲须长二尺，根根银白，笔直透风，无一根杂色。学宫里盛传，廖夫子的胡子能够入水不浮，直插水底，人都说胡子有多硬，人的脾气便有多硬。廖仲平生除了女儿和书籍，最爱的就是这部胡须了。

"父亲不要发愁了，胡子都快被您捻掉了。"廖清巧笑倩兮，"现在只要知道子煜的心思就好。"

司徒煜的心思不好琢磨，但赵离此刻的心情却沮丧透了。

鬼斧老头的声音在三丈外就听得一清二楚。

"小坏蛋，你给我出来……看我不好好教训你……我的丹药啊……"

鬼斧的嗓门一向很大，尤其是在他喝醉了的时候，此时夜深人静，更是声震屋宇。

赵离跳起来，紧张地说道："坏了坏了，我以为他会睡到明天晌午呢！"

门外的人越走越近，脚步跟跄还夹杂着拐杖落地的沉重声响。

司徒煜一副幸灾乐祸的样子："瓮中捉鳖关门打狗之势已成，我看你不如及早出去请罪，莫要连累了我。"

赵离恨恨地道："好你个忘恩负义的司徒煜，我偷丹药还不是为了救你？我就应该让霍安射死你，像你这样的人，射死一个少一个。"

说话间脚步声已到门口。赵离倏地一下躲在屏风后，还不忘嘱咐："这局不算啊，他是找我的，不是找你的！"

门被大力撞开，鬼斧老夫子气势汹汹地站在门口，他身材肥胖，大腹便便，人在门口肚腩早已进屋，衣服邋遢随意，上面布满各种颜色的污渍，显然已经好久没有洗过，头顶上的发髻所剩无几，油光锃亮，只有脑后一圈灰白色的乱发蓬松炸起，宛如孔雀开屏。他面色通红，眼神迷离，醉意蒙眬，虽然一副要吃人的样子，但看上去却显得滑稽可爱。

司徒煜躬身施礼："拜见鬼斧夫子。"

"赵离呢？小兔崽子，给我滚出来！"鬼斧口齿不清地咆哮。

司徒煜忍住笑，正色问道："不知夫子找他何事？"

"你少给我装糊涂，我看你就是同谋！"鬼斧痛心疾首道，"我辛辛苦苦炼了三年的丹药啊，让这小子一下子都给卷走了！"

"如此说来，那学生该是主犯了。"司徒煜诚恳鞠躬，"小侯爷偷您的丹药是为了给我治伤。"

鬼斧是天下第一神医，也是最顶尖的制造机关的高手，他飞速地把手搭在司徒煜的腕上，凝神静气，刚刚还不住颤抖的手突然变得稳健而灵巧，神情上也毫无醉态。

片刻，鬼斧点点头，欣慰道："没事了，你这个娃娃死不了。"

片刻又觉得委屈："即便是救人，也没必要给我来个一锅端啊，你这点儿伤，十分之一的药就足够了，何必要都拿走？你们当饭吃吗？！"

鬼斧捶胸顿足,号啕大哭。

司徒煜连忙把他拽入房间坐下,关好房门,无奈地看着这个老顽童发酒疯。

屏风后,赵离被鬼斧哭得心烦,一步跳出,喝道:"老头,吃你几粒破丹药而已,你看看你小气的样子!"

"破丹药?你知道那能换多少斤花雕?!"

鬼斧一见这个小冤家,顿时醉眼圆睁,乱发倒竖,腾地跳起来,抡起手中的拐杖直扑赵离。

但赵离如何能被他抓到?赵离从小身体矫健,膂力过人,有人曾经预言,如果他从军入伍,将会是比赵介、王晋这些名将更强悍的将军。他轻轻闪身,避过了鬼斧的一扑,然后一把抓住老爷子的腰带,以免他跌倒摔伤。

赵离为人慷慨豪侠,仗义疏财,人缘极好,学宫内外,朋友不计其数。

"谈笑千金散,翩翩赵小侯。"天下人都知道这句话。

赵离交朋友从不拘泥年龄和身份,只要对脾气,哪怕是牢里的囚犯他也认,其中既有司徒煜这样的知己,也有贩夫走卒倡优歌姬,甚至鬼斧这样的忘年交。两人虽是师徒,但鬼斧不拘小节,平生最烦规矩,他和廖仲被称为大域学宫中最不正经的人和最正经的人。这一点与赵离不谋而合,虽然他的年纪比赵离的父亲还要大,但两人经常兄弟相称,一起喝酒赌博,兴之所至,袒胸露背,引吭高歌,其中打打闹闹也不算什么稀奇事。

司徒煜找了个舒服的地方坐下,一边悠然品茶,一边饶有兴致地看着这一老一少两个活宝闹得天翻地覆。至于打碎东西，赵离是不会介意的。

鬼斧年老力衰，不一会儿就气喘如牛了。

赵离躲过鬼斧横扫的拐杖，欺身靠近，正对着鬼斧涨红的脸。

"且慢，老头，你不讲道理。"赵离理直气壮地说。

"什么？你偷我的东西，还说我不讲道理？！"

"对！"赵离坐直身子，"你说，天下最要紧的是什么？"

"最要紧的？"鬼斧一时被问愣了，懵懂地眨巴着眼睛，像一个不谙世事的孩子。

"是不是开心？"

鬼斧被赵离说得云里雾里："臭小子，你少往里绕我！我现在清醒得很！"

"酒到酣处金不换，连城难买醉梦甜。你当时喝了酒正在高卧，我如果叫醒你，岂不是毁了你的好梦？"

"可是……"鬼斧被赵离绕进去了，一时转不过来。

"亏你还是个酒鬼，你那丹药能值几座城？"

"可是我全指望着这点儿丹药换酒钱呢！"鬼斧一生无儿无女，他和廖仲一样，不爱钱财，不图高官厚禄，唯一的嗜好是杯中之物，"现在怎么办？酒快喝完了，我后半个月怎么活？！难道让我去沿街乞讨不成？"

这个赵离相信，这事他真干得出来，有一次在郊外酒瘾犯了，又没带钱，他竟然跑到坟地去喝祭拜死人的酒。

"不就是酒吗？上个月我爹刚收到天子御赐的佳酿，据说是沛国进贡的百年陈酿。那真是……隔坛香十里，一饮醉千年。我回家时喝过几樽，我发誓，从没喝过这么好的酒。"赵离添油加醋地说。

"我不信……不过沛国的酒确实不错，我年轻时喝过……"嘴里说不信，口水已经挂在鬼斧稀疏的胡须上了。

"我可以作证。"司徒煜在身后回答，"小侯爷家的酒还剩几坛。"

"就算我信，你们府上的酒我怎么喝得到？你爹又不是我爹，他舍得把这么好的酒给我？"

"我爹舍不得，但我娘舍得。"赵离粲然一笑，"只要我开口，别说几坛酒，就算要我爹的帅印，我娘都会给我的。"

赵离没有夸口，他自幼可爱乖巧，深得父母宠爱，尤其是母亲，更是视如珍宝。高漳君赵介虽然戎马一生，战功赫赫，但夫妻情深，对妻儿非常关爱，所以赵离在家要风得风要雨得雨。

带着对美酒的憧憬，鬼斧老夫子笑着走了。他刚刚接到禀报，大祭酒召集执事会元老有要事商议。虽然在他心中，喝酒才是第一要事，不在乎那些陈规陋习，但他对廖仲一向尊重，还是脚不沾地地去了。

连输两局，赵离有点儿沉不住气。但他赌品极好，虽然嘴里说这一局不算数，但看到司徒煜掌心中"鬼斧"二字，还是咬牙认输。现在还没有天亮，鹿死谁手尚未可知。他虔诚地在心里把知道的神仙都拜了一遍，而后在掌心写下一个熟悉的字……

第三章
不速之客

烛火明明灭灭，屋中添了个人，反倒显得更加安静。

司徒煜对廖清的到来始终保持着礼貌而疏离的状态，就连位子都恪守理法，坐到了三尺之外的地方。学宫中有几千人，他似乎只和赵离亲近，对其他人都是冷若冰霜、敬而远之。对司徒煜这种做法赵离很是不以为然，房间里只有他们三个人，哪里需要如此拘礼？赵离很兴奋，因为他终于赢了一局。

廖清和赵离的渊源很深，从血缘上来说，他们是亲生兄妹。赵家枝繁叶茂，儿女成群，廖清还唤作赵清，她是赵家子女中最特别的那个。她自幼性情安静乖巧，牙牙学语的时候就对读书表现出了极大的兴趣。

那年赵清刚刚四岁，严肃又天真的小脸总是埋在一卷卷书简里，乐此不疲。当年廖仲正于定平国游历，在高漳君府上住了一段时日。那段时间里廖仲教会了赵清很多字，读了很多诗歌，也给廖清讲了很多故事，而廖清也对此过目不忘，学问突飞猛进，令廖仲都感到惊讶。待廖仲结束游历准备离开的时候，赵清忽然连续几日话也不说一句，任谁也哄不好，廖仲的心也莫名地沉重。高漳君赵介几经思索，做了个决定——把赵清过继给廖仲。廖仲年事已高，常年孤身一人，又与高漳君是故交，更重要的是，他见到过斜阳笼罩的凉亭之下，一老一少同坐读书，时而对谈一二，这样的情形可谓是十分难得了。

虽说是过继，但也只是改了姓氏，赵清变为廖清，而赵家也从没忘记过她是自己的女儿，时常记挂安康，甚至接廖清回来小住。众多兄弟姐妹中，廖清与赵离的关系最为亲密，二人年龄接近，赵离却偏偏总喜欢以哥哥自居。他小时候似乎有用不完的精力，学大人们打仗、狩猎，爬树捉知了，常把府中闹得鸡犬不宁，这让天生喜欢安静的廖清深受其害。但赵离善良可爱，似乎天生就有哄女孩子开心的本事，每当廖清不开心的时候，他总会想出一些鬼主意令她破涕为笑。在赵离的陪伴下，廖清感受到了仲春田野间青草的芬芳，夏日大山中溪水的清凉，深秋成群的大雁飞过湛蓝的天空，和冬日白雪皑皑银装素裹的大地。即便是身处异地，他也可以通过鸿雁传书令她转悲为喜。

后来随着年纪的增长，廖清已经不再是那个胆小羞涩的小姑娘，而是在廖仲的教导下，出落成饱读诗书的女先生，虽然情感并未生分，但两个人见面的情形便从小时候廖清一味地被赵离逗得无话，变成了每每几句话便四两拨千斤地将赵离驳得哑口无言。赵离因此反而更喜欢和廖清在一起，他生性顽皮，又口齿伶俐、才思敏捷，不是那么容易能找到旗鼓相当的斗嘴对手的。

见廖清进了门，赵离兴奋得好似小时候一般将廖清抱起来转了一圈。

"你来得正是时候，真是天助我也！"

赵离豁达恣意，一向不屑隐藏情绪。

"小侯爷整日没个正经。"

"什么小侯爷,叫哥哥。"赵离得意地说,"星移斗转,沧海桑田,世上一切都能变,唯独这个永远变不了,你一辈子都要叫我哥哥。"

"四哥对这个称呼的执着,总是让小妹想到昭天子对颁发诏书的痴迷。"

廖清的机智和不经意的谐谑令司徒煜都忍不住要哑然失笑,她是在嘲讽赵离"哥哥"的身份之形同虚设。

见面与赵离斗几句嘴是家常便饭,但是廖清的目光越过赵离,看向他身后的那个人。此人苍白消瘦,略显病态,安静地站在一旁,整个人有一种独特的光芒,尤其那双眼睛,幽清深邃,饱含创痛,又似乎可以洞察一切,在两人目光相遇的一刹那,廖清感到了一种令她战栗的震撼。

廖清身份很特殊,她是祭酒的爱女,也是定平国权臣高漳君赵介的女儿。她博古通今、学识渊博,气质清雅美貌倾国,自然是学子们心中的女神。平日里廖清走过学宫之处都会引来众多如痴如醉的目光。其中一些公子王孙不免暗自打算,甚至让家里派人来提亲,但都被廖仲婉拒,他很尊重女儿的选择。廖清虽是世家出身,却极不喜欢那些徒有其表的世家子弟,她少时随父亲廖仲周游列国,见多识广,从那时候起,她就发誓以后一定要嫁给一个像父亲一样胸怀天下志向高远的人。然而这个人却一直对她敬而远之。

"父亲年事已高,近来年来体衰,昏眊重膇,不堪夜间风寒,特意让我前来看你。"司徒煜这箭伤不轻,廖清确实有些担心。

"多谢祭酒和清儿姑娘关心,有小侯爷照料,我已经没事了。"司徒煜在座位上躬身示意。

廖清每次和司徒煜见面，都会被他的礼节弄得有些尴尬，自己也变得客气起来，她本来有很多话想要说的，现在反倒不知道如何开口了。

"小妹深夜探望，宛如寒谷回春，他的伤早好了大半。"赵离做失望嫉妒状，长叹一声，"女生外向这话果然不假，你看她一和你说话就变得格外温婉，怎么和我说句话就恨不得噎死我呢？"

"传说招摇山中有一种玄鸟，它遇到人的时候会用人言交谈，而遇到禽兽的时候也会模仿它们的叫声。"司徒煜在一旁一本正经、不动声色地揶揄。

这次轮到廖清忍俊不禁了，一个向来沉默的人偶尔开起玩笑总会收到意想不到的效果。另外，司徒煜的帮腔也令廖清感到开心，她虽然是个端庄典雅的淑女，但毕竟也有女孩家的一面，遇到心爱的人"同仇敌忾"，心中总不免有一丝欢喜。

"小妹，作为兄长，我有必要提醒你，千万不要被有些人道貌岸然的外表蒙蔽。若是真的嫁了他，不被气死才怪。我现在都有点儿理解霍安了。"赵离反唇相讥，"不过也未必，你们两个还说不好谁气人的本事更技高一筹，以后你们如果有了孩子，一定是天下最牙尖嘴利之人。"

廖清脸红了，她是个淑女，虽然只有三个人在场，但这种玩笑还是有些过分了。

她站起身："既然子熠兄伤势无碍，那我就告辞了。"

司徒煜也随之起身："请祭酒放心，在下的伤事小，学宫的前途事大，我与祭酒所想相同。"

司徒煜果然聪明绝顶，自己尚未开口，他早已猜到来意了。

"这就急着走啊？"赵离显然意犹未尽，三人情投意合，也曾经彻夜长谈，纵论古今，畅快淋漓，他显然还没有聊过瘾。

"时间不早了。"司徒煜提醒。

"夜深人静，无人打扰，正是畅谈的好时机啊。"

刚说到无人打扰，门外却突然传来敲门声。是谁这么煞风景？赵离不悦地开门。

两个男人站在门口，当前一人看上去三十多岁，峻眉朗目，颔下微须，虽然衣着普通，看不出身份，但气度不凡，丰神俊秀，颇有公侯之气，尤其一双眼睛，藏锋卧锐，显得睿智而坚毅，这种眼神令赵离想到司徒煜，只是比司徒的眼神多了几分霸气，少了一些忧郁。后面的人身材高大魁梧，几乎比赵离的三哥还要强壮，隔着衣服也能感觉到他结实的肌肉。

"什么事？"赵离冷冷地问。

"卑人有事求见司徒先生。"来人说话优雅，非常有礼节。

由于他们打岔，廖清早已悄声无息的离开。赵离心中不悦，刚要拒之门外，突然听到司徒煜的声音从身后响起。

"先生请进。"

陌生人半夜到访，这真是一个令人讨厌的不速之客，尤其是当他说出自己是霍家的说客之后，赵离更是感到又惊又怒。

"你们霍家连这点儿礼节也不懂吗？派两个下人来道歉，霍安呢？他怎么不敢来？！"

"我家公子正在闭门思过，赔礼的事由小人代劳了。"

他自称是霍家的家臣，但以他的气度风范，如果换一身衣服，恐怕连帝王也未必比得上。司徒煜暗暗打量此人。

"你们算什么东西？也配跟我说话？！你去告诉霍安，让他把狗头准备好,等本公子去取。"霍家的人送上门来,赵离当然把火撒在他们身上。

"小侯爷暂且息怒,两国之间尚且可以谈判,何况这区区小事。"来人处变不惊,态度从容,倒是身后那条大汉有些愠怒,但也不敢发作。

"小事?"赵离霍然站起,刚要发作,被司徒煜拦住。

"先生有话请讲。"司徒煜倒非常恭敬,来人似乎有一种威乎四方的气势,虽然态度谦卑,但令人感到一种无形的压力,如果霍家有这样的门客,日后的势力真不容小觑。

"霍家富可敌国,如果司徒先生可以息事宁人,霍家自有厚礼奉上,多者不敢说,万金总是有的。"

果然又是这一套,赵离最讨厌这些仗势欺人的贵族,他们以为靠权势就可以为所欲为,靠钱就可以买到正义。

"霍家很看重钱吗?那好,让我射霍安一箭,我给他三倍的钱。"无论地位还是财富,霍家比赵家总还是差了一个档次。

"多谢先生好意,在下本来也不准备大做文章。"

赵离几乎要气得跳起来,就凭他们这种做事的方式,也不能这么轻易就放过霍安那厮。

"如此说来,那真是多谢司徒先生成全了。"来人起身施礼,"关于补偿,不知道先生的意思是……"

"分文不要。"

来人反倒吃了一惊,这个清贫的书生竟然对万金巨资毫不动心,他诧异地看着司徒煜:"敢是先生与我家公子交好?"

"我不追究,不为霍安,为的是大域学宫。"

来人看了司徒煜一眼,上前拉住司徒煜的手,两人四目相对,眼神中透出欣赏、赞许和英雄相惜之情。

赵离不明白司徒煜为什么对这两个走狗如此恭敬，就在他想要追问的时候，外面传来金鼓声。学宫只有大事发生才会钟鼓齐鸣，现在丑时已过，寅时未到，有什么重要的事要召集学子们呢？

在这个非同寻常的晚上，一夜无眠的人远不止他们几人。位于学宫中央的折中阁灯火通明，这是一座台榭式楼阁，四周环水，中有甬道，在建立学宫时，曾耗费了巨大的人力。

以阶梯形夯土台为核心，倚台逐层建造木构房屋，呈团块状，取十字轴线对称组合，外观看上去大气磅礴，里面的建构处处透露着文人学者的素雅与风骨。毕竟，这里是学宫执事会议事之所，学宫所有重大决定都出自这里。

执事院由九位夫子组成，都是学宫中德高望重之人。除廖仲外，孟章、监兵、执明、陵光四学院各有两人，元老们平时无事，各自在学院任教，只有每逢大事才被召集在一起。此刻，他们正在为演习伤人一事吵得不可开交。孟章学院的夫子主张严惩，以学宫规则论处，应当除名。而监兵学院则极力维护霍安，霍安是一时冲动，不是蓄谋伤人，有错不假，但罪不至除名，况且这些年违反校规的人又不只霍安一个，陵光学院的赵离就曾经拆毁过学宫正门，当时也只不过是以小过论处。

两院争执不下，廖仲位于中间左右为难。他本想等女儿带回司徒煜的口信后再做打算，但天子特使即将到达，为了以防万一，他还是决定先召集会议，有一个初步结论，以便应对。眼见窗外天色已经发白，有人来报，天子特使的仪仗已经距学宫大门不足十里，请祭酒协同全体师生前往宫门迎接。

这个消息把廖仲从令人头疼的会议中解救出来，虽然尚未得出确切结论，但他心中已经有了打算。

深秋的凌晨，月亮已经落下，只剩下一片乌蓝的天空，空气里弥漫着破晓时的寒气，枯黄的草上也已掩盖了灰色的露水。

玄色的大门巍峨高耸，雄浑古朴，见证着大域学宫几百年的沧桑。

太阳刚从苍茫的群山后升起，黎明的光芒像一把利剑，劈开了默默的夜幕，拂晓的曙光揭去夜幕的轻纱，吐露晨曦。学宫大门和站立在大门两侧的队伍在光芒下逐渐明亮起来。

孟章、监兵、执明、陵光四学院的学生分为四列，迎候即将到来的天子特使。他们身着青、朱、白、黑四色服装，肃立两旁，司学队伍位于中央，为首的人自然是祭酒廖仲，他特意换上了天子御赐的朝服，这身衣服只在每年祭祀的时候才穿。前方摆有香案，两侧香炉中香烟缭绕。廖仲的心情也随着这缕缕青烟起伏不定。如果这时候闹起来，开办分校的事十有八九会大打折扣。此时，他担心的不是司徒煜，而是赵离，这浑小子什么事都干得出来。

人群中，赵离距离霍安只有一丈之遥，却竟然相安无事。

在赵离和司徒煜换好礼服离开寝室的时候，赵离还在想着要如何暴打霍安一顿，他甚至在衣袖中藏了一方沉重的石砚，但被司徒煜拦住了。

"听我的，不要闹，这是赌注。"

赵离诧异地回身："什么？"

司徒煜微微一笑："别忘了咱们刚才的赌注，我赢了，你要答应我一件事,就是不公开这件事。"

"为什么?"赵离非常不解,"有仇不报非君子,你当真就这么算了?"

"愿赌服输。"司徒煜只说了这四个字。

人群中,赵离恨恨地盯着霍安,这次便宜了这厮,否则他才不管是不是迎接特使的仪式,赵离从来不在意什么权威尊长,他服的只有正义和道理。

远处尘烟扬起,传来马蹄声。一匹快马风驰电掣般冲到近前,前蹄扬起,大声嘶鸣。马上的骑士大声吆喝:"特使驾到!"

远处旗幡招展,浩浩荡荡的队伍踏着晨光的节奏整齐前进,黄土路面上荡起烟尘,在晨曦中形成一片薄雾。两排八列骑兵气宇轩昂,紧随其后,身上的铠甲做工精细,各个腰佩长剑,一看就是保护后面马车安全的随行铁卫。

马车缓缓在队伍中行驶,驾车的是四匹高头骏马,通体雪白,宛如天宫中的神龙下凡。银线般的缰绳在朝阳的照耀下泛着微光。骏马与车架用坚韧的皮带相连,车架宽大,车厢上雕刻着精美的花纹,帷幕镶嵌华贵的金边,就连车窗上的纱帘也由上等对绉纱制成,即便是天子的车驾恐怕也未必能如此豪华,可见其主人身份之尊贵。

精美华贵的仪仗令人们眼花缭乱,很多学子都情不自禁地发出赞叹声,就连赵离这样的贵族公子都略感惊讶。但这宝马香车跟车上的乘客相比,却粗鄙的像乡野间笨重的牛车。

一个锦袍玉带、气度雍容的青年男子翩然下车,款款走向宫门,一个高大魁梧、身着软甲,背背双戟,宛如远古战神的卫士紧随其后。无论青年男子步伐快慢起停,卫士始终把两人之间的距离保持在两步，既不远也不近，以确保青年男子永远在自己的保护范围之内，就连下车、转弯都是同步，距离绝不会有一寸的变化，可见两人之间的心灵相通。

赵离不禁觉得眼熟，这个人似曾相识，好像在哪里见过，赵离有点儿不相信自己的眼睛，难道是他？

是他！人群中司徒煜眼睛一亮，果然是他。他早就感到此人绝不会是一个屈居人下的门客，此人虽然穿着朴素，但身上的霸气却难以遮掩。

昨晚的不速之客，竟然是天子特使，名满天下，位列四大公子之首的信阳君姬殊！

司徒煜早就听说过信阳君的大名，他虽然是四大公子中最年轻的一个，但也是风头最劲的一个，他凭着过人的智谋和手段游刃于各国之间。他富可敌国，雄才大略，既为人亲和，礼贤下士，又铁腕冷血，杀伐决断，为人深不可测。今天有幸得见这人中龙凤，也算是三生有幸了。

廖仲急驱向前，躬身施礼："老朽廖仲，携大域学宫全体师生，恭迎君侯大驾。"对方既然是天子特使，廖仲礼数的必须要周全。

信阳君连忙抢步还礼，满面春风地拉住廖仲："老夫子一向可好？寡人来迟，让您久等了。"

"寡人"原是天子或诸侯的谦称，信阳君虽非良国国君，但却是实际上的掌权者；而良国又是大昭王朝诸侯国间的霸主，因此信阳君可说是当时天下最有权势的人，兼之其为人高调，因此常自称"寡人"。

司徒煜注意到，信阳君突然加快步伐，身后的武士也同时加速，还是与他保持着同样的距离。如果他是信阳君，那么身后的武士一定是卫野了，他是天下排名前十的勇士，勇猛彪悍，一双手戟足有上百斤的分量，被称为刑天卫野，难怪昨晚感到他身上有一股煞气。

信阳君与廖仲相见寒暄，彼此见礼，但眼睛却越过廖仲，看向人群中的司徒煜。

"寡人得见先生，可谓三生有幸。"

司徒煜会心一笑，不为人察觉地微微一躬。信阳君与廖仲是老相识，这句话明显是说给司徒煜听的。

这可以算是一个百年难遇的时刻，天下第一名臣和天下第一名士携手揽腕，谈笑风生，一同走进学宫大门。大域学宫的规矩，任何人不得带仆人进入，这条规定以前并没有，是廖仲担任祭酒后新添加的，进入学宫，一律平等，他不希望这些世家子弟把太多世俗的东西带入圣地。所以赵离、霍安等人的仆役都居住在距离学宫十里之外的黄丘镇。作为天子特使，信阳君可以破格带卫野等十名卫士，但他的车驾、随从以及姬妾都必须留在原地宿营。

赵离为自己昨晚的言行感到非常尴尬，心中非常恼恨司徒煜为什么不及早提醒自己，好在队伍中人数众多，衣着也大致相同，信阳君未必能发现自己。没想到信阳君偏偏在赵离身旁停下脚步，身后的卫野也同时停下，目光如电地看向赵离。

赵离目不斜视，装作没认出。

信阳君做惊讶状，好像刚刚认出赵离："老夫子，这位公子好生面熟……是高漳君的四公子吧？"

廖仲点头："君侯好眼力，赵公子已在学宫将近三年了。"

信阳君赞叹道："果然一表人才，不仅玉树临风，而且疾恶如仇，言语犀利，下次见到高漳君，寡人一定要好生夸奖一番。"

他拍拍赵离的肩膀，亲昵地道："贤侄，当年在玄池，寡人还抱过你呢。"

赵离的脸几乎红到耳根了，他一向以擅长调侃捉弄人自居，没想到今天被人以彼之道反施彼身了。

忠厚的老夫子还在一旁不解地问："他尚未开口，君侯如何知道他言语犀利？"

赵离真想不顾一切地离开队伍逃走，实在是太窘了，这个该死的信阳君，这辈子最好永远别再见到他，还有后面那个傻大个。

伫立学宫宫门之内，向南而望，便是学宫内祭天法祖的祭坛，名曰云稷坛。数余丈见方的开阔场皆为通体剔透的尚蟾宫玉，在岁月风霜洗礼下泛着些许的秋葵色，日月星光的辉映之中更显华贵庄严。见方场内分四方皆开五人宽缺口，分别雕青龙、白虎、朱雀、玄武四兽，缺口两侧起二十八层阶梯，设两层圜丘。四方兽首一向，首尾互衔，由玉柱横栏围砌。气势恢宏的穿云殿便建于云稷坛之上。殿内通天主柱高十余丈，取自紫楠木主干，刨去枝眼，露出其间细腻纹路，其色为紫金。殿周立八根檐柱，将穿云殿檐周撑起，檐下分八门对应八方，檐上架沧海青玉瓦，中有鎏金宝顶，檐角探出，雕刻大贤骑兽，后列嘲风。角下数尺地方窗棂稳固，窗角回文盘绕，中有暗彩云纹。

信阳君姬殊身着皂衣绛裳，皂衣绘日、月、星辰、山、龙、华虫；绛裳绣宗彝、藻、火、黼、黻。衣裳相连，袂带飘摇。登阶而上，及至云稷坛从位，面北而立，横伸大袖，拱手再拜。朗声诵读：

"鸿蒙宇宙，人文初祖；魁罡正炁，文曲为途。四海萃华，六艺集灵；拜尊者以漆漆，传黔首于冥冥。谈经颂典，消劫化憎，司庠序而佐盛廷，教雄豪以显儒风。考校众英，匡扶世运，受命于尊，宣化昌隆。春秋闱内，日月盈中，云龙绕锦，祥铺霞腾。碧霄仙境，魁星显向，现八十一形之瑶函，化千万亿种之青缃。玉洞玄文勋高阁名禄，金门天榜贯气冲云霄。飞鸢开化，宝鼎聚精，扶文启慧，散诸吾生。"

读罢，陈设皆毕，四旁执士焚香、献牲、迎神明莅临。乐起，编钟乍响，击磬为声，颂埙震震，其声巍然。乐间两旁献官再献奠帛，信阳君上前封存祭文。至此礼成。

信阳君首先代表天子宣布召准学宫开办分校，这是他前来学宫的头等大事。然后又例行对大家说了一番诸如"各位将来都是各国的将军卿相，肱股之臣，望诸君努力攻读，不辜负天子和大祭酒的期望教导，今后大尚天下还要仰仗各位"的勉励之词，这似乎是每个特使都要说的套话，就连这么飘逸出尘的人也不能免俗。人群中，赵离暗笑，所谓天子召准无非是走个过场，有各大诸侯的首肯，天子点不点头又有什么关系？昭王朝早期江山一统，鼎盛时期约三百年。黄金时期过后，王朝开始衰落，天子式微，各诸侯尾大不掉，各自为政，天子王命不出京城，又遭到周边蛮族骚扰，大昭王朝早已名存实亡，天子也已成为名誉上的领袖，无力号令诸侯。各方诸侯争霸称雄，霸主成为一手遮天的实权人物。十年前，章国公子起即位后，僭越称王，天子不是也睁一只眼闭一只眼地过去了吗？

对于大部分学子来说，创办分校并非他们关注之事，这件事对他们的诱惑力远不如信阳君本人。信阳君是良国先王次子，官拜宰相，是良国的实权人物，以礼贤下士、广揽人才著称。大域学宫中的学子，谁不想投身于他的门下，大展身手呢？但接下来这件事却更令大家震惊。

信阳君恭敬地把天子诏书放在祭台上，转身面向众人，先与廖仲对视一眼，然后大声宣布："鉴于大祭酒廖夫子年事已高，不堪琐事劳顿，天子体恤，特诏准廖夫子辞去学宫祭酒一职，归隐山林，颐养天年，命不穀选出一骊中肆外、怀材抱器之贤人接替祭酒之位。"目光扫过在场众人："在场诸君不论尊卑长幼，都在候选之列。"

此言一出，众人哗然。

大域学宫是天下圣地，几百年来培养出数以万计的谋士、武士、方士，以及忍士，为各国各派所用，出谋划策，合纵连横，征战沙场，逐鹿天下，却又不从属于任何一方诸侯，自成立之日起，始终秉持学术自由的原则，是除了天子都城之外，唯一一个独立于各国之外的机构，而学宫祭酒同时也兼任大昭王朝大宗伯一职，地位堪比各国国君，何等荣耀。

集会散去之后，学子们依然兴奋不已，学宫的餐厅、茶社、酒肆，乃至训练场上，都有人在兴致勃勃地议论。信阳君礼贤下士，门下门客三千，是大家向往的好去处；祭酒位列公卿，地位尊贵，更是格外诱人。大家兴奋得摩拳擦掌。

位于学宫东南角的食寮中，赵离端着托盘走过人群，一路与各路人等打招呼。廖仲对学生视如己出，所以学宫的饭菜算得上丰富，粟菽充足，羊腿彘肩也并非罕见，就算是胃口大的监兵学院的学生也可以吃饱。大域学宫比邻芷水,河中鱼虾成群,所以学生们的餐桌上还时常会有鲜鱼。

赵离一直瞪着位于五尺之外的霍安,眼神挑衅。霍安则埋头吃饭,装作视而不见。论武功,霍安一定在赵离之上,毕竟他是监兵学院最优秀的学子。但他一来理亏,在气势上输了一筹;二来有所顾忌,不敢在这么重大的日子乱来,所以完全处于劣势。司徒煜拉了拉赵离的衣袖,做神秘状:"大家似乎都在议论早上的事。"

赵离不以为然地说道:"那还用说,今天福星双至了。"

"可是好像也有例外。"司徒煜向赵离示意。

顺着司徒煜的眼神,赵离看到一个人独自坐在角落中埋头吃饭,无论周围多么喧嚣,他都仿佛置身事外,连头都不曾抬一下,似乎完全与世隔绝。此人消瘦矮小,在拥挤的食寮中很难注意到他的存在。

但司徒煜却似乎感受到了此人的目光,此人知道有人在看他,司徒煜心中一惊,有些人看人是不需要用眼睛的。

"真是个怪人。"赵离来学宫快三年了,几乎有多一半的人是他的朋友,可是他却似乎从来没见过这个家伙。

"没想到也有你不认识的人。"司徒煜笑道,"难道是新来的?"

"这有何难?"赵离长身招呼道,"胖子!"

随着一声干脆的答应,一个长相滑稽的小胖子应声而来,他行动敏捷,与胖胖的身材非常不相称。

"公子,您找我?"小胖子一脸笑容,有些气喘吁吁。

小胖子名叫公孙痤,乃是迟国国君的孙子,因此自称迟国公孙。幼年家道中落,父母早丧,弊车羸马、身无长物,却偏偏又馋又懒,极贪口腹之欲。他常年混迹于市井,练就了一身察言观色、见风使舵、逢迎拍马、夸夸其谈的本事，在入学第一天就攀上了小侯爷赵离，靠着他的施舍每天酒足饭饱，衣食无忧。赵离无法带随从进入学宫，跑腿打杂的事正好都交给公孙瘗去办，于是他对外以高漳君府上门客自居，在学宫外的酒肆赌场到处赊账，被逼得走投无路的时候找赵离一番哭诉，自然有人替他还账。他还有一个本事，就是擅长打听各种消息，并且过耳不忘。学宫中所有师生他都认得，是一个会走路的花名册。

"那边那个瘦子啊？我当然认得。"七天前赵离刚替他还了一大笔酒债，现在是他卖力表现的时候了，"他叫季布，谢国人，执明学院的，二十五岁，来这儿已经四年了。"

"谢国八年前就已经不存在了。"司徒煜有些好奇。

"是啊，谁知道他在哪苟活，也许也遇到了一个像小侯爷一样慷慨的恩主吧。你们别看他瘦，饭量可不小，一餐饭要吃一斗米呢！俗话说，干吃不胖的人没良心，您看我就有良心，吃了咱们府上的饭，都长在脸上身上了，没给咱们家主公丢脸。"

赵离笑着问道："他住在学宫内吗？我怎么从来都没见过他？"

"当然住在学宫了，他比我都穷，外头的客栈传舍他也住不起啊。您不认得他当然情有可原，他这个人话比司徒兄还少，几乎没有朋友，不瞒你们说，我到现在都不知道他到底会不会说话。"旋即觉得自己口误，连忙纠正，"不不不，我不是说司徒兄的朋友少，您至少有我们这些狐朋狗友。"

公孙瘗满脸赔笑，一副谄媚的样子，他深知司徒煜与赵离情同手足，是万万得罪不起的。

想不到执明学院有这样的人物，司徒煜心中暗想，他自负目光犀利，能看出并记住所有出色的人，但同学三载，他竟然没有注意到季布这个人的存在。执明学院与监兵学院不同，培养的不是武士，而是忍士，为破敌敢为人先的死士。忍士尚隐，然后遁，多行暗杀、情报、间谍之事，整个学院有一种阴戾、神秘之气。而"无奇、无形"正是执明学院的核心精神，越是平淡无奇，让人感觉不到你的存在，越是一个合格的刺客。

"好你个胖子，竟然说我们是狐朋狗友，你倒说说看，咱们谁是狐，谁是狗？"赵离与公孙痤嬉闹起来，连案上的酒樽都被碰倒了。

就在司徒煜伸手去扶的一刹那，季布消失了，连同托盘一起，案上甚至没有留下一粒米和一滴水，刚才那个位子上似乎从来没有过人。

第四章
反客为主

轩窗，木几，草席。

窗外是一小片青竹，几只麻雀在竹枝上跳动鸣叫。天空碧蓝，白云掩映，在午后温暖的阳光下，一切简约质朴，清净自在。

"夫子真是世外谪仙，我看就连天子的王宫也比不得您这草堂庭院。"信阳君由衷地赞叹道，这里没有丝竹鼓乐，没有车马喧哗，更没有尔虞我诈的世俗纷争，令人感到沉静安详，"如果有一天辞官归隐，希望我能来此和夫子同住，品茶饮酒，修身养性，岂不快哉！"

也只有在这学宫一隅的无为阁中，信阳君才能感到如此放松，但感叹归感叹，有些东西一旦拿起恐怕今生都无法再放下。

"说出来恐怕夫子不信，我不知道有多少次想过要放下。"信阳君摇头苦笑，脸上露出一丝疲惫的神色。

廖仲提起茶壶，微微一笑："老朽手中捧的是书，君侯手中握的是剑，放下书容易，放下剑，恐怕就不知道要有多少人头落地了。"

信阳君长笑一声："既然放不下，不如握得更紧一些。"

廖仲把茶注入杯中："这是明前青茶，老朽亲自上山采摘的，若不是君侯莅临，老朽可舍不得拿出来。"

突然，一只大手抢过茶杯，速度极快。廖仲吓了一跳，手中的茶壶几乎脱手。卫野一直坐在信阳君身后，上身挺得笔直，眼神机警，手戟放于身侧。他夺过茶杯，毫不犹豫地一饮而尽。无论在哪里，主公所有的饮食他都要先行品尝。

"仲康，你也太鲁莽了。"信阳君笑着嗔怪道，"要是吓到老夫子，你我可吃罪不起。他是一介武夫，不懂规矩，夫子不要见怪。"

卫野神情严肃，细细品味片刻，确认无事，才放下茶盏，俯身致歉："夫子受惊了！"

廖仲笑着打趣："真是壮士，卫将军果然名不虚传。只是这品茶的方法嘛，着实对不住老朽这壶好茶了。"

信阳君大笑。

卫野还是一脸懵懂地看着两人，不知道廖仲的话中含义。

信阳君忍住笑："仲康，老夫子的意思是你喝茶像牛饮，不该用茶盏，应该用马槽才对。"

卫野脸红了，讪笑道："既然老夫子都调侃小人了，那小人就斗胆向夫子讨碗茶喝。"

除了周游列国那几年，廖仲从不乘车，无为阁没有马槽，但大碗却不少。卫野端起大碗，几口灌了下去，打了个嗝，畅快地赞叹："果然是好茶！"

廖仲笑得银髯乱抖，一口茶几乎喷了出来。

被卫野一打岔，两人的谈话反而掠过了一些不必要的客套，快速进入了正题。信阳君的目的很简单，希望廖仲推荐一些优秀的人才。名义上是为天下，为大昭王朝，其实谁都知道，他是为自己招揽门客,特使只是一个名头,天子在他眼里如同草芥,他甚至没那么在乎良王,他真正在乎的是自己的权力。信阳君是个名副其实的铁腕人物,他喜奢华,为人高调,锐意改革,由此也得罪了以太后为首的大批权贵。所以,他必须要扩充自己的势力,以确保手中的剑不会旁落。

"君侯心中不是早有人选了吗?"

"老夫子平日足不出户,可似乎什么都瞒不过您的眼睛。"

"老朽老眼昏花,只是能猜到君侯的心思罢了。"

"是猜得到我的心思,还是与我想的一样?"

两人不约而同地笑了。对于司徒煜,两人的想法不谋而合。廖仲一直对才华横溢又勤奋好学的司徒煜青眼有加;而信阳君对于人才有一种天生的敏感,就像一个酒鬼对美酒的痴迷一样,这个年轻人不贪钱财,不惧权势,而且沉稳内敛,眼神中有一种利剑出鞘的锋利。

离开无为阁后,信阳君径直回到下榻的善留馆。他没有让廖仲请司徒煜前往无为阁,也没有再次亲自拜访,他唯一做的是,等。

亥时已过。

善留馆依然灯火通明。

屋门敞开,信阳君在灯下跽坐读书。门口,两名身着盔甲的武士立于两侧,手握长剑,宛如天神。从申时开始,就不断有人前来求见,但都被挡在了门外,只能远远地看到门内的信阳君,无缘得见。有人甚至带着自己精心准备的文章著述,背着满满一筐竹简,也只是白跑一趟。挡住他们的并非门口的玄甲武士,而是一盘残棋。

棋局纵横十七道,黑白交缠,这明显是一局双方屠龙的大局,且黑子已然成功屠龙，白方一大片连在一起的棋子已经被对方全部吃掉，全线溃败之势已成，回天无力。哪怕是天下绝顶高手来到，在这种局势下，也断然没有扭转乾坤的可能！

黑子已成合围之势，白子断无反败为胜的可能。但门口的告示却明确规定，赢者方可觐见。这是刚刚入门的人就能看得出来的格局。开始听到考题是一盘残棋的时候，许多人着实兴奋了一阵，尤其是孟章、陵光两院的学生，他们天资聪慧，琴棋书画又是必修课，其中不乏弈坛高手，大家摩拳擦掌，跃跃欲试；而执明、监兵两院则大为不满，他们的长项是杀敌制胜，难道得天下只需要谋臣术士，而不需要武功吗？

但是没过多久，情况就变得大不一样了。

善留馆门前围满了人，有些是来面试的，而有些则是来看热闹的，赵离和公孙痤就在其中。看着一些儒生雄心万丈地进去，灰头土脸地出来，赵离乐不可支。他玩心大盛，有心前去试一下，但又怕见到信阳君尴尬，只得强忍下好奇心，跑到孟章书院司徒煜的住处。

司徒煜正在房中读书，似乎对外面的事毫不关心。看到赵离风风火火地跑进来，司徒煜抬起头："这么开心，莫不是被信阳君选中，前来报喜的？"

"被他选中可不是什么喜事。"赵离坐在司徒煜对面，"不说别的，每天面对他身后那尊护法就会烦死了。你有没有注意到，那家伙好像从来不会笑。"

司徒煜一笑："人家只是没有对你笑过而已，也许还有人认为我从来不会笑呢。"

"总之我是搞不懂你们这些不苟言笑的人，活着这么有趣，世界如此美好,有什么必要一天到晚板着脸呢?"

是啊,活着的确很美好,但是赵离不知道,在这个世界上,并不是每个人都可以好好活着,他们要面对无穷无尽的痛苦、疾病、战争、屠杀,突如其来的灾难,无可避免的恐惧,他们没有办法选择自己的人生,只能无助地面对灾难,在命运的洪流中,像草芥一样随波飘零。

将近子时了。

门外的学子们早已散去,几个时辰过去,竟然没有一个人可以解开谜题。

卫野把一件厚厚的披风披在信阳君肩上。

"主公,子时了,您该就寝了。"这是他第三次催促信阳君休息了,他的话很少,从来不参与信阳君的家国大事,是个恪尽职守的人,他的职责是护卫主公的安全。

"知道了,你先去睡,我还要看书。"信阳君的眼睛没有离开书简。

"主公不睡,小人也不睡。"

"仲康,这里很安全,不要这么固执嘛。"两人既是主仆,又是君臣,同时也是兄弟,卫野是信阳君最信任的人,"这里是大域学宫,机会难得,我要抓紧多看几卷书,你以为老夫子会舍得让我带走吗?"

"主公一路车马劳顿,应当早些休息。"卫野固执地踞坐在一旁,目不转睛地看着主公。

信阳君被他看得有些心神不宁,只得放下书简:"你先去睡,外面有他们守卫,不妨事的。"

"如果他一夜不来，难道主公要等一夜吗？"以他对主公的了解，当然早已猜到他在等人，也知道他等的是谁。

卫野霍然起身，满面怒色。

"你要去哪？"

"我去把他抓来见主公！"

"胡闹，坐下！"信阳君小声呵斥，"除了卧房，哪也不许去。"

卫野委屈地坐下，他当然知道主公求贤若渴的心情，但更担心他的身体。

"当年文公为了访寻太傅姜由，历经八年，又斋戒三月，方得见大贤一面，我等一会儿算得了什么？"

"就凭他也能跟太傅相比？"卫野小声嘟囔，心中恨透了司徒煜，一介穷儒有什么了不起，要名满天下的信阳君如此等候。

信阳君的目光又转移到书简上，他心平气静，态度安然，身旁的香炉中青烟袅袅。

门外传来轻轻的脚步声。

卫士警惕拔剑："外面何人？"

一个人慢步踱出黑暗，走入光线下，长眉若柳、身如玉树，一身青衫，正是司徒煜。

"小人司徒煜，求见信阳君。"

"君侯有令，胜者方可入内。"卫士指着面前石桌上的残棋，以及旁边的告示。

司徒煜平静地打量眼前的棋局，白子确实已经回天无术，黑子无论走哪一步都是胜局，这是略通棋艺的人都能看出来的局势，信阳君此行为的是求贤，可是他为什么要把所有人都挡在门外呢？

司徒煜长时间地注视着棋盘,并没有向屋内看一眼,同样,信阳君的目光也一直未曾离开书简。两名卫士手按剑柄,昂然而立。

月上中天,银白色的月光洒向大地,皎洁而轻柔,把学宫的夜晚烘托出一片平静与祥和。每当这个时候,司徒煜总是想起家乡的院落,温暖的灯光,父母身影,以及妹妹甜美清脆的笑声。陈琉城,我总有一天会回到那里!

司徒煜向前坚定地迈出一步。

"站住!"卫士横剑阻拦,"先走赢棋局再进!"

司徒煜微微一笑,脚步未停,他径直走到棋盘对面,拿起黑子,随便走了一步。

"我赢了。"

卫士茫然地看着司徒煜,这个人不会是个疯子吧,敢在这里捣乱?两人的长剑同时出鞘。

"大胆!"

此时,屋内传来掌声。

信阳君款款踱出,满面春风:"你来晚了。"

司徒煜一躬到地:"君侯海涵。"

"好你个司徒,竟敢在寡人面前使诈。"信阳君拉住司徒煜的手。

"君侯只说赢者可以进入,但没说必须使用白子。"司徒煜狡黠地一笑,"而且反客为主的手段,学生正是从君侯这里学到的。"

两人会心地大笑,并肩走进屋内。

夜深人静是谈话的最佳时机,因为人在这个时候可以沉下心去倾听，也可以毫无顾忌、畅所欲言地表达。

身旁的烛光跳动，给司徒煜苍白的脸增加了一丝暖色。

卫野早已睡熟，这种谈话他是没兴趣听的。家国天下都与他无关，他的生命中只有一个人。卫野出生在蛮族，早年被良王俘获，送给信阳君做奴隶。是信阳君给了他自由，给了他名字，给他衣食无忧的生活，教他习武，最重要的是，信阳君给了卫野从未有过的尊重和爱。没有把他当奴隶，甚至没有把他当门客，而是把他当作家人。

信阳君和司徒煜此时谈兴正高。

"寡人久慕先生大名，这次来到学宫，名为天子特使，实则为先生而来。"

"多谢君侯抬爱，学生在学宫三年，略有小成，总的来说是三道，正有意面陈君侯。"司徒煜跽坐施礼。

"愿听先生高论。"

司徒煜正襟危坐，先是侃侃而谈了一番上古贤王仁德爱民，福泽天下的事，然后郑重地说："尧舜率天下以仁，而民从之，君侯可效法三皇五帝，以仁德治国，此乃帝道。"

信阳君苦笑着看向一旁酣睡的卫野："先生如果再说下去，寡人恐怕就和他一样了。"

司徒煜俯身下拜："君侯见谅，学生还有下情回禀。"

信阳君的眼神已经不像刚才那么期待了，这个世界上徒有其表的人很多，大部分是有点儿小聪明，但并无真才实学。

司徒煜却似乎没有感到信阳君的失落，继续口若悬河："既然君侯不想听帝道，那么学生再把王道说给君侯听，本朝文、武、康、宣几代贤王都是贤明之君，他们开创了……"

信阳君打了个很大的哈欠，一副疲惫的样子，打断司徒煜："先生，寡人累了，不如我们明天再谈如何？"

显然，司徒煜的话让他感到非常无聊。

司徒煜做遗憾状："遵命，不过学生还有一霸道没有来得及说，也罢，既然君侯不想听……"

司徒煜作势起身，信阳君突然眼睛一亮，膝行向前，一把抓住司徒煜的衣袖。

"霸道怎讲？"

司徒煜一笑："顾名思义，就是称霸诸侯之道。"

司徒煜分析道，当前天下以良、章、景、沛、定平五国最大，霸主势必在这五国之中产生。景国虽然国土辽阔，辉煌一时，但从厉公一朝开始，暴虐不仁，内政混乱黑暗，尤其新主即位后，更是喜好声色，宠信奸佞，荒淫无道，民不聊生，致使国君被架空，各豪门争雄，血腥仇杀时有发生，成为大昭王朝的一个缩影，早已变成一具空壳，不足为惧；沛国地处偏僻，国势比其他四国略弱，但有洪江天险为屏障，进可以攻，退可以守，也成为独霸一方的强大势力，其国力强盛时觊觎霸主之位，国力衰落时固守天险自保，蓄势待发，目前仍处于韬光养晦的时期；定平国虽然国土面积不大，但兵强马壮，尤其以彪悍的骑兵闻名，又有高漳君赵介这样的一代名将坐镇，兼之地处中央，贸易发达，财力雄厚，并且与良国是姻亲盟国，将会是有力的帮手；良国国力强大，国土虽略逊于章，但有君侯这样的名臣辅政，加上几十年的积累，现在依然持有霸主之位。只是国君性情懦弱无能，致使国力衰落，大不如前，有日薄西山之势，而地处偏远的章国逐渐崛起，桓公时期兼并了陈、蔡、计等国，国土大增。章国本来爵位低下，只是子国，但成、桓、端，三代国君雄才大略，任用贤才，致使国力飙升，十年前，公子起即位，甚至僭越称王，颇有虎视眈眈，问鼎霸主，称霸诸侯之势，并一直以良国为假想敌，处处与良暗中作对，是良国最大的威胁。

一番话说得信阳君频频点头，露出赞许欣赏的眼神。

"君侯，现在唯一的办法就是，"司徒煜似乎从来没有如此激动过，他郑重地道，"连横，抗章！"

信阳君目光流动，一向喜怒不形于色的他竟然也显得有些心潮澎湃。

突然，一阵夜风吹过，屋内所有的蜡烛一起熄灭。门口的两名卫士尚未来得及拔剑，就被人干脆利落地刺倒，一个黑影飞身闯入，他身形极快，又悄无声息，宛如一只怪鸟，直取信阳君……

深秋的夜萧瑟而宁静。月色皎洁，月光透过门窗照射进来。

这是一柄做工朴素的短剑，没有任何多余的装饰，流线型的构造呈现出完美的比例，锋利无比，可以深入人的骨骼。剑体上铸有血槽，橙黄色的剑刃在月光下散发出暗淡而美丽的光芒，神秘、优雅，令人沉迷其中，就像死亡本身一样迷人。

此时，柄剑距离信阳君的咽喉不到一尺，他鬓边的头发都已被剑风吹动。借着透入屋内的月光，司徒煜看到刺客的脸。与其说是一张脸，不如说是一张精致的面具。面具完全包裹除眼部以外的位置，通体黑色，和刺客的着装十分相称，左边眼睛周围用金线勾勒出一道伤疤的形状，甚至给人一种错觉，这面具是活的，可以流下长长的血泪。司徒煜看到了刺客的眼睛，冷静、凶残，像一头野兽的眼神，他感到一种前所未有的恐惧，不由大叫："君侯小心！"

但信阳君的脸上却没有一丝惊慌的表情，甚至连眼睛都没有眨一下。他的自信来自于他对卫野的信任，这是一种可以把自己的生命交在对方手中的默契。

一柄沉重的手戟挥出，挡住剑锋。

刚刚还在酣睡的卫野此时已如同出林猛虎一般，毫无倦怠之意，他身躯庞大，但却有着与身材极为不相称的灵活。卫野的手戟由镔铁制成，沉重而坚韧，如果与短剑相碰，青铜材质的短剑势必会应声碎裂。卫野膂力惊人，大昭王朝无人可比，只有蛮族的两名酋长能与他匹敌，他曾经在一招之内砸断过无数对手的兵器。但这一次却并未如同往常一样顺利，刺客身手异常灵活，明明招式已老，但却依然能随机应变，就势一个转身，短剑贴着戟柄削向卫野的手指。这两招电光石火一般，没有一丝拖泥带水，剑法之精妙不逊色于天下最好的剑客。

信阳君忍不住脱口称赞："好剑法！"

卫野不敢怠慢，左手戟一挡一拨，右手戟当胸横扫，以泰山压顶之势把刺客逼退到三步之外。几十斤重的手戟在他手中运用的宛如一柄匕首，若不是刺客身法灵活，这一击一定会令对方骨断筋折。卫野高大的身躯挡在主公身前，眼神凶悍地打量面前的猎物。他甚至没有看向身后的主公，因为他知道自己此时不可有稍许分心。

刺客身材消瘦，比卫野矮了一头，但气势却丝毫不弱。刚才的一个回合中，他险些被卫野击中，衣袂被手戟的月牙划开一道半尺长的口子，他立刻准确地判断出了卫野的实力远在自己之上。稍事停顿，他马上发起第二次攻击。他的意图非常明显，要在侍卫们包围自己之前结束战斗，作为一名刺客，第一守则就是不可恋战。

卫野久经沙场，本事都是在战斗中练成的，实战经验非常丰富，虽然是个粗人，性情刚猛暴躁，但一旦与人动手就会变得冷静沉稳，因为高手过招比的是心智、经验、技巧而非蛮力，最忌急躁冒进。所以他任凭对方灵敏地进攻，却一直保持着自己的节奏，沉着应对，他的目的并非杀死对方，而是要保证主公安全，两人一大一小，一快一慢，一攻一守，你来我往，身影穿梭，斗得不相上下。

司徒煜松了一口气，看向身旁的信阳君。信阳君饶有兴趣地看着刺客与卫野格斗，不由露出欣赏的神色，他甚至端起茶杯，一面品茶，一面与司徒煜谈笑。

"以先生之见，刺客的剑法如何？"信阳君仿佛只是一名旁观者，而不是刺客的目标，这个时候还有心情评价刺客的剑法。

"学生一介儒生，哪里懂得剑法。但他能在卫将军面前走过三合，也算得上是一流高手了。"

"说得好！"信阳君赞许道，旋即有一丝担忧，微微摇头，"我看两人不分伯仲，仲康未必会占上风。"

若论单打独斗，就连以勇猛著称的定平国悍将赵夺都略逊卫野一筹。不过他这次却遇到了劲敌，他的双戟虽然沉重，招数虽精妙，但却无法发挥到极致。

这是室内，屋中的梁柱都成了阻碍他施展的屏障，而对手用的是短兵器，加上身材瘦小，在狭小的空间内可以运用自如。

卫野的手戟再一次击中立柱，力道之大，整个房间都随之一震，手戟的月牙入木很深，一时难以拔出。刺客并不怠慢，借机闪电般地连刺三剑，逼得卫野后退，手戟钉在了立柱之上。刺客眼中露出一丝得意，对手现在少了一把兵器，相当于猛虎缺少了利齿，战斗力会大打折扣。但是他没有想到的是，卫野随即扔掉了另外一支手戟，赤手空拳地面对刺客。

司徒煜也陡然一惊，难道他要以拼命的方式击倒对手吗？

只见卫野反手抄起地上的几案，当作一面盾牌，怀抱当胸。既然进攻无效，不如彻底放弃，全面防守，卫野不愧是战斗中的智者。此招一出，不仅信阳君和司徒煜拍手叫好，就连刺客也露出赞赏的眼神，他微微颔首，旋即飞身进击。

几案由上好的楠木制成，色泽美丽，纹理淡雅，质地坚硬，短剑一旦刺入便很难拔出。刺客的短剑正钉在一片凤尾纹的中央，入木很深。卫野趁势翻转手中的几案，刺客短剑脱手。卫野跨步上前，劈手抓向刺客。徒手搏斗，卫野自认天下无敌。刺客如游鱼一般滑过卫野的肋下，一个箭步跑向窗口。既然兵器失落，显然行刺已成败局，现在唯一要做的就是逃走。但又有谁能从卫野手中逃脱呢？

"哪里走！"卫野大喝一声，手中的几案砸向刺客。

刺客闪身躲避，但速度也不免缓了下来。

卫野大步上前，飞腿踢向刺客。

刺客向后闪身退避，但是他忽略了一件事，卫野的腿很长，他虽然闪避，但是还是被结结实实地扫到肩背。

刺客的身子被踢得飞了起来，重重地落在地上。

形势就在这一刹那逆转了。刺客落地的位置距离信阳君不足三尺，他就势一滚，手中又多了一柄匕首。原来他是有意被卫野踢中，借着这一腿之力靠近目标。此时卫野身在一丈开外，已然回天无术，眼看着刺客把匕首刺入信阳君的胸口。

司徒煜一向认为自己是个处变不惊的人，无论是目睹母亲和妹妹被战火吞没，还是在地牢中遭受百般虐待的时候，他都一直保持着惊人的克制隐忍，对于痛苦和恐惧他似乎有着超人的忍耐力。但现在他却险些叫出声来。

短剑并没有刺进信阳君的身体，只是在他的胸前形成了一个浅浅的凹陷，刺客的眼神中终于露出了一丝惊慌。信阳君左手擒住刺客的手腕，右手的佩剑已经抵在他的咽喉。这养尊处优的富贵王侯身手竟然如此鬼魅！

刺客的手缓缓松开，匕首落地，发出金属的钝响。

身后，卫野的手掌已经按在了刺客的肩上。门外传来杂沓的脚步声，全身铠甲的卫士冲进来，长剑出鞘，弓弩上弦。

留善阁的灯又重新被点燃，变得灯火通明。面具摘下的那一刻，司徒煜确认了自己的判断。

季布。

果然是他，那个在食寮中无声无息消失的人。

季布此时的眼神安详平和，与刚才动如脱兔的样子判若两人，虽然被几名彪形大汉死死按住，但却一直保持着惊人的平静，他甚至对司徒煜友好地笑了一下。作为一名刺客，一击而中则名满天下，一击不中，便只有死路。他不再做无谓的抵抗和挣扎，那是懦夫和小人的行为。"刺客就像昙花，也许一生只有一次灿烂地绽放，但这已经足够，辉煌地来，辉煌地去，这才是生命的真谛。"执明学院的渡鸦大师曾经这样告诉季布。死是每个刺客的归宿，自从他进入执明学院的那一天开始，就已经预见到了这个结局。

信阳君轻轻抬手，示意卫士放开季布。两人近在咫尺，四目相对。信阳君可以感受到这个年轻人眼神中的杀气，他缓缓拉开袍襟。

唐猊铠。轻盈柔软，刀枪不入，挡得住三十石劲弩的近距离穿刺，是价值连城的天下至宝，以前他只是听学院的司学们说起过。

"你应该刺我的咽喉，我即便可以避开，也无法拦住你借势逃走。"信阳君并无嘲弄之意，他是在和一个知音谈心。而在信阳君身后，是两扇宽大的窗户，季布完全可以从这里飞身掠出，卫野虽然勇猛，但没有他动作灵活。但现在想到这些已经为时太晚。

"技不如人，死而无憾，季布听凭君侯发落。"季布很庆幸自己没有死在卑鄙小人的手中。

"原来你就是季布，执明学院排名第一的杀手，渡鸦大师的高徒。"信阳君赞许地点头，"你的身手很好，心思缜密，恐怕就是渡鸦大师本人也未必有这么好的功夫。"

信阳君的眼神掠过季布，看向他身后的卫野。

"仲康在寡人身边十二年，你是第一个有机会靠近寡人的刺客。"

卫野脸红了，他不由点头，这是他职业生涯中第一次惨败，而且算得上一败涂地，不过他由衷地赞赏这个瘦子的身手，更佩服他的头脑。

"可是我还是失手了。"季布的声音低沉沙哑，像一种古老的陶制乐器发出的声音。

"你败在经验不足，而且太急于求成，你要杀我，可你并不了解我。你只要稍微花一点儿功夫打听就能知道，三年前崤山氏进献唐猊铠，而国君赐给了寡人，这并不是秘密。"

作为一名杀手，要了解目标的家庭、爱好、生活习惯、口味、出行的路线等，一切的一切，甚至要爱上自己的目标，这是渡鸦大师说过的金科玉律。季布深感羞愧和懊恼，他一直认为自己称得上是冠绝天下的刺客，可是却如此令人失望。只有身手是不够的，重要的是智慧，渡鸦大师再三告诫，可是自己却并未放在心上。

"你如此草率行事，或者是你太过轻敌，或者你是临时接到任务，没有时间去了解。"信阳君娓娓道来。

"多谢君侯赐教，可惜季布没有改正的机会了。"这次轮到季布脸红了。

"寡人只想知道你受何人指使。"

"执明学院培养的是刺客，不是告密的小人。"

执明学院，是大域学宫最神秘的存在，自开办以来，不少学子向往，却很难做到执明学院主张的——无奇。这大好的年纪，又有多少人甘愿一生隐姓埋名，终日与面具为伍，也许要一直到终老。执明学院的使命是现实的，因为在这诸侯争霸、战乱频仍的年代，忍士应运而生。作为一个合格的忍士，要知道忍的含义，首先就是保持缄默，只有守口如瓶的人，才能在执明学院的第一年结束后，顺利升学，其他人皆淘汰；其次是对痛苦和恐惧的承受力，他们曾被带去刑场观摩，甚至充当刽子手，来克服对死亡的恐惧，也曾经受酷刑折磨，磨炼出铁一般的意志；再次是隐忍，懂得感情对于他们来说是不必要的奢侈，不与人群为伍，要忍受孤独。执明的学子因为要经过严苛的训练层层筛选，所以每年的数量都在减少。不过除了执明最高司学外，谁也不知道执明学院到底有多少学生。

"主公，不如把他带回去，严刑拷打，一定可以问出来！"身后,一名卫士大声说道。

"不,我们不能这样对待一名壮士。"信阳君严肃地看向卫士,"他是个值得尊敬的君子。"

司徒煜赞许地看着这两个人,有人说过,有时候敌人比朋友更值得钦佩。

卫野心中也暗自松了一口气,他和主公想的一样,不希望季布受到侮辱,但同时又深感自责,我为什么会如此担心一名刺客?他明明是行刺主公的杀手啊。

信阳君抽出佩剑,抛在季布面前,眼神诚挚地说:"如此,寡人赐你自尽,你的家人寡人自会关照。"

季布突然笑了一下,司徒煜发现他的笑容竟然很好看,只是平时由于他的眼神过于犀利,以至于没有人会注意到他的表情。

季布俯身顿首,然后挺身跽坐,严肃地说道:"小人季布,谢君侯大恩。"

季布捡起佩剑。

这是一柄做工精美的剑,剑长三尺,铸有篆体铭文,橙黄色的剑锋透出淡淡的寒光,吹毛可断,剑柄为一条怪蛇,蜿蜒吐信,这就是天下四大名剑中的"天殇"。

季布赞叹:"好剑!季布有幸命丧天殇剑之下,也算不枉此生!"

身后,卫野一直警惕地注视着季布的一举一动,一旦他试图再次行刺,他将毫不犹豫地砍下他的脑袋。但季布却并没有任何异常举动,他明白机会只有一次,徒劳的反抗只会自取其辱。他深吸一口气,反手把长剑架在颈上。

四年前,他孤身一人流浪到大域学宫,投身执明门下,夙兴夜寐，枕戈饮胆，期待有一天可以一飞冲天，了却夙愿，想不到这里竟是最后的归宿。季布缓缓闭上眼睛，手握剑柄，他感受到了锋利的剑刃划破皮肤的清凉，不是疼痛，而是一种微微的战栗，夹杂着一丝快感。

身旁掌声响起。

司徒煜朗声大笑道："好好好，学生一夜之间得见天下三绝，真是三生有幸！"

包括信阳君在内，所有人都为之一愣，随即看向司徒煜。

"先生此话怎讲？"

司徒煜煞有介事地说道："第一绝，君侯胸怀宽广，海纳百川；第二绝，季先生身法诡异，心如石坚；第三绝，卫将军忠勇彪悍，冠绝海内。"

卫野脸红了，他还在为刚才的失败而懊恼，司徒煜的话在他听起来很像是嘲讽，他喃喃地嘟囔："说我干什么，我又没拦住……这不是笑话人吗……"

司徒煜对两人躬身一揖："恭喜君侯得遇贤才，也恭喜季兄得遇明主。"

"看来司徒先生话中有话了。"信阳君好奇地看向司徒煜。

司徒煜看向季布，做抱怨状："你这闷头南瓜，现在也该说出实情了，怎么，难道你还要继续演下去吗？"

司徒煜的口气非常亲密，显然他与季布的关系非同寻常。

事发突然，季布不知道司徒煜用意何在，尴尬地不知如何应对。

"也罢，还是我替他说吧。"司徒煜做无奈状，"学生交友不慎,总是被他们利用,一些得罪人的话,都要我替他们说。君侯,请恕学生无礼了。"

信阳君微笑:"看来先生是要得罪寡人了?"

司徒煜正色道:"当然,因为君侯犯了一桩大错。"

"寡人错在何处?"

"君侯为招募贤士,在馆驿门外设下屠龙棋局,看似匠心独具,别出心裁,可实际上却有失偏颇。您忘了,大域学宫不只有孟章、陵光两院,而执明和监兵学院的学子并不擅长棋道,如果您当时的考题是与卫将军比武,那学生怎么可能有机会面见君侯呢?学生以为,国力强盛要政、兵、民、财四举俱兴方可成功,难道您要招募的只有谋士和工匠吗?那可就变成一条腿走路的跛子了。"

信阳君频频点头,赞许地看向司徒煜。

季布也被司徒煜说得云里雾里,在今天之前,他根本没有跟司徒煜说过一句话,而现在仿佛他们是多年的老朋友一样。

"所以,当季兄问我如何能面见君侯的时候,学生心生一计。平庸的觐见,料想难以打动君侯。如果是学生推荐,又恐怕人微言轻,难以证明季兄的本事。"司徒煜侃侃而谈,"不如独辟蹊径,展其所长,他是刺客,不会下棋总比不会用剑要好。所以学生斗胆,想了这么一个唐突的馊主意,还望君侯海涵。"

"好!"听了司徒煜的话,信阳君抚掌大笑,"司徒先生高见,如此说来,寡人要多谢先生了。"

信阳君上前两步,伸手扶起季布,眼神欣喜:"先生神技,令寡人大开眼界。"他一手拉住季布,另一手拉住司徒煜,踌躇满志地说道:"寡人得遇两位贤才,何愁大业不成!"

信阳君和卫野将二人送至门外，谈笑风生，仿佛刚才发生的并非是一场刺杀，而是一场欢宴。他甚至将自己心爱的佩剑，天下至宝"天殇剑"赠予季布。对于优秀的人才，他一向礼贤下士，不拘一格。至于门口死于季布剑下的两名卫士，信阳君叮嘱不要声张，拉回良国厚葬，抚恤家属。

季布一直保持沉默，他明白司徒煜的用心，他虽然不怕死，但也并非一心求死，大好时光，谁不想活着呢？

司徒煜在心里松了口气，不管信阳君是否真的相信，既然他愿意松口，相信他不是出尔反尔之人。

"等一等。"就在两人即将告辞的时候，卫野突然在身后大声说道。

司徒煜心中一惊，难道他发现了什么漏洞？

但卫野并未看向司徒煜，而是对季布说道："瘦子，你身手不错，刚刚没有打过瘾，不如我们来日找个合适的空旷之处再战。"

"第一我不是武士，第二不是护卫，我是个刺客。"季布翻着眼睛看向卫野，一副不可思议的样子，仿佛在看一个傻子，"我为什么要在开阔地动手？"

司徒煜和季布的身影已经走远，消失在夜色中。

卫野站在馆驿门口，皱眉沉思。

"你在想什么？"

"我在想，司徒煜是如何得知主公内衬唐猊铠的。"卫野认真地思考，"是他告诉季布不要刺咽喉，而要刺胸口的？"

信阳君很喜欢卫野这种认真的样子,他像个大孩子一样,想问题的时候总是不经意地歪着头,一副懵懂而可爱的样子,令人忍俊不禁。

"常言道,演戏的人不是傻子,看戏的也不是傻子。"

"那谁是傻子?"卫野果然上道,每次逗他,他都会中招。

"刨根问底的人。"

说罢,信阳君翩然走入大门,留下卫野独自纳闷。

"谁是刨根问底的人?"

月光下,季布的脸上依然面无表情,天殇剑斜插在他的腰带上,今天晚上发生的事令他感到有些匪夷所思,他本是个简单的人,也选择了一个简单的行当,可是这一切看上去却没有那么简单。

辞别信阳君之后,季布一直跟在司徒煜身后,两人仿佛有一种默契,一个不说,一个不问。

"你我素无瓜葛,为何救我?"季布终于忍不住问道。

"怎么,救人还需要理由吗?上天有好生之德,我当然不能见死不救。"

"被救需要理由,我不想欠人情。"

司徒煜莞尔一笑道:"这太简单了,我可以随便说出一百种理由,至于你信不信,我就管不了了。"

季布沉默片刻,无奈道:"好吧,说说你的条件吧,你想要我去杀谁?"

司徒煜诧异道:"杀人?"

季布有些不耐烦:"我是个杀手,你难道想要我为你驾车吗?"

"什么人都可以吗？"

"最好不要是女人和孩子。"

司徒煜微微一笑："你的好意我心领了，可惜我没有仇人。如果是夏天，你可以帮我杀几只蚊子报仇，可惜现在已是深秋。"

季布听出对方言语中的调侃之意，他不喜欢争辩，更不长于斗嘴，甚至懒得思考其中的来龙去脉，他喜欢干脆利落，直来直去。季布反手拔出佩剑，抵在手腕上。

"好，我把这只手给你。"

司徒煜大惊，连忙阻止，他知道季布是个说到做到的人。

"停停停……服了你了，好吧，我说个条件，请你务必答应。"

"讲。"

司徒煜沉吟片刻，正色道："你有钱吗？"

"钱？"季布想过无数种可能，唯一没想到司徒煜会向他要钱，而这恰好是他的软肋。

"对，我这人一向视财如命，我救了你的命，你给我一笔钱，天公地道，各得其所，从此两不相欠。"

季布的声音变得更加低沉："你要多少钱？"

司徒煜做出一副贪财的样子，认真的算了算："三十钱，你若嫌多，十五钱也可……三年还清，月息两分，你可要记清楚，不要忘了还债啊。"

说罢扬长而去，他断定季布不会再跟来。

季布张口结舌，不可思议的愣在原地，百思不得其解。此人救我一命，就为了十五钱的报酬？这几乎还不够买一头羊。

第五章
鱼跃龙门

多年来，司徒煜始终保持着早起的习惯，而且非常准时，无论睡得多晚，他一定会在丑末寅初之际醒来，虽然这是一个令他感到痛苦和耻辱的习惯。

太阳尚未升起，天色初明，微微泛白的天空中稀疏地散布着几颗晚归的星星，仿佛是黎明之神胸前佩戴的珠宝，大地笼罩在黑暗中，天地相接之处吐露出一道微弱而美丽的光芒，轻轻地划破淡蓝色的天幕，使得天空更加深邃，远处不周山的身影被勾勒得愈发清晰。这是一个美妙而苍茫的时刻，树叶野草在清冷的晨风中微微颤动，四处都笼罩在神秘的薄明中。

当第一缕晨光射穿薄雾，照在七星祭坛上的时候，学宫迎来了一个美丽的早晨。

清晨的学宫一片静谧，成群的鸟儿从学宫上空飞过，高耸的庑殿，粗粝厚重的围墙，光滑的青石台阶，祭坛上古朴而简约的石刻，这些历经百年风雨的古老建筑令这里有一丝神圣的气氛。大域学宫位于古城黄丘附近，涔水河畔，比邻都城昭歌，是昭王朝最得天独厚的位置。这里气候宜人，雨水充沛，树木四季常绿，四周青山环绕，纯净得让人心旷神怡，宛如世外仙境，又如同一幅淡淡的山水画，画中弥漫着青草和桂花的香味，沁人心脾。故乡的深秋虽然没有这么美丽，却多了一丝绚烂，那里天气更冷一些，所以秋叶的色彩也更为浓烈。

司徒煜喜欢在清晨的树林中漫步静思，思考一些关于生命和人性的问题，清冷的空气可以使人头脑清醒，这个时候他是孤独的。而赵离总会睡到日上三竿才起床，早课常常缺席，即便是他在也不会喜欢这种话题，他太单纯，太阳光，太不谙世事，像琉璃一般纯净，心中容不下一丝黑暗。司徒煜有时候不免会有一丝嫉妒，赵离的生活太美好了，父母兄长的爱为他滤掉了一切危机和苦难，以至于他始终是一个大孩子；同时司徒煜又暗中为他祈祷，希望他永远不要长大，每次看到赵离那招牌式灿烂而淘气的笑容，司徒煜才会感到世界并非那么痛苦。

林间往往只有他一个人，踏着地上厚厚的落叶，发出沙沙的响声，鸟儿快乐地在树枝间跳跃欢唱，反衬出他的寂寥。司徒煜享受这种孤独，多年的苦难让他学会了一件事，如果无法抗拒，那么不如让自己学会享受这种折磨。无论怎样的磨难，都会有些许值得体味的地方，就像他曾经在最口渴难耐的时候，把牛粪中的汁水挤在口中，从而得以活下来。

当他走出树林的时候早餐时间已过，他没有吃早餐的习惯，其他两餐也吃得很少，饮食对他来说唯一的意义就是可以让生命延续。赵离经常开玩笑说他可以去修仙，那样灵魂就能脱离躯壳独立存在了，还可以省掉吃饭睡觉等一干不必要的麻烦，反正他也不懂得享受生活，不喝酒，不嗜珍馐美味，也不喜欢美女娇娃。赵离说得何尝不对呢？身体对他来说只是一种负累，如果真的能像仙人一样自由自在地在天地间徜徉该有多好，那样也许他就可以穿越时空，回到十年前美好而温暖的故乡。

司徒煜摇摇头，胸前的伤口传来阵阵刺痛，帮他赶走这些不切实际的想法，他露出一丝苦笑，一个现实的入世之人怎么会有如此荒诞不经的想法。大域学宫的学制为三年，司徒煜已经不用再去上课。走过学宫中心花园悠长美丽的甬道，校场上，监兵学院的学生们已经在操练了，他们的呐喊声响彻云霄，个个生龙活虎；而另外一侧孟章学院的朝闻殿中传来朗朗的读书声，这是刚刚入学的新生在诵读诗书，时光荏苒，转眼三年已过，他已修完学业，不能再留在这清净的学术圣地，而要踏入红尘，寻找属于自己的人生；东侧的任意阁是陵光学院的主楼，攒尖建筑，穹窿顶，富丽堂皇，看上去精美浮夸，巧夺天工，不愧是天下能工巧匠的摇篮，但这里偶然会从窗口冒出一股黑烟，继而发出哔哔啵啵的爆响，那是某个粗心的学生配错了丹药的秘方；而西侧的非命堂与之相比则显得平实低调，甚至略显颓败，平时悄声无息，人们往往会忽视这里的存在，这是执明学院隐忍、神秘的气质的写照。

司徒煜走向冲宵阁，这里是学宫藏书之所，藏有古今上万卷典籍，包罗万象，应有尽有，是司徒煜最为流连的地方。三年来，他在这里度过了无数个不眠之夜。他曾发誓要读遍这里所有藏书。到今天为止，他还有三卷书没有读过，所以他打算在离开学宫之前了却这桩心愿。

昭成殿的钟声响了，学生们纷纷走出书馆。一些人认得司徒煜，无不向他投来羡慕的目光，仿佛在看某个名人高士。一些与他熟悉的师弟甚至围着他兴致勃勃地开起玩笑来。

"恭喜司徒师兄啦!"

"师兄日后飞黄腾达,可别忘了我们这些师弟啊!"

"司徒师兄,去良国也带上我们吧,小弟给你牵马坠蹬。"

"师兄何时摆酒请客?"

"师兄不要吝啬,这么大的喜事怎能不庆祝一下?"

司徒煜略有不解。只见赵离兴冲冲地迎面跑来,一把拉住司徒煜。

"你还不知道吗?"赵离比所有人都开心,"都贴出告示来了!"

赵离不由分说,拉着司徒煜跑到朝闻殿大门前。只见门前贴着一张告示,上面盖有信阳君的大印。内容司徒煜不用看也已经猜到了,信阳君已经向所有人宣布,司徒煜被他招为门客。令司徒煜有些诧异的是,他的身份竟然贵为"左上宾",这是所有门客中极为尊贵的身份,相当于一国上卿。司徒煜微微一笑,一个寒门学子一夜之间成为如日中天的大国权臣门下上宾,对于其他学生来说无疑是一个巨大的诱惑,信阳君这么做可以显示他的礼贤下士,任人唯贤,用不了多久他的门下就会有更多的贤才投奔。

"可是这未免有些不合规矩了吧。"赵离一旁质疑道,"'天择'的日期还没到呢。"

"天择"是各国诸侯大夫来大域学宫挑选能人良将的日子,也是大域学子们选择主公的机会,三年一度,为期十天,是大域学宫的盛会。那时候大域学宫会变得非常热闹,有人喜跃龙门,得偿所愿,顺利踏入仕途,为以后飞黄腾达、位列公卿迈出了第一步;也有人黯然失落,怨天尤人,三年辛苦付之东流,悄声无息地收拾行李回家,或者在酒馆买醉,痛哭一场,花光身上所有的钱,就此流浪江湖。大家出身不同,既有司徒煜这样的寒门学子,也有赵离这样的贵族豪门,但对于大部分人来说,这是一个二次投胎的机会。

现在距离"天择"还有半月的时间,信阳君就贴出任贤告示,确实有些名不正言不顺。但司徒煜能理解他的做法,信阳君一向求贤若渴,捷足先登地贴出告示,就可以让其他诸侯大夫不敢觊觎他选中的人才。

"你什么时候开始在乎礼法了?"司徒煜揶揄道,"我还以为你是最喜欢离经叛道的。"

"礼法是礼法,规矩是规矩。"

"规矩是人定的,谁掌握权力,谁的话就是规矩。"

"哼,他又不是天子,甚至连国君都不是。"赵离有些不屑,他当然有不屑的资格,赵家的地位完全可以与信阳君比肩。

"如今天子可能什么都有,就是和权力这两个字扯不上关系。"司徒煜一向孤僻内敛,很少和人开玩笑,只有和赵离在一起的时候才会显露风趣的一面,而且今天他心情确实不错。但是今天赵离听起来却感到有些刺耳。

"司徒大人这么快就开始为主公说话了?"赵离反唇相讥。

"其实在大家眼中,我一直是一个攀龙附凤的人,只不过以前攀附的是赵家的小侯爷。"司徒煜嘴角露出一丝坏笑。

这本是一句玩笑,没想到赵离却当真了,他的脸立刻涨得通红。赵离心地纯良,从来没有觉得自己高人一等,平时也最恨那些仗势欺人的公子哥,尤其和司徒煜在一起,更是肝胆相照、亲密无间,不曾有过半点儿居高临下的姿态,想不到被他引为人生知己的司徒煜竟然说出这种话。

"我几时在你面前显摆过自己是什么……小侯爷了？！"赵离一激动就会有些语无伦次，"在你眼里，我是不是跟霍安那样的人没有什么区别？"

没容司徒煜解释，赵离变脸拂袖而去。

司徒煜也有些诧异，这种玩笑他开了不下几百次，怎么这次他偏偏当真了？司徒煜无法追赶，因为他再次被一群学弟们包围起来，起哄讨赏钱。司徒煜被缠得无法脱身，却又无可奈何，他并不是吝啬，而是真的囊中羞涩，不够分给大家的。

"我替司徒师兄请大家喝酒。"一个清越的声音传来。

司徒煜看到廖清站在朝闻殿门前，笑意盈盈地看向自己。近两年，廖仲日益衰老，愈发足不出户，廖清虽是女子，但自幼聪颖好学，饱读诗书，满腹经纶，论才学，大域学宫的众多学子没有几个可以比得上她的，所以她一直在代替廖仲授课传道。由于她温婉端庄，才思敏捷，循循善诱，所以很受学生们喜爱，私下里被称为"仙子姐姐"。

廖清手中举着一枚凤纹玉佩。司徒煜认得这枚玉佩，这是廖仲五十大寿之际，高漳君赵介送来的贺礼之一。也就是在那一年，高漳君将女儿赵清过继给廖仲。这枚玉佩对于廖清意义非凡，作为她与亲生父母之间的纪念，从那天起，这枚玉佩就一直佩戴在廖清身边，然而今天她竟然要把这枚玉佩作为代替司徒煜请客的酒钱。

众人一窝蜂地冲向廖清，去争抢她手中的玉佩。

"师姐这么慷慨，我们替司徒师兄多谢师姐了……"

司徒煜连忙阻拦："清儿姑娘，这可使不得！"

廖清把玉佩递给大家，嫣然一笑："能让大家开心，不是很好吗？可惜我不会喝酒，不能陪大家尽兴了。"

"可是这是令尊留给你的纪念。"

廖清莞尔一笑："家父难道不是廖夫子吗？"

司徒煜怔住了。

"十九年来，养父待我视如己出，我早已不当自己是赵家人，所以这枚玉佩也只是一枚普通的玉佩而已。"

司徒煜感激地看着廖清，他少年时国破家亡，流亡在外，深知对亲人的思念之苦，她怎么可能真的不在意故国的亲人呢？她这么做只是为了让自己摆脱尴尬。以他的聪明敏锐，当然早知道廖清对自己的感情，但廖清付出得越多，司徒煜越是感到如芒刺在背，他深知自己身负国仇家恨，是一个没有资格谈情说爱的人。

学生们还在一旁嬉闹，吵着要司徒煜和廖清参加他们的庆祝，就连昭成殿的上课钟声都不曾听到。

一个威严的声音响起："怎么还在胡闹，下面的课不要上了吗？！"

这个声音并不十分高亢，但却不怒自威，殿前瞬间变得鸦雀无声，所有人都安静下来。

一个青年男人站在殿前的台阶上，面沉似水，目光犀利地扫视众人。他身材中等，略显丰满，面如满月，长眉短须，面相非常端正，二十七八岁的样子，但是由于他总是一本正经，看上去比实际年龄要显得大一些。来人正是孟章学院新任教习淳于式。

淳于式是章国贵族，两年前在大域学宫学习期满，随即留在大域学宫任教。他生性沉默严谨，做事极为正统，平日不苟言笑，和廖清相反，他对待学生非常严厉，是大家都怕的冷面判官。冷面判官下凡，学生们立刻一哄而散，片刻之间朝闻殿前就只剩下司徒煜、廖清和淳于式三人。

司徒煜对淳于式微微躬身："多谢淳于夫子解围，否则他们还不一定要闹到什么时候。"

但淳于式似乎不喜欢司徒煜，依旧板着脸，正眼都不看司徒煜一眼，只是冷冷地说道："不敢当，我只希望司徒兄的喜事不要妨碍了大家上课。"但是面对廖清，他却露出一丝罕见的笑容。

"下面的课有劳清儿姑娘。"

想不到这冷面判官也会笑，司徒煜心中暗笑。

当司徒煜再次找到赵离的时候，已经喝了两坛女儿红的赵离正在一家酒馆中醉意蒙眬，一旁为他倒酒的酒保已经昏昏欲睡，哈欠连天，口水都滴在桌案上了。

黄丘距离大域学宫不到十里，是一座异常繁华的小镇。三百年前，昭怀王时期，鄢国叛乱，乱军直逼首都昭歌。当时昭王朝正值鼎盛，天子一面率兵抵抗，一面迅速燃起烽火狼烟，各路诸侯火速赶来勤王，迅速平息了叛乱。鄢国被灭，从此这里不再设诸侯国，而是由开国元老镇鸾子在鄢国首都大域创办了天下学城"大域学宫"。因此学宫祭酒的地位与各国国君相当，有权开府设衙、兴征税赋、招募军队，而原属于鄢国的黄丘、幹城、曲门三地，也变成了自由城邦，它们名义上属于学宫管辖，但学宫祭酒大多是无心政治的学者，尤其到了廖仲时期更是如此，他信仰无为而治，只要求各城缴纳赋税，供养学宫生计，至于其他一切事宜都交给当地望族元老打理。由于得天独厚的条件，黄丘三城变成了昭王朝最为繁华的城镇，这里遍布商铺，大街小巷几乎没有空闲所在，早市夜市昼夜相连，酒肆、青楼错落有致，买卖通宵达旦，每天都有数以万计的金银彩帛、美酒玉器在此流通。各国的商人都来此交易，甚至蛮族的商贩也可以在此贩卖毛皮。幹城的良马、曲门的木材和粮食都闻名天下，黄丘则以玉器珠宝以及美酒著称。如今虽然处于乱世，昭王朝辉煌不再，但这里还依然残存着当日的繁荣，这座小城虽然只有方圆不到五里大小，但却有八万常住人口。

黄丘城最好的酒馆名叫"千秋醉"，也是赵离最常光顾的地方，这里的女儿红清冽甘醇，满口生香，而且还有一个好听的名字，叫"问情"。

赵离知道自己今天有些失态，以他和司徒煜的默契，怎能听不出他是在开玩笑？只是他一想到分离在即心里就有些酸酸的，他确实为司徒煜高兴，但又感到惋惜，他一直希望司徒煜可以去定平国，那样两人就可以一直朝夕相伴了，然而他又不想勉强朋友，他知道司徒煜是一个胸怀大志的人，也许对他来说纵横天下，叱咤朝野才是他想要的生活。可能朋友只是生命中的过客，从小到大，赵离有过无数的朋友，也经历过分离，但只有司徒煜令他感到如此不舍。

酒樽再一次添满了，赵离一饮而尽，怎么味道变得淡了？赵离抬起头，蒙眬的目光中看到司徒煜站在身旁，手中拿着酒壶。

"有人说，不开心会令人失去味觉，因为酒神不喜欢忧伤，看到不开心的人就会把酒变成水。"司徒煜有些内疚，今天自己一时高兴，忘了顾及朋友的感受。

"如果真的有酒神，那么他就应该下一场酒雨把你淋死，因为是你让我不开心的。"

"我今天就是来帮你把他老人家请回来的。"

司徒煜换了一壶酒,再次为赵离斟满,继而也为自己倒满一樽。

"今天的酒我来请。"

"辞行酒?"

"如果你非要给它一个称谓的话,我觉得不如叫作相逢酒。"

司徒煜用手指蘸着酒,在桌子上画了一个简单的地图。

"高漳距信阳城不过三百里,如果坐骑够好的话,只需要三天的时间,信阳君以渔盐贸易闻名,拥有很多船只,如果坐船的话,也许只需要两天。到时候我们依然可以像往常一样,煮酒烹茶,谈古论今,聊他个三天三夜。"

"说得容易,你要忙军国大事,有时间来找我吗?"赵离冷冷地说。

"你可以来找我。"

"我不会去找你的,我不喜欢舟车劳顿。"

司徒煜感到无奈和痛心,他又何尝舍得分离,只是对他来说,去定平国绝非上策,为了心中的抱负,他只能选择辜负朋友的深情厚谊。司徒煜端起酒樽,一饮而尽,酒的味道变得有些苦涩。

赵离抬起头,露出一丝坏笑:"想不到你也有发愁的时候,想个两全之策有那么难吗?"

他也仰头喝干一樽酒,仿佛是下了决心。

"我想过了,赵家有大哥三哥就够了,我本来就是个不成器的孩子,留在定平也帮不上父亲的忙,也许还会给他添乱,不如……"赵离展颜一笑,"你去哪我就去哪,我去祸害良国。"

司徒煜的惊喜之情溢于言表,他霍然起身,激动道:"此话当真?"

赵离重重地把酒樽放在桌子上:"赵某从不食言,给小侯爷倒酒!"

刚才一直略显冷清的酒馆不知什么时候突然变得热闹了起来，就在两人把酒言欢之际，门外的街道上传来一阵喧嚣，骏马嘶鸣、蹄声杂沓，从声音上判断，这应该是一支有些规模的骑兵队伍。黄丘以贸易著称，怎么会突然来了这么多骑兵？

赵离一向好事，他放下酒樽，几步跑到门口，掀起门帘向外张望。

街道上烟尘滚滚，上百匹快马飞驰而来。马上的骑士们盔甲鲜明，为首的是一个威武的老人，他身材高大魁梧，威风凛凛，虽然须发斑白，但却丝毫不显老态，一部虬髯，宛如雄狮一般。

赵离惊喜地跳出酒馆，大声叫道："爹！"

来人正是定平国重臣，高漳君赵介。赵介是名满天下的大将军，曾任昭王朝对抗蛮族的联军统帅，因此被封侯爵，是四公子中爵位最高的人，三个儿子都是久经沙场、勇冠三军的名将，赵家一门忠烈，是定平国当之无愧的中流砥柱。高漳君一生戎马倥偬，虽然已经年近花甲，但依然身体强健，精力充沛，一向乘骑战马，从不乘车。

赵介在酒馆门前下马，饱经风霜刀砍斧刻一般的脸上绽出慈爱的笑容。他一向雷厉风行，令出如山，但唯独对小儿子宠爱有加。

"阿季，看来你三哥说得不错，你果然在这里。"赵离在家行四，字季衡，被父母和兄姐昵称为阿季。

赵介身后，是一位健壮彪悍的青年将军，他身材不算十分高大，却虎背熊腰，极为健硕，一望可知一定膂力过人，正是赵离的三哥，定平国第一猛将赵夺。赵介生有四子四女，除二子赵最早年战死，幺女赵清过继给挚友廖仲之外，其他几人都是人中龙凤、盖世英才。长女赵灵是昭天子的侧妃，其他两个女儿也嫁给了诸侯国君和上卿，长子赵稷、三子赵夺分别官拜左右将军，只有幺子赵离从小娇生惯养，生性顽劣，没少让他和妻子操心，但他却偏偏最喜欢这个孩子，只要人在国内，无论军务政事多么繁忙，都会抽出时间陪他玩耍嬉戏，所以他们父子感情深厚，虽然赵离已经成年，但在父亲面前还像当年一样顽皮自在。

司徒煜对这个威严正统的老人非常敬重，赵介也对勤奋优雅的司徒煜颇有好感，俗话说，近朱者赤，他当然希望儿子可以多几个勤奋正派的朋友，虽然他对赵离很有些溺爱，但还是希望他以后可以出人头地，位列公卿。

"以后多和子熠学，少和那些不三不四的朋友来往。"他不止一次地告诫儿子。

赵离每次都是嘴上答应，敷衍一下，哄老爹高兴，过后依然故我，把父亲的话当做耳旁风，但这次他却非常认真地点头："父亲教训得是，以后孩儿一定多和子熠在一起谈经论道。"说罢回身对司徒煜眨眨眼睛。

儿子的乖巧令赵介心花怒放，在马背上转身对身后的三子赵夺称赞："叔长，看来咱们的阿季长大了。"

一行人正走在回学宫的路上，赵离和父亲并辔而行，非常亲密的样子。赵介令人马驻扎在黄丘，自己只带儿子和几名随从前往大域学宫。

赵夺微微一笑："是廖夫子教导有方。"

赵介爽朗地大笑："那是自然，他不会教书育人还算什么学宫祭酒？那不等于我不会打仗一样吗？"继而回身对司徒煜说道，"不过这里头也有你的功劳，鸟随鸾凤，人伴贤良嘛，子熠，以后你要多帮帮他。"

司徒煜催马上前几步，非常恭敬地回答："不敢，小侯爷如果今非昔比，也是托君候的洪福。"

赵介大笑着拍拍司徒煜的肩膀："什么君侯，叫伯父！"

看到父亲对司徒煜如此器重，赵离心中自然高兴，添油加醋地说道："爹，您还不知道，子熠已经投身信阳君门下，被拜为上宾了！"

赵介闻言心中一动，怎么，天择的日期还没到，良国就已经捷足先登，开始招贤纳士了吗？多亏这次来得早，否则贤才还不都被他抢走了？念及此，不禁心中非常不悦，这个姬殊真是太张扬了，连起码的规矩都不讲了，如今天下礼崩乐坏，都是这些锋芒毕露的年轻人造成的。赵介是定平重臣，当然会站在国家的立场上。虽然定平与良两国交好多年，又是姻亲盟国，但他深知花无百日红，乱世中恩怨亲疏瞬息万变，全在一个"利"字，国与国之间的结盟脆弱的如同风中的柳絮，根本经不起一个小小的波澜。一边结盟，一边刀兵相见的事并不罕见。

但不管怎么说，这件事对于司徒煜来说确实是一桩喜事，他总算进入了士族阶层，这对于一个寒门学子来说，也算得上鱼跃龙门，一步登天。他忍住心中的不快，做出开心的样子。

"如此说来，真是要恭喜子熠了，等老夫拜会了廖夫子，一定为你庆贺一番。"

司徒煜发现了赵介神色的变化，连忙推辞："伯父公务繁忙，怎敢让您为这些琐事费心。"

赵离却没有司徒煜察言观色的本事，而且也用不着，从小到大，父亲对他从不打骂，就是重话都很少说，所以他一向都是有话直说，今天正值兴头上，又借着酒劲，更加口无遮拦。

"不急这一时，爹，他不是一个人，孩儿也要一起去，所以，以后的机会多着呢。"

"什么？你要去良国？"赵介闻言勃然变色，他并不想勉强儿子一定要出将入相，但是起码要保证生命安全，如果他在良国为官，那么以后万一两国发生冲突，自己的儿子不就成了人质了吗？他不禁有些怀疑这其中有什么阴谋，一个初来乍到的年轻人，跻身于众多功勋卓著的谋士当中，寸功未建，如果想在主公门下脱颖而出，带一个他国质子一同投奔，实在是一个一举多得、无本万利的上策。当年谭国大将武启投奔景国，为了博得新国君的信任，不惜亲手杀死身为谭国人的妻子和不满十岁的幼子。如今人心不古，为了利益和前途，人们还有什么事做不出来呢？夫妻、父子尚且如此，何况朋友？

"对啊，还要请爹爹在信阳君面前推荐孩儿一下呢。您和姬大人是老朋友，这点儿面子他不会不给吧。"赵离还在乐呵呵地说。

这个可怜的傻小子，从小到大总是被人利用，被人卖了还要帮人数钱，赵介有些心疼爱子。小时候赵离因为深得父母宠爱，经常被哥哥姐姐用来做挡箭牌，他天性纯良宽厚，即便知道被利用，也佯装不知，更不会向父母告状，因此赵介夫妇更加疼爱赵离。

赵介不由看向司徒煜，目光如炬，仿佛要看穿他的内心。

司徒煜不像赵离那么单纯，他当然能猜到赵介的疑虑，心中不由暗暗埋怨赵离，他的鲁莽和轻率总会带来不必要的麻烦。但是他深知此时不能解释，在赵介这样老谋深算的权臣面前，解释无异于不打自招，这种人的想法是不会被别人左右的。

赵夺也感到了父亲的异样，连忙纵马上前，拉了拉赵离的衣袖，暗中递眼色，示意他不要再说下去。赵离开始还没有意识到，但转头之间父亲已经头也不回地甩开队伍策马而去，他也不由吃了一惊。

廖仲对赵介的到来没有丝毫的惊讶，并且仿佛已经预感到了赵介进门的时间，甚至连茶都刚刚烹好。但赵介并没有心思喝茶，他有更重要的事情要问，一路上他想了很多，甚至怀疑司徒煜是良国卧底，被派来有意接近赵家的，这个想法令他感到脊背发凉。

"大域学宫一向奉行有教无类，从不关心学生的出身来历，侯爷如果要问他的身世，恐怕找错了人。"廖仲还是一如既往地平静。

"这也未免太不谨慎了吧？难道你就不怕有不轨之徒混进来吗？"赵介对老朋友的做法有些质疑。

廖仲笑了："他来做什么呢？我这学宫之内一无金银，二无秘密，只有几万卷藏书，需要如此煞费苦心吗？"

"但是有各国重臣的子嗣，对于有些不择手段的人来说，这就是最好的筹码。"赵介挺直身子，手按几案，几乎要站起来。

"如此说来，这大域学宫竟是个凶险的所在了，大将军久经沙场，过的是刀头舔血的日子，怎么反倒为这小小的学宫忧心？"

赵介眉头紧锁，心中充满忧虑："老兄通达古今，怎么不知道有时候人心比刀剑更可怕？！"

"说得好，刀剑不可怕，因为看得到，心之所以可怕，是因为猜不透。"门外有人搭话。

赵介与廖仲转头，看到信阳君面带笑意，悠然站在门外。

"有道是，画龙画虎难画骨，知人知面不知心。人心可怕，那么能看穿人心的人岂不是更可怕？"

在三位大人物于无为阁语带机锋地谈论人心的时候，赵离等人也赶到了大域学宫。

赵离意识到父亲的不快，但反思再三，也没想到自己哪句话说得不妥。他并不觉得去他国谋职有什么不对，当下很多人都是这么做的，何况良国和定平国还是姻亲盟国。

赵夺是个粗线条的汉子，遗传了父亲勇猛的一面，冲锋陷阵是一把好手，但运筹帷幄的一面却没有继承。

"这么大的事，你也不跟家里商量一下就自作主张，父亲能不生气吗？"他只能用自己能理解的范畴劝慰弟弟。

可是这算大事吗？当初来到大域学宫，父亲本来想让赵离在孟章和监兵两院任选其一，或者学文，或者习武，没想到他偏偏选了个在赵介眼中只是奇技淫巧的陵光学院，而且非常执拗，没得商量。赵介也只是无奈地摇了摇头，笑着骂一句"都是我把你宠坏了"，便一切随了赵离。

"我这不是正在跟你们商量吗？我也是刚刚才想到的。"赵离有些委屈，"我不是还没去良国吗？"

是啊，以父亲以往对四弟的态度，断然不会因为这几句话发火的。赵离小时候顽皮，曾经弄断了父亲统率千军万马的虎符，父亲都没舍得骂他一句。母亲甚至打趣地说，大将军在儿子面前快要变成奶娘了。

"我知道了！"赵夺突然一拍大腿，"一定是为了那桩亲事！"

一个粗人一旦想明白了，或者认为自己想明白了某件事情，就会非常兴奋，因为这可以让他感到自己有几分睿智。这桩所谓的"亲事"指的是赵离与章国公主媤幼时定下的婚约。赵介战功卓著，名震天下，章国为与定平交好，特意将公主下嫁赵家。虽然赵介的爵位高于章国国君，但他毕竟是定平国的臣子，能与他国国君结亲，对于赵家来说的确是无上的荣光。那时候赵离还未满周岁，还没有学会叛逆，他带着婴儿纯洁的笑容抓过了章国送来的礼物。但当他长大之后，就一直很排斥这桩婚约。他是个崇尚自由的人，稀里糊涂地和一个素未谋面的女人结婚，这未免实在太无趣了，而且他不喜欢上上下下都一副霸道好斗模样的章国，尤其不喜欢以铁血著称的章国国君。经过无数次抗争，父母无奈之下终于暂时放弃了逼他就范的打算，以儿子在大域学宫求学为借口暂拖一时。

"现在你学业已满，正是婚配的时机，章国公主一定正眼巴巴地等着过门，而章国与良国素来不睦，你去了良国，章国公主怎么办？岂不是要在家里守活寡吗？子熠你说是不是？"赵夺有些沾沾自喜，他感到自己分析得越来越有道理了，简直是天衣无缝。

关于赵介的心思，司徒煜虽然可以猜到一二，但又不便说明，否则会影响他们父子关系，所以司徒煜只能笑着敷衍道："将军所言有理。"

三哥的话为赵离蒙上了一层阴影，三年自由期限已过，眼看又要面临这件令人头大的婚事。如果说当初想要投奔良国只是脑袋一热，那么现在他是真的想要逃走了。据说章国的女人在新婚之夜会送给丈夫一卷亲手织成的麻布，如果他以后在战场上牺牲了，可以用来包裹尸体，当然贵族女子通常会织得非常精美，而且会绣上美丽的图案；而男人则会向妻子展示一串风干的耳朵，那是他从敌人头上割下来的，象征他的勇武和军功。赵离厌恶血腥，不喜欢杀戮，除了自己的两只，也没有多余的耳朵送给别人。

其实赵介并没有那么在乎这桩婚事，他性情耿直强悍，很不喜欢霸道的章国国君，他在乎的是家人的安危。对他来说，国家和家族的安全与荣誉是最重要的。在孩子们很小的时候，他就教会他们爱自己的家人和国家。

信阳君似乎非常坦诚，关于司徒煜的事他丝毫没有隐瞒，他告诉赵介和廖仲，自己很欣赏这个年轻人，也会给他展示才能的机会，但是他似乎对赵离要去良国的事一无所知。赵介心中暗自松了一口气。

"司徒煜和老夫也算是旧相识，他虽然聪慧勤勉，比起犬子赵离当然天壤之别，但真的有大人说的那么高明吗？"关于信阳君对司徒煜的欣赏，赵介有些质疑。

"自从老朽担任祭酒以来，还没有遇到过这样的人才。"廖仲一旁插话道，言语之中也颇为欣赏。

赵介更加好奇了："如果不是老夫认得他，只听两位所言，真的会以为说的是仓颉和镇鸾这样的贤人了，别忘了，他才刚刚二十一岁。"

"我记得大将军二十一岁的时候，已经是大军统帅了。"

"高不高明，一试便知。"信阳君微微一笑，"大将军此番带大军前来，恐怕不只是为了看望公子吧？"

眼下西方的蛮族狁狄穿过陈国故地，进入曹国境内，骚扰宛地，觊觎都城，距离这里只有不到三百里的距离。赵介此番前来的主要目的是前往昭歌，带兵勤王。

"不如我们以此为题，让他拿个主意。"

第六章
何去何从

司徒煜的答案令两位君侯非常满意，赵介依计兵分两路，留下三子赵夺率领一支队伍驻扎在黄丘，保卫学宫的安全，赵家的骑兵以行动迅速著称，十里之遥，只需一餐饭的工夫；自己则带领大队赶往昭歌，驱逐昭王朝西北方向的游牧民族狄狁。蛮族虽然强悍，但都是散兵游勇，各自为政，没有任何章法，在训练有素、久经沙场的赵家铁骑面前还是不堪一击，这样一来，高漳君又可以轻而易举地立下一份不世之功了。

赵介对司徒煜的认识也大有改观，这个年轻人的头脑之清晰，思维之敏捷，对当下大局判断之准确令他非常欣赏，但这并不能彻底打消他的顾虑，人心难测，况且人是会变的。他并没有那么急切地赶往都城，眼下当务之急是安顿好爱子赵离，对他来说，儿子远比天子重要，在昭幽王烽火戏诸侯之后，权威和名誉就已丧失殆尽，几乎所有诸侯大夫都已经不把天子的安危放在心上了，他们更看重家族和自己的国家。

所以当赵夺担心蛮族会攻破昭歌掳走天子的时候，赵介不屑地冷冷一笑："对于狁狁人来说，天子比牛羊重要吗？"

父亲的话把赵离逗得哈哈大笑，如果让他来选择，恐怕也会选择牛羊，而不是那个只会呆呆地坐在御座上喝酒的昭天子。他少年时有一次随父亲去昭歌觐见天子，那是一个肥胖虚弱的年轻人，眼神茫然，反应迟钝，一副宿醉未醒的样子，令赵离想起了家里那只跟他年纪差不多的老猫。赵离喜欢收养小动物，尤其是猫，他认为猫是造物的精灵，集优雅和可爱于一身，是一种完美的生物。所以当那只老猫去世的时候，赵离还在花园中煞有介事地为它举行了"国葬"。

"傻小子你在想什么？"看到儿子在一旁独自出神，面露喜色，赵介感到又好气又好笑，这张可爱的脸令他百看不厌。

赵离回过神来："爹，要不我也跟您一起去京城，看看猫天子？"

"不许胡说！"赵介慈爱地瞪了儿子一眼，也被逗笑了，"你去干什么？我是去打仗。"

"按子熠所说，您的大军一到，蛮族就会望风而逃，也没有什么风险吧。"赵离笑嘻嘻地说。

"你给我留在这里，哪也不许去。"哪怕只有万分之一的风险，赵介也不会让儿子去冒险，他爱儿子远胜于自己的老命。

"万一以后我也和爹一样，做大将军呢？我总不能一辈子留在大域学宫吧。"

"我就是想让你一辈子留在这里。"赵介慈爱地看着儿子。

赵离有些不解："一辈子，您当我是傻子吗？不瞒您说，这点儿课程我半年就学完了，后面两年多的时间一直在和鬼斧老头琢磨酿酒技术。"

"廖夫子不就在这里住了一辈子吗？"

"他不一样,他是学宫祭酒。"

"所以我希望你也是。"

"什么?"赵离惊呆了,父亲竟然希望他做大域学宫的祭酒,他甚至有些怀疑自己的耳朵。

"怎么,不可以吗?赵家世代簪缨,你三个哥哥都是驰骋疆场的武士,我想,咱们家也该出一个做学问的人了。"

赵离曾经为自己想过无数条路,但唯独没有想过这一条。赵离其实并不讨厌这里,相反,他倒是很喜欢这里自由的氛围,虽然有些不够热闹,但这可以由黄丘等地来弥补。只是和司徒煜的良国之约……

"可是,我已经答应了子熠……"

"你死了这条心吧,即便你不做祭酒,也要跟我回定平,绝不可以去良国。"赵介声音不高,但非常坚决。

父亲始终保持着军人的做派,说话一言九鼎,没有人敢反驳——除了恃宠而骄的赵离。

"可是为什么?大丈夫一言既出……"

"你不跟父兄商量就做出的决定当然不作数!难道为父的话还比不上朋友之约吗?"

"您哪里是想让我做祭酒,分明是为了那桩亲事!"

"那也没什么不好,你自幼与章国定亲,我们赵家岂能言而无信?"

"爹,这不公平,那时候我还小,那不是我的选择!我不喜欢那个公主,也不喜欢那个国!"

"我是让你娶公主过门,没让你入赘到章国去!"

"我不明白,攀附章王起这棵大树,对您就如此重要吗?!"赵离激动得口不择言。

高漳君在天下颇有威望，从来没有人敢对他这么说话，即便是天子和定平国君。

"混账！"赵介拍案大怒，"越来越不像话了！"

案几上的茶杯都震得跳了起来。

"阿季，不要再争辩了。"赵夺在一旁连忙劝阻，他从来没见过父亲对四弟发这么大火，他一向对父亲非常敬畏，从来不敢有半分违逆。

赵离不服气地还想争辩，赵介起身愤愤地大步走出，回身吩咐："叔长，给我看住他，否则唯你是问！"

在赵家父子为赵离的去留争得面红耳赤的时候，另外一场关于祭酒之位的谈话也在同时进行。

几位贵客离去之后，司徒煜被廖仲留在了无为阁。

三年来，司徒煜曾无数次来到这里，向恩师求教，探讨学术，常常秉烛长谈，通宵达旦。他熟悉这里的一窗一几，一草一木，在这个小小的庭院中，他从十二岁就失去的父爱得以重现。

和别人不同，廖仲并没有对司徒煜的光辉前程表示祝贺，甚至没有丝毫惊喜，他一如既往地平静。在司徒煜的印象中，廖夫子似乎从来没有因为任何一件事而表现出巨大的情绪波动。

"听说你还有三卷书没有读完。"廖仲把三册竹简放在案几上。

此时已近黄昏，竹简在夕阳的照射下发出美丽的光泽。冲宵阁中的藏书种类繁多，材质各异，除了竹简还有木简、羊皮和纸质，以及少许龟甲、石板。对于书卷来说，无论是书写还是存放、携带，纸张无疑是最好的载体。随着造纸工艺日臻完善，纸质的书卷越来越多，大有完全取代其他几种材质之势，但司徒煜却对竹简情有独钟，他喜欢竹简那种古朴而神秘的气质，略显粗糙的竹片随着反复的阅读而变得光滑细润，可以见证读者的勤奋，拿在手中有一种沉甸甸的感觉，似乎可以感知到文字的重量。

"可是您说过，冲霄阁的书概不外借。"

廖仲笑了："别担心，我年纪大了，从冲霄阁偷书的事已经力不从心了，这是我亲手抄写的。"

竹简打开，上面的字体瘦劲清峻、浑厚高古，一看便知是廖仲的字迹。

司徒煜感动地看着恩师，他看似云淡风轻，却如此关注我，连我少读了几卷书都了如指掌。

司徒煜俯身下拜："多谢夫子，这是我今生收到的最珍贵的礼物。"

"古往今来，人们往往喜欢给一些普通的物品赋予某些特殊寓意，似乎这样才能以作纪念。"

"老师说得对，真正的礼物在我心里。"从廖仲身上，他学到的不只是学问，更有博大精深的智慧，以及伟大的人格。廖仲的睿智、良知，以及悲天悯人的情怀深深地影响着他。

"那些礼物我不只送给了你，但也许只有你真正收到了。"

司徒煜伸手触摸几案上的书卷，廖仲轻轻用手按住，目光灼灼地看着司徒煜。

"难道你没有想过要让更多人收到这些礼物吗？"

司徒煜一愣，旋即明白了恩师的话，他希望自己留下。

"我很敬佩您把一生都给了大域学宫，五十年未曾离开。"

司徒煜不是没有想过留在大域学宫，教书育人，坐看花开花落，云卷云舒，像廖夫子一样潇洒自在地度过余生。但他做不到，眼下对他来说，生命最大的意义就是复仇。良国是天下霸主，而信阳君是良国把握实权的人，报国仇家恨的机会近在眼前，怎能轻易放弃？

"不，是四十五年三个月零八天，中间有四年多的时间我在周游列国。"廖仲微微一笑，"但改变我的正是那四年九个月。"

"我少年时偷偷喜欢城里的一个姑娘，她是书院更夫的女儿，那时候我每天都去书院，风雨无阻，只为能看她一眼。当然大部分时候是远远地偷窥，那时候我很腼腆，不过眼神很好，直到现在我还记得她夏天总是穿一件麻布长裙，鬓边有时候会戴一朵海棠花。"

学宫之中，甚至整个昭王朝的人都把廖夫子当作圣人看待，他应该像神一般可以洞察一切，而且没有七情六欲，没人会相信他年轻时也会有这般的萌动，司徒煜的好奇心被勾起。

"您后来跟她讲话了吗？"

廖仲笑了："我还没有来得及攒足勇气，她就嫁给了书馆馆主的儿子，他是城里最有学问的年轻人。从那时候起，我就发誓要成为天下最渊博的学者。你看，任何一件事的最初动力都是这种最简单最原始的本能。"

眼前的老人变得既熟悉又陌生，他头上神圣的光环已经消失，变成了一个普通的邻家老丈，在与他的亲人拉家常。三年来司徒煜和廖仲有过无数次谈话，但从没有感到像今天这般亲密。

"您做到了。"

"是的，我做到了，但直到十八年前我开始周游列国，才发现毕生所学和所做一文不值。"

司徒煜诧异地看着廖仲。

"多年来，我曾经最引以为豪的是为各国培养了大批的文臣武将，可是与天下的百姓比起来，这些人只不过是沧海一粟。"廖仲变得有些激动，"有一年我在阪泉，看到一个八岁的孩子被人们动用私刑砍掉右手，只因为他偷了一只鸡。血喷到三尺之外，围观的人爆发出喊声，他们不是在为那个孩子的痛苦而叹息，而是在为行刑者熟练的刀法而喝彩。我永远忘不掉那个孩子的眼神，像一只待宰的牲畜。"

司徒煜的心猛然抽紧，阴森的地牢，墙壁上沾满凝固的血迹，以及凄厉的惨叫声。廖仲的话仿佛一下子把他带回了那段可怕的日子。

"最可怕的是人们的野蛮、麻木与狂热，甚至包括孩子的父亲和孩子自己，都认为这么做是对的！"他的声音因激动而变得有些古怪，眼神也一下子变得非常凌厉。

司徒煜从来没有见过廖仲如此激动，他给恩师倒了一杯茶，廖仲接过。他的手有些颤抖，茶洒在了案几上。

"他们带走了那只断手，但留下的血迹成了蝼蚁的美餐。"廖仲深吸一口气，让自己平静下来，"我突然觉得那些围观的人就和这些嗜血的蝼蚁一样。这个孩子是一个平民，你有没有想过那些奴隶的命运呢？"

廖仲停下，凝视着司徒煜的眼睛："仁政，也许要从庶民开始。"

是啊，那些奴隶的命运！他们没有人格、没有尊严、没有自由、没有思想、没有权利，被主人自由交易、随便使唤。他们食不果腹、衣不蔽体，无休止地劳作，老无所养，病无所医，甚至为主人殉葬。

司徒煜一想到这些就痛恨得浑身发抖，但是他是个冷静的人，痛苦和愤怒都无法让他失去理智。

"老师的意思我懂，只是……"

"我老了，时日无多，目前只有两件事让我牵挂，一个是祭酒的人选，一个是清儿的终身。"廖仲又变成了一个老人，他的眼神令司徒煜不忍直视。

司徒煜再次陷入两难的境地，他不忍心辜负恩师的期许，想去完成这件可以造福天下庶民的事，但更不甘心放弃复仇的机会。他曾经见过比老师的描述可怕一百倍的情景，而且受害者是他最爱的人。一想到这个，他的心再次坚硬起来。

"老师，也许有人比我更适合这个职位。"

廖仲的眼神中闪过一丝失望。

"我知道你说的是谁，你当真认为他比你合适吗？"师徒二人之间非常默契，已经达到了闻弦歌而知雅意的程度。

"淳于师兄的才华有目共睹，学宫子弟无出其右，包括我在内。"司徒煜诚恳地说，他真的由衷欣赏淳于式的才华，而且他也真的认为，学宫确实应该由他这种正直忠厚的人掌管，扪心自问，他自认没有淳于式那么无懈可击。

"不错，他的才学很渊博，人也非常贤良方正。他跟了我六年，我当然了解他，可正因为我了解他，所以才会选择你。他为人太过古板，甚至有些迂腐，不懂变通。只可守成，而不可进取，而我想做的是让学宫发扬光大。"

廖仲不愧是当世智者，他对人的判断极为准确，在学宫中，淳于式是一个可以跟司徒煜比肩的人，但他博学而不多谋，只适合做学问。没有人会因学问而成为智者。学问或许能由勤奋得来,而机智与智慧却有赖于天赋。

"天下十九国,推广大域学宫任重道远,我怎能放心把这个重任交给一个不适合的人?子熠,为自己利益着想的人是聪明,而为他人利益着想的人才是智慧。"

为他人着想。

司徒煜推荐淳于式做学宫祭酒的原因正是为了一个人着想。

廖清。

第七章
窈窕淑女

淳于式出身高贵,是章国屈指可数的贵族,姑母是章王夫人,拥有万邑的封地,为人端方贤良,品德高尚,又饱读诗书,满腹经纶,最重要的是,他深爱廖清。

淳于式父亲早亡,作为嫡长子的他早早地继承了父亲的爵位和封地,如果不是他一心想留在大域学宫,便可以在学成之后回到章国担任上卿。但是当他迈进学宫大门的时候,就被这里浓厚的学术氛围感染了,那一年他十七岁,正是对一切都感到新奇和向往的年纪。这里的气候温暖湿润,不像章国那样寒冷,这里百花盛开,四季绿草茵茵,雨水充沛,不像章国那样干燥苍茫,一眼望去是无际的黄土和戈壁。虽然他很爱自己的国家,但对于一个正值青葱年华的少年来说,这传说中美丽的圣城令他心醉神迷,尤其当他走入冲宵阁藏书馆的时候,瞬间被这里包罗万象的藏书震惊了。这里的挑高很高,足有四丈,四壁由青石构成,中有五根巨大的立柱,象征阴阳五行,整个藏书馆呈八边形,意为伏羲八卦,屋顶、地面以及四壁均刻有精美的图案,乾为天,坤为地,阴阳流转,生生不息,八八六十四个巨大的书架由硬木制成，分别按照乾、震、坎、艮、坤、巽、离、兑的位置摆放其中，上面陈列着从古至今的各种经书典籍，从远古仓颉亲手刻在龟甲上的文字，到当今圣贤廖仲的著述，应有尽有，这简直就是传说中的神殿！他与司徒煜不同，司徒煜同样博览群书，但为的是学以致用，把书中学到的知识变成手中的利剑和千军万马，而淳于式是单纯地爱，一如他对廖清的情感。

淳于式醉心学术，经常去无为阁向廖仲请教，而清丽脱俗的廖清一下子吸引了他的注意。两人初次相见是在一个热天的午后，乌云密布，大雨倾盆，那一年廖清刚刚十二岁，正坐在门廊下悠然地弹着一把桐木素琴，一只昏昏欲睡的黄狗卧在旁边，她身着绿色纱衣，指如春葱，琴声悠扬，夹杂着嗓嗓切切的雨声，更显得空灵优美。一个浑身湿透的年轻人站在门口，被这天籁般的琴声夺去了魂魄。廖清弹得非常入神，直到弹完一曲《采薇》，才隔着雨幕看到柴扉外落汤鸡一般的淳于式。

廖清从小随廖仲出游，见多识广，并无普通女孩的羞涩拘谨，意识到是父亲的访客，于是跳下台阶，撑着一把雨伞，提起裙裾，赤脚跑过院中的水洼，轻盈地像一只林间的小鹿。

"敢问先生是来拜访家父的吗？"

与她的声音相比，淳于式觉得适才的琴声都算不得动听了。

"家父外出访友，可能很快就会回来，请您进屋饮茶稍待。"

廖清的大方得体更加反衬出淳于式的拘束，他手足无措地站在柴扉前，打量着眼前的女孩，紧张得汗如雨下，心中暗自庆幸多亏刚刚淋过雨，否则一定会被她看出来。

淳于式礼貌而坚决地拒绝了廖清的邀请，宁可在雨中淋着也不肯进门半步，在他看来，这是有悖礼法的。淳于式的母亲是昭歌人，天子的远亲，曾外祖父曾是大域学宫的司学，家教很严。尤其他早年丧父，母亲担心他像其他公子王孙一样游手好闲、骄奢淫逸，所以对他格外严厉。在母亲近乎苛刻的管教下，他变成了一个古板而内向的人。

"多谢姑娘好意，我就在这里等夫子回来。"他目视前方，大声回答，仿佛与他对话的是院中的那棵枝繁叶茂的榕树。似乎只有不看她的时候，他才能流利地说出话来。

章国地处偏远，民风彪悍，甚至有些野蛮。淳于式立志要改变这一状况，让国民都变得像其他国家的人一样知书达理，所以对礼法尤为在意。

廖清觉得这个拘谨严肃的人有些好笑，在百般邀请无果的情况下，她把雨伞留给了他，自己跑回门廊继续弹琴，从《绿衣》弹到《萚兮》。淳于式始终背对廖清，面向门外，心中默默地背诵"非礼勿视，非礼勿听，非礼勿言，非礼勿动"，但是耳朵却不由自主地去听那琮琤的琴声，心中小鹿撞怀，虽然面朝门外，但弹琴女孩的身影却在眼前挥之不去。他终于忍无可忍，抛下雨伞，大步向外走去，脚下一滑，摔进一个水坑。

对于一颗年轻的心来说，一次美丽的邂逅，足以刻骨铭心，就像春风吹过的草原，即便一次次地被野火焚烧，还是会有新芽萌发。

为了摆脱这种困扰，淳于式试过了无数方法，去昭成殿祈祷、在圣像面前忏悔，最后干脆去监兵学院参加训练，试图让身体上的痛苦来浇灭心中炽烈的爱情。他被那些身强力壮的武士们打得鼻青脸肿，伤痕累累，他们本来就看不起孟章学院的学生，对于这种送上门的傻瓜，他们自然不会放弃练手的机会。

但是他依然无法摆脱情欲的困扰，即便在被武士们当作沙包摔打的时候，他的脑海中依然会闪过廖清轻巧地跑过庭院的身影；当他精疲力竭的躺在卧室的时候，耳边还是会响起她的琴声。他变得形销骨立，郁郁寡欢，无精打采，功课一落千丈。他认为自己没救了，对不起母亲，对不起廖夫子，也对不起廖清，他曾经想到过自杀，但礼法的条文告诉他，这必须要经过母亲的首肯。他沮丧地准备离开大域学宫，返回章国。

这时候，廖仲出现在他面前。看着廖仲宽厚的笑容，淳于式像个孩子一样哭了。

"我完了……我忘不了……我该怎么办？"

"顺势而为。"廖仲平静地说，"禹鲧治水的故事你没有听过吗？鲧办法是筑造河堤，一味封堵，他花费了九年时间，动用了上万人力，但筑起的堤坝很快就被洪水冲毁了。而禹采用了疏导的方法，清理河道，开挖水渠，经过十三年的时间，终于消除了水患。"

"您的意思是……"淳于式有些不敢相信自己的耳朵，廖仲非但没有责怪，反而劝他顺势而为。

"草木尚有枯荣，月亮尚有圆缺，这是天道，天道不可违，作为一个年轻人，你的行为和想法并无什么不妥，三年后是她及笄之年，你可以光明正大地向她求婚，如果她喜欢你，那么未尝不是一件好事。"

淳于式的相思病被廖仲的三言两语轻而易举地治好了。不过他没有求婚,而是决心留在学宫,像夫子那样,真正做出一番事业,这样才可以报答夫子的教诲,才配得上心中的女神。

但是他喜欢廖清的事还是被传得人尽皆知,成了学宫中公开的秘密,也成了学宫中茶余饭后的谈资。有人认为他们是天造地设的一对金童玉女,有人则认为是癞蛤蟆想吃天鹅肉。赵离显然是后者。

"章国的贵族家里都没有镜子吗?他竟然觉得自己那副尊荣能配得上我家妹子!简直是白日做梦!"赵离曾经愤愤不平地对司徒煜说,"你真的想就这么眼看着清儿被大冬瓜娶走,嫁到章国那个鸟不拉屎的地方去?"

"我觉得挺好,她是章国人的妻子,你是章国人的夫婿,我发现你们赵家似乎与章国很有缘分。"司徒煜一副无辜的样子。

每次司徒煜这副样子,赵离都会恨得牙痒痒。

"你装什么糊涂?清儿喜欢你,你不知道吗?"

"我知道。"

"那你还装糊涂!做我的妹夫有什么不好?你要是觉得亏了,以后可以不用叫我四哥。"

"你怎么知道我会比大冬瓜更适合她?"

"因为我了解你。"

"那你就应该知道,我的命一向不好,她如果嫁给我,恐怕以后会连冬瓜都吃不到。"

赵离还要争论,司徒煜抓住赵离的手,正色道:"阿季,清儿姑娘是你的妹妹,也是我的妹妹,我真心希望她能终身有靠,也许淳于不是最佳人选,但他会比我合适。"

对淳于式，司徒煜谈不上喜欢，但却很欣赏他的为人，而且他知道，以淳于式的身份，一定可以保护她的安全，给她美好的生活，司徒煜更知道，这一切自己无法做到。他是个极为理智的人，绝不会因为感动或同情而心动，他的心如磐石一般坚硬，像深潭一般冰冷，无论面对多么复杂的情况，都可以冷静地分析，做出准确的判断。

廖清也是一个非常理智的人，她喜欢司徒煜，但绝不会死缠烂打苦苦纠缠，她知道，爱情是两个人的事。她生性清高，对于一份遥不可及的爱情，宁可优雅地罢手，微笑着面对。喜欢一朵花，并不一定要把它摘下来戴在头上，远远地看着它绽放，也许是最好的选择。

廖清从小在学宫长大，讲堂中传来的朗朗读书声，庄严古朴的大殿，七星坛上落日的余晖，都是童年最美好的记忆。她对这座圣殿充满了感情，当然，对她影响最大的人是父亲廖仲，"传道授业解惑"她把父亲的话当作自己一生的追求。既然无法得到自己憧憬的爱情，那么不如像父亲一样，把一生奉献给大域学宫。

廖清是大域学宫创建以来唯一的一位女司学，三百年来从未有过先例。当时廖仲推荐女儿为司学的时候，遭到过很多人的质疑和反对。原因很简单，除了她是女人之外，也太年轻了。有些学子已经年近三旬，而廖清刚刚十九岁，恐怕难以服众。

"长幼有序，难道要让人们对着一个未到桃李之年的女孩子行跪拜之礼吗？"

"她能管得住那些桀骜不驯的贵族子弟吗？"

廖仲一向反对强权，从不以祭酒的名头压制别人，因此大家在他面前都敢于畅所欲言，表达自己的意见。

"我老鬼活了六十多岁,头一次听说当司学不靠学问而是靠年纪。这么说祭酒应该由执明学院那只老乌鸦做了?"鬼斧老头对这种反对的声音很是不以为然,他最讨厌这些长幼尊卑的条条框框,"敏而好学,不耻下问,这不是大域学宫治学之根本吗?至于那些一把年纪还狗屁都不会的学生,就是让他们跪拜一个三岁顽童都不算过分!"

鬼斧的言语一向粗俗,与其说像一个学院的掌教,不如说更像一个更夫或者杂役。也难怪,他经常跟这些下人们混在一起,喝酒聊天,不分彼此,他认为人们尊重一个人不在于语言,而在于内心。他嗓门很大,声震屋宇,高亢之余略带沙哑,感觉像是在跟谁吵架。

"敢问仁兄是哪国人?"鬼斧问反对声音最大的人,一副憨态可掬的样子。

"良国。"

鬼斧拍着圆滚滚的肚子,浑身肥肉颤动,打了个哈哈,一脸不屑地说道:"我听说贵国国君即位时还不满十岁,不知道夫子您见到国君的时候是前驱跪拜呢,还是给他个后脑勺呢?"

鬼斧老头是大域学宫声望最高的四老之一,也是四老中人缘最好的一个,其他三人或超然出世,或性情古怪,或过于严肃刻板,只有他整天嘻嘻哈哈,和所有人逗闷打趣。虽然是个老顽童,但由于古道热肠、妙手仁心,深得众人尊敬。虽然快人快语,口无遮拦,但却没有人会因此介意,大家都知道他有口无心,往往一笑而过。因此,鬼斧的话看似调侃,却往往能在执事会上起到一锤定音的作用。

在鬼斧舌战诸位执事长老的时候,廖清就在当场。廖仲没有让她回避,因为他也想借机看看女儿是否可以在困境中保持冷静,如果连别人几句评价都无法泰然处之,那么她确实不适合面对学宫上千学子。

廖清始终保持平静，优雅地坐在一旁，她并没有过多地展示自己的才学，只是把洋洋十余万字的《连山》背了一遍，不是从第一个字开始，而是从最后一个字开始。当她背到两千字左右的时候，在场的所有人都无话可说，一致通过。

事实证明，廖清非但没有不适合这份职业，而且成了学宫中最受欢迎的司学。她的课不仅一向无人缺席，而且还会有许多其他学院的人来旁听，以至于讲堂中常常人满为患，当然这与她清丽脱俗的容貌有一定关系。每当她风姿绰约地跽坐在教席上讲学的时候，所有学生的眼神都会被她的美丽所吸引，如醉如痴。但有时候也会有例外，就在大家都跟随"仙子姐姐"诵读诗书的时候，有一个人却在全神贯注地琢磨另外一件事……

被磨得锃光瓦亮的竹质算筹摆放在案几下面的坐席上，一双胖手灵巧地把它们摆放成各种组合。公孙痤口中念念有词，认真地计算着什么，书卷随意地摆放在案几上，他的头埋得很低，宛如一只肥胖的仓鼠，表情兴奋而投入，时而皱眉沉思，时而喜笑颜开，以至于廖清走到他身边都未曾发觉。

大域学宫学制三年，前两年需要读书修习一些基础的功课，最后一年则注重实践演练。对于一些天资聪颖的学生来说，三年似乎太久了，赵离和司徒煜都在不到一年的时间内修完学业；但对于一些天资愚钝或者游手好闲的人来说，就没有那么容易了。公孙痤和赵离、司徒煜同年，本应该一同结业，但他的功课实在太糟糕，无法通过考试，因此无法拿到盖有学宫大印的文凭，所以只能跟随后入学的学弟们一起上课。但他却丝毫不觉得有什么羞愧，一来是因为他脸皮很厚，不介意功课的好坏；二来因为他还有一个身份，令他可以在学宫呼风唤雨，颇有声望。

天机门。

在大域学宫，天机门是学宫中最大也最小，人数最多也最少，创建时间最短却最具盛名，人尽皆知却又最为隐秘的组织。许多人视它如救命法宝，止渴的甘露；有些人却恨它如洪水猛兽，恨不得除之而后快。它并不属于任何一个学院，甚至没有一砖一瓦一草一木，没有教材经书，没有固定的学生和司学。

它是一个地下组织。

第八章
棋逢对手

天机门创建的时间并不久，不到三年的时间。创建之初几乎无人问津，但半年后却一下变得门庭若市、供不应求。大家在食寮中，在校场上，在祭坛前都会谈论天机门最近的动向。大域学宫治学严谨，每年会有两成以上的人因无法通过考试而遭到淘汰，要保证每一个手持大域学宫文凭的人都是经纬之才，这是学宫一贯的宗旨。但自从有了天机门，淘汰率大大降低了。原因很简单，天机门不是用来阐释天机的，而是泄露天机的，它主要的功能是帮助大家通过考试。而这个组织的门主正是这个不学无术、奸懒馋滑的公孙痤。

公孙痤不是圣人，甚至不是个好人，他才不在乎有多少人拿不到文凭，他甚至有些幸灾乐祸，因为这样与他同病相怜的人又多了一些。

"早知如此，何必当初？你们在黄丘喝酒赌钱通宵达旦的时候，别人正在窗前苦读，岂不闻'发愤忘食，乐以忘忧，不知老之将至云尔'。"他甚至摇头晃脑，像夫子一样教训那些向他求助的人。但没有人真的为他这些屁话感动，他帮助大家过关的原因只有一个——赚钱。每当学宫考试来临，就是他大捞一笔的时候。虽然他也会不时做一些押宝博彩的勾当，比如"夺旗比武"的彩头，但每年最主要的收入就是出卖答案。

大域学宫的考试方式是让学生在一定的期限内完成某项任务。对于其他三院诸如骑马射箭、研制丹药、化妆易容等技巧来说，天机门似乎作用不大，但对于以文章韬略为主的孟章学院来说，天机门却是对症良药。孟章学院的人数众多，占了总人数的一半以上，而且其他三院在头两年也需要修习经书歌赋、文章谋略、修为礼仪作为基础，所以公孙瘗的买卖自然生意兴隆，财源广进。

"国有高山兮，山有神明；吾有天机兮，位列公卿。"

公孙瘗的办法很简单，帮他们写好文章，让他们自己誊抄一遍，交给教习，就可以安心等候过关了。

公孙瘗是个天生的生意人，头脑精明，眼光活络，加上人脉广博，天机门在他的操作下如日中天，有口皆碑，他虽然精于算计，锱铢必较，而且必须钱货两讫，概不赊欠，但也决不以次充好，天机门的宗旨是"童叟无欺，货真价实"。三年来，除了一名公子在宿醉中错把写给情人的情书当作文章上交之外，其他全部通过。对此，公孙瘗有绝对的自信，虽然他连半篇文章都写不出，但是他有一个强大的后盾——司徒煜。

司徒煜才是天机门真正的主人，而公孙瘗只是前台掌柜而已，这种事由他出头露面最合适不过了，他擅长选择合适的对象，以便把价格抬到最高，风险降到最低，而他与司徒煜的分成比例是二成对八成。学宫之内没有人知道幕后操刀的人是谁，大家只知道公孙门主神通广大，他自称是火神祝融后裔，有巫术在身，可以请动山中的仙人代笔，而且每逢开门营业，必沐浴更衣，焚香祈祷，斋戒三日，煞有介事地折腾一番，必要的时候还会两眼翻白，浑身抽搐，口中胡说一些奇怪的语言，时而声嘶力竭，时而桀桀怪笑，把大家看得云里雾里，心惊肉跳，谁还敢跟他讨价还价？

公孙痤对自己的生意经一向很自信，只是这次却很有些不安。

钱已经收了，但司徒煜这几天却一直不见人影，眼看离上交文章的日子越来越近，一些性急的人已经开始频频催促了。也难怪，这件事非同小可，直接关系到大家的前程，否则他们也不会接受六百钱的价格，这几乎是一个低级官吏的月奉了。况且今年不同以往，三年一度的"天择"即将举行，各国的诸侯大夫都会派人来大域学宫挑选能人良将，而且又赶上选拔下任祭酒的人选，所以这次考试至关重要。他们之中有的人准备回国担任要职，有人准备在即将到来的"天择"中被一个好主公看中，谋得高就，而这两者都离不开大域学宫颁发的一纸文凭。

公孙痤不禁有些担忧，司徒煜最近交了狗屎运，成了信阳君府上的上宾，也许他不再像以前那样需要钱。"但这样就把我害惨了。"公孙痤暗想，钱他已经花了一些，即便可以凑够，那些交了钱的公子王孙也不会接受他的退款，而是会要他的小命，至少会打断他的一条腿，这可不是开玩笑的。公孙痤是一个没有安全感的人，人心难测，世事难料，他根本不相信世上还有真心这回事，天下最忠诚的朋友就是腰包里的金银。

寝室门前已经聚集了不少人，看样子有不少人已经等了不少工夫。公孙痤敏捷地闪身躲在一棵大树后面，他别的本事没有，躲债的本事却是一流。门前的人显然已经有些不耐烦，他们开始大力砸门。

公孙痤见势不妙，转身悄声无息地消失在夜色中。

司徒煜离开无为阁，心中充满内疚和矛盾。虽然廖仲没有多说一句话，但他眼神中的失落令司徒煜感到无地自容。"他一定是认为在我心中，大域学宫的祭酒不如权臣门下的宾客。"司徒煜暗想。他不是一个在意他人看法的人，天下只有两个人除外，而廖仲偏偏是其中之一。

公孙痤的出现打断了司徒煜的思绪。

"司徒兄，可算找到你了。"公孙痤鬼鬼祟祟地跑过来，一把拉住司徒煜的衣袖，似乎生怕他跑掉，同时下意识地向身后张望。

"你这几天怎么神龙见首不见尾的？咱们的活干得怎么样了？他们已经在催我了，过几天交不出货，他们还不生吞活剥了我？你知道他们都是谁吗？大哥，你可不能害小弟啊。"公孙痤擦了擦额头上的汗，抱怨道。

"来得正好，我正要找你。"司徒煜关好房门，点燃蜡烛，烛火跳动，房间内亮了起来。

"太好了，司徒兄果然名不虚传，我就知道你早就胸有成竹。"公孙痤松了一口气，喜笑颜开，四下翻找，"哪呢？在哪呢？"

司徒煜平静地看着公孙痤："别找了，我还没有写。"

公孙痤失望了，瘫坐在席上："那你找我做什么？先说好，借钱我可没有。"他狐疑地看着司徒煜，笑容变得有些猥琐，凑近身子，神秘地说："难道是欠了风流债，被哪家的小姐夫人缠住了？放心，这事小弟拿手，一准给你办得妥妥帖帖，不过要是这样，花费可是要翻倍的。"

公孙痤把一卷厚厚的竹简揣在衣服下面,做怀孕状。

司徒煜没理会公孙痤的调侃,神色毫无变化:"两件事,第一,告诉他们,价格提高一倍,马上付钱;第二,尽快把钱兑换成珠宝,我有急用。"

"什么?"公孙痤几乎不相信自己的耳朵,他从坐席上跳起来,不料竹简从衣襟中滑落,砸在脚上,疼得直跳,"大哥,没有这么做事的!坐地起价,这是做生意的大忌,你这不是砸我的招牌吗?我堂堂的天机门主怎么能言而无信呢?"

"我不是在跟你商量,我是让你马上去办。"司徒煜的声音依然平静,但不容置疑。

"我办不了!他们会把我打成猪头的!"

"你本来就是个猪头,既然如此,不如做个有钱的猪头,不是吗?如果你还想继续当这个门主,继续赚这份钱,就尽快办好这两件事,我提醒你,时间不等人。"

"你威胁我?!"公孙痤大叫。

"不错。"司徒煜认真地点了点头。

公孙痤来到赵离寝室的时候,赵离刚刚宿醉归来。他被父亲训斥了一顿,又想到与章国公主的亲事,心中极为懊恼,迫切地需要找人倾诉,又找不到司徒煜,所以扛着满满一坛老酒,来到了鬼斧老头的住处。既然不能跟最理解的人倾诉,那么就干脆找一个最不能理解的人一醉方休。

"阿季啊,千万不要被老婆拴住,那你这辈子就完了。她会想方设法让你封侯拜将,光宗耀祖,你会变得像一头驴一样,只会蒙着眼睛拉磨，一点儿快活都没有了！"几杯酒下肚，鬼斧果然大呼小叫地说道。

"你爹不就是想抱孙子吗？随便找人给他生一个嘛。"鬼斧眨眨眼睛，一脸痴笑地说，"实在不行，给他养条狗。这个主意是不是很高明呢？"

旋即倒在坐席上大笑了一通，沾沾自喜地说道："我觉得很高明啊，比廖老头和孟章学院的司徒子熠还要高明，狗就是比人听话，起码比你听话……"

鬼斧喝了酒之后话变得极多，赵离几乎插不上嘴，也没心情插嘴，任凭他自己自问自答，说得五迷三道。

一坛酒很快喝光了，赵离不仅没有感觉轻松，反而被鬼斧闹得更加心烦意乱，刚刚回到寝室，公孙痤又跑来诉苦，天机门的事，除了他和司徒煜两个人，只有赵离一人知情。

"小侯爷，你最公道，你给评评理，子熠这也太不讲理了！"公孙痤一脸苦相，"他要涨价也可以，可以提前讲嘛，凭小弟这三寸不烂之舌一定可以给他办到的，可现在算怎么回事？说涨价就涨价，还一张嘴就翻倍，你让我怎么跟人家开口嘛，我这几年辛辛苦苦经营的口碑算是让他给败光了！"

"他为什么要翻倍？"

"没有道理啊！"公孙痤叫了起来，"我知道我是小人，他看不起我，不拿我当朋友没关系，我本来也不打算高攀，可是他也不能害我啊，你知道那些买主都是什么人吗？"

出得起高价的人，自然都是贵族子弟，这些人平日骄横跋扈，是非常难缠的。

"你所说属实？"

"我的公子大人，我能拿这种事开玩笑吗？我要是有半句虚言，让我天打雷劈不得好死，一辈子受穷！"公孙瘗赌咒发誓。

公孙瘗这个人虽然平日玩世不恭，但凡是跟钱有关的事他都会非常认真。

"好，我去帮你问问他。"

赵离对司徒煜的做法也有些不解，虽然他从小衣食无忧，但也能理解钱财对于穷人的意义，他也知道司徒煜是个非常自尊的人，虽然两人情同手足，但司徒煜从来不曾向他开口借钱，他也从来不曾有过资助司徒煜的念头，他不想让钱财来玷污他们之间的情谊。他并不担心司徒煜的生计，一来学宫的花销并不大，廖仲对清贫的学子照顾有加，如果不去黄丘玩耍的话，几乎没有什么开销；二来他知道司徒煜代笔的价格，虽然不算天价，但也确实不菲，这几年下来，他完全可以积攒下一大笔钱，可是他几乎从来没有看到司徒煜花过钱，赵离每次拉他去黄丘玩耍，他都借故推辞，甚至连一件新衣服都舍不得做。赵离很好奇，他的钱都花到哪里去了？

赵离和公孙瘗还没有出门，司徒煜已经来到了门口。

"你怎么来了？我正打算去找你。"赵离总觉得司徒煜有一种未卜先知的本事。

"我找他。"司徒煜看着赵离身后说。

他知道公孙瘗一定会来找赵离告状，所以径直来到赵离的寝室。

公孙瘗还是一副受了天大委屈的样子，嘟着嘴不理司徒煜。

司徒煜也被他这副样子逗笑了："别哭丧着脸了，我有好消息告诉你。"

"什么？是不是不用涨价了？"公孙痤来了精神，长身跽坐，"我就说司徒大人是在逗我嘛，您宅心仁厚，哪舍得让小弟如此为难？"

"价还是一定要涨。"

公孙痤旋即瘫倒在席上，伸开四肢，大声哀号："苍天啊……杀了我吧，我宁可死在你们俩的剑下。"

"你听我把话说完。"司徒煜正色道，"价格翻倍，而且你可以再多接二十份，需要我告诉你能多赚多少钱吗？"

公孙痤一骨碌坐起来，眼睛亮了，司徒煜有个规矩，每次只接二十份订单，来晚一步的人只能听天由命了，可是这次他竟然要接四十单。公孙痤飞快地算了一下，每单一千两百钱，四十单就是四万八千钱，这可是一笔大财。人为财死鸟为食亡，面对这么大的诱惑，公孙痤无法不被打动。

"我要四成！"公孙痤眼神贪婪。

"两成半。"

"三成半。"

"三成。"

"成交！"

一旁，赵离看着两个斤斤计较的人，不禁觉得有些可笑，司徒煜对钱财的痴迷丝毫不逊色于公孙痤。

"好了，两位财迷兄，喝杯酒庆祝一下吧，你们马上就要富可敌国了。"赵离调侃道。

"等一等，这件事只有我们两人是做不成的，还需要一个至关重要的人。"司徒煜又开始卖关子。

"谁？"赵离和公孙痤同声问道。

"你。"

"我?"赵离诧异地问,"这种生意我可干不来,我天生不会做买卖,会把你们的裤子都赔进去的。"

"我也没有打算让你去谈生意,我是让你做一件东西。"

几只苍蝇在空中飞舞,透明的翅膀振动,速度很快,它们锲而不舍地盘旋在距离公孙痤不到两尺的上空,时而俯冲,时而飞速掠过。

公孙痤眯着眼睛,不动声色地打量着这几个不速之客,如果它们一旦落下,他手中的拂子就会飞快地抽过去,把它们打个稀巴烂。不到一顿饭的工夫,已经有十几只苍蝇命丧他手,但它们还是前仆后继地飞来,因为在距离它们不远的地方有两筐鲜鱼。

公孙痤就坐在鱼筐旁边。这是一个市场,在他周围是贩卖各种商品的小贩,叫卖声此起彼伏。那时候公孙痤刚刚八岁,还没有这么胖,动作也很灵活,所以舅舅让他负责看守鱼筐。苍蝇会让鱼很快变臭,发出令人作呕的气味。所以打苍蝇这种看似简单的工作其实非常重要,也非常辛苦,因为不仅需要眼疾手快,而且要时刻保持警觉,尤其在热天的午后,对于一个嗜睡的孩子来说,实在有些辛苦。但如果面临的选择是让拂子抽在苍蝇身上还是抽在自己身上,那么任何人都会选择前者。

这一天,公孙痤的工作并没有那么辛苦,因为两筐鱼很快就卖完了,而时间还不到巳时。不仅卖得快,而且价格也比以往高了三成。直到今天,他依然清晰地记得那天他吃了舅舅特意给他买的饼,然后悠然地躺在树荫下小憩的惬意。当然,对于一个天生的生意人来说,他更忘不了给他带来惬意的原因——不是那天的鱼有什么特别,而是因为那一天是节日前赶集的日子。这件事让他懂得了一个道理，一件东西价格的高低受天时地利人和的影响很大。

对于大域学宫来说，"天择"就是这个赶集日子，在"天择"的时候，一个傲人的成绩无疑就是打开通往公卿之门的金钥匙。在这种日子里，他手中的"鲜鱼"会变得格外抢手，公孙瘗有十足的把握可以多卖出二十份。这样一来，他就可以多赚整整六倍的钱，至于那些实在惹不起的主顾，他也并不强求涨价，见风使舵，顺水行船，这个道理他在十岁的时候就已经很明白了。他唯一担心的是司徒煜能不能如期完成。贪心不足的事他见过不少，到头来都会输得很惨。不过话虽这样说，到嘴的肥肉焉有吐出来的道理？他是个赌徒，自然知道富贵险中求的道理。但他没有想到的是，这次天机门有了一个可怕的敌人。

淳于式是大域学宫有史以来学龄最长的人，七年前，他业成之后，拒绝了章王诚意的邀请，没有回国做官，而是选择留在学宫继续读书。廖仲也曾请他任教，但淳于式认为自己学业未精，又坚持苦读六年，直到一年前才就任司学，由于他为人勤奋正直，还被执事院推选为"宫值"，负责维持学宫纪律规则。他的理想是像老师廖仲一样，做学宫祭酒，为圣城奉献终生。作为一个君子，他从未掩饰过自己对祭酒一职的向往，并且写成座右铭，贴在寝室内，激励自己发奋读书。

淳于式早就听说过"天机门"这个名字，所以从担任宫值的那一天开始，就励志要铲除天机门，杜绝一切舞弊行为。他对于大域学宫的热爱甚至超过了廖仲，也超越了自己的生命，任何有损学宫声誉的事都会令他痛心疾首。他曾多次向执事院和廖仲本人提出过严查的请求。但他不理解的是廖仲似乎对此并不在意，面对淳于式的激动愤慨，老夫子总是显得无动于衷。

"这无非是一些促狭鬼淘气的小伎俩，大可不必放在心上。"廖仲轻描淡写地说道。

淳于式有些不敢相信自己的耳朵，这考试舞弊的大事在廖夫子眼中竟然只是淘气。

"此事如若姑息，舞弊之风势必大长，学宫三百年声誉毁于一旦，晚学以为兹事体大，望祭酒下令严查。"两人走在学宫的甬道上，望着庄严的七星祭坛和恢宏的昭成殿，淳于式心中涌起神圣的使命感，他掷地有声地说道。

"那么你有何打算？"

"晚学仔细查阅了近三年的卷宗，认真琢磨了每一篇文章，发现几乎所有上乘文章似乎都有共性，像是一人所为。虽然并无十拿十稳的证据，但晚学相信，老师一定可以看得出来！"

廖仲轻轻摇摇头："我年轻的时候很喜欢珠宝，有一次朋友送给我一块非常漂亮的美玉，可惜上面有一些瑕疵，我觉得不够完美，于是开始一遍一遍地打磨，但最后却发现，瑕疵不见了，美玉也所剩无几了。"

廖仲似乎有些疲劳，他坐在祭坛台座的青石台阶上，用手轻抚这被百年风雨打磨的光滑如镜的石阶："元戚，水至清则无鱼的道理你不会不懂吧？"

"可学生也知道宁缺毋滥的道理。"淳于式执拗地争辩道，"如果这瑕疵大到足以掩瑜的程度，那么这块美玉不要也罢。"

风吹过淳于式的发髻，廖仲看到他的鬓发中已见斑白。他还不到三十岁，这是他彻夜苦读的代价。

廖仲轻轻地叹了口气，他很了解淳于式，他是一个不讨人喜欢的人，他的固执和不近人情令人难以靠近，往往在不知不觉中得罪了很多人，虽然他极为正直公正，但却正直得有些刻薄，所以几乎没有什么朋友。

多年以后，淳于式明白了老师的眼神中的一丝失望，但是在此时，他只从廖仲的眼神中看到了无奈。以老师的智慧，当然知道他指的是谁，大域学宫嫌疑最大的人就是司徒煜，只有他才可能同时完成多篇上乘的文章而且不露痕迹。淳于式对自己的才学感到非常自负，但自忖却没有这样的本事，加上廖清对司徒煜的爱慕，更令他对司徒煜怀有敌意，虽然他不愿意承认这其中有嫉妒的成分。他认为廖仲是在偏袒，甚至包庇司徒煜，于是暗下决心，一定要查个水落石出。

淳于式不是一个擅长玩弄手腕的人，他是个君子，喜欢光明正大，这也正是司徒煜欣赏他的一面。

"淳于夫子深夜来此，不知有何指教？"

他找到司徒煜的时候，已经是亥末子初的时辰。司徒煜开门的时候手中拿着书卷，屋内的案几上燃着蜡烛，显然他正在读书。

"打扰了，我有几句话，说完就走，不会耽搁太久。"淳于式站在门口，没有进去的打算。

司徒煜优雅地一笑："秋夜霜重露浓，夫子还是请室内一叙吧。"

淳于式对司徒煜有一种本能的排斥和紧张，他那从容中透出的凌厉会带给他一种无形的压力，令他不由自主地想要逃避，有时候甚至会有些口吃，尤其是当着廖清的面更是如此。淳于式非常痛恨自己这一点，论年龄，他长司徒煜七岁，论身份，两人有师生之别，他也不懂自己为什么会怕他。

司徒煜用手中的发簪轻轻拨了拨烛芯，烛光明亮了一些。烛光轻轻摇曳，在黑暗中将他的面庞勾勒出来，他的眼睛在黑暗中闪着光，显得深邃无比，似乎可以看穿人的心。

不能被他抢了先机，淳于式心中暗想。

淳于式定了定神，深吸一口气，大声问道："司徒大人可知道天机门？"

"听说过。"司徒煜神色坦然地说，"夫子太客气了，大人二字实在不敢当。"

"那么想必阁下也知道天机门是做什么的了。"

"略知一二。"

他竟然没有回避抵赖，淳于式心中多了几分好感，他虽然是读书人，但更是章国人，那里民风彪悍，男女老少都是喜欢直来直去，所以他一直很喜欢和爽快人打交道。

"好，我想你我之间也不必兜圈子。今年是我做宫值的第一年，以前的事既往不咎，不过今年我不希望天机门再有任何动作。"淳于式目光如炬地看着司徒煜，他以为自己的话非常有力，足以慑服对方。

司徒煜神色不变，甚至连眼睛都没有眨一下，他不置可否，依然平静地看着淳于式，仿佛他是一个可笑的人，这令淳于式非常不悦，他强压怒火，声音因为激动而变得有些颤抖。

"不要心存侥幸，若想人不知，除非己莫为，如果被抓到，想必你知道后果是什么，信阳君一定不会要一个如此不名誉的人，廖夫子也不会推举一个舞弊之徒来接任祭酒，你的大好前程会化为泡影，虽然你是个聪明人，但有时候利令智昏，容易误入歧途。"

"多谢夫子好心提醒，如果被抓到，我知道后果是什么。"司徒煜故意把"如果"二字说得很重。

淳于式努力控制自己的情绪，让自己不去在意对方言语中的挑衅，他认为自己有义务告诫这个心思机敏却又心术不正的年轻人。

"我并不喜欢你，但我欣赏你的才华。你知道，我想做学宫祭酒，而你是我最大的竞争对手，但我不希望你因为这种丑闻而失去这次机会。如果你只是需要钱，我可以给你。"

淳于式从怀中掏出一袋钱，放在案几上。

"这么多钱，几乎可以买一匹良马了。"司徒煜拿在手中，钱袋很重，"为了我，您觉得值得吗？"司徒煜的笑容带着一丝嘲讽。

"当然值得！你还年轻，前途无量，以后大可以封侯拜相，只要你能从此……做个好人。"淳于式严肃地大声道，他迟疑了一下，还是说出了最先想到的这几个字。

"好人，您以为那些道貌岸然身居庙堂的公侯显贵，就一定都是好人吗？"司徒煜似乎有些感慨，他的眼神中闪过一丝不易觉察的激动，"而且要如何来界定一个人的好坏呢？渔夫对于食客来讲是好人，但对于水中的鱼儿来说就是坏人；两国相争，一国开疆拓土、受人敬仰的功臣良将对于另一国来说就是恶贯满盈的屠夫恶魔；夜晚对老鼠来说就是白日；大海对于鱼儿来说就是陆地；阴中有阳，阳中有阴，世上哪有绝对的善恶？您熟读《连山》《归藏》，难道不知道万物皆有阴阳两面，人性也是如此吗？"

淳于式被说得张口结舌。

司徒煜的声音并未提高，但神情却显出咄咄逼人的煞气，他的眼神像出鞘的利剑一般寒光陡现。

"劝人向善不过是一句冠冕堂皇的空话，是身处高位养尊处优的士大夫用来标榜自己德行的工具，可这人世间的疾苦您又知道多少？"

淳于式突然感到面前的年轻人变得十分陌生，甚至让他感到几分胆寒。

"你……你到底是什么人？"

司徒煜意识到自己的失态，他深吸一口气，让自己平静下来，又恢复了往日的温文尔雅。

"芸芸众生而已，抱歉，我有些失态，让夫子受惊了。"

淳于式虽被说得哑口无言，但仍不甘心的问道："你至少要告诉我，你要这笔钱的目的是什么？"

司徒煜冷笑道："我说了，您会相信吗？"

淳于式从未见过司徒煜如此激动，他的面颊有些潮红，眉宇间闪过一丝痛苦，忍不住用衣袖掩住嘴，轻轻地咳嗽起来。

淳于式离开后，司徒煜轻轻脱下外衣，近日来有些劳累，颈下的伤势复发，已经浸出血迹来。他在木盆中注满清水，荡漾的水面映出他的影子，显得有些扭曲。他有每天沐浴擦身的习惯，无论天气有多冷，他都无法容忍身体上有一点儿污垢，尤其是血污。他的手和身体都曾经沾满亲人的鲜血，他在河水中奋力擦洗，直到身上被擦得鲜血淋漓。那一天阳光非常刺眼，是个雪后初晴的日子，岸边白雪皑皑，他却丝毫没有感到寒冷。岸边两座没有墓碑的孤坟埋葬着他生命中最爱的人。

"哥哥，我们一起堆雪人好不好？"妹妹刚刚六岁，最喜欢玩雪。那天她坚持要给一个雪人披上红色的披风，"这是雪人公主，她正准备嫁给北风王子。"

她甚至给雪人插上了母亲的首饰，认真地把它打扮成了一个新娘，然后拍着小手开心地又笑又跳，冻得通红的小脸上洋溢着灿烂的笑容。司徒煜为了骗她进屋暖和一下，说第二天才是出嫁的良辰吉日，可是没想到第二天竟然天晴了，雪人禁受不住阳光的照射，融化成一堆残渣，头上的首饰也脱落了。妹妹见状伤心地大哭。司徒煜只好再三发誓，下次一定帮她堆一个更漂亮的，没想到再一次下雪的日子竟然成了诀别之日，妹妹倒在院中，她的血染红了雪人，就像那件水红色的披风。

司徒煜忍不住剧烈地咳嗽起来，片刻，他松开手，掌心中多了一抹殷红。

转天，赵离在食寮中一直没有等到司徒煜。他和司徒煜一样，都没有吃早饭的习惯，当然，他的原因是睡懒觉。鬼斧曾经告诉他"喝酒长胆量，睡觉养精神"，这句话深得赵离的心意，因为这两样也是他的最爱。他们一般都是晌午在食寮碰头，然后一起用餐。司徒煜会饶有兴致地听赵离讲他在黄丘的趣闻和风流韵事，哪家青楼的姑娘又在为他争风吃醋，哪家赌坊的老板一见他就赶紧打烊等等，有时候公孙痤也在，他会讲一些学宫内发生的各种传闻。司徒煜很少说话，他吃得很少，但却很认真，几乎连一粒米都不肯剩下。

赵离左顾右盼地等了很久，司徒煜还是没有出现，他有些扫兴，面前的饭菜也变得索然无味。一旁，公孙痤倒是吃得狼吞虎咽，满脸油光锃亮，不时发出猪一样的声音。

"公子，今天的肉羹真好吃啊，好久没吃这么好吃的饭菜了，听说新来的厨师是良国人，以前在大夫家中主厨的，果然名不虚传啊。"公孙痤喘了口气，惬意地叹息。他一直称赵离为公子或小侯爷，以彰显他与众不同的门客身份，虽然他连高漳君的面都未曾见过。

"那你就再多吃点儿，下个月就可以出栏了。"赵离没好气地把自己那份也推给公孙痤，起身就走。

"公子，你要去哪？"公孙痤想起身去追，又舍不得面前的美食，纠结中，赵离已经走出食寮。

今天的饭菜确实不错，不仅有肉羹，还有司徒煜最爱吃的鲜鱼。赵离对这种少肉多刺的食物没什么兴趣，他喜欢吃肉质丰厚、吃起来畅快淋漓的彘肩和羊腿，所以每次吃鱼他都会连声抱怨，虽然他的手非常灵巧，可以做出任何功能繁复的机关，以至于被鬼斧称赞为陵光学院建院以来第一天才，但是在吃饭这件事上，他却毫无耐心，也难怪，他从小生长在侯门，手上何曾沾过油污？这个时候司徒煜就会静静地把自己已经剥好的鱼推给赵离，然后再动手去剥他那一条，不得不承认，他剥鱼很有天分，速度很快，而且会剥得很完整，赵离总是说他前世或许是一只猫。

"安静、高傲、神秘、爱吃鱼，你说你和猫有多么相似！"

"那么你的前世是什么动物？"司徒煜反问。

"一只鸟。"赵离笃定地说，"我喜欢自由。"

"那我可是你的克星了，别忘了，猫除了吃鱼，也爱捕鸟。"

"我是大鸟，鲲鹏，展翅千里，超越于九天之外！"赵离大笑道,"区区小猫,何足道哉!"

赵离进司徒煜的寝室几乎从来不敲门,他径直走进,把从食寮带来的鲜鱼和粟米放在案几上。

"饭菜还热着,赶紧起床吃饭吧。"

司徒煜没有应声,和衣躺在坐席上,案几上的书卷还打开着,蜡烛已经烧光,烛台上流满蜡泪。他很少会睡到这个时候,赵离感到情况不对,轻轻抚摸司徒煜的额头。司徒煜的额头有些烫手,神情痛苦,呼吸也有些沉重。赵离心中一惊。

第九章
冤家路窄

司徒煜卧病在床，最焦急的人是公孙瘗，他甚至比赵离还要担心。

以赵离对医术的精通，可以断定司徒煜并无大碍，主要是他体质羸弱，一时劳累引得箭伤复发，只要安心静养，不出半月即可康复。但公孙瘗却等不了这么久，不要说半个月，就是三天都嫌太久了。公孙瘗站在卧榻前，他眼中看的不是司徒煜，而是沉甸甸的钱袋，是餐盘中肥腻的熊掌和滋滋冒油的麂肩，是黄丘青楼中美女的酥胸和朱唇……多么美好的一切，怎能让它付之东流呢？公孙瘗心如火焚，他不顾赵离的反对，抱着铺盖来到司徒煜的寝室，名曰照料，实为催债，他嘴上虽然不说，但心中却无比盼望司徒煜马上好起来，精神抖擞地开始动笔。他甚至偷偷为司徒煜请来了一个擅长驱鬼祈福的巫婆，身背腰鼓，戴着狰狞的面具，一番古怪的舞蹈之后，念念有词地拿出一个肮脏粗陋的坛子，竟然从里面拎出一只老鼠，说是病人的症结所在。赵离从小就怕老鼠，几乎被吓疯了，他挥舞着佩剑把巫婆和公孙瘗一起赶出了司徒煜的寝室，关上门，惊魂未定地说："我看这个死胖子是疯了，这种馊主意都想得出来，下次我一定会劈了他！"

"请一个巫婆要花不少钱,认识他这么久,你几时见过他这么大方过?看来他是真的着急了。"司徒煜缓缓起身,坐在案几前,苦笑着说道。

"让他着急去。"赵离去夺司徒煜手中的书卷,"你不要管他,把身体养好才是要紧的。"

赵离虽然不是孟章学院的学生,但也知道同时写四十篇上乘的文章需要耗费多大的精力。纵然司徒煜才思敏捷、聪明绝顶,但并非朝夕之间可以完成的,可是他的身体又如此虚弱。

司徒煜躲开赵离的手:"这不是他一个人的事。"他平静而坚定地说道,"我没事,只是偶染风寒,不看书,我会闷死的。"

赵离无奈地看着司徒煜:"我真是不懂,你们两个为什么如此……"

赵离一时语塞,不知道应该如何表达。

"如此舍命不舍财,对吧?"司徒煜笑了,"很简单,因为我们都是穷人。"

"我知道你又要说我生在侯门,从小在蜜罐里泡大,不识人间疾苦,可是赚钱也应该有度,总不能竭泽而渔,把命都搭进去吧。你又没有老婆孩子,你打算把钱留给谁花呢?"

"放心,我死不了的。"司徒煜意味深长地一笑,眼神变得深邃悠远,"还有那么多事没做,我怎么舍得死?"

门外突然传来吵闹声,是公孙痤,他似乎在阻拦什么人。

"各位仁兄,私家寝室,不好硬闯吧,容小弟通报一声……"

脚步踉跄声夹杂着不耐烦的呵斥声,公孙痤似乎突然被人推开。

赵离刚要出门去看个究竟,门开了,几个人站在门口,为首一人身材颀长英挺,虽然背光而立,依然可以看到脸上骄横张扬的神气,来人正是霍安。

淳于式要严查舞弊的消息不胫而走,在学宫内掀起一阵波澜,但他却没有丝毫的把握。他一向是个主张多于办法的人,知道应该做什么,但却未必知道应该如何实施。就在他感到无计可施的时候,有人主动找上门来。

这个人就是与司徒煜素来不和,最近更是水火不容的霍安。

霍安之父在景国官拜上卿,是国内手握实权的六家权臣之中势力最大的一家。与赵离相似,霍安也是生长在簪缨之家,但与赵离不同的是,他从小就对打仗非常着迷,每天学着父兄舞刀弄枪、排兵布阵,稍大一点儿,就和府中年龄相仿的孩子们玩骑马打仗的游戏。疆场、厮杀,这一切令他心驰神往、热血沸腾。在他六岁那年,父亲送了他一身盔甲作为生辰礼物,他喜欢得发狂,甚至睡觉都舍不得脱下来。长大后,更加坚定了做一名将军的信念。在大域学宫,他是监兵学院十年来最出色的武士,骑术高超,一支长戟所向披靡,箭法也无出其右,他看不起那些只会鼓弄唇舌的谋士,更看不起执明学院那些鸡鸣狗盗之徒,至于陵光学院那些江湖术士,他认为与他们为伍简直是一种耻辱,他认为只有武士可以平定天下,扶保乾坤。

"当年武王伐狃,开创大昭天下,靠的难道是那些肩不能担手不能提的书生吗?"

他从不相信不战而屈人之兵的说法,大丈夫就应该驰骋疆场,光明正大、真刀真枪地拼杀一番。他是个骄傲的人,毫不掩饰自己对谋士的蔑视,经常在学宫中宣扬自己的观点,当然,他有骄傲的资本，多年来，他一直被认为是不世之材，名声直追司徒煜，甚至被称为"监兵之魁首，带甲之司徒"。但这个比方正是令他感到无法容忍之处，用司徒煜来形容他，这简直是对他最大的侮辱。他一直想找机会击败司徒煜，所以在夺旗比武中被司徒煜以智谋击败后才会一时冲动，暗箭伤人。

霍安不是个卑鄙的人，当时确实是气昏了头，输了比武，也输了人品，甚至连累监兵学院被人诟病。过后他也非常自责，甚至跑到昭成殿面壁忏悔，自罚一日不进食，素日又碍于面子，不肯向司徒煜低头，但心中却始终无法摆脱懊恼。现在机会来了，如果证明孟章学院有这种更加不堪的存在，那么对他来说也是一种安慰。他开始并不知道淳于式要对付的人是司徒煜，单单是让孟章学院出丑就足以让他开心了，没想到一举两得，淳于宫值要对付的人竟然就是仇人。霍安心中大悦，暗中摩拳擦掌，这次一定要给司徒煜，也给孟章学院一个好看！

霍安在学宫中有一大批追随者，尤其是在监兵学院，更是一呼百应。很多人以他为榜样，为靠山，视其马首是瞻，与他同仇敌忾，所以在霍安的招呼下，一支严查舞弊的队伍快速成立了。这支队伍以监兵学院的学生为主，一来他们都对孟章学院心怀不服，二来查舞弊这件事对他们并无影响，既出了气又扬了威，何乐而不为呢？

所以当霍安等人来到司徒煜门前的时候，心中充满了得意和报复的快感，但是当他们看到站在门内的赵离时，还是略微有些迟疑。

霍安是个眼高于顶的人，如果说大域学宫内还有什么人让他有一丝畏惧，那就是赵离。论家世、论地位、论财富，赵离似乎都比他更胜一等，加上赵离平日仗义疏财，声望很高，四大学院的学生都以与他交好为荣，又好勇斗狠、敢作敢当，是学宫中最容易交往和最难招惹的人。炫耀财富的人必然崇拜财富，标榜权力的人必定屈从强权。霍安为人骄于下尊于上，对待比他弱的人颐指气使，而遇到比他强的人气势就会弱下来。尤其前几天，他箭伤司徒煜后，一直有意躲着赵离，不想与他遭遇。但这次不一样，他们是奉了宫值夫子之命而来，师出有名，谅赵离也不敢把他们怎么样，而且当着他的兄弟们，他自然也不能示弱。

霍安冲赵离一拱手，似笑非笑道："季衡兄也在啊。"

赵离素来不喜欢霍安这种仗势欺人的公子王孙，总是喜欢有事没事找他们的别扭，尤其前几天的事赵离还一直耿耿于怀，只是司徒煜百般阻拦，他才没有兴师问罪，今天这厮竟然不请自来，而且还来得如此不客气，赵离心中火起，挡在面前，冷冷地看着霍安等人："你们来做什么？手都残了吗？连门都不会敲？！"

霍安身后的几个人平日不是得过赵离的好处，就是吃过他的亏，此刻纷纷抱拳赔笑，讪讪地躲在霍安身后。

公孙瘥从众人身后钻过来："少圭兄，什么事这么急啊，连小弟通禀一声都等不得，要是我家公子怪罪下来，谁担得起呢？"

有了依仗，公孙瘥的腰杆也硬了三分，甚至有些幸灾乐祸地看着霍安，心中暗笑，活该，原来你也有惹不起的人啊！

霍安狠狠瞪了公孙瘥一眼，暗道这个狗仗人势的小人，有机会看本公子怎么收拾你。他没有理会对方言语中的挑衅，正色道："小弟奉宫值夫子之命，协助彻查考试舞弊一事，请司徒兄见谅。"

不提淳于式还好，一提起他，赵离的气不打一处来，他一直认为淳于式在因为廖清而嫉妒司徒煜，现在这个大冬瓜又假公济私，利用宫值的权力找司徒煜的麻烦，而且还借霍安之手。

赵离把手一伸："拿来。"

"什么？"

"证据。"赵离瞪着眼睛道，"你们不是要查舞弊吗？"

"季衡兄，我们就是来找证据的。"

"笑话，无凭无据，这里岂是你们想翻就翻的？"赵离走近两步，手按剑柄，逼视着霍安，目光如电，"谁敢走近一步，我保证他没有腿再迈出去！"

霍安没有后退，但眼神明显有些游离，论武功，他三招之内就可以让赵离倒下，何况他身后还有几个彪悍的帮手，但是他不敢动。赵家铁骑名震天下，赵离那几个如狼似虎的哥哥更是赫赫有名。九方山一战，赵氏双雄率三百骑兵退敌五万，斩首七千有余，威名远扬，那一战成了监兵学院的经典案例之一，霍安也一直以他们为自己的榜样。

赵离虽未仗势，霍安早已低头。但大话已然说出去，身后又有一群追随者，他只能硬着头皮说道："我说过，我们是奉了宫值夫子之命，也不是只查司徒兄这一间，而是所有孟章学院的寝室都要……"

赵离不耐烦地打断霍安的话："谁下的令，你让他自己来找我！"

司徒煜当然明白淳于式的目的，只是没想到他采用了这么一个拙笨的办法，司徒煜暗中摇了摇头，如果是他要做这件事，至少可以想出几百种办法，可是淳于式偏偏选了最笨的一个。淳于式博学而不善谋，廖夫子说得果然不错，他不禁对淳于式有些失望。眼下僵局已成，他很了解赵离，赵离的脾气一上来没什么事不敢做，而无论是为学宫考虑还是为自己着想，目前都不是打架的时候。他从来都不是个冲动的人，不会感情用事，对他来说，结果最重要。

司徒煜起身离席，缓步走到两人面前，轻轻分开两人："两位仁兄息怒，不要因为此等小事伤了和气。"对赵离道："你我身在学宫，既然是宫值夫子之命，哪有不遵从之理？"转而对霍安道："不知霍公子要怎么查呢？"

赵离还要发作，司徒煜一把拉住赵离，同时向霍安等人示意："有劳各位。"

《归藏》有云，天下万物相生相克。相生，意味相互扶持，相互促进；相克指的是相互制约和克制。没有生，事物就无法生长；而没有克，事物就无所约束。赵离八字属火，霹雳火命，而司徒煜则是涧下水命，一物降一物，也许是命中注定，涧下水总是能及时平息霹雳火的烈焰，而霹雳火也总可以给涧下水以温暖。

霍安松了一口气，没想到风波平息得如此容易，他向身后一挥手，众人上前各自翻找。赵离赌气坐在一旁怒目而视。公孙痤则不停地唠叨，把屋内所有物品都按五倍以上估了价，万一有稍许损坏，也好借机敲他们一笔。

"小心点儿，不要毛手毛脚的……这些东西碰坏了可是要赔的哦……这只笔筒是昭歌工匠所制，值三十钱，这方精美的石砚五十钱不算多吧……慢点慢点儿，这个就更贵了，要两百钱呢……"

淳于式的办法很简单，就是查清每个学生手中的文章，登记造册，当然主要是针对司徒煜，这样他以后就无法把文章"借给"别人了，其他人只是作为彰显公正的陪衬。淳于式博览群书、学富五车，他深知以自己的学问，写一篇文章也至少也需要三天时间，而现在距交齐文章的截止日期只有不足半月，谅司徒煜也写不出几篇文章。这样一来,他即便不能彻底杜绝舞弊,但至少可以把这种勾当减到最少。

司徒煜早把淳于式的心思猜得明明白白,他知道对方远不是自己的对手,斗嘴他不行,斗智就差得更远了。门外,霍安等人随时可能突击抽查,任何文字都会被记录在案。不过他早有准备,现在唯一要做的就是按兵不动,静观其变。

同住一室负责照顾加监工的公孙瘥却不懂司徒煜的心思,只是觉得司徒煜的行为愈发怪诞了,他几乎不再说话,神情也变得非常茫然。公孙瘥常常一觉醒来发现司徒煜还在案前独坐,面无表情,目光看着前方某个虚无之处,仿佛失神一般,苍白而英俊的脸在烛光的映照下显得有些诡异,既不休息也不写一字,一坐就是一夜,悄声无息,除了偶尔传来的咳嗽声,几乎像一个鬼魂。公孙瘥有些害怕,俗话说,多智近妖,他听人说这种聪明人很可能是妖魔附体,或者恶鬼缠身。便几次壮着胆子爬过去试探司徒煜的鼻息,确认他还活着;公孙瘥从巫婆那里求了几张护身符,藏在内衣里;睡觉变得非常警醒,任何一个微小的声音都会令他吓出一身冷汗,一跃而起,把手探入怀中摸摸自己的心还在不在。他多次问司徒煜是在做什么,都无法得到任何答复。公孙瘥几乎被折磨疯了,终于有一天,他按捺不住,卷起铺盖夺门而出,枕头都忘了拿。

他哪里知道,司徒煜正在进行多么艰苦的工作,虽然没有写一个字,但心中却在酝酿每一篇文章,彻夜不眠,其实是在打腹稿,他要记住每一段话,每一个字,但又不能留下任何证据。四十篇不同主题、不同风格的文章,上万字,他必须记得一字不差,不能有任何混乱和纰漏，也不能有任何文风上的雷同。虽然他博闻强记、七窍玲珑，但这样的写作还是巨大的挑战。过度的劳累令他心力交瘁，有几次甚至咳出血来，剧烈的头痛和眩晕令眼前的一切变得有些虚幻，摇曳的烛火再次把他带回到十年前那个令他肝肠寸断的日子……

昭王朝中延八年，章国大军大举入侵与之接壤的计国，势如破竹，连克十五城，直逼国都坞渠。与计国比邻的陈国朝野震动，上卿裴简和大将军周巨深知唇亡齿寒，力主出兵援助邻邦，但当时在位的陈哀公暗弱无能，对强章畏惧如虎，在章国使者的威逼利诱之下，迟迟不敢发兵，而是一面作壁上观，一面遣使与章国交好。果然，三月后计国被章吞并，章国当即撕毁盟约，公子起和大将军王晋兵分两路，一路从北向南越过计国边境，一路从东向西取道章国之附庸曹国，大军压境，来势汹汹。与陈相邻的芈、邢两国均为沛国附庸，桑国弱小无力，裴简一面派人前往沛国和景国求救，一面率兵拼死抵抗。但两国实力相差悬殊，章国虎狼之师，兵强马壮，王晋又是百战名将，陈国兵微将寡，又多年不识兵戈，所以章军如摧枯拉朽一般，所向披靡，去求援的使臣尚未见到沛、景国君，陈国的都城就已被攻破。

当时司徒煜只有十一岁，父亲正是抗章的中流砥柱，上卿裴简，而他当时的名字叫裴忌。

陈琉城建于昭王朝初期，由青石和黄土筑成，城中街道纵横，繁华而富饶，商贾遍地，百姓安居乐业。这里盛产青玉，又是天下闻名的木兰之都。陈国地处北方，但都城陈琉却位于群山之间，所以并不十分寒冷，四季分明，植被茂盛，尤其每年春天，城内的木兰花盛开，美丽异常。司徒煜很喜欢这种典雅高洁的花，配上和煦的暖风和树上新发的嫩芽，到处是盎然的春色，但他却更喜欢这里的冬天。大地在白雪的覆盖下一片苍茫，远处的山峦也被蒙上一层银白，曲如白莽，蜿蜒而卧，整个世界浑然一体，宁静而清幽。庭院中，玉树琼枝如笼着白色的薄雾，雪后初霁的阳光照在积有白雪的树梢上，显得晶莹剔透，宛如神话中圣洁的仙境。司徒煜少年时很喜欢在雪中漫步，看着粉雕玉琢的世界，心中默默吟咏刚刚学会的文章诗句。

但就是在那个冬天，这座美丽的都城在一夜之间被铁蹄踏破，变为废墟。

城中所有成年男子都赶赴前线去守卫城门，家中只剩下老弱的仆人和侍女。府内乱成一团，母亲在祠堂中祈祷，如今都城已被包围如同铁桶一般，只能把命运交给神灵和祖先庇佑。

司徒煜随父兄以及同族叔伯一起守在都城的北门，这是他第一次参加战斗，都不知道如何使用手中的剑。他从小是一个安静而多思的男孩，酷爱读书，不喜欢舞刀弄剑。虽然守城的将士们英勇抵抗，但随着其他三门先后陷落，北门也不可避免地很快被敌军攻破。章国大军如潮水一般涌入，他们骑着身披重甲的战马，手持长戈和战刀，盔甲上沾满血迹，宛如从地府中冲出的魔军。陈国军队在章国铁骑面前无法形成有效抵抗，瞬间瓦解，被冲得七零八落。陈国将士明知不敌但还在拼死抵抗，他们悲壮地用血肉之躯对抗敌人的铁骑。战斗非常惨烈，但并无丝毫胶着，几乎变成了一场屠杀，司徒煜的父兄叔伯也都死在乱军之中，父亲在临死前叮嘱司徒煜马上回府照顾母亲和妹妹。

往日繁华的街道变得非常陌生，街道两侧的商铺变成一片火海，远处，敌人的大旗已经飘扬在城头，布满血迹的大旗中央那个刺眼的"章"字深深烙在少年司徒煜的心中。司徒煜仗着熟悉地形，抄小路赶往位于都城东南的家。废墟上到处是凌乱的尸体以及断臂残肢，战马的嘶鸣夹杂着女人和孩子的哭喊声此起彼伏。两个衣衫不整的年轻女人尖叫着跑出一座被摧毁的宅院，这里虽然已经面目全非，但司徒煜还可以得这是公子鸾的府邸。她们发髻凌乱，大部分的身体裸露着，正惊恐而茫然地向前方跑去。身后，两名章国骑兵纵马追赶，战马掠过司徒煜藏身的矮墙，他几乎可以真切地看到骑兵肮脏而粗糙的脸，以及战马颈前悬挂的一串血迹斑斑的人耳。两名骑兵以左右包抄之势冲向女人，这是一种对付弱小猎物非常有效的方式，司徒煜曾随族人进山狩猎，他曾多次看到人们如此围捕野兔和幼鹿。年纪小一些的女子被骑兵的长刀砍翻在地，这名骑兵敏捷地跳下战马，抽出腰间的短刀去割取猎物的耳朵，这将会是他记录战功的凭证。以前他们是凭借人头来证明军功的，但由于每次战争杀戮太多，所以演变为更方便携带的耳朵。但扎有耳洞的耳朵是不被接受的，甚至会遭到嘲笑，这是每个章国勇士都非常在意的事，所以他刚刚在强暴这名女子的时候就特意观察到，她的耳朵上并没有耳洞，也许她只是一名地位低下的女仆，还没有开始佩戴耳环，但对他来说却是一个完美的猎物，他甚至想到了这只耳朵可以为他的年俸增加一石粟，但他没有想到自己将会死在这片陌生的战场，死在一个孱弱的少年的手中。

司徒煜看到章国武士不可思议的眼神，以及他口中被鲜血染红的发黄的牙齿，他已经无法发出声音，剑尖穿透了他的脖子。这是司徒煜第一次杀人，但他并未感到恐惧，反而冷静地抽出佩剑，骑上那匹战马疾驰而去。

然而他还是来晚了一步,裴家的府邸已经变为废墟,东南两座城门是最先失守的。由于陈国没有选择在第一时间投降,大将军王晋下令屠城。章军所到之处,一切建筑都被夷为平地。裴府虽然凭借高大的围墙和坚固的大门可以略作抵抗,但在章国的虎狼之师面前还是不堪一击。大门很快被火烧毁,司徒煜赶到的时候,大门已经只剩下了焦黑的门框,门内杂乱的惨叫声传来,他可以清楚地在其中分辨出母亲和妹妹的声音,司徒煜不顾一切地纵马驰入火焰未熄的大门,穿过前院,撞开试图阻挡的章国士兵,飞一般地冲向后宅。

熟悉的房屋燃起大火,妹妹小小的身体已然倒在院中的雪地上,身中三箭。母亲正在拼命挣脱章国士兵的控制,试图跑向妹妹的尸体,但刚刚迈出两步就被一柄长刀穿胸而过。司徒煜肝胆欲裂,他嘶吼着冲向母亲。突然,脑后被什么东西重重地撞击了一下,眼前一黑,陡然从马背上跌落,也从此坠入生命的深渊……

一天前还其乐融融的一家老小,转眼间只剩下孤形吊影的一个人。在和其他战俘一起被押往章国的路上,他一直无法相信这场惨绝人寰的悲剧真的发生在自己身上,这一切太残忍也太突然,以至于令人感到有些不真实,这实在太像一场噩梦了,也许噩梦醒来,一切都会美好如初。作为一个出生在富贵之家的十一岁少年,他还没有一颗足够强大的心去面对这一切。

他没有来到章国,而是被卖到了曹国,作为章国的附庸,曹国参与了入侵陈国的战争,也有权享有胜利的成果。

所有奴隶一律被剃光头发,戴上项圈和镣铐,白天被押往田间,在烈日下劳作,晚上被锁成一串,关在地牢中,忍受蚊虫的折磨。由于劳作过于艰苦，几乎每天都会有奴隶死于劳累或疾病。晚上，他总是在黑暗中默默地想，也许很快就要和家人在另一个世界团聚了。

在一次修缮河堤的时候，奴隶们偶然挖到一枚玉圭。司徒煜饱读诗书，博古通今，认得这个沾满泥土的"石块"是上古尧舜时期的礼器，世间罕见，价值连城。看守们很惊讶，想不到一个年少的奴隶竟然认得上古神器。司徒煜有意隐瞒了身份，称父亲是上大夫家中专门负责收集金石字画的门客。

这枚玉圭为主人带来了好运，它被献给章国，而此时正好赶上章国国君薨落，公子起即位的大好时机。章国本是伯国，虽然军力强盛，但偏低的爵位令历代国君都对此耿耿于怀。公子起利用这枚玉圭为借口，号称奉天承运，僭越称王，与昭天子平起平坐。

司徒煜也因此受到主人的注意，被少主选作伴读，从此结束了艰苦劳作的日子，但是他很快意识到，这并不是他人生磨难的结束，而是刚刚开始……

那是一个天色阴郁的下午，司徒煜在管家的引领下来到位于府邸一隅的小院。与其他院落相比，这里小得多，看上去很不起眼，但院中种满了花草，配上怪石假山，显得清雅别致，可见这间院落的主人是个有品位的雅士，但细看之下，又显得有些阴森。院中的花清一色血红，几乎无一丝杂色，整个院子仿佛是一片炫目的血海。彼岸花，象征死亡和恶魔的温柔。传说这种花曾经自愿投入地狱，被众魔逐出后，盛开于黄泉路上，给离开人世的冤魂们指引与安慰。

院中非常安静，虽然天气炎热，但门窗紧闭，而且垂着厚厚的布帘。室内燃着蜡烛，但光线依然非常昏暗，屋内弥漫着浓郁的香气、腐烂的霉味和一种奇怪的腥味混杂在一起的古怪气味，司徒煜的眼睛一时难以适应黑暗，无法看清屋内的情形，只能听到黑暗中传来的野兽低沉的喘息声。

"公子，您要的人带来了。"管家小心翼翼回禀道，声音中似乎充满恐惧。

"你叫什么名字？"声音很轻柔，有些懒洋洋，但听上去却令人非常不舒服。

"回公子，小人陈忌。"司徒煜用国名代替了姓氏。

"爬近些，让我好好看看你。"

又有几支蜡烛燃起，室内光线亮了起来。

榻上的人用手托起司徒煜的下巴："长得倒有几分标致。"

他的声音中带有一丝笑意，但司徒煜却感到浑身发冷。这是一张英俊而诡异的脸，五官精致得几乎完美，脸色苍白，一双美目称得上顾盼生辉，但由于长期晨昏颠倒而布满血丝，整个眼白一片鲜红，在烛火的映照下宛如传说中吸食人血的恶灵。他的年纪并不大，大约比司徒煜年长六七岁的样子，但由于长期纵欲无度，显出有些与年龄不符的憔悴。他慵懒地侧卧在榻上，宽松的长袍拖曳在地。两只巨大的黑色猎犬蜷伏在他身旁，凶狠地看着眼前的陌生人，口中发出低沉的咆哮。

司徒煜借故向后微微躲闪，相比这两只猎犬，他更不想靠近它们的主人。他下意识地垂下眼睛，不去看这双充满邪气的眼睛。

"你读过书？"

"读过几天。"

"看你倒像是个世家子弟，细皮嫩肉的。"赤红色的眼睛打量着司徒煜的脸和脖颈，眼神中露出一丝满意，好像在欣赏一件器物，"转过身去。"

司徒煜顺从地转身，此时，他终于看清了这个房间。

房间并不十分大，但陈设豪华，非常考究，最令司徒煜感到震惊的是两扇美丽的屏风。屏风的框架雕工精美，称得上巧夺天工，但与屏面相比，却显得粗陋不堪，画中的神兽狰狞凌厉，精美中透着一丝怪异，毫无疑问是这位公子所做。司徒煜出生在书香世家，家学渊源，从小见过很多上乘的器物和画卷，但这样精美的画面却很少见到，他几乎看呆了，甚至几乎忘却了自己的处境。

背后的衣服被猛然撕开。一双手轻轻抚摸他背部的皮肤，手指细嫩凉滑，带着汗水，像是黏湿的水蛭爬过身体的感觉。

"很好。"公子的声音中透出几分欣喜，"就是太瘦了些。"

司徒煜猛然一惊，身体本能地缩紧。

公子吩咐管家："带他下去，让他多吃些东西。"同时吩咐司徒煜："从今往后，你就叫素绢吧。"

司徒煜被安置在小院中的一间守卫森严的厢房，同住的是几名白皙俊秀的少年，他们分别叫禹锦、罗绮、良缎、冉缟等名字。他们每天陪公子读书弹琴，其中罗绮与司徒煜是同乡，都是陈国的奴隶。从同伴口中得知，公子名叫张粲，是曹国中大夫张蓟之子，为人阴鸷，喜怒无常。他是庶子，母亲是一名地位低下的姬妾，在这个家族中，他一面对父亲谨小慎微，唯唯诺诺，一面对下人们极为残暴，司徒煜亲眼看到一个婢女因为打翻酒樽弄脏了他的衣服而被剥去四肢的皮肤，暴晒而死。

在一次沐浴的时候，司徒煜发现一名同伴身上刺满了纹饰，其纹路之精美令他想到公子房内的屏风。司徒煜感到不寒而栗，难道……

不久后，司徒煜的猜测得到了证实，那名名叫禹锦的少年永远地消失了，公子的房中也就此多了一副精美的屏风。司徒煜在送茶的时候偶然看到，那两只黑色的猎犬正在吞噬一具血肉模糊的尸体。

司徒煜明白，他们都是公子制作屏面的材料。

张粲天赋异禀，自幼工于音律和绘画，虽然刚刚十几岁，但制作屏风的手艺就已经登峰造极。当他对所有材料都感到厌倦的时候，一个偶然的机会，他发现人的皮肤最能令他把技艺发挥到极致。于是，他精心挑选年龄适当、皮肤细嫩的少男少女，在他们的身体上纹上精美的图案，一旦文身完成，就仔细地剥下他们的皮，制成精美的屏风。他对"材料"的要求极为苛刻，不许他们在阳光下暴晒，不许吃过咸的食物，不许干粗重的工作，还要读书弹琴，修身养性，因为只有品味高雅之人的皮肤才是最上乘的材质。他配有神奇的药膏，可以令他们的皮肤保持光泽，哪怕在鞭打之后也可以迅速愈合。他认为刺绣图案的时候，"材料"必须是鲜活的，他在刺绣的时候要感受他们的呼吸、他们的思想、他们的灵魂，这样的作品才具有生命力，他认为每一副作品都是他和他们共同完成，他提供灵感，而他们提供皮肤和生命。至于失去皮肤之后的躯体，对他来说则是污秽而令人厌恶的残渣，通常会被他当作食物饲养那两只猎犬，它们比人忠诚，也比人懂得保守秘密。

完成一幅文身需要多则一年，少则三月，从他刺下第一针开始，

"材料"的生命也进入倒计时。他希望他们保持快乐，会为他们备下美酒佳肴，让他们听优美的音乐，甚至在刺绣的过程中，他会与他们交谈，探求他们的内心，以便可以更好地利用他们的身体。所有的"材料"中，只有那个名叫"陈忌"的少年与众不同，他似乎很难被征服，经过无数次的酷刑之后，依然试图逃走，虽然他非常瘦弱，但眼神中却透出强大的力量。越是这样，张粲越是兴奋，他喜欢与强大的灵魂交流，征服他们令他感到满足，而且这个奴隶拥有天下最完美的皮肤，他打算用他来完成自己最伟大的作品。但天不遂人愿，张粲经过长达三个月的深思熟虑完成了图案的构思，可刚刚在陈忌身上文了一个开端，陈忌就在一个月黑风高的夜晚逃走了……

深蓝色的夜空格外深邃，星斗无声地闪烁，偶尔传来寒蚕轻微的鸣叫，使夜晚显得更加宁静平和。月光透过薄薄的云层洒在大地的每一个角落，万籁俱寂，天地之间空旷而静谧，夜静更深人已寐，云淡风轻了无痕。

学宫粮仓建于成王八年，由黄土筑成，方圆三丈有余，上覆穹顶，下座青石，极为坚实稳固，虽历经风雨，但三百年来只经过四次修葺，难怪有人说它是学宫最坚固的建筑。但再完美的白璧也难免会有一丝瑕疵，这座坚固的粮仓抵得住风雨侵袭，却挡不住一些小生灵的暗度陈仓。青石基座墙角处的杂草丛中有一个非常不起眼的小洞，一只胖胖的老鼠正从洞口钻出，它的肚子吃得很饱，以至于行动都有些不够灵敏，但它常年生活在这里，对周围的环境了如指掌。现在子时已过，更夫早已找地方打盹去了，这里成了它们的天下。

突然，一个黑影悄声无息地从空中划过，老鼠吃了一惊。是一只鸮！一年来已经有无数同伴成了这种猛禽的口中美餐。它仓皇躲入草丛，做好拼死一搏的准备，它甚至有些懊悔刚才吃得太饱，影响逃跑的速度和转弯的灵活，但同时又不免庆幸在临死前吃了一顿饱饭，因为一只老鼠遇到了鸮，其活下来的可能性微乎其微。但奇怪的是这个黑影似乎对它毫无兴趣，并没有像往常那样俯冲而下，而是径直掠过它的头顶，不慌不忙地直奔远处亮着烛光的窗口而去。更奇怪的是，它的速度有些迟缓，甚至有些僵硬，身形也似乎小了一些……

司徒煜伸手接住飞入窗口的"夜鸮"。这只令老鼠虚惊一场几乎魂飞魄散的猛禽虽然也有尖喙利爪，但完全不能动弹半分，它竟然是木头做的。

赵离的手法果然又精进了，司徒煜暗自赞叹，他终于如期完成了这至关重要的一环，这次制作的木鸟竟然可以飞越百丈之遥！以往他虽然也曾有过尝试，但始终无法超越十丈，看来在司徒煜为文章殚精竭虑的时候，赵离也在挖空心思地想输送文章的办法，两人联手堪称珠联璧合。令司徒煜感到好笑的是赵离甚至还给木鸟贴上了羽毛，并以乌石为眼睛，看上去栩栩如生，几乎可以乱真，真是童心未泯。就在司徒煜心中赞叹不休的时候，一坨黏糊糊的东西从木鸟的身后落下，粘在司徒煜的衣襟上，鸟屎。司徒煜哭笑不得，他完全可以想象得到赵离此时笑得前俯后仰的样子，他一定会说："你要我做一只鸟，可这才是一只完整的鸟啊，你见过不拉屎的鸟吗？"他每次做一件好事的同时也一定要顺便搞一下恶作剧，他这辈子怕是永远也长不大了。

司徒煜顾不上清理衣服上的污秽，连忙把写好的纸条安置在木鸟身上，然后拧紧机关，从窗口放飞。看着木鸟腾空而起，司徒煜心中松了一口气。

随着截止日期临近，霍安等人加紧了对司徒煜的监控，甚至昼夜有人守在他的寝室门口，哪怕是如厕都有人跟随，寸步不离。淳于式坚信，只要盯住司徒煜，舞弊行为一定会被杜绝。但是他们没有想到，他们盯得住司徒煜，却盯不住赵离和他手中神鬼莫测的机关。

距上交文章的日子已不足三日，公孙痤已经瘦了十斤，胖胖的脸颊都有了些许凹陷。十几天来，他度日如年，终日活在惶恐中，生怕债主前来逼债，弄得食不甘味寝不安眠，走路都不敢抬头。他哪里知道，答案早已被木鸟和赵离送到债主手中，还以为是大家忌惮他天机门门主的身份，留了几分薄面呢。他多次去找司徒煜，但司徒煜始终是守口如瓶，因为他知道公孙痤为人轻浮，油滑有余，稳重不足，一旦走漏风声势必前功尽弃。公孙痤知道霍安等人的行动，也知道背后的主使是淳于式，怎奈这两个人他都招惹不起，司徒煜又支使不动，眼看到手的钱财即将付之东流，他深感人生艰辛，世事无常，甚至一度万念俱灰，动了进山修道的念头。但他不是个甘心坐以待毙的人，尤其在面对钱的时候，最后一天，哪怕被除名，也要拉上司徒煜一起冒险一搏。但是当他来到司徒煜门前的时候，惊喜地发现那些"守卫"竟然不见了，但当他欣喜地跑进寝室后却发现，司徒煜也不见了。公孙痤如五雷轰顶，司徒煜竟然卷了所有的钱逃走了！难怪他要把钱换成珠宝，那是为了方便携带。这个该死的骗子，自己一走了之，把我留下顶缸！公孙痤一路追出，逢人便问，打听到司徒煜半个时辰前出了学宫，往黄丘方向而去……

当公孙痤满头大汗地冲进赵离的寝室的时候，赵离还在拥被高卧，对他来说时辰尚早，还不到吃午饭的时间。他本想把公孙痤打发走，继续睡觉，但公孙痤六神无主的样子令他感到忍俊不禁。他当然可以告诉他，文章已经如期上交到执事院，一切平安，完事大吉，但他一来喜欢捉弄别人，想让公孙痤多担惊受怕一阵子，二来也想弄清楚司徒煜到底要做什么。他天生就是个好奇心很重的人，这也是他为什么可以精通各种机关结构的原因。司徒煜的神秘已经困扰他很久了，不如趁此机会彻底弄个水落石出。想到这里，赵离兴奋地一跃而起。

黄丘，三哥赵夺就驻扎在那里，正好可助一臂之力。

赵离虽然并不像公孙痤那样拜金，但有时候也不得不承认钱是有用的，至少可以缩短时间。赵离雇了两匹快马，和公孙痤后发先至，先一步来到黄丘，从三哥手中借了几十名士兵，广撒大网，他要来个以逸待劳，在这里坐等司徒煜上门。

赵夺奉父亲之命镇守黄丘，一来准备接应，二来守卫学宫。但他知道这只是一个闲差，蛮族只是乌合之众，一定不是父亲的对手，现在应该早已退回境外，更谈不上骚扰学宫了，父亲留他在此的目的主要是看住四弟赵离，让他别跑到良国去。

赵家兄妹八人，除了小妹赵清之外，都很宠爱幺弟赵离，赵夺已经数不清从小到大替他顶了多少次雷，但每次似乎都是心甘情愿。赵离从小乖巧可爱，嘴特别甜，最会哄人开心，上至父母，下至家里的仆人，没有人可以拒绝他的请求。别说借兵，就是让赵夺亲自去盯梢，他也会毫不犹豫地答应。

第十章
口是心非

司徒煜赶到黄丘镇的时候，赵离已经在各处布下了天罗地网，黄丘并不大，街道就那么几条，虽然足够繁华，但只要守在道路入口，不愁发现不了目标。赵离和公孙瘥都化了妆，锦帽貂裘，扮作北方贩马的商贾，虽然不比执明学院的手艺，但也足以乱真，他自信即便走个对头，司徒煜也未必能认得出他来。正在得意间，有暗哨来报，司徒煜进了一家名为"有狐"的青楼。赵离心中又是惊诧又是开心，但更多的是恍然大悟。他竟然也去这里，难怪他的钱不知去向了。关于司徒煜用钱的渠道和赚钱的方式，赵离并不是没有问过，他虽然不拘泥礼教、洒脱不羁，但也并不认为靠出卖答案盈利是一件光彩的事，尤其司徒煜只帮有钱人过关的做法，更令他感到有些不够磊落。

"我认为你不是个趋炎附势的人。"一天赵离终于按捺不住，问道。

"你说对了，我不是。"

"可你只帮那些公子王孙，难道穷人就没有过关的权力吗？"

"有，但穷人没有学坏的权力。"司徒煜的回答总是出人意料，又令人无可辩驳,"你有没有想过,一百个人中,可能只有一个贵族,所以我们能容忍一个坏人,而不能容忍一百个都是坏人。"

"可是……"赵离不甘心这么轻易被他说服,想要再争论一下,"这一个坏人,如果以后他身居高位,担任要职,也是为害不浅的。"

"你觉得这样的人有可能身居高位吗?"

"可如果那国君……"

"如果一个国君信任这样的人,那他一定是昏庸无道的亡国之君,这样的国君,谁又能救得了他呢?"司徒煜的神情变得有些复杂,"阿季,我不认为我的做法有多么光明磊落,我也知道你不喜欢'为达目的不择手段'这句话,但世上的事大多没有那么完美,有时候为了做成一件事,也只能尽量选择一些不那么卑鄙的手段。相信我,那些从我手中买文章的人,一定不是什么可造之材,对于这等废物,不如从他们手中赚些钱,也算帮他们积德行善了。"

司徒煜的眼神中总是有一种充满创痛的忧伤,赵离与其说是被他的言论说服不如说是屡屡被他的眼神打动。至于是如何行善,司徒煜没有说。但即便是朋友,赵离也不认为用赚到的钱花天酒地是什么善事。他不免对司徒煜感到一丝失望,人不风流枉少年,这本来也算不得什么大事,可是大丈夫敢作敢当,又何必一直遮遮掩掩,装成一副不近女色的君子模样呢?赵离最不喜欢的就是虚伪。

"公子,他是不是怕清儿姑娘见怪?"公孙瘗猜测道。

也有道理,廖清是个淑女,一定不会喜欢那种流连风月的风流浪子,可是他分明一直说不喜欢清儿的啊,又何必刻意讨她欢心?赵离觉得越来越猜不透了。

"男人嘛,都喜欢口是心非。"公孙瘗一副看透红尘的样子,撇着嘴说道,"他还说不爱财呢,我看他比谁都贪心,我跑前跑后,忙里忙外,他每次只给我两成,自己动动笔就拿八成,却连双鞋都舍不得买,他得找多少姑娘啊……怪不得这么瘦!"公孙痤恨恨地说道,"这世上哪有君子啊!"旋即意识到口误,连忙赔笑改口,"除了我家公子之外。"

"有狐"是黄丘最具盛名的青楼,位于城镇中央,高堂轩窗,画舫珠帘,宛如天宫瑶池。这里名不虚传,姑娘都如同狐妖山鬼一般迷人,能歌善舞,千娇百媚,酒也甘洌醇美,是个销魂的所在。赵离和公孙痤都是这里的常客,尤其赵离,更是有名的出手大方,一掷千金。老鸨一见笑得如同三月的桃花灿烂无比,一把拉住赵离的衣袖,半天不肯放手。

"我的小侯爷,您可好久没来了,姑娘们天天盼着您呢,您要是再不来,我们这儿的姑娘都要去学宫找您了。"

"我这次是来找人的。"赵离四下打量,希望能看到熟悉的身影。

"找人就对了,难道还是找猫狗不成?翠袖还是小桃?"

姑娘们也纷纷争先恐后地围了过来,一个个笑靥如花,风情万种,如此英俊而多金的男人自然是抢手货,大家都担心自己一时落后错过了与他的机缘。

"你们有没有见到一个身着青衫的男人,大概这么高,很瘦……"

"男人?"姑娘们七嘴八舌地打趣,"小侯爷什么时候改了口味,开始喜欢男人了?"

赵离没工夫跟她们闲扯，从怀中掏出钱袋："谁告诉我，这些钱就是谁的。"

公孙瘗说得不错，有时候钱能通神，虽然小侯爷丰神俊朗，但真正有效的还是这沉甸甸的钱袋。马上有人告诉他们，一个瘦瘦的脸色苍白的男人刚刚来过，不过他放着这些如花似玉的姑娘不找，也是要找一个男人。

"要不是小侯爷说起，我还真以为他是女扮男装呢，那长相，就连我们这儿最标志的姑娘都比不上。这么说他真是男人？"老鸨不可思议地说道，"世道真的变了，今天怎么有这么多人要找男人？这么下去我这里岂不是要关门了？"

赵离和公孙瘗对视一眼，两人如入五里雾中，司徒煜到底要做什么？

"他要找什么男人？"

"如果老身没记错的话，是一个胖子，大概四十多岁，看上去像是个生意人。"老鸨信誓旦旦地说道。

"想不到道貌岸然的司徒大人竟然有断袖之好。"公孙瘗看着赵离，一脸坏笑地调侃道，"那也犯不着舍近求远啊，若论相貌，天下哪个男人比得了我家公子？就算他喜欢胖子，那不是还有我吗？"

"少废话，赶紧带我去。"

司徒煜所在的房间位于这所宅院的尽头，看上去很有些隐蔽。赵离和公孙瘗在老鸨的带领下，穿宅过院，转过好几道弯才来到门前。赵离来过这里无数次，却一直没有发现这个所在。难怪以前从没遇到过他，赵离心中暗想。

"好事不背人,背人没好事,找这么个隐秘的地方,怕人家听到什么?"公孙痤在一旁冷嘲热讽。

赵离的好奇心被彻底激发了,多年来的疑问终于要有一个答案了,他大步走向门口,口中大喊:"子熠兄,我来看看你在做什么好事!"

正待推门,忽然门开了,一个人仓皇奔出……

第十一章
真相大白

一去故国已十载，梓乡父老总关情。

屋内的人显然没有料到门口有人，也吓了一跳，几乎把老鸨撞翻在地，慌乱之间，一串珍珠从他怀中的包袱里掉出。公孙痤眼尖，立刻认出这串珍珠是经他之手换来的，他对钱财珠宝一向不会看错。

"这不是我们的珠宝吗？"

话音未落，那个胖胖的中年人已经一溜烟似的跑出院门，人影不见。

老鸨跳着脚破口大骂："不长眼的龟孙，赶着去给你爹出殡吗？"

赵离诧异地看着这个逃走的人，他在逃避什么？转头之间，他赫然看到一个人倒在屋内的地板上，一身青衫，正是司徒煜。赵离大惊，两步跨进房内，一把抱起司徒煜。身后，老鸨也看到了这个情形，慌张地倒退几步，尖声大叫："不好了，杀人啦！"

老鸨的叫声提醒了赵离，他大声吩咐："快追，别让他跑了！"

公孙痤心中挂念财宝，答应一声，迈开两条短腿，飞也似的追了出去。街上人来人往，那个中年人早已不知去向，公孙痤咬牙切齿地大叫："你个王八蛋，我看你能跑得出大爷的手心？！"转身添油加醋地盼咐门前守候的士兵："赶紧禀报三将军，就说四公子被人打伤了！"

虽然公孙痤咋呼得很邪乎，但屋内的情形却并没有那么严重。赵离深得鬼斧老先生的真传，一号脉就知道司徒煜并无大碍，他脉象虚滑，只是箭伤未愈，加上过度劳累，导致气血两虚所致。但司徒煜的反应却大大出乎赵离的意料，虽然很快苏醒过来，却头疼欲裂，先是对赵离的出现感到颇为惊讶，继而神情焦灼地四处寻找，当他意识到那个中年人已经离开，而包袱也被拿走，顿时勃然变色。司徒煜一向沉稳，赵离从未看到过他如此绝望和无助。赵离戏谑之心大起，故意问道："你在找什么？"

司徒煜茫然地回过神来，有些诧异地问道："你怎么在这儿？"

"这句话应该我问才对，我可是这里的常客。"赵离继续开玩笑，他很少看到司徒煜如此焦急，所以想故意逗他一逗。他知道那个人一定逃不出三哥的手心，有恃无恐，所以当然有闲情逸致开玩笑。

司徒煜当局者迷，正在焦虑之中，无心分辨赵离的用意，一把抓住他的手："你有没有看到一个人？"

"一个胖子？大约四十多岁？"赵离心中暗笑，假装认真地问道。司徒煜，原来你也有上当的时候，赵离心中闪过一丝得意，往日两人戏耍，往往是心机缜密的司徒煜占上风，赵离总是被司徒煜捉弄，这次他总算找到报仇的机会了。

司徒煜浑然不觉中了赵离的圈套，他霍然起身，问道："对，他在哪儿？"

"走了。"赵离坦然答道,"都两个时辰了,现在大概早已到章国境内了。"

"我昏倒了两个时辰?"司徒煜非常懊恼,他恨自己的身体如此虚弱,以至于耽误了大事,同时也埋怨赵离道,"你怎么不拦住他?"

"我为什么要拦人家?我与他素不相识,平白无故拦住人家成何体统?"赵离一副无辜的样子,"他是谁?你们在这儿做什么?这其中到底是什么缘故?"赵离希望可以套出司徒煜的话,但司徒煜此时没有心思跟他说这些,他不顾身体虚弱,挣扎起身,跑向门外,但剧烈的头痛令他几乎不支。

赵离心中掠过一丝心疼,连忙扶住司徒煜,内疚道:"你先别急,我帮你去追好不好?抱歉,我刚才是跟你开玩笑的,那个人其实刚刚跑掉,我已经让三哥去追了。放心,他就是长出翅膀来,也飞不出黄丘。"

司徒煜无奈地看着赵离,他有时候喜欢赵离的洒脱肆意、玩世不恭,但有时候也实在拿他没有办法,这个淘气的小侯爷开起玩笑来从来不分时间场合。司徒煜记得有一次赵离跟从鬼斧研习制作麻药,学成之后手痒难耐,竟然拿学宫中打鸣报时的公鸡试手,以至于公鸡酣睡不醒,学宫中大部分学生也都随之睡到了午时,他也因此被罚禁足三日。

赵离没有意识到司徒煜的不快,还在好奇地刨根问底:"人我帮你抓到,不过你要告诉我这到底是怎么回事。"

"抱歉,现在没时间说这个!"司徒煜有些不耐烦,推开赵离,向外走去,他的脚步还有些踉跄,"这是我和他的私事。"司徒煜一副拒人千里之外的样子,似乎这是一件令他非常难以启齿的事,"你如果想帮我，就帮我尽快找到他！"

赵离一向不是个小心眼的人，但他觉得不公平，他对司徒煜坦诚到了极点，没有任何秘密可言，但司徒煜却似乎一直在处处防着他。况且这也并不是什么大不了的事，不就是一袋珠宝吗？他竟然看得比命还重要。赵离是个喜怒皆形于色的人，他此时的心情沮丧透了，他是如此在乎司徒煜这个朋友，甚至打算违背父命、舍弃故国跟他一起去良国，可他竟然是一个为了一袋珠宝就失魂落魄如丧考妣的人。也罢，既然他这么在乎钱，而不在乎我这个朋友，就随他去好了。赵离不喜欢勉强别人，他转身向外走去，冷冷说道："赵某说到做到，如果抓不到他，我如数赔你！"

司徒煜轻轻叹了口气，他当然知道赵离在生气，但现在万分紧急，没有时间解释，只能以后再向他赔罪了。

赵离说得不错，司徒煜确实多虑了，那个偷走珠宝的人现在就在赵夺的马背上。

虽然他一刻不停地匆匆驾车逃走，连客栈中的行李都没有收拾，但一辆由普通车夫驱赶的普通马车怎么能跑得过飞将军赵夺的战马？他还没有跑到黄丘的边界，就被风驰电掣的骑兵擒获了。

赵离和司徒煜分头去找，约好一个时辰后在原处会合。赵离还没有拐过街口，三哥赵夺就飞马赶到了，身后跟着十几名全身披挂的骑兵，马背上横搭着那个倒霉的中年胖子和他偷走的那袋珠宝。

美梦易碎，造化弄人，不到半个时辰，他又回到了偷走珠宝的那个房间，甚至壶里的茶还是温的。老鸨猜得不错，这个人确实是个商人，确切地说，是一个粮商。此人胆子很小，面对如狼似虎的定平骑兵，几乎没有费任何周折，就如竹筒倒豆子一般战战兢兢地全部招认了，招得是如此彻底，毫无隐瞒，甚至没问到的也说了。他叫孚仲，芮国人，四十岁，有一妻两妾，三个孩子，其中两个是孪生，外面还有一个私生子，因为老婆凶悍，一直未敢相认……

"住口，没问你这些。"赵离忍不住打断他的话，如果任他说下去恐怕要说到明天清晨了，他迫切地想知道关于司徒煜的事。

赵离拿起那袋珠宝，在手中掂量："这是哪儿来的？"

"别告诉我这是从你后庭里抠出来的，那我会一颗不剩的给你塞回去！"公孙瘥狐假虎威，狞笑着威胁道。

粮商吓得满头大汗，叩头如同鸡啄碎米："大人，小人一时糊涂，财迷心窍，罪该万死，我要是知道这三百石粮是高漳君他老人家要的，我就是有十个脑袋也不敢不给啊……那位大人，他，他只说是自己要的，没说是军粮啊……不不，小人不敢狡辩，就算是他自己要的小人也不该见财起意，昧了人家的珠宝……"

事情很简单，他与"那位大人"约好在此见面，谈一笔三百二十石粮食的生意，一手交钱一手交货，但"那位大人"在交谈中突然昏倒，他一时见财起意，拿了装有珠宝的袋子逃走了，这样他就可以不费一颗粮食而白得一袋珠宝。

他经商多年，称得上老奸巨猾，对天下各国都非常熟悉，在被抓的那一刻他就认出了这些兵将是定平国骑兵，所以他本能地认为这三百多石粮食是赵老将军所要。

"好啊，高漳君的军粮你也敢打主意，我看你真是肥猪去拱屠户家的门——你是找死啊。"公孙瘥叫道，"知道我是谁吗？我就是赵侯爷帐下第一谋士公孙瘥！"

"敢是父亲在曹国前线需要军粮？"这个粮商说这批粮食要运往曹国的宛地，此地距都城昭歌不足百里，难道是父亲要在那里与蛮族交战？但赵离还是有些糊涂，看向三哥，"可是父亲要筹粮，怎么会通过子熠？"

赵夺也一脸茫然："什么军粮？我怎么一点儿都不知道？"他大力一拍几案，茶壶都震得跳了起来："你再东拉西扯胡说八道，小心你吃饭的家伙！"

"小人要是有半句假话，您把我的头砍下来！"粮商赌咒发誓，"真的句句属实，粮食就在曹国边境，足斤足两。"

"你说这是高漳君所部要的军粮，是那位大人亲口告诉你的？"赵离到底比三哥冷静一点儿。

"那倒没有，不过三百二十石粮食，除了军粮，哪里还要得了这么多啊。"粮商自作聪明道。

"这么说，是你自己猜的？"

粮商认真地点头："这位大人已经不是第一次从小人手里购粮了。"

"什么？他以前也买过粮食？"赵离几乎有点儿不相信自己的耳朵，这件事越来越奇怪了。司徒熠爱钱也就罢了，他一介书生，要这么多粮食做什么？

"至少有两三次了，每次多则上百石，少则几十石，小人干这行也有十几年了，名声也是响当当的，不是小人夸口，这个行当里小人也算有一号，做生意足斤足两，童叟无欺……"

"闭嘴吧！"公孙瘥呵斥道，"你个偷珠宝的贼还有脸说诚信，这话我都说不出口！我真想看看你的脸皮到底有多厚！"公孙瘥气不打一处来，挽起衣袖做威胁状。

"小人这次是一时见财起意。"粮商顿时底气全无，"以前……的名声还是不错，否则那位大人也不会找到小人，可他从没说起过是高漳君帐下的幕僚啊，当然这也很正常，这种事很多时候不便提起。"粮商换上一副狡猾的嘴脸，神秘地说道，"说句不该说的话，采购军粮本就是件大有油水的事，哪个经手的幕僚不从中克扣呢？这事他不说，我不问，大家心照不宣……"

"混账！他是哪门子幕僚？"公孙瘥喝道，"老子才是高漳君帐下的幕僚！"

赵离突然意识到这中间可能有什么误会，司徒煜购粮是真，但这件事却似乎与父亲毫无瓜葛，完全是这个家伙臆想出来的。可是他到底意欲何为呢？宛地，赵离想起来前些天听父亲说起过这个地方，这里位于曹国东南部，刚刚遭受了蛮族的侵扰。

公孙瘥却恍然大悟了，现在宛地饥民遍地，粮食奇缺，这个伪君子一定是在暗中做粮食生意，囤积居奇，要大赚一笔。现在的粮价是三十钱一石粮，不多涨，就算到时候看准了时机只翻一倍的价钱卖给灾民，那么三百二十石粮食可就是净赚九千六百钱，可谓盆满钵满。公孙瘥心中不由更加佩服，司徒煜确实称得上神机妙算，不过也实在太贪心了，亏我们还是天机门的搭档，他却背着我吃独食！于是越想越气，把一腔怒火都撒在那个倒霉的粮商身上。

公孙瘥悲愤地仰天长啸："真是人心不古，世风日下，这天下还有能信任的人吗？"说着一把抄起马鞭："看我不打死你这见利忘义的狗贼！"

"不要难为他，这件事他什么都不晓得。"清越沉稳的声音传来。身后，司徒煜不知何时来到门口，正平静地看着屋内的众人。

秘密就像堤坝中的河水一样，一旦决堤，就会一股脑儿的倾泻而出。

"我是陈国人，抱歉，我当初骗了你。"屋内只剩下他和赵离两个人，司徒煜终于说出了赵离一直好奇的秘密。

事情一下变得很容易理解，十年前陈国被章国所灭，有大批百姓为躲避战火，逃离故国，来到与之比邻的曹国，定居在宛地。世间最苦是飘零，这些背井离乡的难民每年要承担沉重的赋税和各种徭役，生活异常艰辛，如遇灾荒，他们的处境更远比本地百姓要悲惨得多。司徒煜心中牵挂故国同胞，希望可以尽自己所能去资助他们，所以，他创立天机门，利用自己的才华换取钱帛，购买粮食送往宛地，救济那些衣食无着的人。这次宛地遭到蛮族侵扰，大批牲畜和粮食被掠夺，此时正值秋冬季节，田间无苗，仓中少粮，官府又自顾不暇，宛地灾民遍地，苦不堪言。

十几天前，司徒煜从高漳君与信阳君的口中得知这个消息，顿时心急如焚，宛地不知道有多少嗷嗷待哺的灾民，他不能坐视这些难民饿死。于是他不顾身体虚弱，箭伤未愈，通过公孙痤提高价格，增加数量，为的是尽可能多赚一些钱，购买粮食，赈济灾荒。他知道，他写的每一个字每一句话都会变成灾民餐桌上的一粒米、一包盐，让他们度过这个艰难的冬天。

赵离心中喜怒参半，喜的是司徒煜到底没有令自己失望，他不是一个贪财重利的小人，而是义薄云天的大丈夫，这样的人才是他赵离要交的朋友！想到司徒煜为了这三百多石粮食差点儿赔上性命，赵离险些潸然泪下，他为自己误解朋友感到内疚，朋友之间贵在相知，也贵在不疑，我早就知道子煜的为人，即便是有人说他的不是，我也应该责无旁贷地为他辩驳，岂能自己先怀疑他的人品？真是以小人之心度君子之腹了！但他同时又感到一阵愤懑：这件事为什么一定要瞒着我呢？

"你为何要几次三番地防着我？你要做救苦救难的君子，难道我会阻拦吗？"赵离质问道，"连你在学宫舞弊的事我都毫不犹豫地帮你，难道这件事我会给你拆台吗？"

"他们是我的国人，我有义务救他们，这是我的事。"司徒煜固执地答道。

"你的朋友就是我的朋友，你的国人也是我的国人，你我还需要分彼此吗？别的事我不敢夸口，但这件事我一定帮得上忙。"

"我不想让你知道，就是因为你能帮得上忙，你一定会给我钱……"

"难道不可以吗？用我的钱买的粮食是石头做的吗？"赵离觉得他的说法很可笑，这个人固执起来简直不可理喻，"我不明白你为什么如此固执，你不是一直说结果最重要吗？"

司徒煜深潭秋水般的眼睛里又闪现出那种饱受创痛的神色，他沉默片刻，轻轻地说道："阿季，我们陈国人不是乞丐，也许我们需要帮助，但不要施舍。"

这才是他认识的司徒煜，他的骄傲，他的自尊，他的侠骨丹心，赵离仿佛又看到了那个屹立在风雪中的少年，想起了五年前两人相识的那个惊心动魄的日子……

第十二章
风雪奇遇

　　天空一大早就布满阴霾，到了中午时分，果然下起大雪。最初雪片虽大，但并不太密，不紧不慢地下着，如风拂柳絮，漫舞鹅毛，随着北风越吹越猛，雪也变得越来越大，大片大片的雪花从昏暗的天空中纷纷扬扬地飘落，像织成了一面白网，如烟似雾，一丈开外就几乎什么也看不到了，霎时间，山川、田野全都笼罩在白茫茫的大雪之中。

　　凛冽的北风吹过树林，仿佛怪兽凄厉的嘶吼，战马呼出一团团的白气，貂裘上落满雪花。纵然天气寒冷，赵离的兴致却丝毫不减。这是他第一次独自外出狩猎，以往都是要跟随父兄一起的，为了这次出行，他可是磨了母亲好几天。

　　"娘，我都已经十五岁了，哥哥们在这个年纪早就随爹爹一起冲锋陷阵了。"

　　"只是打猎而已，又不是上战场，很多猎户家的孩子七八岁就可以一个人打猎了。"

　　"孩儿对天发誓，只在封地的猎场溜溜马而已，两三个时辰就回来了。"

"这件锦袍您穿着特别好看,几乎比大姐还要年轻了。"

"您还记得我九岁那年犯了头痛病吧?大夫说要多去户外吹吹风,这几天在家憋着头痛欲裂……"

赵离磨人的本事天下第一,几乎从不失手。母亲毫无悬念地被哄得眉开眼笑。当时高漳君在定平宫廷商讨国事,不在封地,夫人拗不过幺儿,特意多派了仆人跟随,一再叮嘱,千万要小心,一定要早点儿回来,又亲手为他披上貂裘,戴好风帽。赵离乖巧地一一点头答应,但一出家门就如小鸟出笼,把母亲的话抛到九霄云外了。封地的猎场太小,只有一些黄羊、野兔,可是捕猎猛兽才有趣啊。大哥在三年前曾经猎到过一只猛虎,当时阖府上下都震动了,真是威风八面,令少年赵离羡慕得两眼放光,今天即便不能打到猛虎,打到一头熊或者一头狼也行啊。赵离刚刚制作了一把劲弩,名为"穿咒",射程可达三百步之遥,并可穿透五层牛皮厚甲,威力无比,赵离甚为得意,他今天就要试试这把"穿咒"的威力。

雪原的景色壮丽无比,天地之间银装素裹,浑然一色。漫天的飞雪混沌了天地,雪压枝低,风啸长林,马蹄踏在积雪中,扬起阵阵冰霜,好一派人间仙境。

赵离一时兴起,早已越过封地的边界,径直向北而去。身边的仆人纵马跟上,不安地提醒道:"公子,前方就是蛮族的地盘了,临行时夫人特意叮嘱,让您不要离开封地。"

"蛮族"通常是用来吓唬孩子的伎俩,但赵离认为自己已经长大了,如果就此打道回府岂不被人耻笑?况且他正在兴头上,不耐烦地敷衍:"知道了知道了,一会儿就回去,不妨事的。"

仆人担忧道:"公子,听说那里的荒原中时常有雪狼出没。"

不料赵离一听"雪狼"二字,顿时来了精神:"太好了,一会儿入了林子,咱们擒两头狼崽子,生火烤来吃。我特意让九叔给带了盐巴,里面掺了野蕈粉末,研得极细,撒在狼肉上,肯定鲜美至极。"

仆人闻言心中一惊,小公子虽时常闯祸,但都无伤大雅,这次可是在郊外,万一有个闪失如何向夫人交代?正要再次劝阻的时候,突然,一头雪狼从前方的灌木丛中蹿出,飞一般地向前蹿去。赵离一见猎物,顿时来了精神,摘下劲弩,搭箭,射向雪狼。灰狼矫健灵活,轻轻一闪,弩箭落空。赵离从小虽然随父亲和哥哥学过弓马箭术,但他生性顽劣,凡事只为好玩,不肯下苦功夫,因此箭法并不高超,此时连射三箭均未命中,斗志被激发,一时兴起,策马紧追不舍。赵离骑的是一匹逐日追风的千里良驹,将仆人们甩在身后,任凭大家千呼万唤只当作耳旁风,一味催马飞驰,加之荒原中丘陵起伏,树林茂密,眨眼之间已经人影不见。当赵离发觉之际,已经只剩下孤身一人了。

这是一片陌生的树林,赵离从未来过。雪狼早已踪迹不见,他对狩猎一窍不通,独自追捕一头雪狼谈何容易。原野中万籁俱寂,几乎可以听到雪花飘落的声音。林间,毛茸茸、亮晶晶的琼枝上堆满了蓬松沉甸的雪球,煞是好看。寻食的鸦雀在树木之间飞腾跳跃,留下一个个可爱的爪印。

一开始,赵离着实开心了一阵子,但随着时间的推移,他的热情和体温一起逐渐消散,天气越来越冷,身上的貂裘也逐渐无法抵御刺骨的寒风,刚才兴致盎然,午饭没有吃,母亲给带了许多他爱吃的美食,但都在仆人身上。他想要原路返回,但四下一片白茫茫,也分辨不出方向，刚才的马蹄印已经被大雪覆盖。天色越来越暗，肚子也越来越饿，赵离开始有些后悔了。

天近傍晚，赵离茫然地在林间信马由缰，他奔波了大半天，此时又冷又饿，自从出生以来，他还从来没有经历过如此艰难的境况。

要是有一条滋滋冒油的烤羊腿就好了，表皮烤成金黄色，有一点儿焦脆，嚼在嘴里，再搭配一壶温好的黄酒，里面煮有切得细细的姜丝，坐在暖和的红泥火炉旁，一边享受炭火的温暖一边大快朵颐……赵离心中怀念家中的日子。半个时辰之后，他的梦想就变成了一碗粟米饭和一碟煮豆，甚至是一碟腌菜……哪怕是一杯热茶也好啊。

正在胡思乱想之际，前方的树林中突然出现了一个小木屋，饥饿难耐的赵离几乎兴奋得喊出声来，催马直奔小屋而去。

屋内的东西非常简陋，屋顶上覆盖茅草，粗糙的梁柱，墙壁上挂着捕猎工具，地上铺着磨损的兽皮，一望可知这是猎人们休息打尖的地方，显然不久前刚刚有人来过，粗木制成的案上放着一个粟米饭团子，被压得有些变形，但看上去似乎还不算太干。他四下寻找，屋内没有人。难道是上天的恩赐？赵离饿极了，顾不得许多，拿起饭团子大口咬了上去。

确切地说，这并不能算是一个饭团子，因为里面掺杂了太多的野菜和米糠，真正的粟米大约只占了不到三成，而且有些过于冰冷，或许还不够新鲜，但对于此时的赵离来说却不亚于任何珍馐美味，唯一的不足就是太小了一些，这是他有生以来第一次吃这种食物，其味之美令他感到震惊。赵离狼吞虎咽地几口吃完了饭团子，虽然意犹未尽，但肚子总算有点儿底了，他要趁着这点儿饱意尽快找到返回的道路。赵离正要走出简陋的木门，突然心思一动，哎呀，那个饭团子可能是某个猎人一天的口粮，现在被我吃掉，他可能就要饿肚子了。赵离觉得很有些自责，刚才实在太饿了，没打招呼就吃了人家的晚餐，现在等不及向他道歉了，无论他是本国人还是蛮族，赵离都非常感激，他摘下腰间的玉玦放在几案上，但愿那个丢失干粮的人不至于太生气，赵离心中默默祈祷。

雪比刚才更大了，纷纷扬扬，枣红马身上披的粗麻布上落满厚厚一层。赵离非常喜欢这匹名叫"赤影"的小马，它来自盛产良马的北境，是他十四岁生日时父亲送给他的礼物。赵离每天都要喂它萝卜和青菜，甚至梨子和大豆。枣红马长得很快，从一个小马驹变成了一匹漂亮矫健的宝马良驹，匀称高大，浑身毛色闪闪发光，颈上披着长长的鬃毛，跑起来风驰电掣，宛如仙宫中的天马，就连以骑术著称的三哥的青骢马都比不上它。

赵离卷起麻布，爱惜地抚摸赤影的鬃毛，它也四个时辰没吃东西了。

"想必你也饿了吧？回家豆子和萝卜管够。"

枣红马似乎听懂了，温顺地用头蹭蹭主人。

赵离刚刚解开缰绳，突然身后传来人轻轻踏在雪地上发出的"咯吱"声。

熊熊的火光映照在夜空中。

沉闷的鼓声响起，神秘而悠远，仿佛来自地狱。

巫师戴着狰狞的面具载歌载舞，似乎是在庆祝丰收。

又冷又饿的牧羊人坐在一旁，他是因为寻找失散的羊群而迷失在这莽莽荒原中的。这里荒无人烟，他又累又饿，走了几个时辰，终于在夜色来临之际见到了炊烟和人迹。但就在他满怀欣喜地跑过去，期待得到一块烤肉或者干粮的时候，却发现呈现在他面前的是一幅惨绝人寰的景象。

这里遍地都是人的尸骨，鲜血染红了土地；用树枝串在一起，在火堆上炙烤的肉块并非羔羊，而是货真价实的人肉。原来他误入了食人部落的地盘。这些蛮族时常对周边部落发动战争，把抓到的俘虏杀死吃掉。他们并不认为吃人肉是罪恶的行为，正如我们不认为吃猪羊有什么不妥一样。

而这一次的猎物似乎不够多，不足以支撑整个部落的盛宴，但就在此时，这个倒霉的牧羊人自己送上门来……

这是当时广为流传的关于蛮族吃人的故事，通常用来吓唬那些不听话乱跑的孩子。从小到大，这个故事赵离听过无数遍，但丝毫不曾放在心上。他和小伙伴一起玩过这个游戏，他也通常是扮演那个跳舞的巫师，跳着怪模怪样的舞蹈，乐不可支。但今天当他独自身处荒野的时候，再想起这则故事，心中就丝毫都不觉得是游戏了。

赵离心中一惊，身后有人，而且是在轻轻地走路，难道真的有蛮族的人在这里？小时候听过很多关于蛮族茹毛饮血、生吃活人的可怕传说，虽然赵离胆大包天，但现在独自一人在这荒野之中，也不免头皮一紧、脊背发凉。他本能地把手伸向佩剑，但为时已晚，一柄利器抵在后背，冷冷的声音响起："别动，否则你就死定了。"

赵离瞬间僵住，他的手缓缓松开剑柄。他会不会是那个丢失晚餐的猎人？虽然赵离刚刚还想当面向他解释和道谢，但此时只想尽快摆脱眼前的困境。如果他是蛮族，会不会把我当作他其中的一个猎物？

几百年来，蛮族和昭王朝有过无数次的征战杀伐，边境附近的冲突更是频繁发生，赵离不敢想象他们会如何对待一个落单的敌人，尤其这个敌人刚刚偷吃了他的口粮。

狂风卷起雪花，在眼前形成漫天雪雾，天地浑然一片。现在大约已经快到酉时了，天空依然阴霾，彤云密布，这种天气像极了传说中的魔境，雪雾中似乎随时会有妖怪出现。

"把剑扔在地上，还有马背上那支弩！"身后的人命令道。

赵离不由在心中想象这个人的样子，他一定身着兽皮缝制的衣服，身材健硕，相貌凶悍，身背弓箭，手持厚重的弯刀。他的脸上会有浓密的胡须，甚至一道长长的刀疤，虽然赵离知道绝不可能，但还是不由自主地想象他的嘴里会有两颗长长的獠牙支出唇外，就像祭祀中扮演恶神的巫师面具那样。

身处困境要随机应变，千万不可逞匹夫之勇，父亲多次讲过这个道理，他顺从地解下佩剑，和劲弩"穿咒"一起抛在身后。

"朋友，别冲动，可能是误会，你听我解释……"赵离强作镇定，虽然听说过无数关于蛮族的可怕传说，但他从不盲目地歧视和仇恨异族，他觉得生而为人，大家都是一样的，哪里都有好人，但愿今天能遇到一个讲道理的人，或许他不会计较一个饭团，或许我可以向他解释这件事的来龙去脉，或许他会接受那枚价值百金的玉玦……

"别耍花样，如实回答我的话，也许会饶你一命。"身后的人说道，他的声音虽然沉稳冰冷，但其中尚有几分稚嫩，赵离感觉他应该跟自己年纪相仿，"你们一共多少人？"

赵离动过冒充蛮族蒙混过关的念头，但转念一想，自己的衣着打扮一看就是昭王朝的人，傻子都看得出来，于是只得老实回答：

"十六个，算我在内。"

"他们在哪儿？"

"我……我也找不到他们。"赵离不太会说谎，但这个局面令他有些沮丧，回去之后一定会被大家嘲笑，或许还会成为一些人用来警诫孩子的例证。

身后的人似乎松了一口气，口气也略微平和了一些："很好，借你的马一用。径直向前走，不要回头。"身后传来弓弩上弦的声音："想必你应该知道这支弩的威力，也不想在背上多出一支箭。"

这件事激怒了赵离，他不是个小气的人，对方可以要他的玉玦、他的剑、他的弩，甚至他身上的貂裘，他都可以答应，但唯独不能抢他的赤影。赵离暗暗握紧拳头，不再试图解释什么，他要给这个盗马贼一点儿教训，如果对方不讲理，小侯爷就能比他不讲理一万倍。

身后传来马蹄声，身后的盗马贼已经上马。

皮革与硬木接触发出的摩擦声，"穿咒"已经插在鞍翼上的封套中，也许他认为胜券在握，不需要以劲弩相威胁了。

赵离的脸上露出狡黠的微笑，他没有回头，甚至没有停下脚步，只是把手指放在口中，打了一个呼哨。赤影一声长嘶，前蹄突然高高抬起，马上的人猝不及防，惊呼一声，一个筋斗从马上重重跌下。赵离转过身，踏着积雪几步冲到跟前，纵身一跃，把盗马贼压在身下。他虽然远算不上武艺高强，但从小也在家中耳濡目染学过一些功夫，加上身体健壮，情急之下也颇为勇猛。盗马贼本能地挣扎，但出乎赵离意料的是，他并没有想象的那么强壮，而且似乎也丝毫不会武功，完全不像一个蛮族猎手，他的力气甚至不如一个十二三岁的孩子。

"没想到吧？忘了告诉你，它叫赤影，是我的好朋友，只听我的话。"赵离一边制住对方,一边得意地说道。

搏斗中,盗马贼头上破旧的风帽掉落,赵离惊讶地发现这是一个瘦弱的少年,看样子年龄不会比自己大,他衣着破旧,面色憔悴,脸上不仅没有獠牙,而且也没有络腮胡和刀疤,甚至比女孩还要清秀。他虽然处于劣势,但眼神中并无惊恐,而是充满倔强和仇恨。

赵离有些诧异,更多的是好奇。

"别耍花样,如实回答我的话,也许会饶你一命。"赵离用对方刚刚说过的话调侃道。

盗马贼没有回答,依然没有放弃挣扎,但他的力气远逊于赵离,几乎没有还手之力。赵离一手擒住对方的两只手,另一只手去解腰间的丝绦,他要把这个偷马的小蛮子绑回去,这可比打到一头狼更有面子。

小侯爷生擒盗马贼。这可是个适合流传的英雄故事。

就在赵离一走神的工夫,盗马贼困兽犹斗,突然在赵离手上大力咬了一口。赵离大叫一声,负痛松手,盗马少年趁机拼尽全力推开赵离,挣扎起身,转身跑入雪雾中。

赵离看着手背上两排深深的牙印,又惊又怒,这种伎俩是小时候打架才用的招,这个小贼也太卑鄙了吧!更令赵离愤怒的是,他发现旁边的雪地上散落着一把树枝,原来这个小贼手中根本就没有刀剑,他竟然被人用一根树枝打劫了。赵离转身从马背上摘下劲弩,麻利地上弦。

盗马的少年突然停住脚步。

身旁,赤影发出惊恐的嘶鸣,不安地踏步。

一双灰蓝色的眼睛隐约出现在漫天的雪雾中,时隐时现,显得十分诡异。

依照昭王朝的法令，作为一名逃亡的奴隶，任何人都有捉拿和杀死的权力，而隐匿逃奴则会被籍没家产，贬为奴隶，甚至处死，何况他目前的身份不只是一个逃奴，而且是一个闯下滔天大祸的要犯。这种危机感始终伴随左右，直到一年多之后，他以赵家远亲的身份进入大域学宫时才得以消除。

逃离张家的一年内，司徒煜颠沛流离，横跨六国，历经寒暑，越过终年积雪的皑皑雪山山，走过戈壁荒原的不毛之地，渡过水流湍急的激流险滩，穿过人迹罕至的原始森林，既要躲避猛兽毒虫，又要躲避官府和赏金猎手的追杀。他曾经在章国做过马贩的跟班，在曲门做过店铺的伙计，在景国做过巫师的学徒，他的目标是位于南方良国境内的金乌港，从这里可以乘船出海，离开昭王朝的疆域，去往氾叶岛以南化外之境的自由城邦。

这个曾经名为裴忌的少年饱尝人世的艰辛和险恶，早已脱胎换骨，不再是那个不谙世事的贵族公子，他变得隐忍、坚强，心如磐石。他的祖父曾经做过昭王朝的大司徒，于是他改姓司徒，并用"煜"字作为名字，张府的日子太黑暗了，他希望这个象征炽烈火焰的字可以驱散生命中的阴霾。

为了躲避危险，他特意取道塞外。一路上，他躲过了无数次的追杀和搜捕，就在十天前，他还险些被几名赏金猎人杀死。他的头价值千金，随时随地都可能遭人猎杀。他必须要加快行程，尽早离开这片危机四伏的土地。不料时值隆冬，天降大雪，司徒煜被大雪困在林间狩猎人的小屋中。司徒煜去林间捡了些树枝，准备生火取暖，抵御这刺骨的严寒，在他返回木屋的时候，正好遇到同样被困在此的赵离。司徒煜本能地认为这个腰悬佩剑、锦衣貂裘的年轻人是追杀自己的赏金猎人，但现在，他们有了共同的敌人——隐藏在风雪中的饿狼……

虽然天近黄昏，加之风雪弥漫，但依然可以看得出这头狼形体硕大，身长七尺有余，身高几乎可以达到人的腰部。赵离认出它就是自己白天追猎的那头雪狼，但现在形势逆转，它俨然变成了狩猎的一方。雪狼没有贸然进击，而是沉稳地蹲在高坡处，静静地看着两人，灰蓝色的眼睛射出幽幽的寒光。它是个经验丰富的猎手，知道当前的局势完全在自己的掌控之中，也知道此刻正有一支利箭对准自己。

但赵离并不敢贸然扣动悬刀（弓弩的扳机），他对自己的箭法并没有太大把握，双方距离不足三丈，他知道自己不会有第二次上弦的机会，即便可以侥幸上马逃走，但前方的少年却绝无逃生的可能。在他眼中，一个偷马的蟊贼的生命和贵族一样，都是值得尊重的，生命是圣洁的，不应该因为地位的卑下而变得轻贱。

前有饿狼，后有劲弩，司徒煜进退两难。在逃亡的路上，他曾经听一位老猎人说过，狼是一种比较谨慎的动物，即使要攻击人也不会马上行动，但前提是不要惊动更不要激怒它，也不要让他以为你要逃走。正在思考之间，身后传来锦衣少年的声音："嘿，朋友，要不要把剑扔给你？"

"不要轻举妄动，你以为我有剑就能打败这头狼吗？"司徒煜不敢回头，略微侧身，小声提醒对方。

"我的意思是，你也可以用来自刎。"

身后的人竟然发出嗤嗤的笑声，他显然对自己的玩笑很满意。司徒煜有些无奈，但心中也少了一分敌意，一个在生死关头还有心思开玩笑的人应该不是什么恶人。

"听着，看来它一时还没有发动攻击的打算，我们现在慢慢地退回木屋，记住千万不要转身。"

"你真的是猎人？"赵离好奇地问道，"不过你是我见过的力气最小的猎人，我觉得你连只松鼠都打不过，你平常都打些什么猎物？蚱蜢和蜻蜓吗？"

"我平常专门猎杀知了，因为它话太多。"司徒煜冷冷地回了这个不知死活的促狭鬼一句，"要想活命就先退回木屋再说。"

司徒煜踏着积雪缓缓向后退去，同时机警地注视着狼的状态。

"喂，我的马怎么办？"身后的锦衣少年又小声喊道。

这时候他还在挂念一头牲畜的安危，想不到在这个人命危浅的乱世之中，在这个弱肉强食的荒野之上，尚能感受到一丝人性的光辉。几年来司徒煜见到了太多的邪恶、残忍和恐怖，这一丝久违的温暖令他心中一暖，不禁对锦衣少年多了几分好感。

"你轻轻地把剑留在雪地上，牵着马先进木屋，我来断后。"

"就凭你也想保护我？"赵离不服气地说道，"你还真拿自己当个人物了。"

狼慢慢地向前走了几步，司徒煜可以看到它鼻孔中呼出的白雾。雪狼后腿微屈，前腿伸出，居高临下摆出一副俯冲的架势，口中发出骇人的低吼。

司徒煜心中一惊，两人对一狼，如果在白天尚可一搏，但此时天色已经完全暗下来，这里彻底变成了它的天下。司徒煜加快了后退的步伐，与此同时，狼也加快了前进的速度。

"快进去，否则你的马保不住了！"司徒煜顾不得许多，不由提高了声音。

赵离的剑就插在雪地上，司徒煜一伸手就可以抓到。但就在他握住剑柄的时候，雪狼已经冲到近前，它的动作太快了，司徒煜根本来不及拔剑，仓促之间他只能连带剑鞘一起挥向雪狼。雪狼皮毛厚重，筋骨健壮，根本不理会这轻描淡写的一击，只是略一停顿，马上准备再次发起攻击。狼近在咫尺，露出口中的森森白牙和血红的舌头。天气寒冷，剑几乎被冻在剑鞘之内，司徒煜一面奋力拔剑，一面借助周围的树木与狼周旋，不防脚下一滑，摔倒在雪中。

就在这万分危急的时刻，一支弩箭破风飞来，贴着狼的左耳掠过，钉在它身后的一棵树上，砰然作响。雪狼左耳被三棱箭簇豁开，鲜血迸出，滴在雪地上，一片赤红，这猛兽被吓了一跳，负痛连连后退。

原来，赵离利用司徒煜与雪狼周旋的时间把战马赤影拉进木屋，然后火速冲出，正赶上司徒煜摔倒，他毫不犹豫地扣动悬刀，但由于过于慌乱，依然未能有效命中，但也着实令雪狼愣了片刻。这短短的刹那间给了两人逃生的机会，赵离一把扶起瘦弱的司徒煜，两步跑进木屋。狼口余生的刺激令赵离感到既紧张又兴奋，他飞速顶住房门，刚刚松了一口气，一回身，愕然发现锋利的剑尖距离自己的咽喉不到三寸，少年持剑的手还微微有些颤抖，呼吸还有些急促，但是他的眼神却非常坚定。

赵离几乎要气疯了，真是好心没好报，早知道就应该让狼吃了他。

"你这个忘恩负义恩将仇报的蠡贼！"

司徒煜没有理会赵离的愤怒，几年的苦难和危险让他学会了谨慎，小心驶得万年船，他先要弄清楚对方的来历。

"你到底是什么人？"

"呸，你还有脸问我？"赵离有些不可思议，真是世风日下，做贼的都这么理直气壮吗？

司徒煜并不想伤害对方，虽然屋内光线昏暗，但两人近在咫尺，他终于有机会看清楚了眼前人的样子，这是一张俊秀而可爱的脸，面如冠玉，五官如雕刻般分明，轮廓完美得无可挑剔。一双眼睛英气逼人，纯净的眸子像潭水一样清澈，却难以掩饰其中的几分顽皮和不羁。虽然身处困境，也还是难以掩饰气质的高贵，他一定是个贵族公子。

司徒煜只顾打量锦衣少年，没有防备身后的枣红马突然用头撞向他的脊背，司徒煜猝不及防，一个趔趄险些跌倒。赵离趁机敏捷地抽箭搭弦，"穿咒"制作得非常巧妙，既轻巧方便又威力巨大，上弦很快，当盗马少年站稳转身的时候，赵离的弩已经对准了他的眉心，眼睛透过望山（弓弩的瞄准器）注视着他。

"要不要比比看，是你的剑快还是我的弩快？"赵离占据上风，手托劲弩调侃道。

"你确定能射中吗？我记得你刚才射狼的一箭也是这个距离。"司徒煜并没有放下剑，他虽然处于劣势，但可以断定对方不是个能杀人的人，"你最好瞄得准一点儿。"

"不劳你费心，我瞄得很准，箭头正对着你的脑袋。"

"那就好。"盗马少年做放心状，"以你的箭法，如果瞄准我旁边一尺远的地方我才会有危险。"

赵离脸红了，他一向自诩伶牙俐齿，没想到斗嘴竟然斗不过他，赵离反唇相讥："要不是我的手被人咬了一口，早就射中了。我至少还射中了狼的耳朵，你呢？好像连剑都拔不出来吧。"要论牙尖嘴利，赵离还没有遇到过对手，他看向自己被咬了一口的手背："对了,你对付狼需要用剑吗?应该跟它对咬才是,以你的牙口,未必会输给它。"

这次轮到司徒煜脸红了,他岔开话头:"我没时间跟你斗嘴,先告诉我你是谁?"

"这话应该我说才对。你要偷我的马,我还没问你是谁呢,你倒贼喊捉贼了!"

司徒煜心中暗想,他不知道我是谁,这么说他不是来抓我的,我看此人面色纯良,心存善念,倒不像恶人,从衣着上看,他应该是个贵族子弟,不过还是要再试探一二才可放心。

"也罢,这世上有太多暗昧之事和见不得光的小人,如果不便说,我也不想强人所难。"司徒煜冷笑道,他认定对方是个性情中人,于是使出激将法。

赵离果然中计,他最恨别人说他不够襟怀磊落,大声喝道:"胡说,本公子行不更名坐不改姓,姓赵名离,定平国人氏,家父乃是高漳君赵介,你说谁见不得光?"

司徒煜放下心来,看来是一场误会,于是扔下佩剑,抱拳当胸道:"原来是小侯爷,失敬失敬,小弟初到此地,迷失路途,又被风雪阻隔,只能暂时在这木屋栖身,我听说蛮族凶狠猖獗,一时草木皆兵,误把仁兄当作了蛮族强盗,冒犯了仁兄,多有得罪,小弟这厢赔礼了。"

说罢他诚恳地一躬到地。

赵离一向吃软不吃硬,对方一客气,他反而有些不好意思了,他连忙放下弓弩,抱拳还礼。

"不敢不敢,应该我说抱歉才对,是我吃了你的干粮……那个粟米团子是你的吧？"赵离有些羞愧，"我当时饿极了……其实我是迷路了，我还以为你是蛮族的人呢。"

"一生之中有人能共食一餐饭，也是一种难得的缘分，尤其在这荒无人烟的野外。"

"如此说来，你我缘分匪浅啊。"赵离笑了。

司徒煜笑着再次抱拳："小弟司徒煜，阳山国人氏，本想取道去往良国，没想到走错了方向。"

"幸会了。"赵离还礼道，"大家都叫我阿季，咱们这也算不打不相识吧，以后咱们就是兄弟了。"

人迹罕至的荒原，破败不堪的小屋中，两个少年就此相识，从此开始了一段情同手足、肝胆相照的友谊。

"我家离此不远，兄台如不嫌弃，不如先到敝庐小住几日，我们也好把酒畅谈。"赵离热情地邀请，"我家的厨子烤的羊腿真是香嫩可口、美味至极，管保你食指大动……"

赵离一边说，一边口水都快要流下来了，经过这一番折腾，肚子早就空空如也了。他为人豪侠仗义、古道热肠，虽然长在贵族之家，却生来是一副侠客心肠，一眼认定是朋友，就可以交心换命，此时他恨不得马上把新朋友带回家好生款待，但他却忘了一件事，此时饥肠辘辘的并不只他一个……

门外传来凄厉的嗥叫声，悠长而诡异。

两人同时一惊，连忙跑到门口，透过门缝向外张望。

雪已然停了，天色放晴，玉兔东升，茫茫的雪原反射着月光，似乎比黄昏时分更加明亮了。

月光下，雪狼目不转睛地盯着木门，它脸上的血迹已经风干，显得更加狰狞。雪狼仰头嗥叫，在空旷的荒原中显得非常骇人，继而，远处传来数声回应，声震四野，令人毛骨悚然。

"坏了，它在搬救兵呢！"

"不如我们就此冲出去，先杀它个措手不及。"赵离拿起弓弩。

"不行，你没有听到吗？外面的狼不只一头，即便我们侥幸杀掉这一头，也不可能杀掉所有的雪狼，现在是夜晚，我们在雪原上如何跑得过它们？"

"那怎么办？就这么坐以待毙？等它召集亲朋好友，拿咱俩请客？"

"目前这所木屋是雪原上唯一的屏障，我们如果走出去，可就正合了它们的心意。"司徒煜拉住赵离。

话音未落，又有一头雪狼来到门前，站在头狼身后。紧接着，更多的狼从四面八方涌来。狼是群体捕猎的动物，它们的战斗力和勇气会随着数量的增加而增长。外面的狼群已经开始发动攻击，它们开始不断地撞击木屋的门和墙壁，砰然作响。简陋的木屋在狼群的撞击下发出震颤，屋顶上的茅草纷纷落下。

屋内，枣红马不安地踏着步，发出焦灼的喘息声。

"我们现在能做的只有等，等过了今夜，到明天早上我们就会有机会。现在当务之急是把火点起来。"

虽然没有火镰和火石，但生火对于赵离来说是件易如反掌的事。他的手指细长而灵活，摆弄起各种物件来又稳又快，这本来粗苯的活计在他手中反而显得十分优雅，不像是在做木工活，而像是在弹奏古琴。他很快用屋内的麻绳和木棍做了一个钻轴，绕住一端削尖的木棍，然后拉动横板，尖木棍在木板上飞速旋转，一会儿就冒出缕缕白烟，木棍周围的干草很快被引燃，冒出橘红色的火焰。

火焰带来了光明，驱走了寒冷，吓退了门外凶恶的狼群，两人的心也随着火焰的升起而温暖了起来。赵离的手艺令司徒煜大为惊叹，如果不是身着貂裘，司徒煜都要认为赵离是木匠的儿子了。

"这算什么？"赵离得意地拿起弓弩，"就连这把弩都是我做的，还能连发呢，世上仅此一把！"

司徒煜虽然并不十分了解兵器，但也可以看出这支弩工艺繁复，设计精巧，不禁对这个贵族公子刮目相看了。

"你要是喜欢，送你做见面礼了。"赵离一向慷慨。

"我们还有多少支箭？"司徒煜更关心这个问题。

赵离清点了一下，箭囊中还有十三支箭。

但此时门外已经聚集了不下二十头雪狼，即便百发百中也还是不够的，它们呈圜围之势围在木屋四周，屋中的人此时更是插翅难飞了。屋内的干草有限，赵离用剑大力劈开木几，但这些木柴显然不够支撑一晚的。

此时两人几乎同时想到一件事。

树枝。

司徒煜采回来的树枝就扔在门外的雪地上，刚才只顾得和赵离争斗，树枝已经被雪埋没了。

"我去捡回来。"赵离拿起佩剑。

司徒煜用木条和麻绳做了两个火把："它们怕的不是剑，是火。"

两人手持火把，掩好柴扉，背靠背缓缓走向被掩埋的树枝。

四周，雪狼的眼睛在夜色中发出绿色的光芒，星星点点，宛如夏夜中的萤火虫。它们严密地注视着猎物的移动，目光贪婪而凶恶。狼群是非常可怕的，它们分工明确、配合默契，捕猎的效率很高，甚至比棕熊或老虎这些大型猛兽更为可怕。

为首的雪狼露出锋利的尖牙，血红色的舌头伸出唇外，向两人缓缓前进，其他狼也同时围拢过来，由于大雪封山，它们也已经非常饥饿。

赵离感到阵阵寒意，他甚至可以闻到狼嘴里散发的腥气，手中不由自主地握紧剑柄。

两人把火把交于单手，在雪中翻找树枝。

"你读过《缨城赋》吗？"赵离轻声问道。

"你在想里面关于山鬼的一章？"

赵离笑了，两人果然心有灵犀，司徒煜猜到他在想什么。

"如果这时候有一位美丽的山鬼翩然而至，骑着一头赤豹，身披薜荔，双目含情，为我驱散狼群……"赵离身处绝境，但还忘不了畅想。

"也许这些狼就是她派来迎接你的使者，你不如就此跟它们去的好。"司徒煜打趣道，"你想让身体的哪部分先去见山鬼？头还是腿？"

狼群逐渐围拢过来，它们虽然忌惮火焰，但在饥饿的驱使下，还是壮着胆子越靠越近。

两人怀抱树枝，一边警戒，一边缓缓退向木屋，虽然周围都是恶狼，但两人配合默契，却也有惊无险。

赵离不时用火把驱赶狼群："滚开，老子是火德真君下界，来啊，尝尝天火的滋味！"

火焰凌空划过，发出呼呼的声音。一头雪狼凑得太近，以至于被火把燎到颈上的毛，滋滋作响，一股白烟冒出，雪狼嚎叫一声，惊恐后退。

赵离尝到了甜头，一时玩心大盛，忘乎所以，两人本来已经退入屋门，他却又探出身子频频挥舞火把攻击雪狼。

"哈哈，原来你们就这点儿本事啊！我烤一只……再烤一只……"

雪狼生性狡猾，逐步后退，赵离则冒险向前追了好几步，眼看已经有七八步之遥。

司徒煜担心地大喊："不要恋战，快回来！"

话音未落，由于挥动的力量过大，火把砸在狼身上折断了，断裂的火把落入雪中，瞬间熄灭。

赵离一声"不好"还未叫出，几头恶狼已经扑到身旁，他扔掉火把，急忙后退，但情急之下早已偏离方向，退到屋门的另外一侧，用一柄剑抵挡凶残的狼群，片刻就已累得气喘吁吁，大汗淋漓。

雪花不知什么时候又开始飘落。司徒煜又想到了那个雪天。雪是纯洁的，带给人们一个恬静悠远的美好世界，但是这个纯洁的世界对他来说却是噩梦，晶莹的雪花有如落在伤口上的盐，令他痛苦而清醒，鲜血使雪花的颜色变成鲜红，在银白色的大地上仿佛一幅奇异的图案。他已经失去了妹妹，不想再失去一个朋友。

狼群实在过于凶猛，赵离拼死搏斗，逐渐体力不支，被狼群逼到木屋的墙边，陷入绝境。混战之中，赵离的剑刺入一头狼的背部，一时无法拔出，受伤的狼嗥叫着扑向赵离。就在此时，木门被猛然撞开，骏马赤影从屋内闪电般地冲出，踏雪疾驰而去，马上的人正是司徒煜。

狼群瞬间被赤影吸引，尾随而去。

赤影不愧是千里良驹，在雪原中，在狼群的围追堵截下左冲右突，向西北方向而去。

赵离焦急地大叫："司徒煜！"

司徒煜回身看向赵离，虽然当时是夜晚，又距离很远，但赵离一直坚持认为自己当时看清了他的眼睛，恰似朗月，宛如秋水，深情、睿智而饱含创痛。

"多保重！"

司徒煜只说了三个字。他的声音不高，但却令赵离刻骨铭心。人生就是这样，多年以后，人们或许早已模糊了某件事，但却对当时的一句话，某一个眼神或动作记忆犹新。这些回忆被珍藏在心中，像陈年的老酒一样，会在不经意间散发出迷人的气息，令人沉醉其中，心潮起伏。

第二天，当赵家大队人马在木屋中找到赵离之后，立刻沿着脚印开始寻找司徒煜的下落。好在雪停得早，地上的痕迹尚能辨认。赵离虽然又冷又饿，但坚持要亲自寻找恩人。

他们在西北方向十五里外的峭壁旁发现了踪迹，狼群早已散去，被血迹染红的雪地上散落着零碎的尸骸。赵离如万箭穿心，他冲到尸骸旁，痛哭失声，但很快有士兵发现这是马匹的尸骸，而并非人类。

赵离心中燃起了一丝希望，虽然痛失心爱的坐骑，但希望老天保佑司徒煜可以死里逃生。很快，他们在峭壁上发现了痕迹，似乎有人坠落山崖。

大家在雪谷中找到了司徒煜，他虽然早已冻僵，但还有一息尚存。

这片雪谷司徒煜曾经经过，他知道这悬崖虽然陡峭，但并不太高，而且下面积雪深厚，可做缓冲，或许可以冒险一搏。这是他第一次凭借机智和冷静挽救了两人的性命。每当说起此事，赵离总是说他是个幸运的人，有上天眷顾，可以逢凶化吉。

"这是运用心智的结果。"司徒煜微微一笑，"幸运，老天留给别人了。"

第十三章
去意已决

司徒煜不是个喜欢轻言赴死的人，他还有大仇未报，他要活下去，无论面对多么残酷的环境，他知道，只要有一息尚存，就有机会复仇。在定平国，在赵家的庇护之下，不必再为性命而担忧，他放弃了出逃海外的想法，一个大胆的计划在心中产生，他要找机会积蓄力量，踏平暴章，为家人和国人报仇。

司徒煜委婉而坚决地拒绝了赵家的酬谢和邀请，没有住进高漳君的府邸，而是选择住在城中一处僻静而简陋的小院，一边打零工为生，一边发奋苦读，除了借书之外，他没有向赵离提过任何要求。虽是漂泊无根的旅人，他却极力保持着应有的矜持与尊严，他甚至不愿接受赵家的宴请，也很少踏入赵府的大门，他和赵离的相聚通常是在他租住的那个位于高漳城东隅的小院中。在这里，两人常常谈天说地，纵论古今，通宵达旦。赵离会听司徒煜讲天文地理，也会把新发明的小玩意拿给司徒煜看，他是如此迷恋这间茅茨土阶的草舍，甚至连家都顾不上回，困了就和司徒煜挤在那张狭窄简陋的卧榻上抵足而眠。连高漳君夫人都感到这孩子仿佛变了一个人。两年后，赵离依照父母的安排进入大域学宫，司徒煜也应邀一同前往。大域学宫是令他心驰神往的圣地，在这里他开阔了眼界，增长了智慧，复仇的计划也逐步成型，良国是天下霸主，也是唯一能与章国抗衡的国家，信阳君雄才大略，锋芒正盛，投奔良国，借助信阳君的力量形成连横之势，而目前这一切都在按照他的计划有条不紊地进行着。

司徒煜返回学宫的时候已经是傍晚时分，虽然连日的奔波劳碌令他疲惫不堪，虽然他是个喜怒不形于色的人，但在独处的时候还是难以压抑心情的愉快，现在宛地的事情已圆满解决，而自己显然已经赢得了信阳君的好感与信任，一切尽在掌握之中。在从黄丘去往学宫的途中有一片茂密的银杏林，时值深秋，银杏树一片金黄，十分炫目，它们英姿飒爽，伟岸挺拔，宛如大队身着金甲的武士威风凛凛地在路旁列阵，气势凛然。司徒煜曾经数次从这里经过，但今天才第一次注意到这幅美景。

金黄色的落叶随秋风飞舞，洋洋洒洒，这是它们最后的舞步，然后就会悄然归于尘土。叶落如歌，生命逝去，而这美丽的瞬间将化为永恒。司徒煜想起城破当日，父亲面对死亡的从容和淡定。他立马在林木之间，静静地倾听如梦呓般的落叶坠地的沙沙声，那般温柔，那般安静，那般轻盈，仿佛在守护一个易碎的梦。那一刻，他仿佛听到心中的声音在召唤。司徒煜翻身下马，抽出佩戴的短刀，割破手掌，在银杏林前虔诚祈祷，但愿有朝一日我可以亲率大军扫灭章国，踏破其都城平阳，告慰亲人的在天之灵。

司徒煜是在学宫大门前遇到淳于式的，此时戌时已过，月光昏暗，竟然没有在第一时间认出他。淳于式一改平日衣冠端正、道貌岸然的样子，神情憔悴，脸色阴沉，独自一人背着硕大的书箱，走在学宫巍峨的大门前，显得渺小而无助。他也看到了司徒煜，这是两人那晚在司徒煜寝室谈话之后第一次见面，但境况已大不相同。淳于式失败了，他没能查到一丝一毫的舞弊证据，遭到早已对他不满的同僚的攻击。

淳于式正直刻板，不只在廖仲面前而且多次在执事院长老面前提到学宫内舞弊之事，认为如若姑息，舞弊之风势必大长，学宫三百年声誉毁于一旦。

"晚学以为兹事体大，望各位长老下令严查。"

淳于式的话令孟章学院的两位长老非常尴尬。淳于式担任宫值之后风头太劲，而且为人迂腐，身为孟章学院司学，怎么能冒然在这个场合揭本院的丑事呢？这不是授人以柄吗？但他们又不便公开阻止，只能顺水推舟，说几句无关痛痒的话，然后作壁上观，但心中却希望看他出糗。所以在他彻查无果的时候，他们当然乐得看他的笑话，甚至借机发难。

淳于式带着无比失落和绝望的心情离开了这座心中的圣城，学宫十年，他熟悉这里的一草一木，一砖一瓦，但蓦然回首，却觉得这里变得非常陌生。这里已经不再圣洁如故，他又何须留恋？没有人要赶他走，甚至没有人知道他要离开，他完全可以轻描淡写地表示一下歉意，也可以装作什么都没有发生，继续授课，继续做他的宫值，但他是一个不能容忍失败，更不能容忍瑕疵的人，他只有两个选择，要么剔除瑕疵，还学宫以纯净，要么引咎辞职，离开学宫，自我放逐，但无论如何，绝不苟且。现在胜负已分，只有选择后者。

他特意在晚间离开，没有和任何人告别，更不想惊动他们，包括廖仲父女在内，想不到左躲右躲，却在此遇到了冤家。淳于式心中五味杂陈，既不想掩面而过，又不知如何开口。他迟疑片刻，还是挺起胸膛，傲然看向司徒煜。

我没有错，错的是他，是他们，我何须感到羞愧？

"淳于夫子这是要去哪里？"司徒煜下马，抢先问候，虽然在这件事上是针锋相对的敌手，但他一向敬重淳于式的为人。

"不敢当，我已经不再是什么夫子。"淳于式冷笑一声，"你是专门来看我的笑话吗？"

司徒煜冰雪聪明，立刻猜到了八九分，但他却没有想到淳于式会如此刚烈。

"您是要……离开学宫吗？"司徒煜略有迟疑。

淳于式冷冷地看着司徒煜："这不是正合你的心意吗？没有我这种食古不化的人从中作梗，你们更可以为所欲为了，大域学宫从今以后可以任由你们兴妖作怪，把它变成一个学术市场，赚得盆满钵满，可惜大域学宫三百年传承，竟被你们这些蝇营狗苟之徒败坏，但你不要高兴得太早，天不藏奸，真相迟早要公之于众！"

司徒煜不是一个容易被语言激怒的人，恰恰相反，他心中对淳于式既同情又钦佩。他无法向淳于式解释自己的原因，但却不希望他真的就此离开。

司徒煜挡在淳于式面前，恳切地看着淳于式："学生斗胆恳请夫子留步，您知道，开办分校之事势在必行，学宫的发扬光大还要靠您来完成，您不能因为个人恩怨放弃大域学宫，还望夫子三思！。"

司徒煜一躬到地。

淳于式曾经在某个时刻被司徒煜的话打动了，但旋即失望再次占了上风，他极为固执，无法令自己走出绝望。

"算了,这里不再需要君子了。"淳于式长叹一声,"开办分校又有什么意义?无非是多几个贩卖文章的所在。"

"如果您需要,我可以去向执事院自首。"司徒煜诚恳地说道。

但他的诚恳对于淳于式来说却是一种挑衅,他和司徒煜一样,是一个不愿接受怜悯的人,胜要胜得光明正大,败也要败得堂堂正正,接受对手的施舍是一种极大的侮辱,他几乎气得颤抖起来。

"住口!大域学宫乃天下圣地,你以为有了良国人撑腰,连学宫的文凭都不需要了吗?!"

在淳于式看来,这并不只侮辱了他,而且侮辱了大域学宫,他大力推开司徒煜,喝道:"走开,我还要赶路,不要耽误我的时间。"

司徒煜情急之下一把抓住淳于式背后的书箱,他知道以淳于式的固执,一旦离开,绝不会再有回头的可能。

"恕学生一时语失,学生微不足道,但请您看在廖夫子的分上,不要离开。"

这句话更是火上浇油,廖夫子,如果他真的那么正直,如果他想杜绝舞弊,那么他完全可以支持我。他心里只有扩大学宫规模,让自己青史留名,淳于式对廖仲的失望不亚于对大域学宫的失望。或许廖夫子是为了司徒煜这个小人,很显然喜欢司徒煜多过自己,或许早已决定把廖清许配于司徒煜。想到这些,淳于式心中不由涌起一丝嫉妒,抽出佩剑,割断书箱的绳子。

书箱轰然落地,里面的书卷散落出来,这是他十年来耗尽心血整理的笔记和书札。也罢,既然已经被舞弊之辈的手玷污,就让这些东西永远留在这个污浊之所吧。淳于式头也不回地大步向前走去。

司徒煜看着淳于式逐渐远去的背影,怅然若失。

同样怅然所失的人还有夫子廖仲。

淳于式虽然没有向自己辞行，但早已料到他一定会离去。自己太了解这个学生了，他一定会为自己的失败付出代价。

两个最得意的学生都不肯就任祭酒，难道大域学宫要衰落了吗？无为阁的窗前，廖仲看着窗外的兰草，失落地想道。

兰花是廖仲最喜欢的植物，他的庭院中种了好几株兰花，它的叶子修长舒展，花却清丽淡雅，大域学宫所在之地气候温润，一年四季都不会落叶，但即便是在花期最旺的春季，这种花也不会显得过于艳丽。

廖仲从教五十年，从不收受礼物，只有一种东西除外——花草。草庐中大部分花草都是学生和仰慕者所赠。廖清从小就记得经常有人在院中栽花种草，虽然都是一些采自山中的凡花野草，但种在无为阁中却显得别具风韵。这些花草在廖仲的悉心呵护下长得郁郁葱葱，而窗前最茂盛的这簇兰花就是司徒煜所种。

廖清记得那是一个春天的清晨，雨后初晴，温暖而清新的空气中带着一丝醉人的栀子花的香气，远山如黛，近水含烟，与门前枝叶繁茂的杨柳相映成趣，美不胜收。廖清刚刚吃过早饭，就看到一身青衫的司徒煜安静地站在柴扉前，玉树临风，气度优雅而温润，几乎可与周围的景致融为一体。廖清甚至连他手中捧着的兰花都没有注意到。

虽然廖仲没有对人说起过自己对兰花的钟爱，但他还是准确地选择了兰花。

"高洁典雅、锋芒不露，既可藏于荆棘，又可傲于百花。不知道应该说夫子如兰花，还是兰花如夫子。"

想不到这样一个孤寒的人竟然也会把话说得如此动听,廖清心中暗笑。

"就算是恭维吧。"司徒煜郑重地答道,"在下无父无君,恭维夫子总比恭维自己要好。"

这句煞有介事的回答令廖清几乎笑得直不起腰,直到现在每每想起这句话她还都忍不住会露出笑容。

司徒煜很骄傲,眼高于顶,所以很少发自内心地恭维人。赵离也这么认为,但是今天准备接受他的恭维。

赵离径直走入司徒煜的寝室,手中捧着一坛老酒。

此时已近子时。司徒煜连日劳累,加之箭伤复发,感到疲惫不堪,却又无法入眠。他的心中一直为淳于式的出走而感到惋惜,正靠在卧榻上出神。他和淳于式并无深交,令他内疚的是对恩师廖仲的亏欠。我辜负了老夫子的期望,没能留下接任祭酒,而且还气走了另外一位人选,真是愧对恩师的多年教导和知遇之恩。眼下学宫的长老们都逐渐老去,就连扈铭都已经近知天命之年,渡鸦大师更是到了耄耋之年,在他们百年之后学宫要靠谁呢?虽然淳于式并不是经天纬地之才,但他毕竟年富力强、满腹经纶,又对学宫无限热爱,大域学宫在他手中至少不会每况愈下。司徒煜沉浸在自己的心绪当中,甚至都没有注意到赵离的来到。

沉重的酒坛放在地板上,赵离揉着酸痛的手臂,瘫坐在席上,抱怨道:"学宫就这点不好,所有东西都要自己搬,我的手都快断了。"

"这也是'负荆酒'吗?"司徒煜调侃道。

"想得美,我才不会向你赔罪,这是喜酒。"

"喜酒?喜从何来?"

"不只是喜酒,而且是双喜临门。"赵离打开酒坛,满满倒了两杯。

"这头一桩喜事……"

"你还不知道吗?大冬瓜走了。"赵离神秘地眨眨眼睛,"看来是弓拉得太满,到头来颗粒无收,没脸留在这儿了。"

司徒煜猜到赵离会说到淳于式的离开一事,但他哪里知道,司徒煜目前正在为了这件事而内疚。

"如果你说的是他,我可不觉得这是件好事,他不是个坏人。"司徒煜有些黯然。

"我也没说他是坏人,但不是天下所有好人都有资格做我妹夫。"赵离仰头一饮而尽,朗声大笑,"如果他不惦记清儿,我宁愿他一辈子留在这儿,甚至接任祭酒。"

司徒煜被赵离逗笑了:"想不到你还真有个做哥哥的样子,为妹子的终身大事操碎了心。"

"那是自然,我爹娘、我那几个哥哥姐姐和你都不需要我操心,其他人也不配我操心,天下总得有个让我可以心甘情愿为之付出的人吧。"

"可是人家清儿姑娘未必领你的情。"

"赵某做人但求问心无愧。"赵离凛然道,"况且,为人兄长者难道不该为妹妹尽心竭力而不求回报吗?不是我夸口,谁敢欺负清儿,我一定让他后悔自己为什么生下来!"

司徒煜心中暗自为廖清感到高兴,有这样一个哥哥真是一种幸福。如果小妹还活着,大概也已经长成大姑娘了,她会像廖清一样成为学富五车的才女,还是像普通女孩那样工于女红?她还会像小时候那样缠在哥哥身边要他给堆雪人或者采桃花吗?或者她现在已经许配了人家,正在和母亲一起准备自己出嫁的礼服……

司徒煜深吸一口气,强迫自己走出忧伤的思绪,即便是在赵离面前,他也不愿意表现出脆弱的一面。

司徒煜举起酒樽,微笑道:"这一杯敬天下最苦心孤诣的哥哥。"

"先别忙。"赵离倒满酒,继续卖关子,"等你听了第二件喜事,恐怕就要敬我一坛酒了。"

每当赵离这种得意的样子溢于言表的时候,司徒煜总是不免有些担心,他太了解赵离了,莫非他又干了什么淘气的事?

"你又做了什么惊天动地的大事?"

"坐稳了,说出来怕吓着你。"赵离没有在意司徒煜的揶揄,继续卖关子,"我刚刚去见了一个人。"

赵离神秘地眨眨眼睛。

司徒煜本能地认为他说的人是廖清,赵离一直不遗余力地想要撮合他和廖清,在他心中,司徒煜是作为妹夫的不二人选。赵离从小生长在幸福和谐的环境中,本能地认为世界上充满阳光和美好,所有的事情都会有一个美满的结局,在这件事情上,赵离显然要比两个当事人积极得多。刚刚进入学宫的时候,三人经常在一起谈天说地,海阔天空,这种其乐融融的气氛令赵离陶醉其中,他憧憬着这种笙磬同音、埙篪相和的感觉可以伴随一生。为了达到这个目的,他甚至答应不惜自降身份,以"嫂夫人"称呼廖清。

司徒煜苦笑道:"我想清儿姑娘一定被你烦透了。"

但这次司徒煜却猜错了。

"我没去见清儿,我去见了你家主公。"赵离得意地一笑。

"信阳君?"司徒煜一愣。

"他已经答应了。"

司徒煜感到有些尴尬，出于情感，他当然希望可以继续和赵离朝夕相伴，但他也能体会一位父亲的心情，高漳君不希望儿子离开定平国，甚至相当排斥，他又岂能因一己私心破坏一个家庭的圆满。

"这件事难道不应该等老侯爷回来再商量吗？"

"你看你这副样子，跟吃了两斤黄连似的。"赵离胸有成竹地说道，"不用担心我爹。只需一封家书，就可以让他老人家顺顺当当地答应了。"

有人说，在外面越是威风八面、不可一世的男人，在家里对老婆越是言听计从。老侯爷赵介与夫人从小青梅竹马，感情甚笃，而且老而弥深，除了军国大事之外，几乎家里的一切都是夫人做主。而夫人又对幺儿千娇百纵，所以赵离要做的事，只要不是伤天害理、有悖人伦，几乎没有做不到的，就连推迟与章国婚约这样的大事都可以任性而为，何况去良国高就呢？

对于赵离在家中的手段，司徒煜毫不怀疑，但他在少年时期就家破人亡，孤苦伶仃、茕茕孑立，饱尝世间凄凉，所以更加希望赵离可以阖家幸福美满。他刚要劝赵离三思后行，突然发现他手上的玉韘（玉制的扳指）不见了。这枚玉韘是昭天子所赐，温润无暇，乃是世间珍品，价值连城，赵离一直非常珍爱，时常佩戴。

"你的玉韘……"

"一块破石头而已。"赵离一副无所谓的样子，"戴在手上怪沉的，手臂都抬不起来了。"

不只是这枚玉韘，赵离腰间的蟠螭纹玉玦，甚至腰带上的精美的鹤首犀比也不见了。

犀比也叫犀毗、带钩，是当时贵族和文人武士所系腰带的挂钩，多用玉制成。赵离一向钟爱玉器，更是喜欢佩戴玉饰，配上他英俊非凡的外表，更显得丰神俊朗、玉树临风，有道是君子无故，玉不离身。但是今天他身边最珍贵的三件玉饰同时消失，不用猜，这几枚玉饰都已经变成了粮食，送往宛地了。赵离虽然家赀万贯，但却从不存钱，他似乎与钱有仇，一旦有了钱就会尽快花光，所以他只能卖掉自己心爱的玉饰。司徒煜心中一热，几年来，两人朝夕相处，此时反而不知道应该如何道谢了。

"阿季，虽然我知道这有些见外，但我还是要替故国父老谢谢你。"司徒煜郑重地深施一礼。

赵离大笑道："确实很见外，你还是挖苦我几句听得顺耳。"旋即正色道："漫说他们是你的国人，就是与你我毫无瓜葛，只要是人，是生命，我就不能坐视不管。我也不想借助父兄之力，不如像你一样，力所能及，心到神知便好。"

司徒煜见过许多好人，但是赵离与他们不同，他们的善良或者是出于责任，或者是出于道义，而赵离是本性如此。

突然，外面一阵骚乱声传来。

远处宛如夏日沉闷的雷声，司徒煜知道，这是大队骑兵的马蹄发出的声音，虽然距离很远，但由于夜晚宁静，却可以听得真切，其间还夹杂着战马的嘶鸣。近处似乎有很多人在慌乱地奔跑，脚步声杂沓。

赵离霍然起身，几步走到窗口，推开窗子向外张望。夜色中隐约可见奔跑的人影，学宫大门方向，夜空中似乎被照亮了，宛如夏日清晨的曙光，那是大片火把发出的光芒。

两人听到有人大喊:"不好了,章国大军围困学宫了!"

铸有饕餮纹的青铜灯盘在灯光的映照下发出金属光泽,橘红色的灯火摇曳跳动,仿佛是某种野花随风轻摆,灯光下,赵离的笑容显得有些不真实,似乎一下子变得模糊了。四周一下子变得非常安静,连灯火燃烧的声音几乎都可以听到,司徒煜甚至听到了自己的心跳声。大概是燃到了灯芯的某个节点,灯花突然跳动了一下,发出极其轻微的声响,细微的火星四散迸溅,但这个声音却像鼓声一般撞击着他的耳朵。

司徒煜感到自己的心也宛如这朵烛花,在那一瞬间炸开。

第十四章
学宫之围

宛地位于曹国东南部,是一片群山环绕的谷地。十年前,陈国被章国所灭,大批难民流浪致此,由于宛地比邻都城昭歌,在良、沛、定平等大国的斡旋下,此地被曹国国君赐予了陈国来的难民。有了这些难民,一来可以增加赋税,二来可以征发徭役。这些流离失所的难民们总算有了一处栖身之所,他们陆陆续续流亡致此定居下来,人数越来越多,足有十几万之众。

陈国虽灭,但陈人尚在。这里虽然地处山区,土地贫瘠,但却拥有极为重要的政治和战略意义。此地和大域学宫所处的鄢地,加上都城昭歌,构成了连接章、景、沛等大国的三角形枢纽,进可以攻,退可以守,一旦据而有之,就大可以凭借此地开疆拓土,甚至挟天子令诸侯,称霸天下。以良国为首的几方大国忌惮章国势力过大,因此以天子都城安全为由,不许章国驻军宛地,而是趁机将这里变成一块相对独立的地区。五国特使在昭歌城签订条约,任何一方不得染指,实为联手制章。

多年来,章国一直对宛地虎视眈眈,恨不得一举纳入囊中,而对于曹国来说，这十万流民为曹国增添了赋税，但也未尝不是一块心病，如果他们有朝一日大举反叛，那么就会变成一把抵在曹国，甚至章国背后的尖刀。

曹国乃是章国附庸，国内有十万章国驻军，名为保卫，实为威慑，曹国的军国大事也一概要向章国特使禀报。驻扎在曹国境内的大军统帅正是章国第一名将王晋，他是章王起最器重的将军，也是十年前吞计灭陈的首功之臣。他能征善战，久经沙场，威名不次于高漳君赵介，所不同的是他为人阴鸷，冷血嗜杀，他打仗不以攻城夺地为唯一目标，而是以歼灭敌人之有生力量作为主要目的，攻必取，战必歼，自出道以来，发生在他手上的屠城事件已不下二十起。在很多地方，父母会用他的名字吓唬那些不听话的小孩。

"如果你再不乖乖睡觉，黄面人屠就会把你抓走！"

就在今天晚间酉时上下，王晋突然接到禀报，一个芮国人来到宛地以西的章军大营，带来了一则重要的情报，事关章、曹两国安危。宛地是兵家必争的军事要地，王晋不敢怠慢，连夜带人赶往宛地。

这个提供情报的人正是粮商孚仲。他告诉王晋，陈国流民即将造反，与定平国里应外合，一举夺取宛地，证据就是这运送粮食的车队，而幕后的主使就藏身在距此不足百里的大域学宫。孚仲信誓旦旦，愿赌上身家性命，带路前往大域学宫，指认幕后主使之人。

这则情报令王晋大惊失色，自己身在曹国，近在咫尺，竟然对这迫在眉睫的叛乱毫无察觉。定平国铁骑骁勇善战，加上这里的十几万陈国流民，如果情报属实，那么后果不堪设想。他近来在章王面前失宠，迫切需要建立功勋来稳定自己的地位。王晋一向以凌厉的突袭速战著称，他毫不迟疑，立刻起兵，带领五千精兵火速赶往大域学宫。

深蓝色的天空深邃悠远，璀璨的星辰点缀其上，像盛满美酒的夜光杯在烛光的映照之下发出的美丽而略带奇幻的色彩。谁又能想到，在如此纯净的天空之下，在如此圣洁的学城之前，竟然聚集了大批如狼似虎的骄兵悍将。

远处的山坡上绵绵延延布满了士兵，他们的盔甲在星光和火把的映照下熠熠闪光，他们是弓弩手，居高临下，手持强弓劲弩，任何试图逃走或反抗的人都会被乱箭穿身。学宫门前旌旗招展，大批骑兵横刀立马，杀气腾腾。王晋与章王起不同，他不喜欢用重甲骑兵，而喜欢速度更快、更加灵活机动的轻骑兵，他的军队最快的速度可达日行两百里以上，而小股部队推进速度更加惊人。大域学宫并无军队，所以他更无须装备笨重但行动迟缓的重甲骑兵。

王晋到达学宫时丑时已过，学宫周围一片安静，他可以断定，里面的人并无防备。王晋用兵之秘诀是一个"奇"字，他一向喜欢攻其不备，出其不意，以奇制胜，越是看似绝无可能的情形，他越会趁机出兵。

"兵者，诡道也。"

"兵之情主速，乘人之不及，由不虞之道，攻其所不戒。"

他的人马常常在敌人酣睡之际闯入敌营，肆意砍杀；很多次他率军奇袭，神兵天降般出现在敌人后方；有一次他带队追击蛮族，遇到暴风雪，就连熟悉地形和气候的蛮族都无法前行，他却可以在一夜之间前进二十余里，虽然付出一半士兵冻死在雪原上的代价，但也全歼了蛮族部落。

对很多人来说，他是一个可怕的对手，因为他既老谋深算又狡猾残忍，如果说赵介是一头雄狮，那么他就是一条毒蛇。雄狮固然威武，但真正可怕的却是毒蛇。

面对章国大军的从天而降，学宫上下一片混乱。这里百年来未曾遭遇兵祸，突然面对虎狼之师，很多人一时有些不知所措。混乱的学子和杂役、更夫等人挤在学宫大门内，不安地翘首张望，当大家确认了门外是章国军队而不是蛮族或土匪入侵的时候，人群稍稍安静下来。

执事院长老们以及各位司学也闻讯赶到学宫大门，这突如其来的变故令大家都有些震惊，即便是廖仲也不免有几分错愕。章国人来得毫无征兆，眼下吉凶未卜，学宫中几千人的安危系于己身，廖仲深知责任重大，他希望女儿留在家中，但廖清却坚决要陪在父亲身旁。

"覆巢之下焉有完卵，如果学宫真的有什么不测，留在家中也无法躲避任何灾祸，反而什么都做不了，只能白白为父亲担心，不如让女儿陪您一起面对，也许还能助您一臂之力。"

她深知章国人凶残暴虐，也许自己什么也做不了，但至少可以在危难降临之际挽着父亲的手。

廖清的从容令老夫子感到自豪："临危不惧，处变不惊，不愧是赵老将军和我廖仲的女儿。"

鬼斧老头比其他长老到得都早，他当时在房间喝了多半坛老酒，已有了几分醉意。酒友赵离这几日神出鬼没，没人陪他喝酒，鬼斧十分寂寞，他不喜欢喝闷酒，俗话说，一人不饮酒，两人不赌钱，鬼斧独自面对一坛坛的美酒，对赵离的思念不亚于怀春少女思念情郎。实在馋得无奈之际，他只能与屋内的几只狸猫对酌。他与赵离一样，都是爱猫之人，但学宫规定学子的寝室不许豢养宠物，所以只能都养在鬼斧房中，反正他孤身一人，也不怕打扰。

正喝至半酣，突然听说出了乱子。鬼斧一向看热闹不嫌事大，他是怀着无比兴奋的心情赶到现场的。费了九牛二虎之力挤到最前面，好奇地向门外张望，怎奈夜色浓重，加上眼神昏花，只可看清旗号确实是章国军旗，却无法看清对方来将。鬼斧的好奇心不次于赵离，竟然试图走上前去一看究竟。

人群中早有学子认出鬼斧，连忙拦住："老夫子，外面危险，去不得！"

鬼斧拉住一名学子："来得正好，你年轻，眼神好，快去帮我看看领头的是谁。"

这名学子闻言连连后退："我的老夫子，我还没活够，谁不知道章国人杀人不眨眼，您可别让我去给他们祭刀。"

正在纠缠之间，突然身后人们纷纷喊道："快闪开，廖夫子来了。"

廖仲在廖清地搀扶下，分开众人，走到宫门之外，转身面对大家，轻轻抬手示意。

对于学宫上下，乃至天下各国，廖仲确实早已达到不动而敬、不言而信的地步，大家被他的从容所感染，刚才还乱哄哄的人群顿时安静下来。

"事出突然，让诸位受惊了。"廖仲对众人抱拳致歉，"眼下门外吉凶未卜，请诸公稍候片刻，待老朽前去问个明白，老朽只有一事拜托各位，没有我的话，请千万不要迈出宫门半步。"

门外的队伍虽然来势汹汹，但却一直保持在百步之外，这是当年五大国与天子共同定下的约法，只是在他们看到廖仲走出宫门之后，才有几匹马离开人群，缓缓来到廖仲面前。显然他们目前并没有破坏规矩的打算，这无疑是一个好的信号。只要有理可讲就不会太被动，廖仲心中暗想。

这个想法和司徒煜不谋而合。他和赵离也来到了学宫门口，此刻正静静地站在人群中，在没有弄清楚真相并有一个解决问题的策略之前，他不想过早地被人注意到。

司徒煜心细如发，他本能地意识到章国大军的到来与自己送粮一事有关，但又不知道是因何而起。

"这会不会与那三百石粮食有关？"在赶来的途中，赵离也想到了这一点。

"我不是第一次找他送粮。"

"但他显然不是个君子。"

"不错，但此人虽然贪财，但也算守约，两人一向公平交易，况且对商人来说利益为先，他素来与章国毫无瓜葛，没有理由为了出卖我而绝了自己的财路。"

"粮车晌午出发，晚上章国人就杀到了，这难道是巧合吗？"

"不，我的意思是，只要我们弄清楚章国人可以给他什么，就会知道其中的关联。"

当司徒煜在人群中看到惶恐不安的公孙瘗的时候，这一切都有了答案。章国人不能给乎仲什么，但却可以让他免于破产之灾。

几个时辰之前，送走了运粮的车队，司徒煜身体不适，先行返回学宫，赵离与三哥来到千秋醉酒楼，开怀畅饮。赵家父子五人都是性情爽朗的硬汉，赵离在很小的时候就陪父亲和三个哥哥喝酒。除了赵离之外，其他几人都戎马倥偬，忙于军务，平时很难聚在一起，所以一旦相逢，势必要一醉方休。而公孙痤却趁这个机会追上了粮车，或者他追上的不是粮车，而是一笔难以估算的巨额财富。

如司徒煜所说，孚仲确实是一个地地道道的商人，他虽然有些贪财，但这也是所有商人的共性，也正因为逐利，他才不会轻易冒险。司徒煜每次买卖都是钱货两讫，从不赊欠，如果没有风险，他又怎能舍得放弃这样的买家？何况他已知道，司徒煜背后是官高势大的定平国高漳君。但他也知道，与大人物做生意并不是一件容易的事，一旦触怒了他们后果不堪设想。令他感到庆幸的是，这次的风波平息得很容易，对方并未深究，甚至没有趁机杀价，真是万幸，他怀着十二分的忐忑踏上赶往宛地的路，心中暗自祈祷不要有什么变故。

但是离开黄丘不到十里，令他担心的事还是发生了，那个自称高漳君门客的胖子以他盗窃珠宝的事相要挟，要他以钱财赎罪，否则就灭他满门，开出的条件触目惊心，不仅包括白璧五双、黄金百镒、彩缎八十匹，而且还要美女二十名、良马十二匹，这几乎是两国之间来往的礼物了，他虽然经商多年，也算家财万贯，但这个条件也足以令他倾家荡产。

孚仲有心拒绝，但又忌惮对方的势力强大，于是他面上假意应承，而心中却早想好一条毒计，既然已成鱼死网破之势，那么不如先发制人。眼下能与定平抗衡的首推强章，于是他一踏上曹国的土地就火速赶往章军大营，面见大将军王晋。

"陈国人藏身于大域学宫，勾结定平大将，暗中策动宛地的陈人，伺机起事，意图复国。小人受他们指派前来宛地送粮，以备战时之需。事关重大，小人不敢隐瞒，请大将军定夺。"

如今大昭天下五国争霸，其中沛国地处偏远，景国内乱未定，章国最为忌惮的是良、定平两国。赵介用兵如神，如果再有宛地十万之众里应外合，占领曹国或许只是瞬息之间。

君子喻于义，小人喻于利。

君子上达，小人下达。

小人与君子的区别在于，他们目光短浅，往往只看重眼前的利益，而忽略了这些许的利益背后或许暗藏杀机。一只老鼠会为了一块糕饼而吃掉毒药，一条鱼会为了一条蚯蚓而吞下钓钩。

小人或许不能成就一件小事，但却可以引发一件大事。

公孙痤不是一个顾忌脸面的人，更不是一个可以守口如瓶的人，在危险来临的时候，为求自保，他可以把任何事情和盘托出。公孙痤对危险非常敏感，他猜到此事是因自己而起，却不知道应该如何应对，而他现在唯一的救命稻草就是赵离。他把赵离和司徒煜拉到一个僻静之处，战战兢兢、吞吞吐吐地说出了自己做过的这桩勾当。

事情的来龙去脉一目了然，赵离怒不可遏，一拳将公孙痤打倒在地，如果不是司徒煜阻拦，他真想踢死这个成事不足败事有余的家伙。

"你这个王八蛋，我杀了你！"

司徒煜始终保持冷静，事情已经出现了严重的结果，现在唯一能做的是不要使事态进一步恶化。

"你现在就是杀了他也于事无补了。"

"我这就带他去见章国人,把他交给人家处置!"

"不要啊,公子!"公孙痤抱着赵离的腿,苦苦哀求,他宁可被赵离打一顿,也不想去面对章国人。

"没用了,阿季。"司徒煜轻轻摇了摇头,"我来问你,宛地居住的是不是陈国故民?"

"是。"

"我是不是陈国人?"

"是。"

"我有没有往宛地送粮?"

"有。"

"令尊是不是高漳君?"

"是。"

"那么我们如何证明这三百石粮食不是用于起兵的军粮?又如何证明我们没有联手进攻宛地的阴谋?"

没有人能够回答。

廖仲在学宫门前面对王晋的时候,也面临同样的问题。

对于这个杀人魔王的名字,廖仲早有耳闻,但今天却是第一次见面。廖仲周游列国,见过无数公侯将相,他对军人并无成见,国家之间的争端以及战争乃是常事,古往今来,又有哪个将军手上没有沾过血呢?但他却无法容忍屠杀,所以当年他途径章国时有意避开了王晋的封地。

王晋的身材很高,几乎和卫野相当,骑在马上更显得高大,而且极瘦，整个人宛如一个木制的人偶，虽然穿着厚厚的盔甲，但却并不显得有一丝强壮。他脸色蜡黄，眼窝深陷，憔悴的脸上布满胡须和深深的皱纹，看上去非常阴森。他还不到天命之年，但看上去要比实际年龄老十几岁，与其说是一位名震天下的大将军，不如说是一个行将就木的病夫，难怪有人说他是因为杀人太多，受到上天诅咒。距离他二十步以外就可以听到剧烈的咳嗽声，他说话时痰音很重，胸腔起伏，仿佛每说一句话都要经过剧烈的喘息，像风箱一般。

人群中，鬼斧摇头叹息："肺气不清，失于宣肃，咳逆有声，咳嗽气息急促，喉有痰声，痰多稠黏或为黄痰，咳吐不爽……显然是痰热郁肺的症状，而且病得不轻啊，我猜他一定痰中带血，咳引胸痛……"

赵离此刻没有心思听他讲道，他全部的心思都在等着这个形如骷髅的老头说什么。

"外臣多有打扰，望祭酒大人海涵。"廖仲身份尊贵，王晋必须要礼数周全。

王晋的脸上挤出一丝笑容，他说话总是非常简短，因为他的气力不足以支撑他说太多的话。

廖仲却宁愿他不笑更好，这人笑起来实在太难看了，尤其是在夜间，简直是从地狱中逃出的饿鬼。

"大将军深夜到访，不知有何贵干？"

"找一个人。"

"什么人？"

"一个逆贼。"

"何故？"

"他阴谋唆使宛地叛乱，妄图颠覆曹国，外臣受曹侯所托，擒拿祸首，保宛地平安。"

"此人姓名请大将军示下。"

"司徒煜。"

王晋的声音不高，但所有人都听到了。仿佛风吹过麦浪，人群中一片哗然。

此话一出，赵离本能地握住司徒煜的手，他握得很紧，似乎生怕他突然消失掉一样。一旁，公孙瘥的身子缩得更低，虽然已是深秋，但他的衣服早已被冷汗湿透，如果不是赵离抓着他的衣领，恐怕他早已瘫倒在地上。

廖清本来是位于人群的最前方，站在父亲身后的，但是当王晋说出司徒煜的名字时，也不由自主地回身看向身后。

司徒煜泰然自若地站在人群中，神色没有丝毫改变，似乎在听一件与他毫不相干的事。他在努力地控制着自己的心绪，十年了，章国人熟悉的盔甲、大旗以及战马颈前用于穿人耳的铁条再一次如此近距离地出现在面前。

如果一时没有对敌良策，那么最好的办法是控制自己，不要让自己的心绪变成敌人的盟友。

如果说刚才还抱有一丝侥幸的话，此刻赵离的担心终于应验了，看来俗话说得好，是福不是祸，是祸躲不过。

扑通一声，人群中公孙瘥摔倒在地。

廖仲感到自己的心颤抖了一下，他已经很久没有为什么事感到如此惊心了，但同时又有一种意料之中的感觉，虽然他并不知道到底发生了什么，但他似乎可以感觉到，只有司徒煜才会做出足以惊动千军万马的事来。

大域学宫并非等闲所在，没有人敢轻易触碰；王晋也并非唐突冒失之辈，他既然敢发兵围困，想必是有了什么确凿的证据。如果情况属实，这件事当真非同小可。

司徒煜到底做了什么？他到底是什么人？廖仲心中有太多疑问，但当务之急是要保护司徒煜，更要保护大域学宫。

"司徒煜确是老朽的学生，但他是否真的做出将军所言之事，尚未可知，容老朽详查。"

"好。"王晋面无表情地点了点头，他并未有任何动作，显然并没有退兵的打算。

"学宫乃是清净之所，不堪大军骚扰，可否请大将军暂退兵马，老朽以名声和性命担保，一定会给将军一个交代。"

王晋大声咳嗽起来，在马上弯下腰，几乎透不过气来，片刻，把一口浓痰吐在马前的土地上。

"区区小事，何劳大人费心？"

"看来大将军是信不过老朽了？"

"外臣一向相信自己的眼睛。"

廖仲神色凛然道："大域学宫自建成之日起，从没有兵马踏入半步，当日昭歌之盟，章国国君也在其中。"

"将在外，君命有所不受。"

一直静立不动的战马突然仰头发出短促的嘶鸣，不安地踏步，仿佛它也感到了即将到来的风暴。身旁的几名武士纷纷握住剑柄，只待大将军一声令下，就会毫不犹豫地杀入近在咫尺的学宫大门。

廖仲依然静静地挡在王晋的马前，神色淡然，连说话的音调都没有任何改变。

"如果大将军执意要闯，那么就请从老朽身上踏过去。"

第十五章
腹背受敌

时间仿佛凝滞。

四周安静得可怕,似乎连战马的喘息声都清晰可闻。

清新、酸涩,夹杂着一丝腥气,这是略带潮湿的泥土特有的味道。

公孙瘥趴在地上,双眼微闭,鼻子紧贴地面,纹丝不动,生怕被人发现他尚未昏厥。合住的眼皮隔绝了一切,他的灵魂似乎已经透过躯体躲入地下,此刻哪怕天塌下来,他也不会动的。

突然,他感到有一个人从背后跨过。

"你要做什么?"这是赵离的声音,听得出他有些紧张。

看来司徒煜是准备出去自首了?

"不要去,廖夫子正在斡旋……"

"你到了那个屠夫手里还回得来吗?"

"他们未必敢进来……"

其他的人也在纷纷劝阻。

"我不出去,章国人会进来,"司徒煜的声音还是那么平静,

"有些事总要面对的。"

对啊对啊,事情总要面对,你是君子,你可以和廖夫子一样,为了学宫,为了大家,为了天下,你可以死得更有风范,我注定是个小人,我只求可以多活几天。

紧接着又有一个人从他身上跨过。

人群一片骚动,脚步杂沓,似乎往宫门方向而去。有人踩到了他的手指,公孙痤咬牙忍住,乱点儿更好,一会他就可以趁乱溜走了,南面围墙有一处坍塌,可以从那里逃入不周山,翻过山,就是另外一个世界了。

此时,一个清朗的声音响起:"一人做事一人当,小侯爷惹的事,岂是旁人替得了的?"

赵离抢先一步,傲然站在王晋马前,张开双臂,把司徒煜和廖仲挡在身后。他长发飞扬,衣袂轻舞,愈发显得神采非凡,宛如一只站在狼群面前的猎豹。

所有人都被赵离的举动惊呆了,就连廖仲都吃了一惊,小声呵斥道:"季衡,不许胡闹,还不快回去!"

"夫子一直教导我们人生在世,仁义当先,此刻我如果苟且偷安,又如何当得起仁义二字?"赵离折扇轻摇,毫无惧色地朗声说道,"司徒煜就在我身后,但他做的一切,都是由我指使,你们有什么话跟我说好了。"

身后爆发出喝彩声,小侯爷果然义薄云天,名不虚传。

王晋低头看着眼前这个年轻人,他的眼神中没有丝毫畏惧的神色,而是带着一丝顽皮的挑衅。

身旁的武士凑近王晋耳旁,低声道:"他叫赵离,是高漳君的四公子。"

难怪,果然虎父无犬子,王晋心中暗想,可是你不要以为是赵介的儿子我就怕你!

"那就辛苦四公子跟老夫走一趟。"

"且慢!"司徒煜上前一步,"你们要找的人是我,不要连累无辜。"

赵离暗中握住司徒煜的手,在他手心中写道:"去找我爹救我"。他的意思很明白,如果自己被抓走,父亲一定会想尽一切办法搭救,但如果换成司徒煜,恐怕就没有人如此尽心。

两个年轻人肝胆相照的情谊令廖仲感动,但他们的做法也令老夫子有些尴尬,无论是谁,如果有任何一个学子被抓走,那么对于学宫来说都是开了一个非常可怕的头。

"只要还有老朽三寸气在,你休想带走一个人。"

突然又有人大叫一声:"算我一个!"

鬼斧吃力地挤出人群,与廖仲并肩而立,还不忘转身对赵离眨眨眼睛。

"加上我老鬼,就六寸气了。"他笑嘻嘻地看向王晋,"瞧瞧你这气哼哼的样子,一看就是肝气郁结、肺阴亏耗、正虚喘脱、寒包热哮、痰火扰心、寒邪客胃……病症太多,半个时辰都说不完啊,总之除了月事不调你什么毛病都有,你还不知道修身养性,你死到临头了！"

人群中爆发出一阵哄笑，就连王晋身后的武士都强忍着笑意，他们也没见过如此不知死活的疯子。

王晋被激怒了，他的手不由按住剑柄。这个不知死活的老疯子，我要把你的头斩下。

宫门内的大批学子和司学被这四人所感动，纷纷不顾祭酒的吩咐，走出宫门，挡在王晋马前，把赵离、司徒煜和两位夫子围在当中，大有拼死一搏的架势。

他们手无寸铁，但却不乏血性。甚至来自章国的学子也毫不犹豫地站在学宫一边，他们挽起手，像廖夫子一样坦然面对章国大军。

王晋虽然杀人如麻，但也被这种气势所震慑，这不同于他以往遇到的任何一次对峙，对方手中没有刀剑，却更加令人畏惧，他的马缓缓倒退几步。

突然，清脆的钟声响起。这是昭成殿中的编钟。

杂沓而急促的马蹄声传来，挡在宫门的学子迅速让开一条通道，一队快马飞驰而出，跨出宫门后迅速左右雁翅形分开，以二龙出水式左右包抄，以迅雷不及掩耳之势直扑王晋等人，眨眼间将他们围在当中。左队为首的是监兵学院掌教扈铭，他跃马扬刀，威风八面；而右队为首之人白袍银戟，更是犹如天神下凡，正是少将军霍安。两队各两百骑兵，都是监兵学院的一流高手，他们配合默契，虽然与章国悍将相比略显稚嫩，但训练有素，刀马纯熟，也可以一当十。

天下十九国，至少有三分之一的将军都是扈铭的门徒。谁敢在大域学宫撒野，当真以为监兵学院是病猫吗？扈铭老夫子性如烈火，一向不喜欢长篇大论，讲道理是要靠武力做后盾的，他经常告诉弟子们，在孟章学院可以学到同他人好好说话的技巧，在监兵学院可以学到让他人与你好好说话的本事。如果没有廖仲的叮嘱，如果不是担心爱徒们的安危，他会在第一时间挡在章国人面前，拼个你死我活。扈铭熟知兵法，章军人多势众，又能征善战，眼下必须要擒贼擒王，只要制住主帅，其兵自乱。

监兵学院的学子们迅速将章国主帅包围。王晋久经沙场，临危不乱，此时后退势必会造成慌乱，给对手以掩杀之机，很多众不敌寡的战役就是由于这种失误。他一面与护卫做出紧急防御的阵型，一面迅速打出旗号。章国铁骑以迅猛著称，监兵学子的左右两队刚刚合拢，就已经被章国骑兵包围，双方呈三层相互包围，扈铭师徒被夹在当中，腹背受敌。

扈铭心中涌起一丝钦佩，王晋胆识过人，在遭遇突袭时如此镇定，不愧是一代名将。扈铭曾是沛国大将，因不愿杀戮无辜而遭到贬斥，遂放弃封地，来到学宫任教。王晋虽然恶名昭彰，但作为统兵大将，确实是当世奇才。

廖仲早已被学子们护在当中，扈铭突然杀出，令老夫子猝不及防，他心中暗自叫苦，大域学宫不设军队，严守中立，才得以依靠盟约保证安全，所以他宁可牺牲自己也不许以武力解决危机，现在先是被指责违背中立，后是扈铭带领人马出战，这不是给王晋屠杀以口实吗？

王晋枯瘦的脸上露出笑容，他只有在战斗和杀戮之时才会笑得如此开心，一直佝偻的腰挺直了，从未停休的咳嗽也神奇地消失了，眼神中精光爆射，他不再是那个弱不禁风的病夫，而是一个货真价实的战神。

"久仰扈夫子大名,今日得见,果然胜似闻名。"

"大将军稳如泰山,老夫自愧不如。"

"你我都是军人,眼下胜负已分,夫子还要明知不可为而为之吗?"

"胡说!"霍安挺戟喝道,"现在鹿死谁手还说不好呢!"

王晋身旁的护卫打出旗号,无数支箭对准了扈铭和霍安。四周异常安静,所有人都屏住了呼吸,就连拉动弓弦的声音都可以听得一清二楚。

"老师,不必跟他废话,让我先挑了这老匹夫!"霍安大声道。

在火把的照耀下,扈铭的脸泛起岩石一般的光泽,握刀的手骨节暴起。

王晋抬手示意,身后的旗手再次举起大旗。

眼看一场血战在所难免,人群中,司徒煜不免深吸一口气,他不忍连累大家,但现在看来,形势已非他能够控制。

就在这千钧一发之际,空中突然传来金属划过的破风声响,一支利箭如流星般划破夜空。章军大旗陡然落下,像一只断了线的风筝。

高漳君赵介接到禀报的时候,正在返回黄丘的路上。抗击蛮族的战役非常顺利,自从乌鸩单于死后,狄狁每况愈下,如今鼎盛时期已过,各部之间战乱频仍,正处于分崩离析之际。这次兴兵犯境的只是某部落的小股力量,而并非阖族兵马。赵介当年曾经击败过狄狁最伟大的安兰尸陵单于和乌鸩单于,这些小股散兵当然不在话下。对于赵介来说,这种情况遇到过太多次,已经变成了一个例行的程序,这些蛮族似乎是特意为了给他增添功绩而来的。这一次勤王尤为顺利,不仅解了都城之围，而且缴获了若干良马。在彻底肃清蛮族乱兵之后，他照例接受了天子的封赏，率人马返回黄丘，与三子赵夺会合。但水满则溢，月盈则缺，赵介一直认为无论什么事情一旦顺利得过分，往往会突发意想不到的变故。就在此时，他接到了斥候的情报，章国大军兵发大域学宫，大将军王晋亲自统兵。

这个突如其来的消息令久经沙场的老将军勃然色变。他担心的不只是爱子赵离的安危，更是天下格局之变化。有些战争是蓄谋已久的，而有些却是在不经意间触发的，八十年前景、章两国的那场持续三年，死伤二十万人的大战起因竟是一群羊越过了边境。对于一直处于剑拔弩张之势的各国，任何一个微不足道的风吹草动都可能引发旷日持久的战争。

赵介一面调转马头，带人火速赶往大域学宫，一面派人通知赵夺火速带齐人马与自己会合。

信阳君本与高漳君同行，但他性喜奢华安逸，能乘车的时候绝不骑马，所以被赵介远远甩在身后。当消息传来的时候，信阳君正在那辆极为豪华的马车中饮酒。车厢内灯火通明，玉制的烛台镶嵌在车厢壁上，盛满美酒的夜光杯发出迷人的光芒，两名绝色美女陪侍左右，一人为他把盏，一人弹奏古琴，琴声悠扬，美女娇艳可人。他是天下最富有的人，也懂得享受，从昭歌返回长路漫漫，岂能缺少醇酒美人？

但是当他听到消息之后，立刻推开身旁的美人，跨上战马，只带卫野一人，飞速赶往学宫。他和卫野骑的都是千里名马，所以几乎和赵介同时赶到。

信阳君立马在高坡之上，下方形势一览无余。章国大旗落地，定平骑兵如潮水一般冲入敌阵。章军阵脚大乱，监兵学院趁势里外夹击，双方一场混战。

身旁，卫野抽出双戟，猛虎一般蓄势待发，恨不得立刻下山参战。

"不要轻举妄动，目前不需要我们插手。"信阳君拍拍卫野的肩膀，"但你要警醒些，我不希望高漳君有什么闪失。"

卫野笑了，露出一口整齐的牙齿："主公不必担心，老侯爷身旁有一头人熊，安全得很呢。"

信阳君下意识地向坡下张望，人群混杂，光线昏暗，他不知道卫野是如何看清楚某个人的。

"主公，天下有几人能在百步之外的夜晚一箭射落大旗呢？"

论武功，人熊赵夺略逊卫野一筹，但论弓马骑射，他是当之无愧的天下第一。卫野像一头可以嗅到同类气味的猛兽，清晰地感觉到了赵夺的存在。

王晋自出道以来，几乎未有败绩，没想到第一次败仗竟然是在这小小的学宫门前阴沟翻船。短促的战斗如电光火石一般，瞬间胜负已分，援军杀到，章军被分割包围，彻底击溃。好在赵介和扈铭都不是嗜杀之人，他们只是控制住形势，而并未赶尽杀绝。

赵离几步跑到父亲马前，一把拉住缰绳："爹，您来得真是及时啊！"

赵介看到爱子平安，心中欣慰，面上佯作嗔怪："臭小子，你如果敢给祭酒大人惹麻烦，我可饶不了你。"

廖仲上前一步："老朽作证，小侯爷这次不仅没有惹麻烦，而且高义薄云，胆识超人。"

赵离被夫子夸赞，更加喜形于色。

赵介心中喜悦，面上客气道："祭酒大人不要谬赞了，这孩子不禁夸，一夸他就更不知道天高地厚了。"

廖清一直陪在廖仲身边，见到生父连忙过来见礼。

"女儿也可以作证，这次四哥真的是义薄云天，连女儿都被他折服了。"

"看看，就连一向贬损我的小妹都夸我了。"赵离更加得意。

虽然一场激战刚刚结束，但他们却仿佛是在叙说家常。他们越是轻松惬意，一旁的王晋越是感到尴尬。

虽然赵介给对手保留了足够的尊严，但王晋此刻却如芒刺在背。他依然如往常一样坐在马上，神色并未有太大变化，但是又恢复了病弱咳喘的样子，他向赵介拱手道："老侯爷别来无恙。"

在赵介统帅天下各国联军与蛮族交战之时，王晋曾作为他的副手。王晋长于进攻，赵介擅于防守，两人本应配合默契，但赵介仁厚，对王晋的动辄屠杀整个部落的行为颇有微词，合作终于不欢而散。自此之后，两人成为彼此最为重要的对手，虽未有过正面冲突，但却一直明争暗斗。今天是两人第一次正面交手，赵介虽胜，却也是背后偷袭，有些胜之不武。

"多有得罪。"赵介还礼道，"大域学宫乃天下圣城，有历代天子诏书，各国也曾立下盟约，大将军兵发至此，不知所为何故？"

"老夫败军之将，自然没有讲话的份，但是天理昭彰，大域学宫违背盟约在前，老夫也是万不得已才出此下策。"

"呸！真是恶人先告状，你要不要脸？"鬼斧第一个跳了出来，

"你把话说明白,大域学宫如何违背盟约了?"

王晋冷笑道:"依盟约条款,学宫严守中立,为什么暗中插手宛地,制造叛乱?"

"你倒是没说我老鬼暗中勾结山里的妖怪,要把你们这些舞刀弄剑的大头兵当点心吃。"片刻觉得有些不妥,回头对扈铭道,"老弟,我说的不是你啊。"

王晋不想再跟鬼斧胡搅蛮缠下去,他看向赵离和司徒煜:"人就在这里,夫子和老侯爷一问便知。"

"老夫无意插手章、曹两国内政,但事关学宫安危和声誉,还请大将军暂息雷霆,把事情查清楚才好。现在真伪难辨,依老夫之见,不如请天子特使主持公道。"

赵介及时地把这棘手的难题推给了信阳君,一来可以撇清定平国的干系,二来此事涉及赵离,他置身事外也好以示公允。他虽然军权在握,对定平忠心耿耿,但在国内也有不少政敌,定平国君生性多疑,他不得不小心那些来自背后的暗箭。

王晋点头道:"好,就依侯爷之命。"

这条老谋深算的毒蛇并非一勇之夫,既然一时无法依靠武力,不如通过谈判解决,自己有证人在手,也未必会落下风。

而证人此刻正在赶来的路,与他一同前来的还有五千援兵,到那时,依然可以胜券在握。

第十六章
命悬一线

信阳君当然明白赵介的用意，他也正有此意。权谋之道，利字当先，此事无论是真是假，他都不希望宛地被纳入他国囊中，正好可以借此调停的机会瓦解任何一方试图染指宛地的阴谋。

"如此，寡人却之不恭了。"

临时的裁判之所设在四象坛，几天前，信阳君刚刚在此祭告天地，诵读诏书。两国大军都暂时留在宫门之外。在势均力敌的两国相持不下之际，天子的威严与王朝的法令竟然得到了尊重。

天色已渐渐泛白，空中的云朵变得清晰起来，庄严的四象坛笼罩着银灰色的轻纱，薄薄的雾气正在消散，但依然有些朦朦胧胧，显得更加典雅神圣。

赵离很少在午时之前起床，三年来，几乎是头一次感受到寅时学宫的景象。黎明前夜色中殿阁隐约的身影，清冽的空气中夹杂着一丝凉意，微风中飘溢着植物的清香与泥土的芬芳，他深吸一口气，陶醉在这美好的晨曦中。他的心总是很大，无论多大的风浪，只要有一点儿小小的幸福，都可以马上抛诸脑后。对他来说，生命中的苦难远远少于美好，自从出生以来，几乎没有遇到过什么无法解决的困难，世上也似乎并不存在绝望二字。

"想不到清晨的景色这么美，难怪你总是起得那么早。"赵离感叹道，"可惜没有好酒来配这良辰美景。"

司徒煜此刻却没有这种闲情逸致，对他来说，危机还远没有过，他担心的不是自己，而是大域学宫和宛地陈人的安危。如果粮商孚仲证明司徒煜试图颠覆曹国，那么后果将会非常严峻。第一，大域学宫违背盟约，声名受损，甚至会波及开办分校之事；第二，恐怕会连累高漳君一家，令他们背上不白之冤，遭到本国政敌的攻击；第三，关于宛地的约定失效，章国会以此为由出兵占领宛地，以王晋的行事风格，一定会大肆屠杀陈国流民。

高漳君显然不想插手此事，若非救子心切，他甚至不会与王晋交战。各国之间形势微妙，朝堂之上危机四伏，君子不立危墙，赵介深谙此道，怎会轻易将自己置身于困境。

信阳君似乎有意在回避司徒煜的眼神，在他经过司徒煜身边的时候，也是面如冰霜，甚至没有看他一眼，难以想象几天前他们曾经有过那么投机的谈话，是那样英雄相惜、相见恨晚。

十万陈人对他们来说也许只是一个数字。宛地的位置是如此敏感，而对任何一国来说，章国都是非常可怕的对手，谁会为了这区区十万流民而与章国为敌呢？现在他是在以一人之力对抗强章。司徒煜很少感到如此无助，在千军万马面前，一个人的力量显得如此微不足道。在某一时刻，他心中甚至有过与王晋同归于尽的念头，但他马上克制住了这种幼稚的冲动。真正可怕的不是王晋，是章国，这种做法只能令宛地雪上加霜。

鸟儿的鸣叫划破了黎明的寂静，东方天际浮起鱼肚白，大地渐渐地光亮了起来。阳光透过云层折射出金光，四周的雾气在无声无息地消散，司徒煜心头的阴霾却越来越重，几乎令他透不过气来。

刚刚经过了一场惊心动魄的风波，大家虽然疲惫不堪，却都没有睡意，他们都聚集在四象坛前，等待着最后的结果，而这份裁决的关键人物却还在路上。

重达千斤的猛虎，其心不足十两；百丈楼阁也要依靠小小的木榫连接，很多时候，一个小人物却是大事的关键所在。

孚仲身体肥胖，骑术欠佳，出发前被章国的烈马摔伤，只能乘车赶往大域学宫。道路崎岖颠簸，马车行进缓慢，学宫前的一场激战已经平息，他却还没有赶到。

四象坛前的辩论却早已展开，信阳君位于中央，卫野怀抱双戟站在身后，左手是赵离、司徒煜以及廖家父女，右手是章国诸将。焦点自然集中在关于宛地的盟约上。

"送粮不假，但只是为了赈济灾民，哪有什么策动叛乱，你们不要含血喷人。曹国人不管宛地，难道要看着这十几万无辜百姓活活饿死吗？"赵离义正词严地坦然说道。

"小侯爷宅心仁厚，老夫佩服，但既然你知道宛地属于曹国，那么为什么不通过曹国国君和官府送粮呢？你是向曹国送粮，不是向他们要粮，难道曹国君臣还会反对不成？"王晋咳喘剧烈，但话却说得有条不紊，他不只擅长用兵，对权谋之术也驾轻就熟。

赵离被问得张口结舌。

赈灾粮如果送往曹国，那么恐怕一粒都不会送到灾民手中，这一点大家都心知肚明，但却没有任何凭证。

司徒煜素来能言善辩，今天却感到哑口无言，似乎一切道理都掌握在章国人手中。

"所幸这份盟约老夫也曾看过，老夫虽然上了几岁年纪，但也还记得一二，盟约签订之时，信阳君和定平国君也都在场。"王晋挑衅地看向人群中的赵介，"如果有人背盟在先，章国将不惜一切代价捍卫宛地之平安。"

赵介早已做好了最坏的打算，虽然他对司徒煜利用赵离插手宛地一事感到不满，但儿子的敢作敢当令他欣慰，赵家的男儿，绝不会是贪生怕死、鼠首偾事之辈。他看着高大挺拔的儿子，心中涌起无限柔情，阿季小时候种种顽皮可爱的样子仿佛就在昨日，一眨眼的工夫，他已经长得这么大了，而且侠肝义胆，英气勃发。自己虽然忙于军务，没有太多时间陪他，但现在看来，儿子的身体内流着他的血，是个顶天立地的男子汉！想到此，老将军的眼睛有些湿润。

"爹，我带人护送阿季回定平。"赵夺小声耳语。

"不要操之过急，要伺机而动，章国的人马比我们多。"赵介小声叮嘱，刚才的胜利是一时侥幸，章军的战斗力并不弱于定平，他不想再通过武力解决。

"我担心章国的援军会到，那时候对我们更加不利。"

"凡事不要只靠硬拼，章国人占尽天时，但地利和人和是我们的。"赵介小声说道，"这里是大域学宫，廖夫子是我的老朋友。"

赵介与人群中的廖仲互递眼神，心领神会。

"儿子明白。"赵夺恍然大悟，"老夫子一定会帮忙的。"

"找机会带阿季从后面走，这是上策。"赵介略一沉吟，看向四象坛前的王晋，"万一有什么不测……你可以多快擒住那个老匹夫？"

赵夺笑了，暗中握紧拳头："爹，我都有点儿盼着出现不测了。"

说话间，一名章国侍卫挤过人群，跑到王晋的身边低声耳语。片刻，王晋枯瘦的脸上露出笑意："各位大人，证人孚仲到了。"

人群一片哗然，旋即自动闪开一条通道。一辆马车缓缓驶过，停在四象坛前。

司徒煜认得这正是孚仲的马车。

身后，赵离拉住司徒煜的手，悄悄耳语道："一会儿跟我走。"

此时，太阳已经从东方地平线上缓缓升起，周围的云被阳光染成美丽的朝霞，周围的树木、花草，远处的青山都披上了晨曦，草叶上的露珠像珍珠一般晶莹剔透。但如此美丽的景象并不会持续很久，花开易谢，美景易逝，人生岂非也是如此？

在这一刻，司徒煜做出了决定，我已经害了宛地的百姓，无论如何不能再害赵离一家。无论结果如何，我要留下来，承担所有后果。

一名章国侍卫大步走到车前，掀开车帘。车中赫然正是粮商孚仲那肥胖的身躯，他安然坐在车内，悄声无息，神态安详，但却永远无法说出任何证词。

他的颈上有一道整齐的割痕，伤口并不很深，血流得不多，但足以致命。可见这一剑之快，他几乎死得毫无知觉。

包括司徒煜在内，所有人都被震惊了。

王晋勃然变色，就算刚才遭到赵家军背后偷袭之时都未有过如此慌乱，他起身喝道："来人！"

章国卫士纷纷抽出佩剑，包围了马车，一副如临大敌的架势，但却不知道敌人身在何方。

司徒煜隐约看到人群中有人不易察觉地对他一笑。当他再次寻找时，那人已然消失无踪，仿佛只是他的幻觉。

相传三百年前，昭厉王时期，王妃去少室山祭祀，途径漳水时，突然天昏地暗，日月无光，狂风大作，飞沙走石，一只巨手出现在风沙之中。马匹受惊翻倒，王妃跌出车帐。回到都城后，怀孕三载，却生下一块玄色怪石。幽王令巫师占卜，认为是不吉之兆，于是暗中处死王妃，令工匠将这块怪石铸成一柄剑。工匠铸剑十年，始终无法成功，幽王也因此杀掉了一批又一批的工匠，直到一名工匠在剑即将出炉之时投身炼炉，以身祭剑，宝剑方成。此剑主凶，尚未面世便有很多人为它而死，故名为"天殇"。天殇剑有一种不祥的杀气，很少有人能够驾驭，三百年来，无数英雄死在它的利刃之下。

"现在这把剑就在你的手中，拔剑吧！"

声音沙哑、尖细，听上去有些刺耳，像金属摩擦发出的声音，令人感到十分不适。

空旷的大殿中传来回声。

大殿方圆三丈，挑高很高，但并不令人觉得宽敞，因为四壁没有一扇窗户，墙壁斑驳，颜色灰暗，令人感到非常压抑，地面由青石铺成，四壁燃着火把。这就是执明学院的非命堂。

一个身材矮小的老人站在阴影中，白发披散，身形佝偻，宽大的黑袍拖曳地面，宛如一只乌鸦，手拿一根斑驳弯曲的拐杖，他就是执明学院总教习渡鸦大师。没有人知道他的年纪，也没有人知道他是何年来到的大域学宫，据说他已经活了上百年，就连廖仲都是他的晚辈。他培养出天下最优秀的杀手，自己手上却从未沾血，他一生孤僻避世，虽然声名远播，却没有多少人见过他的真面目。

宝剑出鞘。季布随之挺身进击，身法矫健，悄声无息又迅猛无比……

十五天前，季布刺杀信阳君未遂，反而得到了他的赏识，并以佩剑相赠。司徒煜的仗义相救，信阳君的礼贤下士，这一切令季布有些措手不及，虽然渡鸦大师曾经多次对他讲过，好的刺客必须要有谋士甚至君王的思维，这样才能审时度势，无往不利，也曾经多次让他去孟章学院听课。但季布却始终无法理解老师的话，孟章学院的课程令他感到乏味之极，但一个合格的刺客是不会在他人面前放松警惕呼呼大睡的，所以他只能想出一些小花样来打发时间。在大家抑扬顿挫地诵读文章的时候，他从不开口，而是躲在角落中观察每一个人，他们的眼神、表情、动作，甚至呼吸，判断他们下一刻要做什么，当他把所有人都想得很清楚之后，就开始观察从窗口飞入课堂的苍蝇，寻找它们飞行的规律。闲暇之时，他在后山的树丛中收集了许多荆棘上的硬刺，装在细小的竹筒中，在上课时吹向空中飞过的苍蝇，看上去像是咬着笔管沉思，实则是在暗中寻找猎物。尖利的硬棘刺入苍蝇肥硕的腹部，或者穿透它们的翅膀，有时候干脆直接射断它们的头。当没头苍蝇落在其他同学的书卷上团团乱转的时候，季布会偷偷露出微笑。最多一次，他曾经在一堂课上以十一枚硬刺击落了十二只苍蝇，其中两只被穿在一起钉在立柱上。久而久之，他的吹箭功夫日渐精进，箭不虚发，但谋略却依然一窍不通。他一直为这种意外所得的功夫感到欣喜，甚至给它起了一个美丽的名字叫"变宫"，这是他在某一堂课上，老师在讲解音律调式"宫、商、角、徵、羽"时偶然想到的，而"变宫"是七声中的最高音，不同的是他吹的不是埙和笙管笛箫，而是箭。

季布看上去很消瘦，如果穿上宽大的长袍甚至有几分羸弱，但实则生得板肋虬筋，身上几乎没有一丝赘肉，极为精壮，而且极为灵活，无论是暗器还是击剑，他唯一的秘诀是——快。他不关心对手的武功有多么高深，甚至不想考虑如何防御，他唯一要做的是让他们没有机会出手。

季布出手极快，哪怕是在训练中也从不留后路。渡鸦大师看似未动，但剑尖却沿着宽大的长袍划过。季布闪电般地回身再刺，动作流畅，行云流水。渡鸦大师以手中的拐杖招架还击，空旷的大厅中连衣袂飘摆的声音都清晰可闻。

两人的交手电光石火般一闪既逝，仿佛这里没有发生过任何格斗，甚至他们的位置都不曾改变。渡鸦大师手中的拐杖抵住了季布的喉咙，但季布的剑却距离渡鸦大师尚有三寸之遥。

"我慢了。"季布有些沮丧地垂下剑。

"是你还不能驾驭这柄剑，你心里充满了矛盾，这是刺客的大忌，剑道由心，记住，刺客的心不能有一丝波澜，否则你的心就会被掏出来，放在别人的托盘上。"

季布打量着手中的剑,他第一次感到原来剑是如此难以驾驭。

"你走吧。"渡鸦大师转身离去,"这是我给你上的最后一课。"

季布长跪道:"老师,弟子应何去何从?"

在老师面前,他显出一丝茫然。

"你不是找到主公了吗?"渡鸦大师没有回头。

"我并没有答应。"

"可你收下了这柄剑,姬殊把天殇剑给你,就是要你去替他杀人,你难道不知道吗?"

渡鸦大师转身,缓缓逼近季布,他的脸上布满皱纹和寿斑,白眉浓密,眼窝深陷。

"大域学宫自创立起三百年,从没有人敢在学宫杀人。你让这座圣殿染上了血腥!"他的眼神变得有些恐惧而忧虑,"恐怕这里以后也不会再是净土了。"

渡鸦大师的话果然应验了,短短十几天之后,杀气腾腾的章国大军包围了大域学宫,搜捕司徒煜。这个不平凡的夜晚发生了许多事,季布在暗中把一切都看得清清楚楚。他悄然离开学宫,在五里之外的路旁静静等候证人到来。当章军护送证人来到学宫的时候,没有人注意到队伍中多了一名士卒,在大军杂沓的马蹄声中,就连距离马车最近的骑兵和赶车的车夫也没有听到任何异常的动静。

天殇剑果然名不虚传,吹毛断发、锋利无比,剑锋划过对方的咽喉,宛如一阵清风拂过,伤口整齐得像是良国都城洛滨最精美的纸张的边缘,又像是禹地最纤细的锦线。

完美的一剑。

在出剑的一刻，他的心很平静，因为这一剑是为了朋友。

剑道由心，刺客的心不能有一丝波澜。季布想到了老师的话。

季布把章军的盔甲埋在树林内早已挖好的坑中，若无其事地回到学宫内，正好看到章国士兵掀起车帘的一幕。渡鸦大师说过，一个好的杀手像好的厨师一样，要善于把握火候，过早则夹生，过迟则焦糊，季布深以为然。他杀掉孚仲的时机恰到好处，这一招釜底抽薪令老谋深算的王晋措手不及，瞬间改变了眼下的形势。

王晋的身子变得更加佝偻，以剧烈的咳嗽掩饰心中剧烈的不安，他的心情不是一夜之间连吃两次败仗的羞愧与功亏一篑的愤怒，而是大难临头的深深的恐惧。

第十七章
咄咄逼人

一步走错，全盘皆输。

王晋兵临大域学宫无疑是一场豪赌，胜，则可趁机进兵宛地，占尽先机；败则陷章国于极为被动的处境。

大域学宫地位非同一般，等同于一方诸侯国，无故兵戈相向实在无法向天下交代，无异于授人以把柄，如果其他诸国以此为名兴师讨伐，章国虽然兵力强盛，也难以抵挡各国联军。而最令王晋担心的是国内的政敌会趁机发难，他的地位甚至一家老小的性命都会因此而受到威胁。

王晋暗自擦了擦额头的冷汗，努力使心绪平复下来，他毕竟久经大敌，懂得无论如何都不能乱了阵脚，慌乱失措只会令敌人有更多的可乘之机。

赵离挑衅地看着王晋："你又何必要多此一举杀一个人呢？你弄个木偶来不就行了？"

"也许这位大将军精通巫蛊之术，能与死人沟通，也未可知。"鬼斧与赵离一唱一和道，"要不要给你准备香烛木剑，以备做法之需？"

"原来章国的死人都可以作证，真令人眼界大开！"

"如果这场法做得好，我看你以后也不用打仗了，去斡城做觋（男巫）岂不是很好？做一次法能得两百钱呢！"

人群中发出哄笑声，就连一贯不苟言笑的扈铭都有些忍俊不禁。刚刚经历了这一场惊心动魄的激战和一场命悬一线的等待，此时却突然放松下来。章国人素以凶悍霸道著称，王晋更是恶名远扬，令人又恨又怕，自然有许多人在等着看他们的笑话。

王晋身后的武士又羞又怒，他们有心发作，但也深知己方处于劣势，一旦动手势必遭遇灭顶之灾，只能咬牙隐忍，低头不语。

王晋却无心理会对方的挑衅与揶揄，当务之急是如何尽快摆脱困境，把风险降到最低，他病急乱投医，不顾章、良两国势同水火，求助地看向端坐中央的信阳君。

信阳君怎肯为王晋解困？良国虽为天下霸主，国力雄厚，但近二十年来章国逐步崛起，处处以良国为假想敌，觊觎霸主之位，已成良国最大敌手，尤其公子起即位以来，更是穷兵黩武，极力扩张，加之境内盛产良马，又与蛮族通婚结盟，虽然国力依然不够强盛，但军力却早已不容小觑。而章王起雄才大略，乃是经天纬地的盖世奇才，也是天下公认的能与信阳君势均力敌的不世枭雄。面对咄咄逼人的章国，信阳君时常感到如芒刺在背、寝食不安，虽然两国一南一北远隔千里，但近十几年来，章国不断向南扩张，意图不言而喻。信阳君一直在寻找机会遏制强章，现在机不可失，正好可以借此打压章国的气焰，更重要的是要就此断了他们对宛地乃至鄢地的觊觎，以绝后患。

"大将军适才口口声声提到当年的盟约，想必也还记忆犹新，就不用寡人再赘述了吧？"信阳君冷冷地看向王晋，"寡人身为天子特使,如果不能主持公道,实在是有负天子重托,愧对学宫诸位师生。"

信阳君虽然外表优雅俊秀,气质出尘,但一直以铁腕著称,做事雷厉风行,冷血无情,从不给对手留余地。当年在良国,他曾经一夜之间发动政变,谈笑间铲除了十三家反对他的大夫,软禁了太后,架空了国君,将权柄牢牢握在掌中,那时候他还不满十八岁。十几年来,他恩威并施,纵横捭阖,翻手为云覆手为雨,既是良国实际的主人,又权倾大昭朝野,号令各国,左右天下大局,凭的是足够的睿智和足够的狠辣。

"敢问大将军兵发学宫,可是奉了贵国国君之命?"信阳君声音平静,优雅依然,但每个字都像针一般刺入王晋的耳朵。

王晋肝胆一颤,信阳君显然是想借他之口坐实章国背盟之罪证。

王晋连忙解释道:"寡君并不知情,外臣是受曹国国君所托查办此事。"

"这么说,大将军是受了曹侯的蛊惑了?"王晋的回答正好落入信阳君的圈套,章国太强,不到万不得已,他不想与章国正面冲突,不如先把矛头引向曹国,断其臂膀。

"章曹是盟国,外臣率兵驻守曹国,理当为曹国安危着想。"王晋吞吞吐吐地说道,他既不敢否认,又不敢承认,只能模棱两可地敷衍。

"好,有了大将军这句话,那寡人定要与曹侯当面对质一番,他擅自背盟,图谋鄹地,威胁天子,罪属不赦!"

信阳君如星辰秋水一般的眼眸中射出寒光,令人不寒而栗。司徒煜此时也突然意识到眼前这个曾经与他促膝长谈,近如密友、亲如兄长的人的确是不可一世的天下霸主。

王晋的额头沁出冷汗,如果以良国为首的各国联军征讨曹国,章国势必不便干预，只能眼看着曹被良国占领，天然屏障不复存在，这无异于在章国旁边悬起一柄利斧。宛地也会随之落入良国之手，成为一只扼住章国咽喉的巨手，章国苦心经营多年的大势即将毁于一旦。

就算面对千军万马，面对蛮族生番的包围，王晋都从来没有感到过如此恐慌，他甚至想到了自刎谢罪，但这样做就真的能解脱章国之危难吗？

王晋的慌乱并未令司徒煜感到欣慰，相反，他感到有些悲哀，一条无辜的生命因此牺牲了。他不是个冷血的人，无法漠视生命，无法面对粮商孚仲的横死无动于衷，哪怕这个人曾经试图置他于死地。

那个粮商罪不至死，虽然他是个小人，有些卑鄙，但是普天之下谁又敢说自己绝对清白呢？也许他的父母正在家中等着他回去，也许妻子已经做好了饭菜，等着给奔波在外的丈夫接风洗尘，也许孩子们在翘首期盼父亲带给他们的玩具和美食。失去了一家之主，他们以后的日子怎么办？

司徒煜为自己的妇人之仁感到有些羞愧。他暗中叫着自己的名字，裴忌，你想要报国仇家恨又岂能在意这些细枝末节？你博览群书，难道不知道自古成大事者无不是双手沾满血腥的吗？他强迫自己的眼睛不去看孚仲的马车。或许我永远无法像信阳君那样有一颗铁石一般的心，所以我才要借助他的力量成就大事。

起风了。

青石地面上的落叶随之盘旋飘舞，扬起的灰尘在阳光下形成一道光束，宛如一柄出鞘的利剑。在这带着几分刺骨凉意的秋风中，司徒煜隐约感到一丝杀气。

王晋的手缓缓移向剑柄。困兽犹斗，此刻还有最后一搏，他与信阳君相距不到七步，身旁有五名侍卫，都是跟随他出生入死的猛将。不如就在这四象坛前拼个鱼死网破，如果能杀掉他，为章国除此心腹大患，老夫也算死得其所！

人群中，扈铭也感到气氛的异样，这恶战前的平静又如何能瞒得过天下武将宗师。

"老师，势头有点儿不对啊。"霍安小声耳语。

不错，爱徒果然机敏不凡，扈铭心中赞许，小声叮嘱："如有不测，一定要保证廖夫子的安全。"

"可是……"霍安看向祭坛前的信阳君，难道天子特使的安全不需要顾及吗？

"他没事。"扈铭微微一笑。

信阳君身后，卫野不知何时已抽出双戟，呈交叉状抱在怀中，他像一头机敏的猛兽，总是能及时嗅出危险的存在。

五个人，加上一个老弱的病夫。卫野的嘴角露出一丝冷笑。

第十八章
龙虎相逢

就在这千钧一发之际，宫门外突然一阵骚动。远远看去，似乎是章国人马纷纷涌向学宫大门方向。难道不等里面有了定论，外面的两国士卒倒先按捺不住了？

赵氏父子分开众人，大步赶到宫门之外。

章国士兵并没有冲入学宫的意思，而是蜂拥向前，在大路两侧一字排开，整顿盔甲，整齐列队。

赵夺手按剑柄，警惕地看向远处："爹，看架势来者不善啊。"

大路远处烟尘滚滚，一队人马飞驰而来，烟尘中隐约可见旌旗招展，旗帜随风飘摆，旗上的蟠螭也仿佛活了一般，在阳光下扭动身躯，如龙似蛇，张牙舞爪，凶恶狰狞，中间玄色大旗上书写硕大的"章"字。

原来是章国援军到了。

定平士卒不敢怠慢，连忙各持兵器，严阵以待。两军实力相当，定平军人数本来就少于章军，方才是凭借突袭以及监兵学子的配合才侥幸险胜，如果再次交手，就说不好会有几分胜算了。章国常常不宣而战，利用骑兵的优势，出其不意，给对手以致命打击。当年吞计灭陈，将四百里土地纳入囊中，只用了不到三个月的时间。

山雨欲来风满楼，四象坛前的众人也早已走出学宫大门。

廖仲心中不禁涌起一丝苦涩，好容易平息的战火可能会再次燃起，难道今天大域学宫真的是烽烟难免了吗？学宫三百年未遭兵祸，想不到要毁在我的手中！老夫子轻轻叹息，福祸吉凶，兴衰枯荣，一切皆有命数，想必这圣殿也如同世间万物一般，如果注定无法逃避，那么不如坦然面对即将到来的一切。信念也许无法改变灾难的发生，但却可以改变一个人面对灾难的态度。

霍安虽然一向看不起孟章学院，但对廖夫子却非常敬仰，甚至超过了他对恩师扈铭的崇敬，他一直觉得这个消瘦羸弱的老人身上有一种极为强大的气度，像流水一般，虽然波澜不惊，平淡无奇，但却能包容万物，泽被苍生。他被老夫子的镇定所感染，本来激动的心情也逐渐平静下来。

"稳住。"扈铭小声告诫霍安，"敌强我弱，伺机而动。"

"弟子明白。"霍安怒视王晋，霍安最见不得王晋那副不可一世的样子，这下子有了援军，他可又能耀武扬威了，"万一有什么风吹草动，我保证那个老匹夫活不过须臾！"

霍安初生牛犊，头角峥嵘，时刻想着建功立业，如果能斩杀天下无两的名将，也算一战成名。

王晋却并未如霍安想的那么得意，相反，他感到深深的不安。擅自出兵，无功而被困，这会令他的英名扫地，在大王面前失宠，而且极容易授人以柄，在朝中遭到政敌的攻击。虽然在四象坛前已被信阳君逼入绝境，但他却比其他人更不希望章国援军的到来。

王晋无奈的神情没有逃过司徒煜的眼睛，在所有人都看向从天而降的章国大军时，司徒煜关注的却是近在咫尺的王晋。既然远处的情形无法捉摸，不如把眼前可以看清的情形了解得更多一些。

司徒煜拉住了正准备冲出去的赵离，他大约已经猜到了来者是谁了。

信阳君也早已猜到了，精明老到如他，怎么会看不透这一时的风云变幻，在司徒煜的眼神看向王晋的那一刻，他正在观察司徒煜。真正的对手到了，这个游戏恐怕要换一种玩法了。

章国士兵并未离鞍下马，而是纷纷拔出佩剑，横剑于胸前，齐声高呼："恭迎大王！"

声音嘹亮高亢，声震四野，响遏行云，此等磅礴的气势足以震撼任何敌军。他们神情肃穆，但依然掩饰不住眼神中的狂热，他们无限崇敬地看向队伍前来的方向，仿佛海边的渔夫在等候天边太阳的升起。

滚滚的烟尘中，章军来到学宫门前，这支人马的数量并不多，只有千人左右，但看上去却气势雄浑，仿佛是一队驭风而来的神兵天将。为首一人金冠红袍，内衬玄甲，宛如上古天神一般，他身材高大健壮，剑眉斜飞入鬓，两腮胡须浓密，古铜色的脸棱角分明，显得极为刚毅，不怒自威，尤其两只眼睛，凌厉冷酷，令人不敢直视。

章国顿丘的白石河谷盛产猎隼，它们是天下飞得最高和最快的鸟，而据说十万只猎隼中才出一只摩云金雕，这种猛禽展翅可达九尺开外，凶猛无比，甚至可以捕食落单的成年灰狼。而他的眼睛正令人想到这种不可一世的"万鹰之王"。

章王起离鞍下马，动作矫健灵活，作为一个中年人，丝毫不显老态。他一生戎马，战功赫赫，不仅胸怀韬略，多谋善断，而且精于骑射，有万夫不当之勇，每战必身先士卒。他善于用兵，又穷兵黩武，他深信章国的一句格言，"奋蹄出骏马，百战练强兵"。他在士卒心中的威望超过章国历代国君和将领。王晋之所以被尊为章国第一名将，是因为人们没有把章国国君算在其内。章国的将士对王晋是畏惧，而对大王嬴起则是崇敬，他们视他为神圣，甘心为了他去血洒疆场、马革裹尸。

想不到在一天之内见到了生命中两个不共戴天的仇人，司徒煜在人群中静静地打量这位不可一世的雄主，心中暗自拿他与信阳君比较，论年纪，章王起年长信阳君十岁，但信阳君少年得志，掌握权柄却比章王起还要早几年。两人同为天下诸侯中的翘楚，都有气吞山河、扭转乾坤之霸气，但行事做派却迥然不同，章王起粗犷英武，拥有天下最强的军队，擅长攻城略地，征战杀伐；信阳君优雅俊逸，坐拥天下最大的财富，擅长不战而屈人之兵，两人一刚一柔，一动一静，一个永远躬擐甲胄，全身披挂，一个喜欢把铠甲穿在锦袍之下，司徒煜不禁暗中赞叹，世上当真只有他才配做信阳君的对手。

章王嬴起龙行虎步走向学宫大门，身后只有四名侍卫跟随，其他将士迅速并入门外的章国军队，合二为一。

"寡人贸然前来，还望各位大人海涵。"他的声音略有些低沉，但铿锵有力,中气十足,虽然一夜奔波劳顿,却丝毫不显疲态。

对于章王起,在场的几位大人物都并不陌生,尤其廖仲,嬴起少年时还曾经向他问道。

"老夫子一向可好,一别经年,寡人心中很是挂念。"嬴起抢先向廖仲施礼,态度恭敬。

"托大王洪福,直到昨夜之前,老朽这把老骨头还算安泰。"廖仲微微一笑,看向不远处队列整齐的章国大军,"至于以后怎样,就要看大王作何打算了。"

章王起大笑道:"寡人正是因此而来。"

见过廖仲,章王起再与信阳君和高漳君相互见礼。一行人彼此寒暄,缓步走入学宫,气氛融洽,仿佛门外两国大军并不存在一般。王晋兵败被困,想必他早已得知消息,但却依然谈笑风生,身处劣势而泰然处之,果然一派王者风范。

章王起的到来化解了眼前的危机,两国大军趁势各自收兵,学子们也各自散去,学宫又恢复了往日的平静安宁。此时,陆续又有几国的诸侯和特使来到,大域学宫门前一下子变得热闹起来,门外的景象令大家无不惊愕,大域学宫一向避嚣习静,门前通常连喧哗之声都没有,几时有过这么多杀气腾腾的军队?

一夜惊心动魄,大家都几乎忘了明天就是"天择"的大日子。

第十九章
翻手为云

以前,参加学宫"天择"的特使大都是大夫一级的官员,有的国家甚至派遣大夫家的门客前来选人。但随着大域学宫学子地位越来越举足轻重,各国对"天择"变得格外重视,近年来,参与"天择"的使臣通常是上卿,有的国家甚至国君亲自前来。于是"天择"也逐渐变成了诸侯之间的一次会盟,每逢"天择"之日,各国王公卿相咸集于大域学宫,不只是为了挑选贤才,而且也通过这次聚首的机会缔盟结好。

这一夜真是危机四伏、险象环生,赵离想到了雪夜遭遇狼群的那一晚,时隔五年,两人再一次风雨同舟、生死与共。

四象坛前,赵离好奇地看着不远处的昭成殿。这座朱红色的建筑屹立于此已有三百年之久,气势雄浑,古朴典雅,廊柱和飞檐早已斑驳,门前的青石台阶也被磨得如镜面一般光滑,这里是学宫用于祈祷祭祀和接待贵宾的场所,永远庄严肃穆。但今天,这里真的会如看上去那般平静吗?

"你猜,现在里面会是什么境况?"

"想必会比刚才四象坛前更加惊心动魄。"

"何以见得?"

"很简单,龙虎相争总比龙犬相争更激烈一些。"

"有理。"赵离按捺不住兴奋,摩拳擦掌道,"真想进去看看,看这些大人物吵架总比看霍安他们比武要有趣得多。"

司徒煜点头:"我也正有此意。"

"我知道一条密道。"赵离狡黠地一笑。

"走,去听听你岳丈在说什么。"

赵离从身后打了司徒煜一拳:"你岳丈!"

大域学宫第一任祭酒镇鸾子是昭王朝的开国元老,三世老臣,也是昭王朝最传奇的人物,他博古通今、聪慧绝顶,诸子百家都奉他为宗师。而昭成殿正是出自镇鸾子之手,学宫落成之时,适逢成王薨落,太子幼年即位,镇鸾子身为太傅,肩负辅佐太子的重任。当时,昭天子每月朔望都要亲临大域学宫,主持祭祀典礼,为了方便指点和提醒年幼的天子,镇鸾子特意将昭成殿北墙建成夹层,当中有一条密道,与正座只隔一道绘有镇鸾先师画像的屏风,屏风上有小小的栅格,外明内暗,的确是绝佳的位置。赵离不愧是陵光学院的高材生,大域学宫所有建筑的结构他都了然于心。这里果然地势极好,不仅能将殿内一切都尽收眼底,而且还可以不被里面的人察觉。

昭成殿内,廖仲虽然居中正坐主位,各国贵宾们分坐两旁,但此时大家最关心的事却似乎与"天择"无关,宾客们的目光却都集中在信阳君和章王起身上,仿佛他们才是这里的主人。关于前夜的学宫之围，大家或多或少都已有耳闻，今年的"天择"非比往常，两国大军就驻扎在学宫大门之外，危机似乎尚未过去，冲突一触即发。大家纷纷猜测，是信阳君凭借霸主之势压服章国呢，还是章王起依仗更加强大的军力，就此发动战争，一举击败良国呢？十年前，信阳君凭借高超的政治手腕，只手遮天，成功地阻止章国进入宛地，令章国吃了一个大大的哑巴亏，今天这一幕是否会重演？信阳君是否会借此机会占领曹国，斩断章国之臂膀呢？但章王起早已今非昔比，十年历练，他早已不再是那个只知征战杀伐的将军，而成长为一位宏才大略的雄主。这是不是他一雪前耻的机会呢？他们暗自庆幸自己来得及时，赶上了目睹两虎相争的时刻。的确，当今天下，有什么比章良两国争霸更令人期待的呢？

"各位公候想必都已听说昨晚这里发生的事。"信阳君环视众人，最后目光落在章王起身上，"廖夫子、赵侯和王大将军也都在此，就不用本侯再赘述了吧？"

"你家主公开始发威了。"赵离在司徒煜手心中写道。由于此处距离主座太近，不便说话，两人只能通过这种方式交流。

"他在抢占先机。"司徒煜在赵离手中回复道。

"我猜他一定能赢。"赵离笃定地写道，"这下有大胡子好瞧的了。"

岂止是赵离，在场的大部分人，包括王晋在内都是这样认为，目前的形式对章国非常不利。王晋坐在章王起身后，脸上的表情极为尴尬，只是他面容沧桑、皱纹纵横，加上殿内光线昏暗，并不能看得十分真切。

但司徒煜却觉得章王起绝不是个会轻易就范的人，虽然他今天才刚刚见到这个人，看相识人，这似乎是他的一种本能。章王起是他不共戴天的死敌，他无时无刻不想将他碎尸万段，但他知道越是这样，越不能感情用事，冲动会影响对人对事的客观判断，而不切实际的幻想则会令人失去起码的理智。欣赏敌人，尊重敌人，这是司徒煜在多舛的命运中学到的最宝贵的东西。

"昨晚的事，寡人都已知道。"章王起非常平静，似乎在说一件与他无关的事。

他越是不动声色，司徒煜越感到他早有准备。

"好，章王果然磊落，外臣佩服。"信阳君拱手示意，"既然如此，章王对伐曹可有异议？"

"主公，此次兵发学宫是微臣一人的主意，与他人无干。"章王身后，王晋抢先说道，他知道曹国对于章国的意义，绝不能因此陷章国于困境，他看向廖仲，声音沙哑地大声说道，"祭酒大人，外臣一时莽撞，冒犯学宫，愿以死谢罪，给天下一个交代，让这桩事有个了结。"

赵离心中涌起一丝钦佩，他一向对敢作敢当的人颇有好感，想不到这魔王也不乏血性，竟要牺牲性命保全国家。

"他是个坏人，但不是小人，就凭这几句话，也配做我爹的对手。"赵离在司徒煜手中写道。

"他死不了的。"司徒煜回道，道理很简单，如果章王起同意王晋自杀谢罪，那就无异于认罪服输，一败涂地，而他绝不是会轻易认输的人。

"大将军忠义之心可嘉，但大可不必替人受过。"章王起不动声色地答道，"正如信阳君所言，学宫之围罪在曹侯，如果良国打算起兵讨伐，寡人必箪食壶浆，以迎君侯之师。"他目光一转，"不过，寡人斗胆请君侯宽限几日，待曹国公主婚事完毕之后再做征讨。"

他话中有话，果然另有打算，司徒煜心中一动。

此时，一旁的阳山国国君插话问道："却不知夫婿是哪个？"

章王起微微一笑："景国世子。"

话一出口，密道中的司徒煜大惊，他紧紧握住赵离的手，一句"不好"几乎破唇而出。信阳君又何尝听不出章王起的弦外之音？他此时的震惊毫不亚于司徒煜，就连身后的卫野都感觉到了。

赵离意识到司徒煜的紧张，他几乎从未见过他如此失态，一时顾不得许多，直接耳语问道："大胡子要怎样？"

司徒煜顾不上回答，他凑近洞口的栅格，目不转睛地看向章王起，几乎连呼吸都停顿了。

章王起从侍卫手中拿过一幅卷轴，轻轻展开。

这是一幅地图，上面详细标注着山川、河流以及道路城镇。

"寡人此番前来，除了遴选贤才，还要成就一桩美事。"章王起手托地图，向众人展示，最后的目光落在对面景国大夫的身上，"寡人受曹侯所托，将徐、宛、虢三地之三十五座城共六百里交付景国，以为公主的嫁妆，还望上国笑纳。"

以退为进。

章王起这一招实在高明得很！

天下大国共有五家，分别是章、良、景、沛、定平，其中沛国远离中土，近年来一直置身事外，极少参与各国纷争，剩下四国，信阳君本可联合其他两国一同伐曹抗章，以三对一，胜券在握，但如今章国将包括宛地在内的三十五座城拱手送给景国，对于景国来说无疑是福从天降，不费一兵一卒就得到六百里的土地，如果与良国一同出兵,败了尚且不说,即便是胜了,也不可能得到如此丰厚的报酬。这样一来,景国势必在利益的驱使下与章国结盟,格局就变成了以二对二,良国胜算骤减。

"可是,这样做章国也很吃亏啊。"离开密道后,赵离依然不解其中奥秘,缠着司徒煜细问详情。

"有道是,蝮蛇螫手,壮士断腕,两害相权取其轻。"司徒煜虽然心绪杂乱,但还是耐着性子解释道,"景国国君暗弱,国力衰败,徒有其表,这三十五座城章国很容易伺机夺回来,可如果落入良国手中就势比登天了。"

赵离恍然大悟:"想不到这大胡子还真有一手!"

第二十章
君臣失和

良国位于昭王朝东南部，东南方比邻大海，坐拥渔盐之利，北部多山，地势险要，易守难攻，形成天然屏障，西接谭、韦等弱国，这里气候宜人，沃野千里，雨水充沛，盛产粟、稻、菽、麦等作物，地势得天独厚，国土之上百年来未遭战火荼毒，百姓安居乐业，物阜民丰，虽然国土面积在五强国偏小，但实力却最为雄厚，其财力至少占了天下之三分，仅信阳城一地的收入就远超芈、桑等弱国举国之财力。

信阳城则位于良国最南端，拥有天下最大的港口金乌港，这里是外邦与昭王朝贸易的必经之路，每天大小船只络绎不绝，外邦的黄金、珠宝、珍禽异兽从这里上岸，带走丝绸、香料、茶叶等货物，信阳君富可敌国，凭的主要是海上贸易。另外，定平国的木材，谭国的布匹，彭、涂两地的铜铁矿石也都要经由这里输送到瞿父、沛、辛等沿海国家。

信阳君八岁就开始跟着父亲良景公学习料理生意，他天资聪慧，心思缜密，精明强干，小小年纪就表现出了超凡的谋略与胆识。在一次与外邦商人的贸易中，他敏锐地看到琥珀的潜在价值，大量低价买入，然后利用各国都以良国服饰器皿为美的优势，雇用工匠制成各种饰品、器物，销往各国，一举获利数十万钱，为日后的霸业打下坚实的基础。

他十二岁即可独当一面，并顺利地在先王薨前将自己的封地从内地迁到海滨信阳城。文公时期，他一面迅速地把金乌港建成天下最大的港口，一面重金雇用海盗，劫掠骚扰其他航道的商船，使金乌港变成唯一安全的港口，由此垄断了海上贸易。他为人慷慨，乐善好施，偶遇年景不好必赈济灾民，而且大斗出，小斗进，甚至焚毁借据，免除债务，赢得了百姓爱戴。他恩威并施，笼络了大批士大夫阶层，并且通过积累财富，拥有了良国最强悍的军队。随着年纪稍长，他渐渐悟出一个道理，治国如同经商，万变不离一个"利"字。他是个精明的商人，从不做赔本的买卖。

赢起也很清楚这一点，司徒煜分析得不错，他将曹国三十五城送与景国，良国如再觊觎宛地，就是从景国口中夺食了，这样一来景国势必与章国联合，对抗良国与定平，胜负参半，况且定平国还未必一定会与良国结盟。对于信阳君这么精明的人来说，当然不会冒险。不仅如此，赢起此行还带来了三千匹良马。良国富饶多金，而章国地势广袤，盛产牲畜。赢起此次前来，除了化解曹国之危，还有一个目的，就是以马换粮，缓解国内谷物匮乏的危机。

对于信阳君来说，既然伐曹无望，那么也没必要与章国撕破面皮，天下分分合合，既没有永远的敌人，也没有永远的朋友，唯有利益永恒不变。良国海上势力强大，但陆上的军力略逊于章国和定平，长久以来，始终凭借山海天险阻挡外敌，如今随着章国迅速崛起，信阳君也感到了前所未有的危机，未雨绸缪，必须要尽快扩充军力，以备不时之需，而章国的战马正是他梦寐以求之物。

在司徒煜来到信阳君门外时，正好遇到刚刚告辞离开的章王嬴起。司徒煜心中有了一丝不祥的预感。

与往日相比，信阳君看上去并没有任何异样，依然是一副淡然优雅的样子，他一贯喜怒不形于色，心机深不可测。

"君侯意欲与章国交好吗？"司徒煜明白，在聪明人面前，最好的方式是有话直说，绕圈子只能令对方反感。

"先生是聪明人，还要寡人多做解释吗？"信阳君露出一丝苦笑，"不得不承认，嬴起这招釜底抽薪的确高明。"

真正的强者总是勇于面对失败，只有懦夫才会用诅咒和空想来麻痹自己脆弱的灵魂。

"学生以为，高手对弈，不在一招半式的得失，章王起侥幸赢得一筹，但我方并非无计可施。"

"先生有何高见？"

司徒煜从袖中抽出一卷地图，在几案上展开。地图绘制得非常详细，山川河流、城乡村落应有尽有，地图的边缘都已磨损，显然是经常观看所致。

信阳君不禁微微点头，司徒煜果然非常人可比，单凭这张地图就可以看出他心中志向之远大。

"章国虽然成功拉拢了景国，但天下大国尚有三家，如若以三敌二，我方胜算尚在六成以上。"司徒煜说道，"另外，一旦我方抢占先机，桑、芮、冉、谭等小国也很容易加盟旗下，以求分一杯羹。"

"说下去。"信阳君依然不动声色，他不想给司徒煜任何提示，上一次他畅谈了天下大势，这次要听听他对眼下的局势有何见解。

"定平国君虽然多疑善变，但无非是担心成败，如果可以说动沛国加盟，我想定平也不会无动于衷。圣人云，一生二，二生三，三生万物，学生以为，眼下当务之急是说动沛国加盟。"

"沛国不问中土之事已有二十年之久，这个先生会不知道吧？"

"凡事皆有阴阳两面，沛国韬光养晦，无非是为了养精蓄锐，蓄势待发，而绝非无意染指中土，良国有霸主之位，此番正好可以借此撬动沛国连横抗章。如果君侯有此意向，学生愿效犬马之劳，去游说沛国国君。"

"我看行！"一旁，卫野突然插话道，"主公不是一直想要收拾章国吗？"

"多嘴！"信阳君冷冷地看向卫野。

卫野自知语失，连忙闭嘴退后。

"先生为何一定要说服寡人抗章呢？"信阳君看向司徒煜，"常言道，远交近攻，良、章远隔千里，你真的认为良国最大的威胁是章国吗？"

"章乃虎狼之国，贪得无厌，十年前已吞并了陈、计两国，而其意犹未尽，正在厉兵秣马，意在兼并各国独霸天下。"司徒煜恳切地说道。

"良国也吞并了彭、涂两国，你是说本侯也是要独霸天下了？"

司徒煜一时无语，他明显地感到，信阳君虽然依然保持着应有的礼仪，但显然态度非常疏离，远不似当日亲热。

"你是陈国人。"信阳君冷冷地说道，"你在利用我。"

此话一出口，卫野本能地为司徒煜感到一丝担心。信阳君虽然温文尔雅，但也铁血无情，他通常在杀人的时候也不会声色俱厉。

司徒煜终于明白了，信阳君自幼心机深厚，他太聪明，太自负，他最不能容忍的是被人利用，一旦触碰到这个敏感之处，他心中立刻筑起高墙壁垒，不再能听进任何谏言。

"八年前，良国有个绝色美女，名唤绿袖，天下人无不仰慕，但她为人凛若冰霜，冷艳不可方物，不要说一亲芳泽，就是听她一首曲子，都要花费百金。"信阳君娓娓道来，"寡人也是久慕其芳名，但忙于国事，一直无缘得见，直到有一天，绿袖突然来到我的门下，主动投怀送抱。缠绵多日之后，寡人问她要什么礼物，她向寡人提及想要亶爱珠。而亶爱珠是大夫牂闾家祖传至宝，要得此宝珠，必先杀牂闾。"

说到此处，信阳君故意停顿了一下，仿佛是有意调司徒煜的胃口。司徒煜静静地等候他说下去。

"其实寡人早已知道，绿袖的兄长早年死于牂闾之手，她无非是想借夺珠之事让寡人替她报仇。可是她选错了方法，不应该以为凭其姿色就可以将寡人玩弄于股掌之上。牂闾为富不仁，寡人早有心除之。三天后，寡人派人杀了牂闾，也杀了绿袖。"

十八天前，相同的房间，相同的人，可是那种亲近和默契早已不在，曾经惺惺相惜的君臣之间有了巨大的鸿沟。

司徒煜黯然离开后，信阳君疲惫地叹了口气，失去贤才，他心中又何尝不遗憾万分。

"主公，卫野适才唐突了。"卫野诚恳地俯身谢罪。

信阳君扶起卫野，心中泛起一丝爱怜，世上的人都如此尔虞我诈，只有这个傻兄弟讷直守信、毫无心机，可惜他又不懂自己的心事。

"仲康，记住我的话，世间凶险，永远不要让人知道你在想什么。"

司徒煜之所以一直千方百计地隐瞒自己的身份，就是担心这会妨碍到抗章复仇的大计，但如今担心的事还是发生了。

心有不甘，但又无能为力。眼看大计将成，但却功亏一篑。良国依然可以去，但显然信阳君不愿与章国为敌，去了又能如何呢？他的目是灭章复仇，不是投身豪门，求得荣华富贵。他很了解信阳君这种人，他们的心智非常强大，一旦认定某件事，断难更改。

司徒煜独自漫步在学宫的甬道上，思绪万千，突然感到一种不知何去何从的茫然。天下之大，哪里才是我的容身之所？投奔他国当然可以，以自己的才华，各国诸侯都不会拒绝，至少定平国一定可以去。如此，阿季应该高兴了，司徒煜想道。可是在定平又能如何呢？高漳君虽然宠爱幼子，但也不会荒唐到出兵为儿子的朋友复仇的地步，况且高漳君只是定平臣子，而非一国之主，无权决定与章国的关系。他当初选择良国而非定平，就是因为这个原因。放眼天下，能与章王起对抗的人能有几个？他想得如此出神，以至于都没有看到坐在四象坛下的恩师，直到听到廖夫子叫他的名字，方才如梦初醒。

"弟子不知老师在此，万望恕罪。"司徒煜躬身施礼。

虽然司徒煜性情极为内敛，但廖仲也早已看出他的落寞，他们情同父子，老夫子焉能读不懂他的心思？但他深知司徒煜是一个非常自尊的人，虽然身处困境，也会努力保持尊严。师徒二人并肩走在学宫美丽的花园中，虽然时值深秋，但大域气候温润，草木依然繁茂。

"老师可是要去昭成殿与诸侯会面吗？近日'天择'在即，望老师保重身体。"每逢"天择"，廖仲都会变得非常忙碌，如今他年事已高，还要为这些琐事连日操劳，司徒煜心中感慨。

"昭成殿里一群将军在和扈夫子谈论兵法战略，大呼小叫，沸反盈天，我又听不懂，正好趁机溜出来闲逛，偷得半日闲暇。"廖仲一副轻松的样子，他环顾四周，感慨道，"好久不来这园子，这些花木都长这么大了。你看这株玉兰，还是你亲手栽种的。"

"弟子还记得初到学宫之时，老师要我们每人栽种一株花木，花如其人，代表种花者的本心。"

"你还记得季衡种的是什么花吗？"

司徒煜不禁哑然失笑，赵离当时种的是一株芍药，明艳动人，就像他人一样热情四射，但是他不知道在花上做了什么手脚，待花开之时，引来了方圆十里的蜜蜂，一天之内就蜇伤了三十几个人，无奈，只得趁夜连根拔掉。

三年光阴，弹指一挥，转眼已是要离开学宫的时候，司徒煜心中突然生出万分眷恋。

廖仲走得有些劳累，司徒煜连忙扶恩师坐在园中的一块青石上。面前是淙淙的溪流，清澈见底，斗折蛇行，在假山中穿流环绕。

"子熠，你看这溪水，可知道它从何而来，去往何处？"

司徒煜看向脚下的溪水，它在乱石中欢快流淌，翻出洁白的水花，声音悦耳。

"以学生愚见，溪水来自后山，至于去向嘛，有道是水流千遭归大海，它最终的方向想必一定是大海了。"

"那么你知道它在流向大海的途中会遇到多少阻碍吗？"廖仲指着面前的溪流道。

溪流是曲折的，溪水向东流到尽头，随即向回折返，十几步后再次折向东方，以一个"之"字形辗转向前。

司徒煜心中一动，他明白了老师是在劝他回头，这个善良而睿智的老人总会在他迷失之际为他指点迷津。司徒煜很少动情，不是他生性凉薄，而是这世间寒凉，但总有人令你在这冰冷的人间感受到温情所在。

"老师……"司徒煜欲言又止。

廖仲拉着爱徒的手，语重心长道："子熠，只要你愿意，大域学宫的大门永远向你敞开。"

回去寝居的路上，司徒煜的心始终沉浸在愧疚之中，他无法容忍自己利用了一个善良的老人的赏识与包容。事到如今，他始终不敢对恩师讲明，他虽然接受了祭酒一职的举荐，但其目的却并不是为了将学宫发扬光大，令他心动的是祭酒这一职位所附带的权力——可以辖制三镇，建衙设府，招募军队，这就标志着他可以从此进入诸侯阶层，可以以此为基础，逐步扩充实力，厉兵秣马，待羽翼丰满之后，就可以伺机联合其他国家，一举荡平章国。虽然这个过程可能会很漫长，但只要励精图治，并非毫无机会，况且命运由自己把握总比把命运交在别人手中要好。虽然愧对恩师，但为了复仇大计，也只能出此下策了。

当司徒煜将此事告诉赵离的时候，赵离先是有些诧异，不明白司徒煜为什么突然放弃了去良国的机会，他不是一直很想去的吗？

司徒煜当然不便告诉赵离实情，司徒煜陈国人身份的败露与赵离有着密不可分的关系，如果他知道是自己坏了司徒煜的大事，一定会非常内疚，而对于司徒煜来说，宁可自己痛苦一世也不忍心令赵离受半分折磨。

"天恩难测，大人物的心思是难以捉摸的。"司徒煜敷衍道，

"也许是人家觉得我不够好吧。"

"这事不是都说定了吗?榜文都贴出来了,他这么大的人物,怎么能说话不算数呢?"赵离有些愤慨,"我去找他理论!"

"不要去,阿季,你知道我不喜欢求人。"司徒煜阻拦道,"这样吵闹一番,反而失了颜面,被人看低,这又何苦呢?我们留在学宫不也很好吗?"

赵离对这些俗事本来就无所谓,只是为朋友打抱不平。既然司徒煜放得下,那何乐而不为呢?对他来说,去哪里并不重要,跟谁一起去才是关键。况且父亲本来就希望他留在学宫,虽然做不成祭酒,总比去良国要令老人家高兴。

"太好了,我去找鬼斧老爷子,在他手下谋个司学的职位。"一想到可以留在大域学宫,继续过无忧无虑的日子,赵离着实有些心花怒放,"不过先说好,我可不能上午授课,我得睡觉,还望祭酒大人行个方便。"

他总是很容易满足,无论布衣蔬食、蓬门荜户还是锦衣玉食、宝马香车,他都能从中找到快乐。

两人并肩走在树林中的小路上,秋风瑟瑟,学宫的夜晚有几分凉意,但赵离喜气洋洋,神清气爽,非要拉着司徒煜去黄丘庆祝一番。

"阿季,天不早了,还是早点儿歇息的好。"司徒煜心事重重,没有心情喝酒。

"现在还不到二更天,正是喝酒的好时候。"

"我有些疲惫……"

"有什么疲惫的?人逢喜事精神爽,今天听我的,一定要喝他个一醉方休!"

赵离不由分说地拉住司徒煜向宫门方向走去。但就在他们身后，一个人闪出树丛，在死死地注视着司徒煜的背影，赤红的眸子像地狱中的鬼火。

三年前，曹国内乱，大夫张蓟等重臣试图起兵废掉曹侯，拥立太叔圉即位，从而脱离章国的掌控。

张蓟暗中运作，联络各国，使出浑身解数，终于得到良国支持，信阳君花重金雇用蛮族狄狁的十大酋长，装备以强弓硬弩、铁甲长刀，屯兵于曹国边境，只待时机成熟，立刻里应外合，一举攻陷曹国。

但就在起兵的前一天，消息败露，章国大军以迅雷不及掩耳之势杀入曹国都城徒泯，轻而易举地击溃了张蓟等人的武装，所有参与政变的人悉数被俘。

而告密者正是张蓟之子张粲。

作为首犯的张蓟一家八十余口被屠戮殆尽，而其中三十人的头是张粲亲手斩下的。

刑场上，张蓟看着这个一向有些疏离的儿子，愈发感到陌生。他很少亲近这个孩子，张家人丁兴旺，仅张蓟一人就有嫡庶之子十一人，他只知道张粲性情内敛，谦恭有礼，喜绘画，善音律，深居简出，他几乎都不记得这个儿子的生日和年纪。没想到，今天断送张家满门的人竟然是这个在他面前唯唯诺诺的儿子，这简直是老天开的玩笑。

"为什么要这么做？"张蓟心有不甘，总要死个明白。

"现在你终于在意我做什么了。"张粲看着身旁几个哥哥的尸体，淡然一笑，"我只是想告诉父亲，庶子有时候也可以出人头地，现在孩儿已是章王驾前的大夫了，您不感到骄傲吗？"

四周弥漫着浓烈的血腥味，时值夏季，地上的血迹很快发出腐臭的气息，但他毫不介意，甚至陶醉其中。这是一块位于闹市的空地，四周是圆木扎成的简单围栏，外面围满了看热闹的百姓。围栏旁的高杆之上悬挂着十几颗人头，神情狰狞，颈部断口的血还在不时滴下。

张蓟看着身旁两名不满周岁的孙儿，他们尚未断奶，正在父母的血泊中翻滚哭嚎。张蓟心如刀绞，声音颤抖地乞求道："为父死则死矣，只求你看在列祖列宗的分上，饶了你这两个襁褓中的侄儿，为父在九泉之下也感念你的大恩！"

"孩儿已经背上了不孝之名，难道父亲还忍心让孩儿背叛大王，陷于不忠之境地吗？"张粲手起剑落，骤然飞溅的鲜血污了他的锦袍，刺眼的阳光下，张粲发丝飞扬，英姿勃发。张蓟第一次发觉这个不起眼的儿子竟是如此英俊，他手中的剑被鲜血沾染，剑锋发出淡青色的光芒，"至于列祖列宗那里，就烦劳父亲替孩儿解释了。"

张粲既不是能征善战的将军，也不是治国能臣，他能在两年之间迅速成为章王起的宠臣，是因为他凭着过人的机敏和阴骘，为章国建立起了一个规模庞大、无孔不入的谍报网，他手下的暗探遍布各国，以至于他足不出户、坐镇平阳城即可知晓天下所有大事；同时他又熟悉天下最可怕的酷刑，足以从任何一个可疑的人口中得到他想要的信息。

他是如此受章王宠爱，以至于两朝元老、功高盖世的大将军王晋都被他排挤到了曹国做特使。也正是他第一时间得知了王晋发兵大域学宫的消息，并与章王起迅速做出应对，以特使的身份火速前往景国促成联姻之事。

这一切处理得有条不紊、脉络清晰，宛如他在人皮屏风上刺绣的图案。

如今张粲已然官拜上大夫，在章王驾前炙手可热。他刚刚连夜从景国赶到大域学宫，宿敌王晋刚刚闯下大祸，他不想留他独自在主公身旁，那样他会有太多的机会解释。

不想竟然在这里遇到了仇人，这可是踏破铁鞋无觅处，得来全不费功夫，他寻找了六年的陈忌突然出现在面前。

他还是那么俊美，那么清秀，只是身材长高了一些，多了几分从容飘逸的气质，但他还是可以一眼就认出他来，绝不会有半分差错，在那一刻，张粲迫不及待地想要撕开他的衣服，看看他胸前的文身。那曾经是他最满意的作品，自从这个名叫陈忌的少年逃走之后，他坑杀了所有"材料"，六年来未曾制作过一面屏风。

既然无法拥有最好的选择，不如就此搁置。

但是他并没有急于行动，而是暗中跟在司徒煜身后，就像一只猫不会急于吃掉落入掌中的老鼠一样，敌明我暗正是他最喜欢的感觉。他要了解他的一切，这会令他有一种把对方玩弄于股掌之间的快感。

"他叫司徒煜？"张粲目送司徒煜和赵离走入一家酒馆，放下车帘，饶有兴致地问道。

一辆普通的马车，没有任何引人注目之处。现在虽然已经快到亥时，但黄丘的街道上依然灯火通明，各家酒馆、青楼都在开门迎客，有许多相同样式的马车停在路旁。

"字子熠，二十一岁，先前说是阳山国人氏，后来又说是陈国人，孟章学院排名第二的贤士，聪明绝顶，才华仅次于在下。"身旁，一个胖子殷勤地介绍道，"大人找他何事？"

说话的人竟然是公孙痤，他如同往日一样，依然一副满面赔笑、鞍前马后的样子。

"只是问问。"张粲淡淡地说道。

"大人从学宫跟到此地,不会只为了问问吧?"公孙痤狡黠地微笑。

"你和他很熟?"

"这看怎么说了,同窗三载,认是当然认得,不过要说熟悉嘛……"公孙痤模棱两可地敷衍道。

张粲摘下腰间的玉佩,递给公孙痤。

公孙痤喜笑颜开地接过,掀开车窗帘,内行地对着外面的灯光仔细打量。玉佩晶莹剔透,显然价值不菲。

"何止是熟悉,简直是了如指掌!"见到钱财,公孙痤双眼放光,顿时来了精神,"要小人为您引荐吗?"

"他是哪一年来到大域学宫的?"

"三年前,跟我同年。我们这一年精英辈出,文韬武略,都是盖世奇才,就拿小人来说吧……"

张粲略一沉思,打断了公孙痤的吹嘘:"他的身世你可清楚?"

"清楚,当然清楚了,他据说是高漳君家的远亲,跟小侯爷一起来的,他们俩可真是亲如手足、莫逆之交,同吃同睡,恨不得每天都泡在一起。"

想不到他竟然攀附上了赵家。投鼠忌器,这就有些棘手了。

"常言道,物以类聚人以群分,自古以来贤士都是惺惺相惜的。"张粲笑着附和道,"可见那位小侯爷也是一位不世贤才了?"

"真让您说着了,小人我也跟他们惺惺相惜。"公孙痤有些得意地说道,"只是小人清高淡泊,不屑于争名夺利,掺和那些凡尘俗事，所以风头才都让司徒煜抢了去，否则学宫第一名士的名头又焉能落在他头上？信阳君门下上宾的位置也本是我让与他的……"

张粲闻言一惊，但依然不动声色地问道："此话怎讲？"

"您还不知道吗？十天前他就已经是信阳君门下的上宾了，榜文都贴出来了，也是他交了狗屎运，平步青云了。"

这句话令张粲感到一丝绝望。

信阳君的名头无疑比高漳君更大，实力也更为雄厚，即便是章王嬴起都未必是他的对手，看来报仇并非那么容易。但他相信一个人总会有弱点，任何事情都会有漏洞，只要耐心等候和把握机会，一定能找到破绽，就像面前这个胖子是个典型的小人，可以加以利用。

张粲抱拳道："多谢公孙兄指教，实不相瞒，我家大王求贤若渴，小弟也有意为章国延揽贤才，但又不便公开与良国作对，可否请公孙兄暗施援手，事成之日，章国必有重谢。"

"但不知大人要我做什么？"公孙痤做为难状，"我与司徒煜交情匪浅，为这事伤了和气……"

"放心，只要你及时向我通报他的一举一动。"张粲把沉甸甸的钱袋放在公孙痤手中，"区区薄礼，不成敬意。"

公孙痤在手中一掂，分量不轻，顿时笑得如同三月的春花。

"好说好说，只要您一句话，小人万死不辞。"

第二十一章
暗箭难防

在章国大军围困学宫的时候，公孙痤趁乱溜走，饥肠辘辘地在粮仓的地窖中躲了三个时辰，终于受不了饥饿的折磨，壮着胆子爬出来，此时危机已然平息，围在四象坛前的人群也早已散去。

公孙痤松了一口气，但也深感沮丧，他本打算趁"天择"的机会投身高漳君门下，这次贪心过盛，弄巧成拙，得罪了恩主赵离，想必定平国是去不了了。

公孙痤虽然喜欢吹牛，但却是一个很清醒的人，他知道自己腹内空空、胸无点墨，只擅长阿谀拍马，"天择"对他来说毫无意义，没有哪个国家会千里迢迢跑到大域学宫来延揽一个弄臣。

与其留在这儿以己之短比人之长，不如另辟蹊径，让自己的本事有用武之地。而他最大的本事是察言观色，他的嗅觉很灵敏，可以快速而精准地发现对自己有利的人，就像一只狗能在一里之外嗅出熟悉的气味。当初他看到赵离的第一眼就认定了此人可以成为自己生命中的贵人。这个本事他当年在街边卖鱼的时候就已经具备了。

公孙痤来到了黄丘。他知道各国使节都会在这里停留歇息，这里一定云集了很多可以掌控他人命运的大人物，而这个时候比的却不是才华。

公孙痤隐身在一个不起眼的角落里，全神贯注地观察每一位路过的贵人，他们很容易辨认，无一不是豪车骏马、高冠博带，脸上带着不可一世的神情。公孙痤试着接触了几位，虽然不算差强人意，但也并不令人十分满意，不是实力不够强大，就是为人苛刻，难以相处，有人甚至根本就是来借机攀附大国的，如此依草附木之辈，让公孙先生如何看得上？曾经沧海，有过赵小侯这样的恩主，其他人自然都显得黯然失色了。公孙痤无限遗憾地想道，万不得已，只能回头去求赵公子高抬贵手了，反正脸皮也不值钱。小侯爷刀子嘴豆腐心，最见不得别人可怜，无非是做悔恨交加、追悔莫及之状，痛哭流涕、指天发誓痛改前非，实在不行就作势自刎，或者干脆昏倒在他面前，不怕他不动心。舍得一张脸，求得千钟粟，这买卖也值，无非是花点儿气力、费点儿喉咙而已。想到这里，公孙痤心里逐渐敞亮起来，他要了一碗肉羹和一坛黄酒，打算饱餐一顿，吃饱喝足才有力气施展撒泼耍赖的独门功夫。

但就在此时，一个人进入了他的视线。

此人的衣着并不比其他大人更华丽，但他的神态、气度却如一枝独秀、鹤立鸡群，此人容貌英俊气质出尘堪比司徒煜，风流富贵之气不逊于赵离，只是眼神中多了三分阴鸷邪魅……

张粲在最初并不认为这个一脸油滑、满嘴阿谀奉承的胖子能派上什么用场，无非是一个骗吃骗喝的小人。对于这种人，张粲通常会把他们收为己用，作为刺探情报的眼线，但他听公孙痤说到学宫中的各位风云人物，突然心中一动。

自从张粲把银针刺入司徒煜肌肤的那一刻，两人仿佛在冥冥之中有了某种关联，两人既极为相似，又极为相反，像八卦图中的阴阳鱼，阴中有阳，阳中有阴，既相互排斥，又相互成就，如天地、如日月、如昼夜。张粲作为司徒煜黑暗的一面，心有灵犀，可以敏锐地感受到对方的存在。

三年来，司徒煜从没有像今天这样感到不安，眼皮也一直跳个不停。黄丘的美酒与赵离的玩笑并没有消除这种莫名的焦虑，反而变得更加心烦意乱起来。

回到学宫的寝居中，他依然久久不能入眠，于是索性起来看书，开始他只道是因为心中对恩师廖仲的愧疚，但随着夜深，这种不安变得越来越清晰，这是一种离奇的恐惧感，仿佛是暴风雨前的宁静或者地震前夕禽兽的惊惧，很像当年那段不堪回首的日子。当年，每当第二天有文身完成的同伴被带走，他心中就会涌起这种感觉。

三更已过。

经过了一昼夜的生死搏杀，整个大域学宫似乎也已经疲惫不堪，沉浸在寂静的夜色中，安静地睡去，只有一扇窗还亮着灯火。月色把树影投射在平整的地面上。夜鸮站在树枝上，眼神机警地四下张望。树后，一个人也正在以同样的眼神关注着那间亮灯的房间。

得人钱财与人消灾，天经地义。

公孙瘥当然不能有负金主的重托，他很清楚，刚刚建立的合作关系非常脆弱，所以一定要给对方一个良好的印象，偷奸耍滑的事决不能在这个阶段发生。于是，他牺牲了宝贵的睡眠，用来盯紧司徒煜。

房间内人影晃动，司徒煜果然没有睡。公孙瘥暗自庆幸，如果他今晚有什么行动，我禀报上去，一定还会有赏的。可惜屋内光线有些昏暗，他看得并不真切，有心凑近些，又怕被人发现，正在踌躇间，突然身旁有人轻轻问道："喂，看得清吗？"

声音很小，几乎是在耳语。

"看不太清。"公孙痤专注于屋内的情况，无暇他顾，顺口回答。

"也许是两只眼睛不够用？"旁边的人提醒道。

什么意思？公孙痤莫名其妙，我又不是马王爷，当然只有两只眼睛。突然，他反应过来，我在盯梢，身旁怎么会有人？

淡青色的光芒出现在双眼之间，带着森森寒气，令他浑身的汗毛倒竖起来。

公孙痤的眼睛本能地对在了一起，在重影的作用下，淡青色的光芒形成一片光晕，光晕后隐约出现了一张脸。

消瘦的脸像刀刻一样棱角突出，几乎没有一丝肉，眉毛很浓，眼中发出的光芒似乎和剑光融为一体。

"我帮你再开一只怎么样？"季布问道，手中的天殇剑稳稳地抵在公孙痤额头上，距离他的皮肤只有一根发丝的距离。

公孙痤本能地跪了下去。

男儿膝下有黄金，这是句屁话，留着小命才有机会赚到黄金。他在恐惧中潸然泪下。

"别……"公孙痤声音颤抖得如同风摆杨柳。

"你盯着他做什么？"

"我……"

"想好了再说，否则这就是你的遗言了。"季布的声音像从地狱中传出来的。

"我……我赌输了，债主逼债，要打死我，我想找他借钱，又怕他不借……我上次借的还没还呢……于是我就想……"公孙瘗确实不同凡响，称得上临危不乱，谎话说来就来，而且如同真的一样。

"你是来偷钱？"季布的表情缓和了一些。

"也可以说是……拿。"公孙瘗尴尬地讪笑道，"应个急嘛，又不是不还。"

天殇剑离开了他的额头，公孙瘗打了个寒战，缓缓站起身来。

"大哥，我不知道你们是朋友，否则借我俩胆子也不敢偷他的钱啊。"公孙瘗赌咒发誓。

"偷钱的事我不管，不过你要是有其他打算……"

季布眼神一变，突然抖了个剑花，还剑入鞘。

公孙瘗喑哑地尖叫一声，恐惧地闭上眼睛，牙关紧咬，僵立片刻，把眼睛睁开一道缝，发现眼前已经人影不见。

他长出了一口气，弯下腰，试图捶打一下抖个不停的双腿，却赫然发现自己的长袍胸口处多了三道三寸长的豁口，距离相等，长短一致，仿佛是用尺牍比着划的。

烛火跳动，发出橘色的暖光，书上的字却有些模糊。

司徒煜并不知道窗外发生的这惊心动魄的一幕，他手捧书卷，却并没有读进去，心思已飘回当年……

第二十二章
羊入虎口

一家、两家、三家……这条街道上共有三十二家商铺，司徒煜心中默默地数着，每座店铺宽约五丈，拐角处有一座短短的青石桥。

徒泯城的街道比陈琉城更直一些，街道两旁店肆林立，夕阳的余晖洒在悬山屋顶和旗幡之上，给眼前这座平庸的都城增添了几分朦胧和诗意。虽然已近黄昏，但街道上行人络绎不绝，这里虽不比陈琉城雅致，但也算繁华。

商铺的风格与陈琉接近，这里盛产木材，无论官府民居，屋顶都建得非常漂亮，只是有几次被窗外的金甲武士遮挡，无法看清。马车走得不快，司徒煜透过窗帘的缝隙贪婪地看着外面每一幅场景，到今天为止，他已经在张府度过了与世隔绝的两年三个月零七天。在这八百二十七天中，他受到过十一次酷刑，前后在不见天日的地牢中禁闭了五个月，见证了九名同伴消失……

他沉静、坚忍，不再想死，反而准备坚强地活下去，有朝一日把所遭受的一切苦难悉数还给那些制造苦难的人。

车中，那个名叫罗绮的少年与司徒煜并肩而坐，这也是一个清秀的男孩,只是比司徒煜胖了一些,眼神茫然而恐惧,身子一直在不停地颤抖。

"我们这是要去哪里?"

司徒煜无从可知,但他知道这是罗绮的不归路。

刚才沐浴之时,他看到罗绮身上的全部刺青已经完成,按照惯例,公子会在十五日之内剥取人皮,制成屏风。他收取皮肤的时间会把握得恰到好处,太短则会有瘀血未消,太长则难免会出现磕碰等事故,给整幅作品造成瑕疵。通常,每一阶段的刺青完成后,作为材料的奴隶会被涂抹上特制的油膏,并绑住手脚,以免抓伤自己,十日后方可沐浴,而这次沐浴通常被称为"彼岸之浴",因为每次沐浴都会距离彼岸更近一步。

"我的刺青还没有完成,对不对?你书看得多,你知道的。"罗绮喃喃自语,他紧张地挽起裤脚,露出小腿,"你看,我的腿上还没有刺满,公子不会忘记,对吧?我看他们都是全身刺满的。"

司徒煜只能静静地握住他的手,努力使他战栗的身子平静下来。

"还没有完成,对不对?对不对?你说啊!"罗绮突然失去理智地大叫起来,眼眶中迸出泪水。

车外的武士被惊动,掀开车窗帘警觉地向里观看。

"对,还没有完。"

罗绮含着眼泪笑了,笑得很开心:"应该还有三个月吧。"

"也许会更长。"

"三个月就够了。"罗绮惨然一笑,"下个月我就十六岁了,我爹娘说,过了十六岁就不算是孩子了,这样到了那边就不会被欺负。"

司徒煜不知道应该如何安慰这个善良而可怜的男孩,他自己又何尝不是这多舛命运的祭品?

"素罗,告诉你一个秘密。"罗绮小声说道,"你要多吃东西,尽量长得胖一些,这样你身上的皮肉就会更大,刺青也会更慢一些。"

马车停在一座豪华的府邸门前,朱红的大门,平整的青石台阶。门外有几名武士站岗。他们不是曹国士卒,司徒煜认得他们的盔甲和长刀,他们是章国人。

他猜得不错,这里是章国特使须引的府邸。

他是章王驾前宠臣,是张粲的恩主,也是那些绝美屏风的主顾。这次,张粲要在他的府上,当面制作屏风,以满足须引怪异的好奇心。另外,他深知须引喜好男色,所以特意挑选出才貌双全的"素罗"来陪伴须大夫。

在须引面前,张粲卑微温顺得如同他豢养的猎犬,须引答应他向章王保荐,这样他就不用留在曹国,在家中看夫人的白眼,受那几个嫡子的气了。

罗绮几乎是被抬进须府的,下车伊始就听到了府内两条猎犬熟悉的嚎叫声。他的灵魂似乎也已经随着这咆哮声离开了躯体,剩下的只是一具空空的躯壳。

张粲早已来到府中,怎能让须大人久等呢?

书房中,精巧的架子早已齐备,牛皮包裹的刀具放在案几上,一盆清水放在旁边,地板上铺了厚厚的毡布,以免被血水弄脏,两条猎犬似乎已经嗅到了熟悉的血腥味,在屋中亢奋不安地逡巡低吼。

这室内的陈设奢华而俗气,曹国国君为了讨好上国特使,不遗余力地赠送各种奇珍异宝,其中一棵珊瑚树竟然有五尺余,条干绝世，光彩夺目，堪称世间极品。但最引人注目的不是这些奇珍异宝，而是八扇精美的屏风。

司徒煜认出其中几幅正是同伴身上的花纹。

此时已是三更时分，远处传来悠扬的鼓乐之声，混杂着喝酒行令的喧哗。显然张粲正在前厅陪须引饮酒，为了讨好恩主，他特意派人从黄丘买来上等美酒和名贵的夜光杯。

司徒煜静静地坐在卧榻之上，和罗绮都戴着沉重的桎梏，门外上着锁，并有一名武士把守，没有半分挣脱的机会。张粲是个谨慎的人，那个名为"素罗"的少年极为不安分，曾多次试图逃走，他不想在今天出现任何差池。

罗绮早已瘫软在地，他已经放弃了挣扎。整个房间中只有两条猎犬在来回踱步，它们似乎越来越兴奋，在司徒煜身旁不停徘徊，吠叫声也越来越大。门外的武士终于被吵得不耐烦，打开门大声呵斥："闭嘴，否则老子炖了你！"这是一名高大强壮的武士，腰佩长刀，另一侧挂着一串钥匙，叮当作响。

猎犬凶猛强悍，非但没有噤声，反而对武士叫得更起劲。武士碍于贵客的面子，不便动手，只是恨恨地盯着两条猎犬。正待转身出门，不料一旁的少年突然说道："大人留步，小人有个法子，可以让这两头畜生闭嘴。"

武士诧异地看着这名少年："你有什么主意？快说！这两头畜生吵得老子烦死了！"

司徒煜狡黠一笑："大人，小人口渴难耐，斗胆先请您赏一口水喝。"

武士不耐烦地骂道:"你找死,拿老子当下人用吗?"

一边骂,一边拿起杯子从木盆中盛了一杯清水,他确实被吵得心烦意乱,只求能尽快结束这种折磨。就在他转身的一刻,司徒煜牙关紧咬,脸上闪过一丝痛苦的神情,但眼睛却变得更加明亮。

武士端着水凑近司徒煜:"死奴才,毛病还不少……"

就在两人相距不到一尺的时候,司徒煜突然张开嘴,大力将一口鲜血喷将出去。武士猝不及防,被喷得满脸都是。

武士大惊,本能地后退,手中的茶杯落地,他的手伸向刀柄,但就在此时,两条猎犬纵身扑上,将武士压倒在地。它们长期被主人以人肉喂养,如今受到熟悉的人血腥味刺激,自然兽性发作,贪婪地大口噬咬爪下的猎物。一旁本已魂飞魄散的罗绮也惊恐起身,恐惧地看着眼前血腥的一幕。

主人忙于应酬,它们已经两个时辰没有进食,熟悉的人血味道更加激发了它们疯狂的本性,这两头猎犬体重都达百斤,体态极为健壮,咬合力惊人,片刻之间,地上的武士就失去了挣扎的能力,甚至连哼都哼不出来了。

趁着两头恶犬狼吞虎咽无暇他顾之际,司徒煜奋力挪动身体,冒险靠近被撕咬得一塌糊涂的武士尸体,吃力地从他的腰间摘下钥匙。

就在此时,门外传来沉重的脚步声。

须引是个粗野的胖子,有着章国人特有的残暴和旺盛的精力,量大善饮,无酒不欢,每次饮宴都要喝得酩酊大醉。此时在前厅喝得醉意盎然,在出门如厕的时候突然想到后宅还有新送来的男宠,立刻心神摇荡,忘了招呼客人,独自脚步踉跄地向后宅去了。

书房中一片狼藉,浓烈的血腥气扑鼻而来,须引还没有看清室内的情形，酒就立刻醒了一半。转身想走，但为时已晚，司徒煜手中的长刀已经抵在他的后心。

"不许作声！"司徒煜低声喝到。

这一切看似突发，实则并非偶然。

司徒煜自从走出张府大门的那一刻，就认定这是一个难得的机会。随着马车的一路行进，他的计划也在心中一步步逐渐形成，进入须府之后，他一直在暗中观察府内的布局，将每一处房屋、道路牢记在心，被关进书房之时，他的计划已经有了雏形。方才他咬破舌尖，用鲜血诱使猎犬杀死守卫，本来计划已初步告成，但没想到被突然造访的须引打乱。司徒煜不是一个嗜杀的人，但也不是胆怯的人，他虽然不会武功，却有着过人的冷静和沉稳。所以他没有选择贸然冲出，而是隐身在门旁，以静制动。

然而，他对须引却有些低估。

章国人自幼学习弓马格斗，几乎人人都拥有足够的勇气、胆量和机敏。须引虽不是久经沙场的名将，却也有着临危不惧的胆魄。他缓缓抬起双手，表明自己没有拔剑的意图。

"去拿他的剑！"司徒煜向罗绮喊道。

早已吓得魂飞魄散的男孩如梦初醒，闻声上前。由于太过紧张，他竟然忘了去摘对方腰带上用于固定佩剑的玉璜，而是奋力去拔须引腰间的佩剑，他手脚发软，加之佩剑入鞘很紧，拔剑颇有些吃力。

罗绮只顾用力拔剑，不想须引趁机抓住他脖颈，敏捷地转身，把罗绮推向身后持刀的少年。但由于用力过猛，玉璜断裂，佩剑还抓在罗绮手中。

司徒煜连忙收刀，以免刺伤难友，但就在这一瞬间，须引向司徒煜扑了过来，一把抓住司徒煜握刀的手腕，两人站立不稳，一同摔倒在地。须引不是优秀的武士，但身高体壮，有一身蛮力，一个瘦弱的少年哪里是他的对手，眼看长刀被须引抢在手中，他喘着粗气，把长刀对准司徒煜的胸口。

那一刹那，司徒煜可以嗅到对方呼吸中夹杂的酒臭，须引的眼睛有些充血，面色涨红，粗大的脖子上青筋暴起。突然，须引的头部挨了重重一击，头部淌下鲜血，双眼翻白，倒在一旁。身后，少年罗绮捧着那棵沉重的珊瑚，眼神惊恐而茫然。硕大的珊瑚树已然碎裂，地板上满是凌乱的珊瑚枝。

司徒煜挣扎起身，一把拉起罗绮。

"快走！"

两人刚要迈步，突然，一只手抓住了司徒煜的脚踝。须引清醒过来，拼死拉住司徒煜。司徒煜踉跄摔倒，大力踹向须引肥胖的面部和肩膀，但他的力气太小，不足以挣脱这个体重足以是他两倍的庞然大物。须引咆哮着扑过来，死死掐住司徒煜的咽喉。罗绮也奋力扑上去，用力掰须引的手指。但须引此时在烈酒和搏杀的刺激下已然疯狂，他甚至忘了呼叫救兵。

司徒煜的脸逐渐涨红，额头上青筋乍现，窒息令他感到眼前金星晃动。他奋力挣扎，但无济于事。突然，他的手抓到一个不规则形状的硬物，司徒煜顾不得多想，抓起这枚器物，大力刺向须引。弯曲的珊瑚枝刺入须引的眼睛，须引一声惨叫，双手捂住眼睛，鲜血从指缝间涌出。

后院的角门比邻府中武士的住处，无法通过，两人只得转而逃向前门。

司徒煜和罗绮穿过花园长廊，沿着甬道跑到院门之时，身后已经是一片火海，须引与猎犬搏斗之时碰翻了烛台，引燃了地上的毛毡，房间中的陈年佳酿助长了屋内的火势，很快，屋顶和窗口都蹿出火舌，继而引燃了后园的柴房，很快连成一片火海，火势一下子变得不可控制。府内乱成一团，人声鼎沸，脚步杂沓，夹杂着木料哗哗啵啵的燃烧声，非常嘈杂。火势越来越大，几乎蔓延了整个后园。

风威火猛，泼水成烟，腾空而起的火焰像是一条狂舞的巨龙冲入云霄，前院的房屋也烧了起来。司徒煜和罗绮趁乱逃向门口，大门没有上闩，由于人都赶往后院救火，大门竟无人把守。

距大门还不足百步，眼看就可以逃出生天了，司徒煜的心也不免狂跳起来。突然，身旁的罗绮身子一软，一头扑倒在地。他的背上插着一支弩箭。司徒煜转身，看到张粲手持劲弩，站在三十步左右的地方，在身后熊熊火焰的映照下，仿佛地狱中的恶神。

前厅的酒宴饮至半酣，主人突然一去不返。张粲感到有些扫兴，他使尽浑身解数，本是想趁恩主须大夫高兴，得到他的明确承诺，何时带他去见章王，没想到须大夫似乎有意回避，饮至半途，不辞而别。张粲心中焦灼万分，又不敢多问，也不敢擅自离开，只得在酒桌前耐着性子等候，直到后院方向传来骚乱声，他才走出前厅，赫然看到后院已然一片火海。

当他随众人一起赶至后院，看到猎犬口中衔着沾有血污的鞶带（皮制的大带，古代官员的服饰）碎片，顿时大惊失色，眼看触手可及的前程随整个府邸一起化为灰烬。张粲五内俱焚，他敏感地察觉到此事一定与那个名叫素罗的奴隶有关。当他手持劲弩追到前院，正看到两人冲向大门。

不出所料，果然是这两个奴隶所为。

"你确实有些本事。"张粲狞笑着赞道，"而且运气很好，刚才那一箭本是射你的。"

司徒煜并不慌乱，他甚至没有躲闪，只是向左侧缓缓移动。

"我希望运气可以更好一些，带着你的头离开。"

"可惜我不能亲手剥你的皮，因为你会被公开车裂。"张粲的手指搭在劲弩的悬刀之上，随着对方移动，不无惋惜地说道。

"你真的有把握抓到我吗？你现在只有一支箭了。"

张粲冷笑道："我没有把握射中你，但你也没有把握避开这一箭，我们太像了，都是喜欢稳操胜券的人，但是你别忘了，这是在曹国，我只要与你僵持就足够了，我等得起。"

司徒煜依然在缓缓向左移动，但他的左侧并没有什么逃生之路，他意欲何为？张粲心中狐疑，但还是不自觉地随着对方移动，要保持目标在自己的最佳射程之内。

对方的淡定令张粲隐约感到事情有些蹊跷，这个奴隶似乎是在有意拖延时间，他在耍什么花样？

他似乎看到司徒煜的目光看向自己身后。虽然整个须府人声鼎沸，但张粲还是敏感地听到身后传来烈马嘶鸣的声音。他愕然回身，一群受惊的马匹如潮水一般涌过来。张粲惊叫一声，被马群踏翻在地。

位于后院西侧的马棚早已燃起大火，棚中的三十几匹烈马受惊逃出。在司徒煜和张粲僵持之际，突然看到后院火海中马匹身影晃动，司徒煜断定惊马一定会冲向火势较小的前院，所以他一面拖延时间，一面把对方引向正对后院大门的位置。

在张粲被乱马踏翻的一刹那，他敏捷地藏身在一块青石背后，大批惊马从他身上跃过，冲出大门，在那一刻，司徒煜有了一个大胆的计划……

上邦特使命丧都城，对于曹国国君来说不易于晴天霹雳。全城兵马倾巢而出，挨家挨户严加盘查，一定要搜出凶手，给章国一个交代，就连世子的府邸都不能免除搜查。搜查一直持续了五天，却一无所获，最后只得认为凶手已然一同葬身火海，不了了之。

五天后，城门开放，司徒煜不慌不忙地走在出城的人群中，从此，这世上不再有陈忌这个人，取而代之的是司徒煜。这五天之中，曹军搜遍了都城每一个角落，除了一个地方——已经变成废墟的特使府邸。而司徒煜就躲在这里，这里虽然已是断壁残垣，但却还可以找到食物和饮水。

最危险的地方就是最安全的地方。

张粲被惊马踏成重伤，虽经名医救治留得一命，英俊的面孔也未遭荼毒，但他的下身被马蹄踏碎，从此变成一个不能人事的阉人。

"多可惜啊，这么好的酒。"公孙痤咂着嘴道。

"你还敢来？不怕我一剑劈了你！你这个混蛋，前天晚上你躲到哪里去了？！"

"英雄总是要留给你们这些君子来做嘛，我是小人，留下来抢风头也不合适。"公孙痤自顾自地坐下，嬉皮笑脸地说道。

"滚，我不想再见到你这张肥脸。"

"公子不必动怒，我是来赔罪的。"

"你拿什么赔？杀了你我都不解恨！你这个成事不足败事有余的东西！"赵离余怒未消，但也确实拿这个无赖没有办法。

"自然是有好事。"公孙痤神秘地说道，"我想带您去见一个人。"

"不见，没空，让他去死吧。"

"那您可别后悔。"公孙痤狡猾地说道，"如果您知道这是件什么事……"

"我不想知道。"赵离冷冷道。

公孙痤凑近赵离，小声道："如果事关子熠兄的生死，您也不想知道吗？"

赵离一把把公孙痤按倒在坐席上，一手掐住他肥胖的脖子，怒道："你敢算计他，我掐死你！"

公孙痤被掐得双眼翻白，胖脸憋得通红，几乎说不出话来，只是挣扎着发出喑哑的声音，示意自己有话回禀。

赵离松开手，公孙痤瘫软在席上，片刻挣扎起身，一边捂着脖子大口喘息，一边语无伦次地说道："黄丘……有人……有人想见你……"

"千秋醉"，黄丘最大的酒楼。

赵离是这里的常客，几乎一个月要来上十几次，但却从未来过这个房间。因为小侯爷每次都会呼朋引伴，大排宴席，当然要选最大的房间，喝最好的酒，找最美丽的姑娘作陪，而这个房间位于酒楼最不起眼的地方，连窗户都没有，狭小昏暗，几乎只能容下两个人。

是谁要请我喝酒，却找了这么个憋屈的地方？

赵离心中愈发不快，恨不得当面教训他一顿解恨，但是当他看到房间中的那人之时，却不由被他的气质震惊了。

赵离的朋友中不乏英俊之辈，自己也被人称为"美如冠玉、惊为天人"，但眼前的这个人却别有一番神韵，赵离看到此人的第一眼就本能地想到了司徒煜，他们长得并不相像，但却说不出什么地方极为神似，不过此人的身上有一种令人窒息的气质，他的眼神像锋利的刀子一样，似乎可以剥下你的皮肤，看到你的五脏六腑。

张粲优雅地起身行礼："小侯爷驾到，有失远迎，万望恕罪。"

"这位是张大人，章国大夫。"公孙痤在一旁殷勤地介绍。

"在下张粲，久闻小侯爷人中龙凤，今日得见，果然胜似闻名。"

赵离还礼坐下，他一心惦记关于司徒煜的事，直截了当地问道："我与大人从未谋面，不知您找在下有何指教？"

张粲淡然一笑，一双秀目看向公孙痤。

公孙痤识趣地退出："两位边喝边聊，恕小人失陪了。"

房门关上，张粲轻揽袍袖，为赵离斟满酒樽。

"小侯爷风流俊逸，酒量更是无人可比，在下仰慕已久，请！"

赵离却没心思喝酒，迫不及待地再次问道："您找我来，不只是为了喝酒吧？"

"当然不是。"

"那么不妨直说,把正事说完,再喝不迟,喝多少在下一定奉陪。"赵离是个急性子,最受不了吞吞吐吐。

"好,小侯爷果然心直口快,那在下就知无不言了。"张粲微微抿了一口酒,"这件事与您的一位朋友有关。"

"司徒煜?"

"也许我们可以叫他陈忌或者素罗。"

"此话怎讲?"赵离有些不解。

张粲却并不急于回答,而是看着赵离身上的衣服问道:"请问小侯爷身上所穿是哪座学院的服装?"

"陵光学院。"赵离不明白他为什么会扯到衣服上面。

"据在下所知,大域学宫孟章、陵光学院之服装为交领,而监兵、执明为立领,不知可否属实?"

"不错。"

"可是有一个人,身为孟章学子,却一直穿着立领的内衣。小侯爷,您知道其中缘由吗?"张粲阴恻恻地笑道。

赵离闻言神色一变,虽然没有问过,但他知道司徒煜这么做是为了掩饰锁骨上那枚刺青,难道……

"如果我没猜错,那位司徒先生身上有一处刺青,位于右胸锁骨处,是不是?"

那枚刺青如此隐蔽,赵离也只见过一次,他是如何知道的?

赵离性情纯良,不会掩饰,眼神把一切心事都告诉了张粲。

"小侯爷一定要问,在下如何知道如此私密之事。"张粲举起酒樽,一饮而尽,"很简单,他胸前的那枚刺青正是在下所赠。而这位司徒先生不仅是一个声名狼藉的逃奴,而且是杀害章国特使的凶手。"

张粲的话像重锤一样击在赵离的心上。

这实在比得知司徒煜是陈国流民更要令人震惊。虽然这个真相令他无法接受，但却无法让自己不去相信。一向脾气火爆的他这次竟然没有发火，因为对方的话他虽不全信，但至少信了八分。

"我猜小侯爷与司徒先生相识，一定是在六年之内，对吗？"显然张粲已经掌握了主动，占据了绝对优势。赵离生性纯良，不谙世事，当然斗不过他这种奸诈邪恶之人，"六年前有一件震动天下的大事，章国派往曹国的特使须引被烧死在府邸之内，而这件事的元凶正是这位司徒先生，小侯爷当年虽然年少，但或许也曾经听说过一二。"

这件事赵离的确听说父兄说起过，印象颇深，后来他还曾经与司徒煜谈起过此事，他记得当时司徒煜神色没有丝毫改变，仿佛是在谈一件与他毫不相干的事。

"你要怎样？"赵离终于问出了这句话，他感到有些无助。如果真的可以证明司徒煜是张家的逃奴，那么张粲就有权随时随地，以任何方式处死他，而他人无权干涉。

此话一出，张粲脸上露出笑意，他知道自己已经成功地让对方相信，并且准备屈服，他喜欢这种将对方玩弄于股掌之上的感觉。对方的气势已经完全被他压制，灵魂已完全被他慑服，在张粲眼中，赵离已经成为一只待人宰割的羔羊。但是他并没有步步紧逼，而是安静地坐在对面，饶有兴致地打量对方。他相信自己这番话的分量，此时要让这番话在对方心中发酵，就可以造成更大的恐慌，这令他感到愉悦。他深谙酷刑之道，在确知痛苦无可避免的情况下，等待的时间越久，对猎物的折磨也就越多。

"你要怎样?"赵离心神混乱,不自觉地把方才的话又问了一遍。

"如今证据确凿,铁案如山,两位君侯虽然官高势大,但也不能阻止在下带走逃奴,况且章国大军尚未撤离,在下于法、于礼、于力,都可以,也应该将他带走。赵老将军凤髓龙血,我想也不至于为了一个逃奴与章国大动干戈吧。"

张粲始终面带笑意,但赵离却感到了如入冰窟般的彻骨寒冷,他的手冷得几乎拿不住酒樽。他仿佛看到了司徒煜被酷刑处死的可怕景象。或者干脆在此一剑杀了他,为子熠了却后患?但对方显然是有备而来,怎么可能不留后手?赵离不敢细想,将杯中的酒一饮而尽。

烈酒入喉,仿佛一道炽烈的火蛇,在腹中漾开,令浑身都为之一暖。

赵离的心略微平静下来,不,事情还没有这么绝望,对方掌握证据,又有大军做后盾,有备无患,完全可以直接动手,或者公开披露此事,令司徒煜陷入绝境,为什么还要约我单独会面?他一定另有打算。

想到此,赵离迅速冷静下来,事情还没到不可挽回的地步,当务之急是要定下心神。赵离连饮几杯,最后索性端起酒坛不顾体面地大口灌了下去,半坛酒下肚,在他放下酒坛的那一刻,又恢复了小侯爷往日的潇洒俊逸。

司徒煜说得不错,赵离心智机敏、颖悟绝伦,如果进入孟章学院,一定是天下一流的谋士。平日和司徒煜在一起,几乎所有事都有他操心,赵离懒得去想,乐得清闲,但今天的情形却不一样。

"大人既然已经十拿九稳,为什么不直接拿人呢?司徒煜是在下的朋友,但如您所说,连家父和信阳君都无法阻拦您的行动,那又何必顾虑区区赵某呢?"

张粲看到赵离大口喝酒,心中暗笑,这个养尊处优的小公子果然禁不住威慑，已经吓得六神无主，要靠喝酒壮胆了，但是当赵离放下酒坛的时候，他却惊愕地发现对方的眼神不仅没有更加迷乱，反而变得清醒了。

"小侯爷冰雪聪明，一语中的。"张粲抱拳道，"实不相瞒，在下之所以私下约见公子，一来是久慕大名，想结交公子这个朋友；二来是为了搭救司徒先生于危难之间。"

"搭救怎讲？"赵离有些明白了，对方显然是想以此为筹码来向自己提条件的，看来他的目标不是司徒煜，是我，赵离稍稍放下心来。

"小侯爷义薄云天，世人皆知，当然不会置朋友之生死于不顾。"

"您不必恭维我，只是朋友谬赞，浪得虚名而已。"

"在下也是个重义轻利之人，愿竭尽全力帮小侯爷搭救挚友，如果他只是在下家中的逃奴，那么在下情愿既往不咎，但他是杀害章国重臣的要犯，如果章王追究下来，却不是在下能担待得起的，还望公子明鉴。"

"大人说得在理，不过您既然早已想到这些，却还要约赵某会面，可见您心中早有对策。"

这个年轻人可以迅速从慌乱中冷静下来，以守为攻，张粲心中暗自赞叹，不愧是将门虎子，心智远非旁人可比。

张粲狡黠一笑："公子猜得不错，在下心中的确早有打算，今天约您前来，只是为了求得公子首肯。"

"大人但说无妨，赵某洗耳恭听。"赵离为张粲斟满酒樽，期待地注视着他。

方才一直心神不宁，赵离始终没有顾得上仔细观察对方。他的脸英俊得近乎完美，眼睛并不很大，但却非常漂亮，眼白有些发红，睫毛很长，带有几分媚态，眼神阴鸷，深不可测，他的嘴唇很薄，不笑的时候给人一种利刃出鞘的感觉，笑起来微微上扬的唇角令他的脸显得娇媚而邪气十足。赵离从未见过如此妩媚妖冶的男人，如果世上真的有传说中的狐妖，恐怕就是这副样子吧。

"在下在章王驾前为官，虽不敢与四大公子相比，但也还算有一席之位。今天，张某愿拼着身家爵禄甚至项上人头，保司徒先生安然无虞，全公子侠义之名。在下可以担保，亲自护送司徒先生离开，绝无差池。"张粲信誓旦旦地说道。

赵离闻言眼睛一亮，但旋即提醒自己，眼前之人绝非良善之辈，这一切更像是一个圈套。

"无功受禄寝食难安，赵某与大人素昧平生，怎敢劳大人冒此风险？"

"当然，在下也并非圣人，难以做到不求回报。"张粲笑道，"之所以冒此风险是想斗胆求小侯爷一件事。"

"好说，只要不是伤天害理之事，赵某无不从命。"

张粲的笑容变得更加邪魅。

"当然不是伤天害理之事，对你我，对他人都并无危害，是一桩美事。"

"美事？"赵离有些诧异。

"确切地说，是一门亲事。"

张粲是一个很有野心的人，早年被人漠视的经历令他对权力和地位有一种狂热的向往。尤其在身残之后，他心中所有的欲望都转化为对权势的追逐。

如今他深受章王宠爱，手握大权，富埒王侯，算得上要风得风要雨得雨，但还有两件事令他耿耿于怀，一是肢体的残缺，二是出身的低微。对于一个小国中级官员的庶子来说，提高身份最好的办法就是——联姻。但各国的公主和显贵的小姐又如何能嫁给一个庶子，一个阉人？

如今机会来了，一个女人的生父是天下武将之首，养父是天下文臣之尊，天下哪一国的公主能有如此尊荣？一旦娶她为妻，既可以有赵家的千军万马做后盾，又可以有廖仲无比尊贵的地位提高身价，马上就可以跻身于天下一等贵族之列，何况也许有朝一日还可能继承赵家的爵位或者廖家的官职。依公孙痤所言，赵离是月老的最佳人选，只要他点头，这门亲事就已经成了七分，而自己现在手中握有他生死之交的把柄，不怕他不答应。

对于张粲的要求，赵离想到了无数种可能，唯独没有想到他竟然提出要娶廖清为妻。

赵离是一个保护欲极强的人，可偏偏他身边的人不是勇冠三军就是足智多谋，唯一需要他保护的人就是清儿，这是他的底线，决不许任何人触碰。

从张粲说出廖清的名字那一刻，也许是烈酒的作用，赵离觉得头似乎一下子快要炸开了，对方的话充耳不闻，他的眼睛瞪得很大，但只看到两片不停翕动的薄薄的嘴唇和那双妩媚的桃花眼。这个时候他的嗅觉似乎突然变得异常灵敏，屋内浓烈的酒香令他迷醉，对面仿佛已不再是一个人，而是一只浑身散发着妖娆气质的妖狐。

赵离的拳头不自觉地握紧了。

对于有些人来说，酒并不会使他失去理智，反而会使他更加清醒。赵离就是这种人，他用剩下的半坛酒压住了蓬勃愈发的怒火，以及把对面那张漂亮的脸打个稀烂的冲动。

谈婚论嫁也不是一朝一夕的事,纳采、问名、纳吉、纳徵、请期,等这五礼完成到最后一礼"亲迎",哪怕只是普通平民家,没有个把月也走不完这套程序。而带司徒煜逃出生天只需要朝夕的工夫。

只要司徒煜离开这里,你再敢提我妹妹一个字,我就把你满嘴的牙都掰下来。赵离心中暗想。

"兹事体大,容赵某斡旋。"

"有劳公子,但不知小侯爷需要多少时日呢?"

真是步步紧逼啊,赵离不想跟他再啰唆下去了,一来是要尽快护送司徒煜离开,免得夜长梦多;二来他怕一时忍不住一剑劈了这只可恶的狐妖。

"三天后是良辰吉日,赵某担保,我爹和廖夫子会在祭酒就职大会上当众宣布此事。"

"好,小侯爷果然爽快,那在下就静候佳音了。"

"但阁下也要答应我一件事,刚才那番话不可对任何人提起。"

"这是自然,日后你我即是姻亲,公子的朋友也是在下的朋友,在下又怎敢得罪姻兄呢?"

赵离余怒未消地回到大域学宫,第一件事就是找到公孙痤,把他暴打了一顿。

"天择"吉日已到。各国高搭席棚,设有简易的招贤馆。学宫内,人头攒动,熙来攘往,学子们纷纷来到自己心仪国家地席棚展示才华。大家使出浑身解数,或博古通今、口若悬河,或武艺精熟、百步穿杨,以赢得考官的赏识。就在此时,突然看到两人一追一逃,不顾体面地在学宫中狂奔而过,前面一人边跑边发出凄惨的哀号声。

小侯爷打人，大家早已司空见惯。

令大家不可思议的是矮胖的公孙痤甩开两条短腿，竟然可以跑得如此飞快，简直不亚于一匹北境的良马。身后的赵离大步流星跑得更快，在两人相距不到三步之际，他凌空跃起，一个漂亮的虎扑，将公孙痤扑倒在一个席棚之中。

作为考官的高漳君正在饶有兴致地观看几名监兵学院的学子演武，刀枪剑戟耍得正到酣处，突然背后一阵骚乱，只见爱子和一个矮胖子一同跌了进来。

赵离二话不说，骑在公孙痤身上，挥拳就打。在众人七手八脚拉开赵离之时，公孙痤的脸上已经挨了几拳，槽牙松动，鼻血狂飙。

经过这一番追逐打斗，赵离的酒意散去了不少，也恢复了清醒。面对父亲的盘问，赵离必须要为司徒煜保守秘密，不便吐露实情，只是敷衍说是喝酒吵架所致。公孙痤更不敢多话，惹恼了小霸王最多被暴打一顿，但如果惹怒了老霸王，吃饭的家伙也许就保不住了。

这孩子真是太幼稚太不成器了，"天择"之日，不说努力上进，却还是一味地喝酒闹事，看来指望他日后封侯拜相是希望渺茫了，赵介心中暗自叹息。老侯爷哪里知道，爱子心怀日月，肩负昆仑，是一位义薄云天的豪杰。

赵离来到冲宵阁的时候，司徒煜正在和廖仲父女一起整理藏书。

廖仲每年都要把学宫的全部书籍整理一遍，归类分档，丢失的登记造册，损坏的拿去修补。老夫子有个习惯，这件事必须亲力亲为，除去周游列国期间，五十年来从未间断。他虽然年近古稀，但对学宫所有藏书了如指掌，如数家珍，甚至连有些破损之处也了然于心。这一点令司徒煜极为钦佩,有人说老夫子近年来对学宫疏于打理,一味躲清静,却不知他一直在推行"无为而治"的理念,夫子们不去过多干涉,而是任学子们自由发展。

这个老人早已和学宫融为一体,把自己当成了学宫的一部分,一块砖、一棵树,或者一卷书。

以往来给老夫子做帮手的只有爱女廖清,但这一次有了司徒煜在,一些力气活当然由他一手包办了。他站在梯子上,把一册册书卷搬上搬下,同时还要帮着老师检查书卷的损坏情况,尤其是竹木简上皮绳的磨损程度,虽然不算太繁重,但也颇为辛苦,不一会就累得汗透青衫。师徒二人配合默契,进展很快,不到两个时辰,已经查验了将近三分之一的书卷。

今天学宫上下都忙着参与"天择",冲宵阁藏书馆中非常安静,司徒煜很享受这种时光。

冲宵阁是他最熟悉的地方,纸墨和竹木的香气混杂着微微发霉的味道是这里独特的气味,像刚刚割下的青草或者某种明前的清茶,这是一种令人迷醉的气息,他在这种气息中度过了不知多少个不眠之夜,但今天以夫子的身份来到这间古老的殿宇,却是另外一种感受。老夫子说过,如果要做祭酒,就要从了解每一卷书开始。

以后这里就是我的家了,司徒煜心中感慨,我将要和这些典籍相伴余生,虽然无法像老师一样把全部身心献给学宫,但至少在力所能及的范围内,尽全力完成老师的理想。

时近申时,司徒煜竟不觉得饥饿,若不是廖清前来送饭,这师徒二人可能会一直忙碌到深夜了。廖清特意为他们准备了精美的饭食,既有鲜鱼又有粟米时蔬,看上去令人食指大动。

"两位祭酒大人请暂且歇息片刻,快来用餐吧。"廖清招呼道。

"子熠今天有口福了,蒸鱼是清儿的拿手好菜,就连信阳君的厨师都比不上。"廖仲得意地夸赞道。

蒸鱼的确鲜美无比,司徒熠还是第一次品尝如此美味的鲜鱼。

"清儿姑娘的厨艺如此精妙,我看以后可以再开一门教授蒸鱼的课了。"

"难道新任祭酒大人有意要将'大域学宫'改成'大鱼学宫'吗?"

三人齐声大笑,他们笑得如此开心,以至于都没有注意到赵离风风火火地闯进来。

第二十四章
走为上策

廖清从不掩饰自己与司徒煜相处时的愉悦,她不是那种忸怩作态的小女人,她身上既有赵家人的豪爽,又有廖夫子的从容,虽然四哥赵离总是以此取笑,但她并不在意。不过这次赵离似乎没有心情与她开玩笑,甚至都顾不上多看她一眼。

"你还有心思在这儿忙活这些!"赵离把司徒煜拉到书架之后的隐蔽之处,焦急地低声说道。冲宵阁很大,书架林立,这里远离廖仲父女,不用担心被听到。

"老夫子年纪大了,我当然要多干一些。"司徒煜以为赵离又是拉他出去喝酒玩耍,"这么多书卷,我走了,难道留老人家一个人在这里操劳吗?"

"赶紧去收拾行李,准备跟我走!"赵离不由分说地拉起司徒煜就往外走。

"为什么?"司徒煜不解地问道,赵离一向喜欢谐谑逗趣,这一次却不像是在开玩笑,他不是个会掩饰情绪的人,司徒煜总是可以轻易洞察到他的心绪。这次虽然感受到了赵离心中的不安,却猜错了原因。

"你别问那么多了,听我安排就是。"

司徒煜挣脱赵离的手:"阿季,到底出了什么事?"

"大事不好了!"赵离几乎要喊了出来。

赵离知道,如果司徒煜得知真相,以他的为人,一定不会自己一走了之而让朋友和学宫陷入困境,他势必会留下来承担一切后果。所以要想让司徒煜心甘情愿地跟自己离开,只有一个办法——让他认为是自己有了麻烦。

"你记不记得我最怕什么?"

"老鼠?"

"是人,比老鼠还可怕的。"

司徒煜有些明白了,天下能让天不怕地不怕的赵小侯如此紧张的人只有一个——章国公主。

"她来了?"

"来了!"赵离如临大敌地点头道,"刚才听章王和我爹说起,她正在路上,大概明日一早就会到达学宫,你不会不知道她的来意吧?"

"她是来完婚的?"即便是早有婚约,这也确实有些太突然了。

"你以为两方父母凑在一起还会商量什么别的事?"

赵离的紧张令司徒煜觉得有些好笑,章国的千军万马他都不怕,却怕一个柔弱的女子。

"看来来者不善?"

"所以必须要在今晚离开,不能让人关门打狗、瓮中捉鳖。"

"可是……"司徒煜有些为难,一天后即是吉日,作为新任祭酒,怎能不在场?

"你先把我送走然后再回来嘛,耽误不了你的大事。"虽然理由是假的，但赵离的焦急却是真的，"机不可失，再不走就来不及了。"

赵离心中暗想，先把他骗出大域学宫，一旦脱离险境，就是绑也要把他绑去定平，那时候就由不得他了。一旦踏上了定平的国土，任你章国人再如何猖狂，又能奈我何？

司徒煜果然中计，他沉思片刻，爽快地答应："好，我今晚先送你离开。"

赵离如释重负，他沉思片刻，灵机一动："你先回寝居等我，咱们需要准备一下。"

赵离喜欢一切新奇好玩的东西，他对孟章和监兵学院的课程毫无兴趣，却时常跑去执明学院听课，尤其易容术很对他的胃口。赵离天资聪明，几堂课下来就将渡鸦大师的绝学学得像模像样，甚至比大部分执明学院的学子还要高明。

他只用了半个时辰，就把两位翩翩公子改扮成了两位须发皆白的老人，虽然赵离的身材过于健壮了一些，但是坐在车中却也还说得过去。

"我不能让人认出，堂堂小侯爷逃婚，实在是丢不起这个人！"赵离给出的解释倒也合情合理。

现在章国大军尚未退去，门外一定有章国的耳目，司徒煜的行踪绝不能被人发现，这才是赵离真正的理由。看着司徒煜乖乖地任他摆布，赵离心中十分得意，往日聪明绝顶的司徒煜今天被自己蒙在鼓里，他都禁不住要为自己的妙计喝彩了。

章国大军在距学宫大门三里之外就地扎营，一眼望去，营帐连绵不绝，火把如星光般闪烁。

初更时分，一辆普通的马车停在学宫大门口。而此时两人的身份是阳山国大夫和冉国亚卿。"天择"之际，虽然各国特使都暂居大域学宫，但这里一无酒楼茶肆，二无歌姬舞女，许多宴请雅集之事还是要到黄丘等地举办，因此各国使节频频出入学宫。

此时天色已晚，这两名老者并没有任何惹眼之处，就连他们经过章军大营的时候也没有引起任何人的注意。

车辆走出五里之外，赵离的心才算放稳，一切顺利。马车虽然走得不快，但按这个速度，到达定平也用不了一个月。

其实大域学宫距离定平国并没有如此遥远，但是赵离特意不走黄丘，而是向北经幹城进入都城昭歌，然后取道景国去往定平，这样虽然有些绕远，却可以避开一些不必要的麻烦。

幹城和黄丘一样，也是大域学宫所辖三镇之一，位于学宫北部，比邻昭歌，以贩卖马匹牲畜以及青铜铁器著称，虽不及黄丘繁华，但仰仗学宫庇护和廖仲无为而治的治理策略，也称得上是百业兴旺、物阜民丰。

两人来到幹城之时，戌时已过，但街道上依然人来人往，各种店铺也尚未关门，到底是商贸重镇。两人走得匆忙，晚饭都没顾得上吃一口。一路颠簸，赵离早已饿得前胸贴后背，迫切地需要找个饭馆饱餐一顿。

烤羊浓郁的香味混杂着木炭燃起的白色烟雾从路旁的饭馆中冒出，赵离甚至可以嗅出上面撒了哪些作料；而旁边那家馆子也当仁不让，釜中显然炖了不下三斤的老母鸡，肥嫩的鸡腿几乎已经脱骨，入口即化；而对面的那家更是过分，竟然蒸了腊肉，配上葱姜蕻梅子，实在是香气馥郁。

这里是天下最大的牲畜贩卖市场，各种肉类非常丰富，赵离一时举棋不定,犹豫再三后,他决定哪家的酒好就去哪家。此时已经脱离险境,他三把两把扯下脸上的假胡须,大步走进店中。找了一盆清水,洗净脸上层层叠叠的凝胶以及毛发,有这些东西阻碍,吃饭都无法尽兴。摆脱了束缚,两人点了满满一桌饭菜,正准备大快朵颐,此时,司徒煜突然感觉到屋内的气氛有些异样。他的直觉一向很准,隐隐感觉到了杀气。这家饭馆内,除了他们两人之外,还有四桌客人,虽然服饰各异,但都是年轻力壮的彪形大汉,眼神机敏,腰间悬刀佩剑,背背斗笠。他们的位置正好位于两人的周围,虽然也点了饭菜,但兴趣却显然不在吃饭上,而是不时向两人这桌看过来。

"你在想什么?再不吃我就都吃光了。"赵离嘴里嚼着腊肉,口齿含糊地催促道。

"听着,无论我说什么,你都当作无事一样。"司徒煜小声说道,"千万不要惊讶。"

赵离闻言一愣,看到司徒煜如临大敌的样子,也顿时紧张了起来。

"你看到了什么?"

"不要回头,你看我身后的人,有没有什么奇怪?"

"我不用看了。"赵离答道,"因为他已经走过来了。"

身后,一高一矮两个面容阴鸷、身材健壮的大汉起身离席,手按剑柄,缓缓走向两人走来。

其他人也纷纷停箸,各持兵器,一副严阵以待的架势。

赵离的缓兵之计不可谓不高明,但是他低估了对手。张粲在章国起家靠的就是无孔不入的情报组织"内围",这本是为国君饲养犬马的机构,历来由宦官担任,后逐渐演变为国君的贴身密探,并在张粲手中发展为章国中权倾朝野的部门。他权势熏天,不仅可以监视平民，而且可以监视各级贵族，甚至各位公子和王晋这样的老臣也不可避免。

张粢手中掌控着成千上万名暗探和杀手，分布在本国境内以及天下诸国，各组之间相互独立，互不知情，直接向平阳城禀报。三年来，他大力搜罗人才，部属中有横行江湖的悍匪大盗，有狱中待决的囚犯，甚至有大域学宫执明学院的精英，也有田间乡里的普通农妇、河边垂钓的渔翁以及流浪街头的乞丐。

"内围"是章国乃至天下最神秘的组织，除张粢之外，没有人知道"内围"到底有多少人，更不知道他们如何行事，但他们却能快速查到每个人的消息。

张粢从未打算放过司徒煜，在他心中"信义"不值一文，只是他目前不想操之过急，等得到廖清之后，再下手不迟，他自信司徒煜逃不出他的手心。所以他只是派人暗中监视，确保司徒煜在他的视线之内。

赵离和司徒煜易容离开，自然瞒不过张粢的耳目，当他得知这个情报后，立刻大喜过望，抓到司徒煜，把他牢牢掌控在手心里，显然对赵离更有威胁，对促成这门亲事也大有裨益。

如果司徒煜一直留在大域学宫则不会有任何危险。

时值"天择"，各国使臣俱在，又有廖夫子、信阳君、高漳君三位大人物的庇护，以张粢的谨慎，绝不敢在圣地劫持新任祭酒，况且他进入学宫身边只能带两名随从，而学宫内却有上千名如狼似虎的监兵学子，贸然动手只能自讨苦吃，弄不好还会招来杀身之祸。

可是仇人竟然自己离开了这道天然屏障，张粢心中甚是得意，这简直是天赐良机。在学宫外神不知鬼不觉地下手，即便信阳君等人追究起来，也找不到任何证据。他火速调动人马紧随其后，伺机动手，捉拿司徒煜。

司徒煜起初并没有料到这些人是为自己而来，难道是章国人为了防止小侯爷逃婚而派的追兵？但凭着对危险的敏感，他很快察觉到这些人绝非善类，而这件事也绝非追婚这么简单。

"这到底是怎么回事？"司徒煜的神色变得严峻起来。

"一句两句说不清，以后再告诉你，我们先离开这里！"赵离也意识到情况不妙，他手按剑柄，随时准备动手。

离开谈何容易，身旁有二十名大汉包围，所有出路都被封死，门外是否有埋伏还未可知。

"你只需要告诉我一句话，他们是不是来追婚的？"

"不……不是。"事到如今，赵离也只好实话实说。

这就足够了，司徒煜只想知道这场危险的性质，是事关生死，还是只是儿女情长。

为首的两名大汉已经走到身旁，悠然坐下，沉重而无鞘的弯刀放在几案之上，其中一人脸上还带着三分笑意。

"小人杜缺、屠灭，见过小侯爷和司徒先生。"

身材矮小的杜缺曾经是章国军中的最优秀的斥候，专司刺探军情之职，后因贪污军粮获罪论死，临刑前被张粲从牢中救出，遂成其心腹，死心塌地为张粲卖命；身材魁梧的屠灭是出身蛮族的悍匪，浪迹于大漠和中土，杀人越货，无恶不作。他凶狠狡诈，武艺高强，死在他手下的人不计其数，一年前，他终于厌倦了漂泊的生涯，在巨额财富的诱惑下投身于张粲门下，成为他手下第一刺客。

为了抓到仇人，张粲派出手下最得力的干将。

"是他让你们来的？"虽然猜到了答案，赵离还是忍不住要问。

杜缺点头道："我家主公令我等在此恭候两位，不知两位意欲何往？"

"我们来这里买马，不行吗？"

"恕小人无知，买马需要易容吗？"

"你竟敢跟踪我们？！"赵离大怒。

杜缺一笑："那是小人的本分。"

"你想怎样？"既然话已说破，赵离也不想多费口舌，大不了拼个鱼死网破。

说话间，剑已三分出鞘。

"恕小人不恭，我们有二十个兄弟，个个都是杀人越货的老手，敢问小侯爷杀过几个人？"

赵离这辈子最受不了别人挑衅，这个矮子简直太目中无人了。

"我先杀你一个再说！"

杜缺完全没有躲避。屠灭在一旁一直没有说话，此刻却出手如电，敏捷地抓住了赵离的手腕，看似没有用力，赵离的剑却无法拔出。而身后的人也只是静静地看着，并没有上前的意思，显然他们并不认为赵离会有多大威胁。

"小侯爷，您是我家主公的贵人，如果不小心伤了您，小人无法向主公交代，只想请您行个方便，让这位司徒先生跟我们走一趟。"

虽然不知道他们的"主公"是谁，但显然他们要的是我，不是季衡，司徒煜再次验证了自己的判断。在赵离与杜缺对话之际，司徒煜一直在静静地观察，这些人一定不是军人，但却训练有素，配合默契，面前的高个子是蛮族，因为他的弯刀是没有鞘的，而领头的矮个子却是章国口音，他们是章国人。

"你做梦！"赵离平生最不怕威胁，赵家的武功他没有学到，但血性却一点儿不少。

"那小人恐怕就要得罪了。"

杜缺抬手示意，身后众人跨步上前，眼看一场血战在所难免。

就在此时，店主闻声而出，满面赔笑地连连劝解道："且慢且慢，几位客官暂息雷霆之怒，是不是小店照顾不周？"

他是一个面目和善的中年人，手中拎着铜壶，看上去八面玲珑，一肚子生意经。开店多年，这种剑拔弩张的场面他见得多了，自信有办法化干戈为玉帛，哪怕饭钱不要，也不能让他们在这动手，砸了店损失可就大了。

"有话好好说嘛，俗话说，冤家宜解不宜结，各位听小老儿一句劝，坐下来慢慢商量可好？"

因为他的突然闯入，杜缺等人不便动手，纷纷暂缓了动作。店主见自己的劝解见效，连忙趁热打铁，继续劝道："各位的话适才小人听到一两句，难道这位就是名满天下的赵小侯？几位能与小侯爷对坐叙话，可见也不是凡夫俗子，各位大人大驾光临，小店蓬荜生辉，不如赏小人一个面子，请各位多饮几杯，日后跟人提起，也是小人的荣幸。"

"你听到了我们的话？"杜缺眼神一变，他们做的是见不得光的勾当，最忌讳的就是被人认出身份，无论是自己的还是目标的。

店主赔笑道："小人刚才正准备来给几位贵客加水，碰巧……"

话未说完，杜缺一使眼色，突然刀光一闪，店主的头凌空飞起，落在五步之外，鲜血飞溅。屠灭在死者的衣襟上擦干弯刀上的血迹，神色如常，仿佛刚才只是拍死了一只苍蝇。

主公叮嘱要不留把柄，节外生枝，依照他们以往的行事风格，一旦有可能走漏风声，唯一的办法就是灭口。

赵离见状大惊，他口中喊打喊杀，但也只是虚张声势，没想到顷刻间就有一人横死当场。司徒煜虽然饱经沧桑，但眼前的惨相还是令他心中一震，他平生最痛恨滥杀无辜，这位可怜的店主只因为多说了一句话就为自己引来杀身之祸。此时赵离已拔剑在手，眨眼间向屠灭刺出六剑。屠灭轻松一一化解，主公再三交代不要伤害赵小侯，否则……

但现在为了速战速决，他也只能尽快击倒对方。

"住手！"司徒煜挡在赵离面前，平静地说道，"放过他，我跟你们走。"

第二十五章
一语成谶

司徒煜虽然不会武功,但也清楚地知道赵离不可能是屠灭的对手,何况对方身后还有十几名帮手。如此悬殊的差距,徒劳的反抗毫无意义,虽然这些人无意伤害赵离,但一旦交手,刀剑无眼,难免会使他身处险境。

"还是司徒先生识时务。"杜缺狞笑道,"请吧。"

"子熠,你要做什么?"赵离一把拉住司徒煜,横剑当胸,"我不许你离开我半步!"

司徒煜远比赵离平静很多,他轻声安抚道:"阿季,还记得当年在雪原面对群狼吗?现在的情形是一样的,万万不可硬拼。"

"可是……"

"现在的办法只有一个字——缓,赢得时间,从长计议。"

司徒煜说着,突然趁赵离不备,一把夺过他手中的佩剑,转身面对杜缺,将剑架在颈上。

"朋友,论武功在下不是你们的对手,我杀不了你们,但可以杀死自己,想必你们也不想抬着我的尸体回去。"对方占尽先机却迟迟不肯动手，司徒煜料定他们一定是要抓活的回去交差。

赵离大惊，想要伸手去夺剑，但又怕伤到司徒煜。

杜缺果然紧张起来："先生且慢，我们请您回去只是为查证一桩小事，多则十天，少则三日，一定平安送您回来，请先生万万不要冲动。"

"你们要的是我，不是他。"司徒煜看向赵离，"不如请小侯爷先行离开，在下一定不给各位添麻烦。"

杜缺被司徒煜的话打动，但依然心存疑虑。

司徒煜微微一笑："放心，这大好时光，我还没活够。"他低头看向自己持剑的手："不过在下身体孱弱，只恐无法长时间持稳这柄吹毛断发的绝世好剑，万一出了意外，恐怕你我都会遗憾。"

杜缺与屠灭对视一眼，两人都在盘算司徒煜的话是否真正作数。屠灭不愧是老江湖，他瞬间明白，现在赵离反而变成了司徒煜的牵绊，既然如此，不如把他们一同掳走，这样也可以保证把他平安交到主公手里。

屠灭轻轻抬起手，身后的随从一拥而上，抓住赵离。如果司徒煜死了，张粲就失去了要挟赵离的筹码，这样一来，他的一切计划也就随之落空了。

"先生说得不错，您如果寻了短见，我等兄弟无法向主公交差，只有死路一条。不瞒您说，我们这些兄弟都是亡命之徒，既然如此，不如拉上小侯爷垫背，有这样的大人物陪葬，也算不枉此生。"

屠灭的眼神中露出杀气，屋内的气氛也愈发凝重起来。

就在此时，一阵杂沓的马蹄声打破了僵局。外面似乎来了一队骑兵，他们在门前下马，继而大步走了进来。

众人循声望去，只见为首一名身长玉立的少年，头戴束发金冠，顶门镶嵌珍珠，光华四射，身穿银甲，外罩锦袍，猿臂蜂腰，英姿飒爽。冷眼一看，酷似霍安，只是身材小了两号。身后是几名盔甲鲜明的武士，腰间佩剑，威风凛凛。司徒煜认得他们的盔甲，是章国骑兵。

"怎么回事？"为首少年冷冷地环顾店中，显然他并非等闲之辈，店中血腥的场面并未令他失态。身后的武士纷纷拔出兵器，严阵以待。

令司徒煜和赵离吃惊的是，"他"的声音清越嘹亮，金声玉润，非常动听，竟然是个女人。

杜缺更是有些慌乱，连忙俯身拜倒："参见长公主殿下。"

难道她就是章国长公主嬴娡，赵小侯那位定有婚约但素未谋面的未婚妻？

司徒煜一时有些不解，难道赵离所言属实，章国公主真的前来追婚？可是他刚才明明否认了，到底哪句是真哪句是假？

赵离更是懵懂，他以章国公主追婚为借口，无非是想让司徒煜乖乖跟自己离开大域学宫躲避风险，哪知道一语成谶，真的在半路遇到了这个冤家，这简直是天大的玩笑，赵离几乎苦笑出声来。

懵懂之余，他不免仔细打量这位自幼定有婚约的人。刚才赵离之所以没有一眼认出她是女人，是因为她的身材实在太高了，腿尤其长，肩膀也比普通女孩宽了很多，加上身披铠甲，更显得英气逼人。

她的肤色微黑，呈小麦色，比南方女孩要粗糙一些，她的脸很漂亮，称得上天姿国色，尤其是眼睛，又黑又亮，像两颗黑葡萄，灵秀中透着坚毅，两道柳眉斜飞入鬓，令她少了一分柔美，多了一分英武之气。赵离身旁有无数女人，却从未见过如此不让须眉的女中豪杰。他不禁暗中拿她和廖清相比，如果说廖清是一朵高雅出尘的水仙，那么这位章国公主就是一朵怒放的玫瑰，热烈、奔放而浑身带刺。

嬴媞认得杜缺，他到底曾经是章军名将，父王在讲到营私舞弊的时候还曾经特意提到这个人，如果不是今天见到，她以为杜缺早就被斩首了。

"是你？你还活着？"

"托殿下的福，小人蒙张大夫搭救，如今在'内围'效力。"

长公主深得章王宠爱，杜缺表现得万分恭敬。

嬴媞对"内围"非常厌恶，她的同母哥哥公子轸就是被他们陷害，派往他国为质的。

"哼，物以类聚，张粲果然只会选这些蝇营狗苟之辈。"

张粲这个名字一出口，司徒煜吃惊非小，刚才的一切也瞬间有了答案。他的身子突然不由自主地一颤，心骤然狂跳起来。

他并没有死，显然现在身在章国为官，只是不知道他是如何找到我的……司徒煜心中千头万绪，一时难以梳理，但目前最迫切的是安全离开这里。

"方才小误会，兄弟们和店家起了冲突，让殿下受惊了。"杜缺轻描淡写地道，他必须尽快打发走公主才好动手。

"内围"臭名昭著，章国贵族中也颇多微词。他们戕害无辜时有发生，嬴媞并不以为怪，她虽然不惧怕张粲，但也不愿招惹这些卑鄙小人。她抬手示意，身旁的武士纷纷收起刀剑，司徒煜却不想放这根救命稻草轻易离开。

"敢问公主殿下可是去往大域学宫的？"

嬴媞转身打量这个清瘦俊雅的年轻人："是又如何？"

"公主此番去往学宫是否要见一个人？"

"哪个？"

"高漳君家的四公子赵离赵季衡。"

此话一出，赵离几乎叫出声来。他知道司徒煜的用意，但他宁死也不愿靠所谓的"未婚妻"来救命，传出去颜面何在？

"当然，他是我未婚夫婿。"嬴嫆爽快地回答。

赵离的脸都快红到耳根了，章国女人怎么如此孟浪，一点儿都不知道害羞。他暗中拉扯司徒煜的衣襟，但司徒煜似乎浑然不觉，还在自顾自地说道："恕在下多嘴，殿下此刻在大域学宫见不到小侯爷了。"

"为何？"

"据我所知，他正在逃婚的路上。"

"逃婚？"嬴嫆大惊，父王确实是让她前来与未婚夫相见，难道出了什么变故？她脸色一变，佩剑出鞘，指向司徒煜，"你最好给我说清楚！"

"殿下要证据吗？此刻人证物证聚在。"司徒煜面不改色，用手一指赵离，一字一顿地说道，"他就是赵小侯。"

屋顶没有窟窿，地上没有裂缝，此时是应该用袍袖遮住脸，还是应该转身他顾？赵离心中只恨自己交友不慎，司徒煜这个家伙简直就是他命中的魔星。但是当他看到司徒煜眼色的时候，顿时明白了他的打算，眼下最好的办法就借助公主脱身，所以他先用逃婚一事激怒公主，以免她坐视不管。

司徒煜相信，无论她是一个多么大方爽朗的女孩，未婚夫逃婚都是一件非常令人颜面尽失的事，何况是一国公主？赵离心中暗笑，这个司徒煜真是太坏了，这位可怜的公主遇到了我们也是命中有此一劫，因为我可以比他更坏。

"公主殿下可曾见过赵离？"赵离煞有介事地问道。

"没有。"嬴媤冷冷地道，"我为什么要见他！"

"既然没见过……"赵离狡黠一笑，手指司徒煜道，"那么你怎么知道赵离是我而不是他呢？你没有听说过'贼喊捉贼'这句话吗？"

这个人笑得很讨厌，但此话也并非没有道理，两人同样的年纪，同样地英俊潇洒，充满贵族气质，只看外表，都像是赵小侯。

嬴媤举棋不定，回身看向杜缺等人。

"你们在这里做什么？与赵家小侯爷有何瓜葛？"

刚才公主口中迸出"夫婿"二字，杜缺心中暗暗叫苦，赵离竟然是章国驸马，这件事有些难办了，张大夫虽然手眼通天，但疏不间亲，人家毕竟是亲生父女。杜缺是章国的臣子，知道公主媤深受章王宠爱，万一这个驸马爷当面告状，可如何是好？

"我们是多年不见的朋友，在此偶遇。"司徒煜反倒为他们开脱起来。

嬴媤有些不明白自己的未婚夫婿是如何跟这些人搞在一起的，更不明白他为何要逃婚。但眼前不是纠缠这些的时候，先把他带到父王和赵侯面前再作理论，到时候看他如何回答。

"你告诉我，他们到底谁是赵小侯？"嬴媤有些不耐烦地问道，她对赵家四公子并无任何情愫，只是为了父亲的大计才与他结亲，没想到这不知好歹的小子却要逃婚。我身为一国公主，又不是恶鬼夜叉，难道就如此配不上你吗？嬴媤心中对赵离早已有了三分怨怼，从小到大，她是父王的掌上明珠，是章国百姓心中的女神，何曾受过这种羞辱？

杜缺略一迟疑。嬴媤勃然大怒道："回答我的话需要想这么久吗?你在打什么鬼主意?"

嬴姬贵为公主,这件事上杜缺不敢撒谎,只得手指赵离道:"他……这位是小侯爷。"

我看也像,嬴姬心中暗道,此人一脸坏笑,一副浪荡公子的轻佻样子,对于赵离的风流浮夸嬴姬早有耳闻,要不是父王之命,你就是求我一辈子,本公主也不会正眼看你一眼,何况与你订婚?

嬴姬一挥手,对手下武士冷冷道:"将他带回学宫。"

"殿下,另外一人呢?"武士问道。

"素不相关的人,管他做什么?"

"且慢。"赵离还是那副玩世不恭的样子,"这位是小侯爷的朋友,如果小侯爷要逃婚的话,又怎能不和朋友串通一气打马虎眼?请公主殿下三思。"

赵离的话令嬴姬再度陷入困惑,是啊,他的朋友怎么会出卖他呢?杜缺这种小人的话本就不足为信。

"殿下,他当真是赵小侯,小人以性命担保。"杜缺一旁道。如果公主能顺利带走赵离,司徒煜就是囊中之物了。

"要你多嘴?"嬴姬喝道,"我有眼睛,不会自己看吗?"

"对对对,他说得对,我真是赵离。"赵离连声附和道。

"有何为证?"

"谁不知道小侯爷容貌冠绝天下,是大昭第一美男子。"赵离手指司徒煜,趁机揶揄道,"又岂能长成他那副丑八怪的样子?"

嬴姬素来对油嘴滑舌的男人没有好感,冷语相向:"你长得好看?我看你长得像章莪山里的猴子。"

"现在有三种可能,第一,我是赵离;第二,他是赵离;第三,我们都不是赵离。"司徒煜趁热打铁说道,"还请公主详加斟酌,切不可耽误了您的终身大事。"

嬴媤是个性情耿直爽快甚至有些暴躁的姑娘,她从小生长在章国这块民风彪悍的土地上,喜欢直来直去,快刀斩乱麻,最怕这种绕来绕去的文字游戏。

"算了,真也罢假也罢,我管你们谁是赵离。"她吩咐手下军士,"给我一起带走!"

赵离和司徒煜相视一笑,在武士们左右挟持下走出店门,赵离甚至还回身对杜缺等人优雅地拱了拱手,做了个大鬼脸。

"再会了,朋友。"

杜缺和屠灭等人眼睁睁看着到手的猎物就这么轻易飞走,恨得咬牙切齿,但此刻除了尽快禀报主公之外,也别无他法了。

嬴起让女儿前往大域学宫,主要是为了与赵家联姻之事,从而促成与定平国结盟。赵介身为四公子之一,在定平,乃至天下都有着举足轻重的影响力,他虽然与章国有婚约,但却一直与良国来往密切。十年的历练,加上张粲等谋士的辅佐,嬴起已经不再是那个只知杀伐征战的铁血君王,而愈发熟练地掌握了大国之间斡旋的技巧。前日,他通过联姻扳回一局,兵不血刃化解了良国的威胁,如今准备故技重施,争取到定平的支持,这样击败良国夺得霸主之位就指日可待了。

嬴起有三子四女,长公主嬴媤是他最为宠爱的女儿,她继承了父亲的体魄和性格,自幼身体强壮,勇敢坚毅,酷爱习武,善弓马骑射,不要说同龄的女孩,甚至比几个哥哥还要强很多。她在八岁的时候就拜章国第一武士聂鼙为师,十二岁能拉开两百斤的硬弓,十七岁在比武大赛中力拔头筹。章国上下都喜爱这位美丽而矫健的公主，以将星"七杀"称呼她为"红妆七杀"。

嬴起看着高大健壮的女儿，时常叹息，如果嫘儿是个男孩多好，我会好好把她培养成一代雄主，不管长幼嫡庶把王位传给她，而她也一不定会让我失望。不过既然她无法君临天下，那么就让她为章国的霸业尽一份力吧。

嬴起是一个胸怀天下的人，无论是把爱子送去他国做质子，还是将女儿作为和亲的筹码，对他来说都是无须犹豫的事。做大事不拘小节，这是当年父王告诉他的至理名言，他也听说过无数因为儿女情长或玩物丧志而断送江山社稷的事，从心里鄙视那些心中只挂念妻子儿女、宠妃名马的国君。

既然如此不在意江山，为何不去做一个富家翁呢？他年轻时曾经很喜欢一匹由昭王朝东北方向的游牧民族猃戎进贡的良马，视如珍宝，每天都要亲自饮遛，甚至达到了痴迷的程度，但是当他意识到这一点的时候，就果断地亲手斩杀了这匹绝世宝马。

"马是用来骑的，只是一种工具，邢懿公痴迷养鹤而亡国的故事绝不能在寡人和后代身上发生！"

要做天下霸主，必须要铁血无情。

第二十六章
不让须眉

高漳君赵介当年统帅各国联军抵御蛮族的时候，章桓公在位，嬴起还是章国世子，他和王晋一起作为章国将领由赵老将军统一调配。嬴起与王晋不同，他与赵介的配合非常默契，而且虚心好学，精明强干，几场大战下来，将赵介的兵法战术学到了不少，并能迅速加以应用，而且不拘泥陈规，善于变通，赵介也为他的军事天才感到震惊。赵介曾不止一次对儿子们和部下说起，章国最厉害的将军不是王晋，而是嬴起。

鹤鬶山一战，赵介与蛮族大军相持不下，正是因为嬴起及时率军接应，赵介才赢得了那决定性战役的胜利，因此两人既有师生之谊，又是配合默契的战友。也正是因此，两人定下婚约，成为儿女亲家。但随着章国开始吞并周边国家，加之后来嬴起即位后僭越称王，赵、嬴两家渐行渐远，近几年只剩下年节时礼貌性地问候，但疏远归疏远，婚约却不能作罢。说来也颇为可笑，一对年轻人的婚事，非但与他们本人无关，甚至也不是为了双方父母，而是为了两国的利益。天下的事就是如此荒诞不经，也是如此阴差阳错，如果不是两人有意取道幹城，也不会遇到公主嫂。

"快想个办法啊。"在返回学宫的途中，两人同乘一匹战马，赵离附耳小声说道，"现在应该怎么办？你的主意不是一向很多吗？"

"我不知道现在应该做什么，但我知道不应该做什么。"

"此话怎讲？"

"很简单，现在绝不能逃走，那几位'老朋友'此时一定跟在身后。"司徒煜知道赵离的打算，杜缺他们距公主的队伍不会超过一里之遥，像追踪猎物的狼群一样，等候着猎物自己出现失误。

"放心，我一定有办法让你摆脱这桩婚事。"司徒煜胸有成竹地拍了拍赵离握缰绳的手，"除非你自己喜欢她。"

"我担心的不是她。"赵离焦急地提醒道，"别忘了，还有人在学宫等我们！"

"张粲与你见面之时就知道我在学宫，他们之所以选择在幹城动手，说明他们在学宫有所顾忌。"司徒煜还是那么不慌不忙，似乎他心中早有了对策。

"但愿这位莽公主在学宫也有所顾忌才好。"赵离看了一眼嬴嫂，小声嘟囔。

嬴嫂不屑跟他们搭腔，甚至都不看他们一眼，她始终保持着高傲和冷漠，作为对小侯爷逃婚的抗议。一切等见到父王再做理论，到时候不怕你赵小侯不给本公主低头道歉。

没想到父王的反应却非常轻描淡写，当时正有别国使臣来访，嬴起明显有些心不在焉。

"既然你们已然见过，那正好省掉许多麻烦，待为父择日去拜访高漳君,及早为你们完婚。"

"可是他……"嬴偲有些委屈,父王似乎对赵离逃婚一事并不在意,"他刚刚是想要逃婚的。"嬴偲有意把"逃婚"二字说得很重。

"好了,知道了。"

父王完全心不在焉,与赵离寒暄了两句,就去忙他的军国大事了。也难怪,父王是一个只看重结果的人,他唯一在乎的是能否尽快促成这桩婚事。嬴偲暗中叹息,她唯一的收获是弄清楚了到底哪个是真正的赵离。看着那个小混蛋悠然离去,她心中倍感失落,和其他兄弟姊妹相比,父王对她已然算得上格外宠爱了,但嬴偲知道,父亲真正爱的只有他的霸业,他的江山,可她又何尝不想为父亲的江山拼尽全力呢?嬴偲甚至期盼别国入侵,那时她将会为了章国和父亲流尽最后一滴血,但可笑的是,父亲需要的只是让她嫁给一个风流浪荡的小侯爷。

她时常为自己生为女儿感到悲哀,如果我是个男人,一定可以成为威震天下的大将军,为章国开疆拓土,建立一番不朽的功业,但作为女人,似乎能为国家所做的只有和亲这一件事,可惜了心中定国安邦的情怀和这身绝世武功。小时候,父亲一直拿她当男孩养,和兄弟们一起骑马射箭、舞刀弄枪,这令她非常开心,她比别人努力百倍,终日沉迷在演武场上,乐此不疲,为了降服一匹无人敢骑的烈马,不惜将小腿摔得露出骨头。

她喜欢烈日下黄土飞扬的沙场,喜欢风雪中山林狩猎的刺激,她喜欢战胜男人们的感觉,在箭射入靶心或者在格斗场上将对手踢翻的那一刻,她可以暂时忘却自己的性别,但随着一天天长大,身边的一切似乎都在提醒她,这是男人的天下,任凭你再优秀,也无法成为真正的英雄，就连"红妆七杀"的绰号也一定要加上"红妆"二字。

虽然一夜未眠，但她却依然毫无睡意，脱去甲胄，换了身女装，独自在学宫中徜徉。都说大域学宫秋色无双，如今闲来无事，索性在这里游览一番，消解心中的烦躁。虽然她不是个喜欢吟风弄月的人，但这美景还是让她感到心旷神怡。

当下正值"天择"大会，学子们都在前院为自己的前途奔波，后院几乎没有人，显得非常空旷。前方是一片碧绿的湖水，波光如镜，点缀着芦苇和莲叶，显得幽静而美丽，湖心有一座别致的凉亭，上写"弈星亭"三字。嬴媤在亭中小坐了片刻，清澈的湖水令她思绪平静了一些，也许这就是命运，母亲曾经说过，世上男女有别，就像阴阳无法逆转，日夜无法颠倒。就连这以智慧著称的大域学宫，三百年来也未曾出过一位女祭酒。

嬴媤沿着湖畔的小路穿过一片茂密的树林，眼前突然变得开阔，熟悉的环境令她眼前一亮。

面前的空场方圆五丈有余，黄沙铺地，两端设有箭靶，旁边摆放着兵器架，各种刀枪剑戟陈列其上，在日光的照射下反射出金属的幽光。就像一个酒鬼看到酒店的旗帜就会忍不住流出口水一样，嬴媤仿佛已经感受到了金属兵器拿在手中那种沉甸甸的有一些粗粝的感觉，这种感觉令她的精神为之一振。

嬴媤走上前去，依次打量这些混铁、青铜制成的宝贝，监兵学院果然名不虚传，各种兵器应有尽有，她惊讶地发现其中竟然有她最喜爱的马槊和铁鞭。这两种都是非常特殊的兵器，需要有极大的力气方可运用自如，当初恩师聂蠜曾建议嬴媤选择刀剑之类比较轻巧的兵器，但嬴媤生性倔强好强，一定要骑最烈的马，用最重的兵器，她竟然是同辈兄弟中第一个学会这两种巨无霸级兵器的人。

她从兵器架上摘下铁鞭，轻轻抚摸鞭身上均匀的凸起。这是一柄竹节鞭，混铁打造，鞭长四尺半，共十三节，重约四十斤，制造精良，拿在手中颇为趁手。

此时，突然身后有人高声喝道："放下，这里不是女人来的地方！"

大域学宫共有三块练武场，这是其中最小的一块，名为"孔炽"，主要用于兵器拳脚以及弓马骑射的演练。监兵学院大部分学子都在前院忙于"天择"，只有几个早已确定了去向的人闲来无事，像往日一样来到"孔炽"练武。

田武、灌央和范缰都是景国贵族之后，他们家境殷实，父母早已在国内打点好了一切，只等他们学成归来。这三人也是监兵学院中的佼佼者，弓马兵器都练得颇为出色，号称"大域三雄"，而他们的大哥就是监兵学院第一勇士霍安。他们突然看到一个身材高挑的女子站在兵器架旁，一袭玄色长裙，长发及腰，略施粉黛，更显得亭亭玉立，风姿绰约，便以为是某位使节的姬妾。

嬴媳对本就对男强女弱的言语非常敏感，田武这一声喊令她刚刚平复下来的心再次燃起怒火，怎么，女人不能冲锋陷阵，难道连兵器都碰不得吗？

"女人怎么了？"嬴媳冷冷问道。

"女人不该来演武场，应该在家中弹琴绣花，抱抱孩子，伺候伺候男人。"范缰见对方姿容秀丽，不免言语之间有些轻佻。

"男人就了不起吗？"

"让你说着了，至少我们兄弟几个就很了不起。"

对方三人都是武士装扮，身材健壮，显然是监兵学院的学子。也好，正愁没人陪我练功，不如拿他们活动活动筋骨。

嬴嫕冷笑道:"那么正好,这里是演武场,让我看看你们几个有多了不起。"

说罢,面对三人,双手握拳,昂然而立。

田武等三人相视一笑,有些不可思议地看着嬴嫕,难道这个小娘子还要跟我们过招吗?

"美人,我们都是懂得怜香惜玉之人,万一伤到了你,于心何忍?"范缊一边说,一边缓缓走向嬴嫕,一双眼睛不住地、贪婪地上下打量,仿佛要用眼神把对方的衣裳扒光一样。虽然身材略嫌高大了一些,但脸蛋却是足够漂亮,细腰长腿,别有一番风韵。刚要凑近,不料却被身后的灌央一把死死拉住。

灌央不满地小声道:"且慢,凭什么好事都是你先上?"

田武也斥道:"还是兄弟呢,一点儿都不懂得雨露均沾!"

"你们不都喜欢娇小玲珑的女人吗?"范缊据理力争,"她身材这么高,不适合你们的口味。"

"熊掌吃腻了,换条鱼吃吃不行吗?"

"你不觉得你有些贪得无厌吗?上次在黄丘那个美人我可是让与你了!"

"少废话,此一时彼一时,有道是,赌场无父子,情场无兄弟。"

"如此,我们公平一些,长幼有序……"年纪最长的田武说道。

"少来,我还说按身高呢。"

三人争执不下,最后只得通过划拳决胜,手气极好的范缊脱颖而出,喜不自胜地走向嬴嫕。

"不知美人打算如何比试呢?"

嬴媤微微一笑:"悉听尊便。"

这个美人好大的口气,范缰兴致愈发盎然:"俗话说,没有彩头的博戏无异于不加盐梅的肉糜,寡淡无味,不如我们赌点儿什么?"

"好啊。"嬴媤爽快地说道,"奉陪到底。"

"如此,如果在下赢了,只要美人一记香吻。"范缰轻浮地笑道,"不知美人意下如何?"

身后,田武和灌央齐声叫道:"不不,是一人一记!"

"好,我答应。"嬴媤爽快点头道,"如果我赢了呢?"

"只要是我们有的,任凭美人拿去。"

"我要你们的耳朵!"

想不到这美人竟然如此狠毒,动辄要割人耳朵。三人不约而同大笑起来,就凭你?别说我们的耳朵,就是一根头发你能拿得到吗?

嬴媤冷冷看着三人放肆地大笑,暗中握紧拳头,她一定要教训一下这几个自大的臭男人。

"那就看你有没有这个本事了!"范缰大喝一声,纵身扑上,以摔跤的技法直取对方的中路。他是一个身高八尺的壮汉,虎背熊腰,膂力过人,一向以擅长角力著称,可以徒手摔倒一头成年公牛。这美人虽然高挑,但体重并不大,只要被他抓到,就可以轻易地把她举过头顶。

嬴媤闪身撤步,双手并不招架,只是轻轻掀起裙摆,左腿斜跨,右腿飞踢,不偏不倚正中范缰的前胸,力量之大,将足有一百八十多斤的范缰踢出十几步远,一跤跌倒,半天爬不起来。这一招并无什么出奇之处,但动作极快,力量极大,而且非常精准,如电光石火一般。

此刻范缰才知道这双长腿虽然好看,踢在身上可就不那么舒服了。

田武和灌央也立时被惊呆，这美人竟然有如此武艺，真是令人瞠目结舌，就连霍安都不能在一招之内击倒范缰。惊愕之余，两人甚至都忘了去扶倒在黄沙中的同伴。

"该你们了。"嬴嫚冷冷一笑。

田武到底年长两岁，多了几分奸猾，见状一推灌央，道："这美事哥哥让与你了。"

灌央猝不及防，被推至对手面前，他心中本也顾忌，但监兵学院的学子哪有退却的道理？他见美人拳脚功夫不错，连忙从兵器架上抢过一柄长剑，横剑当胸。

"美人好身手，在下领教你的兵器。"说话间，长剑当头劈下，试图抢得先机。

嬴嫚反手抄起刚才那柄四十斤重的竹节铁鞭，大力挥出。

兵器相碰，发出沉重的金属撞击声。灌央被震得倒退几步，双手发麻，长剑几乎脱手，这美人的力气竟然如此惊人，监兵学院近千名学子中不乏身高力大之辈，他自己的力气也不小，但似乎还从未遇到过这样的对手。他到底是训练有素的武士，略一定神，再次仗剑出击。刚才范缰败在轻敌，他特意加了百倍的小心，以免重蹈兄弟的覆辙。

扈铭教的武功基本都是刚猛一路，而嬴嫚也是以凌厉凶悍见长，一条铁鞭劈、扫、撩、刺，使得虎虎生威。两人各不相让，斗得天翻地覆。

嬴嫚毕竟是女人，如果单论气力，未必在对手之上，但她巧妙地选择了沉重的兵器，两强相遇，自然重者占优，几个回合之后，灌央的长剑被铁鞭砸为两段，像一条死鱼一样落在黄沙中。

嬴嫚扔下铁鞭，对目瞪口呆的田武扬了扬下颌。

"你比什么？"

田武没有答话，他用行动做出了明确的回答。

比谁腿快。

田武转身撒腿就跑，健步如飞、动如脱兔，瞬间已在两丈开外。

三人之中，他的武功最弱，那两位都已折戟沉沙，他对自己能打赢这位高个子美人已经不抱任何希望。但是他没有想到，高个子美人不仅武功高超，奔跑的速度也极快，眨眼间已然追至身后，一个漂亮的擒摔，将田武放翻在地，翻身骑在他身上，一手揪住他的耳朵，一手抽出随身的短刀。

"我说过，我要你们的耳朵。"

这句话现在听起来不像是一句玩笑，而像是一道可怕的魔咒。美人的眼神冰冷凶悍，冰凉锋利的刀刃贴在脸颊上，令他不禁一阵战栗，田武知道她不是在开玩笑。

一言不合拔刀相向，愿赌服输，不必多说废话，这是章国人特有的行事风格。作为一名章国武士，嬴嫚有着十足的凶狠和果决，可惜你们的耳朵不配挂在我的马前！

就在此时，前方突然传来一声大喝，中气十足但声音清越动听，威风凛凛又带着十分的傲气。

"大胆，什么人敢在学宫撒野？！"

第二十七章
白虎神君

　　霍安今天的心情非常不好，一大早就被一个讨厌的人纠缠了半天，对方的阴鸷令他有一种与蛇同眠的厌腻，一直到现在都挥之不去。而他又不是一个擅长掩饰心绪喜怒不形于色的人，心情不好就一定要挂在脸上，甚至手上。他和田武等三人一样，不必去参加"天择"大会，本想来演武场舒舒筋骨，发泄一下心中的烦闷，没想到却遇到了这等怪事，三个好兄弟被一个女人打败，甚至要割他们的耳朵，真是被人欺负到家门口了，是可忍孰不可忍！

　　霍安是有名的火爆脾气，这一点很像他的老师扈铭，他很难压制或者他认为根本不需要压制自己的心绪。他时常发发虎威，被称作"白虎神君"。他很喜欢与虎有关的一切，兵器上刻有白虎的标记，胸前也挂着一枚虎牙制成的挂饰。

　　见救星来到，三人如同久旱逢甘霖，顿时有了底气，就连被压在身下的田武都立刻来了精神。

　　"大哥，你来得正好，快帮我们教训这个不知天高地厚的女子！"

　　"别忙着动手，先救小弟起来啊……"

"快放手!"灌央狐假虎威地喝道,"否则我大哥会打死你的!"

"闭嘴,被一个女人打成这样,亏你们还是监兵学院的人!"霍安不屑地喝道。

嬴媳缓缓放开田武,起身打量这个同样看不起女人的武士。

眼前的少年身材高大,细腰乍背,章国人普遍身材偏高,嬴媳的父兄都是高个子,但却都不似他这般英俊神武。他鬓若刀裁,眉如墨画,剑眉星目,集威武和俊秀于一体,一袭白袍,显得飘逸出尘,只是脸上布满傲气,与人说话时下颌上扬,一副不可一世的样子。

"你是哪国人?"霍安的话中没有任何客套,仿佛在向一个奴婢问话。

"章国。"

霍安冷冷地哼了一声:"想不到章国的女人都这么令人厌恶!"

这个少年实在是太无礼了,章国哪里惹到你了?除了男强女弱的观点,对家国的侮辱也是嬴媳不可触碰的底线。

"你又是哪个?"

没等霍安答话,旁边的范缊抢先回答:"我大哥人称'监兵魁首''白虎神君',监兵学院排名第一,天下无敌,英明神武,盖世无双……"

"你大哥的名字真够长的。"嬴媳嘲讽道。

"你先不用管我是谁,"霍安冷冷地道,"你不是很能打吗?先打赢我再说。"

"又多了一个找打的。"嬴媳看向田武等人,"你们要不要一起上?四对一,你们的胜算或许能大一些。"

"大哥,你都听见了吧,这还忍得了吗?"一旁,三人七嘴八舌地撺掇。

这个女人实在是太狂妄了，霍安几步走到沙场中央，昂然负手而立。

"来吧，让我看看你有多大本事。"

嬴媤不慌不忙走到霍安跟前，上下打量。

"我劝你去换身衣服，以免你的血弄脏了这身漂亮的袍子。"

霍安伸出右手："我让你一只手，如果你赢了，我也把耳朵给你。"

范缊吃过轻敌的亏，在一旁大声叫道："大哥，不要轻敌啊，这个女人不好惹！"

霍安斥道："要你多嘴？！"转身对嬴媤道，"来吧！"

嬴媤和大多数章国人一样，能动手绝不动嘴。她不再多说，抢步上前，挥拳就打。

霍安敏捷闪身，错步回踢，几乎扫中公主的肩膀。嬴媤吃了一惊，立刻发现白衣少年的功夫远非那三人可比，暗中告诫自己切不可大意。

几招之后，霍安有些后悔，他深得扈铭真传，一旦交手，可以迅速而准确地判断出对手的实力。对方的武功并不在自己之下，两只手都未必能占到上风，但他是个极要面子的人，话已出口，绝无反悔之理。

嬴媤可以轻易击败监兵学院三名学子绝非偶然，她的招式凶猛凌厉，逐渐将霍安逼入绝境。

霍安逐渐有些手忙脚乱，疲于支撑，一不留神，被嬴媤摔倒在地。霍安恼怒地一跃而起，白袍上沾满黄土，发髻也有些凌乱，俊朗的形象大打折扣。

嬴媤冷笑道："监兵魁首也不过如此嘛，看来大域学宫的监兵学院徒有虚名。"

霍安气得额头上的青筋都暴了出来，本来白皙的脸涨得通红，大域学宫三年，霍安从未有过败绩，除了老师扈铭，还没有人能将他击倒，想不到今天竟然栽在一个女人手下，真是奇耻大辱。

霍安飞身扑上，不再管什么约定，双手齐发，如出林猛虎一般攻向嬴媳。他深得扈铭真传，武功卓绝，而且到底是男人，力气也更大一些，现在正是怒火万丈之际，招招都是拼命的招式。

几个回合后霍安一拳重重击中嬴媳的腹部，嬴媳负痛倒地。霍安刚刚为扳回一局感到一丝欣慰，不防膝窝处中招，腿一软，也随之摔倒。两人在黄沙中一番鏖战，混战中，嬴媳抓到霍安胸前的挂饰，一枚黄金镶嵌的虎牙，这是霍安的心爱之物，从十四岁开始就一直戴在身边，视为护身的宝物和力量的源泉，不想今天被嬴媳一把扯下。

霍安怒极，用头撞向嬴媳，嬴媳大叫一声，仰天摔倒。霍安趁势扑上，挥拳就打。搏斗越来越激烈，两人都是骄傲倔强、绝不认输的性格，开始还有所顾忌，讲究一些风度礼仪，后来索性不顾一切，比武变成了拼命，片刻之间都鼻青脸肿，发髻散乱，衣不蔽体。

田武等三人开始还在一旁看热闹，拍手喝彩，后来发现势头不妙，再打下去非出人命不可。他们连忙冲上前，奋力将两人分开。

霍安的锦袍被扯出几道裂口，上面沾满了斑斑点点的血迹，那是他喷涌而出的鼻血；公主的长裙早已脱落，两条笔直修长的玉腿一览无余，一只眼睛被打得乌青。

两人气喘吁吁，怒目相视。

霍安擦了擦脸上的血迹，转身从兵器架上抄起长戈："有种不要走，咱们接着打！"

嬴媳毫不示弱，抢过一把青铜斧："来啊，谁怕谁？！"

灌央一把抓住斧柄："大姐，到此为止好不好？是我们错了，您是巾帼英雄，不让须眉，行了吧？"

田武、范缱则死死抱住霍安："大哥，君子报仇十年不晚，咱先放她一马，改日再收拾她行吗？"

一番苦苦解劝，两人才抛下兵器，平静下来。

嬴偲捡起地上的长裙，发现已经被撕成了布条，恨恨地丢下，转身要走。

霍安在身后叫住："等等。"

嬴偲转身，双手握拳，眼神警觉道："怎么？还想再打？"

霍安脱下身上的锦袍，扔给嬴偲："光天化日的成何体统？"嬴偲接过锦袍，白了霍安一眼："要你管？"

她发现霍安正在看着她的腿，不禁有些羞涩，将锦袍围在腰间，大步离去。

看着嬴偲的背影，田武心有余悸："这个女人是谁啊？怎么这么野？"

范缱苦笑道："香吻没讨到，耳朵差点儿保不住了。"

灌央一脸沮丧地道："以后我看到长腿的女人一定二话不说，转身逃命。"

霍安本想挖苦他们几句，却突然发现胸前的虎牙挂饰不见了，他心中一惊，连忙俯身在黄沙中寻找。

大域学宫很少会像今天这么热闹，四象坛周围的甬道上、花园中乃至演武场上都挤满了人，几乎有点儿像黄丘的集市了。大家或兴奋或沮丧或焦灼不安地逡巡于各个国家的招贤馆之间，时而聚在一起议论纷纷，时而在某家招贤馆前排成长龙。平日里是否用功在此刻都一览无余，有人沉着镇定，谈笑自若；有人紧张万分，说话结结巴巴；也有人需要在同伴的鼓励下，才敢走上前去面试。

不只是学子如此，前来招揽人才的使节又何尝不是这样？大国特使面对趋之若鹜的学子们精挑细选，忙得不亦乐乎；而小国的招贤馆前门可罗雀，看着在面前穿梭而过的学子们望"贤"兴叹，有的特使甚至在席棚中打起了瞌睡。难怪有人说每一次天择大会都是一幅众生相。

如果不是面临生死攸关的大事，赵离一定会去凑个热闹。他喜欢这种熙来攘往的场面，在人群中聊聊天，看着一些人在考官面前手足无措的样子，或者捉弄一下他们，赵离总会感到乐不可支。然而今天不行，自从回到学宫，见过章王之后，他就拉着司徒煜直奔寝居。事已至此，当务之急是如何逃离魔掌，但没想到司徒煜却不走了。以司徒煜的聪明，自然猜到了张粲是在用自己要挟赵离，让他答应某个条件。赵离越是不说，他心中越是焦虑不安。

"如果你不告诉我实情，我是不会走的。"

赵离知道，如果把张粲向廖清求婚的事说出来，司徒煜更是不会离开学宫半步。

"现在不是说这些的时候，你到底还想不想走了？"

"我想走，但是我走了，会有人替我承担后果。"

"相信我，只要他抓不到你，拿任何人都没有办法，我唯一的软肋就是你。"赵离咬牙切齿地说道，"只要你平安离开，不用他来找我，我自然会去找他！"

赵离说得有理，司徒煜冷静下来，他不禁对赵离有些刮目相看，小事玩世不恭，大事绝不糊涂，也许这才是真正的智慧。

"想不到小侯爷一夜之间长大了。"司徒煜不忘调侃一下赵离。

"平时是你有眼不识泰山。"赵离得意地回击。

"未必，也许是因为即将到来的婚事。"司徒煜悠然说道，"你难道没听说过婚姻可以让一个男人成熟起来吗？"

他发觉自己跟赵离在一起时间久了，性情是变得开朗了，但也越来越喜欢开玩笑了。

赵离果然一副恼羞成怒的样子，道："你再多说一句，我这就把你抓去送给张粲！"

朋友之间的嬉戏总是可以让焦灼的心情放松下来。赵离坐下来，抓起酒坛大口灌了下去。谁知刚喝一口，房门突然被大力推开，一个人怪叫着飞身扑了进来，几乎扑到了赵离的脚下。

赵离猝不及防，嘴里的酒险些喷出来，他敏捷地一跃而起，抽出佩剑对准来人。事发突然，司徒煜也吓了一跳，难道张粲如此嚣张，竟然要在学宫动手？

而来人似乎没有发动攻击的意思，手中也并无兵器，他似乎比两人更为紧张，手脚并用狼狈地挣扎起身，一张胖脸正对着赵离的剑尖，惊恐地大叫道："不要啊，公子，是我！"

竟然是公孙痤！

一个人鬼魅般悄无声息地走进房门，背光而立，仿佛是一个影子。

"你最近有什么麻烦？"季布淡淡问道。

季布杀死粮商孚仲解了燃眉之急之后，司徒煜虽然心中感激，但并没有向他致谢，甚至没有言明，因为他知道季布不是个需要感谢的人。况且他已然是信阳君的门客，杀死章国的证人，很可能会挑起两国争端。于是两人心照不宣，都装作这件事没有发生过，就连赵离问起，他也只是含糊其辞敷衍而过。司徒煜只当季布是报答自己救命之恩，没想到他竟然一直在暗中保护自己。

司徒煜心中一暖，他知道眼前这个沉默孤独的人和自己一样，面冷心热，同时又有些惭愧，相比之下，自己竟显得有些功利了。

"没什么……"赵离下意识地敷衍道，此事事关重大，他不想太多人知道，眼下季布是敌是友还不好说，人心叵测，不得不防。

"没事就好，这个胖子在你门外盯了好几天了。"季布依然面无表情，他不是个多话的人，更没有刨根问底的兴趣。

"我认你是朋友，你的事我必尽所能，但如果你不想说，我绝不多问。"

季布说罢，转身离开。

"季兄留步。"司徒煜在身后叫道，他深施一礼，恳切地说道，"多谢仁兄仗义相助。"

季布冷冷地看着司徒煜，他虽然是一个靠手中剑取人性命的杀手，但内心极为清高，不喜欢繁文缛节的客套。他之所以欣赏司徒煜，也是因为他身上脱俗出尘的气质，但如果对方只是寒暄客套的话，他准备马上离开。他是个简单而古怪的人，我拿你当朋友是我的事，并不需要你同样拿我当朋友。

"我有了很大的麻烦。"司徒煜坦诚地说道。

季布点了点头："很好，我是专门替人解决麻烦的。"

赵离不知内情，不禁为司徒煜的唐突感到担心，这可是性命攸关的秘密，怎能轻易告诉旁人？他连忙向司徒煜使眼色，示意他谨慎为妙。

"不妨事的,这位季兄是信得过的朋友。"司徒熠轻轻说道,"与我也是生死之交。"

赵离虽不明白他们是怎么变成生死之交,但既然司徒熠这么说,他就选择无条件地信任。

"既然是子熠的朋友,那么也是我赵离的朋友。"赵离拱手道,"小弟适才多有得罪。"

季布点点头:"既然没有外人,子熠兄可以说了。"

"且慢!"一旁,公孙痤尖叫道,"谁说没有外人?我就是外人!"

公孙痤跳起来,慌忙挡在三人中间:"我不光是外人,我还是个小人,卑鄙无耻,见钱眼开,不值得信任,你们的秘密千万别当着我说,否则我一定会走漏风声,弄得人尽皆知。"他狡黠地赔笑道:"为了妥当起见,不如等我出去再说,事关重大,小弟就不在此打扰三位了,告辞告辞。"

公孙痤一边说,一边退向门口,他知道,有些秘密是不能打听的,有时候耳朵多听了一句,会连累脑袋一起搬家。他轻轻拉开门,以一种与身材极不相称的敏捷闪身而出,转身就跑,却突然发现季布竟然站在面前,一张石头一样的脸几乎贴在自己脸上。

他是什么时候出来的?!

公孙痤战战兢兢,在季布的逼迫下缓步退回房中,他两股战战,瘫倒在赵离面前,及时地泪如雨下,这一切都炉火纯青,恰到好处。他知道,三人中只有赵离心最软。

"公子,我错了,你们饶了我吧,我真的什么都不知道。"

赵离有些举棋不定,放他走吧,又怕他去告密,但总不能因为这个杀了他吧。虽然公孙痤一再坏事,惹出了很多麻烦,但赵离却始终不曾想过要他的命。

"先让他留在这里。"司徒煜沉思片刻,向季布示意道。

"可是……就当着他的面说吗?"赵离有些为难,公孙痤说得不错,他绝对不是一个能够保守秘密的人。

"别别别,千万别说。"公孙痤惊恐地尖叫道,"我知道他们杀手的办法,只有死人不会泄露秘密。"

话音未落,下颌突然挨了重重一击,公孙痤眼前一黑,像一条死鱼一样栽倒在坐席上。

"说吧,半个时辰之内他醒不了。"季布拎起公孙痤,扔在一旁。

第二十八章
仇人见面

赵离的办法很简单,他想让司徒煜混在定平大军中离开。

"让一粒米隐身最好的办法就是把它放进米缸中,你混在四千士卒中,就是神仙也不会一眼就发现你。"赵离胸有成竹地说,"即便是发现了,他们也未必敢轻举妄动。"

最直接的办法通常最有效,但可行性却最差,因为过于顺理成章,对手一样想得到。

"我在定平大军中最安全,但一旦出现意外,就是最坏的后果。"司徒煜摇头拒绝,"学宫外章国的军队是定平两倍以上,我不能让老侯爷因此事陷入困境,更不能让千百定平将士为我一个人牺牲,那对他们太不公平了。"

"你说得都对,可总要想个办法才好。"赵离有些烦躁起来,"子煜,我知道你这么做是不愿连累我,但这一次我决不让你孤军奋战,我们同生共死,大不了一起血染大域学宫,也落得个痛快!"

"需要这么麻烦吗?"一直未曾说话的季布突然插话道,"灭一个国需要千军万马,但杀一个人,一把剑足矣。"

"说得好！"赵离拍手说道，"来个直截了当，釜底抽薪，张粲那个狗贼，我早就想收拾他！"

"这个人杀不得。"司徒煜制止了季布的想法，"他是章国高官，如果他死在大域学宫，正好给了章国占领学宫的借口。"

"这也不行，那也不行，难道就这么坐以待毙吗？"

司徒煜不再答话，而是站起身，在房中踱步，他眉头紧锁，在苦苦地思考着什么。

赵离知道，在司徒煜出神的时候绝不应该打扰他，因为在这个时候，他对所有的话都充耳不闻。赵离放松下来，开始好奇地打量瘫软在一旁人事不省的公孙痤。

"真的这么准吗？他会昏上整整半个时辰？"

"当然不是。"季布面无表情地答道，"他可以随时醒过来，不过我的拳头管够。"

一个人的懒散很多时候是源于他对另外一个人的信任和依赖，赵离相信司徒煜一定会在一段时间后给他一个意想不到的惊喜。大约过了一炷香的工夫，司徒煜突然停下脚步，神情变得轻松了许多，但眼神却更为坚定了。

"我与张粲一定会有一场遭遇，与其一味逃避，不如坦然面对，当初我在一无所有的情形下可以击败他，现在又怕他何来？"

"这么说，你已经有了对策？"赵离兴奋起来。

季布那双冰冷的令人不寒而栗的眼眸中也露出期待的眼神。

"不错。"司徒煜点头一笑，"不过到时还要仰仗季兄的绝技，还要辛苦季衡帮我演一场戏。"

"天择"吉日，廖仲身着礼服，早早迎候在殿门之外。

昭成殿殿长八丈，宽五丈，殿中立蟠龙台柱四根，古朴典雅，庄重肃穆，正中是镇鸾先师的画像，两架编钟分列左右。作为学宫正殿，也是学宫祭酒接待贵宾的场所，每次"天择"，殿内都香烟缭绕，钟鼓齐鸣。此时门外的日晷显示辰时已过，大典即将开始，老夫子心中欣慰，只等爱徒到场。

昭成殿内座无虚席，十九国中除曹国为避风头未派人到场，其他各国特使均已到齐，学宫各位长老、司学也各就其位。

廖仲居中而坐，高冠博带、鹤发长髯，宛如上古仙人一般。

"列位公侯大人，自老朽接任祭酒以来，这已经是第十七次'天择'大会了，可能也是最后一次。"廖仲正坐施礼，"老朽年事已高，恐怕再难担此重任，因此老朽斗胆举荐一位贤人，此人博学多才、满腹经纶，是天下难得之奇才。老朽让他一同主持本次'天择'，也让诸位亲眼见识一下他的人品与才干，不知诸公意下如何？"

廖仲在天下威望极高，既然他有所举荐，各国使臣无不应声附和："全凭老夫子做主，有此贤才，实乃学宫之福，大昭之幸。"

廖仲拱手致谢，转身抬手示意。

司徒煜款款走出屏风，向在座众人施礼，然后坐在廖仲身后，神色平静，气度淡然，虽然只是一名年轻学子，但在各国王公卿相面前却毫不显卑微，甚至隐约已有了君临天下之势。诸侯之中，已经有人微微颔首，老夫子果然目光如炬，这个年轻人是个人才。

司徒煜静静地环视众人，他的目光柔中带刚，内敛中透出犀利，既不畏缩怯懦，又不显得咄咄逼人。他有意看向章王起身后，在某一刻，他们的目光相遇，虽然他心中早有准备，但心还是不由自主地狂跳起来。

章王嬴起身后,一个人在死死地注视着他,赤红的眸子像地狱中的鬼火,狠狠灼伤了司徒煜的眼睛。

张粲迫不及待地想要撕开他的衣服,看看他胸前的文身。那曾经是他最满意的作品,自从这个名叫陈忌的少年逃走之后,他坑杀了所有"材料",六年来未曾制作过一面屏风,既然无法拥有最好的选择,不如就此搁置。但是他并没有急于行动,在廖仲向大家介绍司徒煜的时候,他始终安静地坐在主公身后,饶有兴致地打量对方。

他相信司徒煜也已经看到了他,也相信司徒煜此时内心一定非常恐慌,这令他感到愉悦。他深谙酷刑之道,如果是多人同时受刑,那么最后一人一定最为痛苦,如果人数够多,通常在还没有轮到他的时候就已经崩溃。道理很简单,在确知痛苦无可避免的情况下,等待的时间越久,对猎物的折磨也就越多。

直到廖仲的话讲完,他才缓缓起身,走到大殿中央。

张粲早已接到杜缺等人的禀报,看来赵离是不愿轻易就范,那么就不得不给他们施加一些压力了。

"司徒先生一向可好。"张粲面露微笑,拱手致意,"在下有一事烦劳先生指点。"

在这一刻,信阳君明显地察觉到司徒煜有一丝慌乱,他不再像平时那般镇定自若,气势上也明显落于下风,这是他第一次见到司徒煜如此不安。

"张大人有话请讲。"司徒煜微微拱手道,他努力让自己镇定下来。

"六年前,在下家中丢失了一样东西,敢问夫子是否知道它的下落？"

"大人家中丢失何物？"

"一匹素罗。"

虽然大家并没有猜到其中的内情，但几乎所有人都听出了弦外之音。

廖仲道："张大人有何见教，不妨直接讲明。今天是天择首日，不要耽误了各国挑选贤才。"

张粲深施一礼："既然祭酒大人示下，外臣就却之不恭了。如有冒犯，还望祭酒和各位夫子恕罪。"

廖仲坦然道："大人但说无妨，各国公侯大夫都在，一切都会有个公论。"

"如此，多谢祭酒大人。"张粲再度施礼，看向两旁众人，"外臣才疏学浅，有一事不明，请问祭酒大人与各位公侯，依大昭律令，什么人有资格担任祭酒？"

廖仲会错了意，误以为张粲在质疑司徒煜的平民身份，他朗声说道："学宫祭酒人选一向不拘一格，自镇鸾先师以来，二十三位祭酒当中，有十一位出自平民，包括老朽在内。"

"老夫子误会了，外臣怎敢质疑大人？平民大众之中常有英杰出现，也是不争之事实，在下身为章国重臣，焉能如此不明事理？"张粲阴恻恻地笑道，"外臣的意思是，如果他是囚徒或者奴隶呢？"

此话一出，四座哗然。

张粲的声音轻柔婉转，但足以令人瞠目结舌，此时不止信阳君，在座的各位都看到了司徒煜脸色骤变，眼神中似乎闪过一丝慌乱。

"大胆！"扈铭一声断喝，声震屋宇，"敢在大域学宫胡言乱语,扰乱'天择大会'?!"

"夫子息怒,外臣若没有真凭实据,又怎敢在昭成殿信口雌黄,外臣此举非为别事,为的是大域学宫的声誉和我大昭的朗朗乾坤。"张粲转身面对众人,手指司徒煜,大声说道,"各位公侯,在各位面前的这个人不是什么不世贤才,而是一名声名狼藉的逃奴!"

这句话无异于在昭成殿炸响了一声霹雳,几乎整个大殿都动摇了起来。

扈铭忍无可忍,拍案而起,一把抽出佩剑,大步冲向张粲,厉声喝道:"无耻匹夫安敢侮辱大域学宫!"

扈铭力能举鼎,盛怒之下的一剑只怕会将张粲斩为两段。

一柄剑及时地挡住了扈铭的一击,发出沉重的金属相撞的钝响,章王起抢先一步挡在张粲跟前,敏捷地拔剑格挡,剑锋相交,发出刺耳的摩擦声。

嬴起冷笑道:"事实未清就拔剑相向,夫子是要杀人灭口吗?"

扈铭反唇相讥:"果然有其君必有其臣,原来章国人只会无中生有,含血喷人。"

"大域学宫难道不是光明磊落的所在吗?眼下双方俱在,何不请这位司徒先生当面对质?"

"好,就依章王之言!"

"大丈夫一言九鼎。"

大域学宫新任祭酒竟然是出身卑微的逃奴,这实在是太令人匪夷所思、难以置信的事。

高漳君赵介几乎被这个消息惊呆了,司徒煜在十几岁的时候他就认得,他也曾经觉得这个年轻人充满神秘感,也曾经想过司徒煜的各种可能，但从未想过他会是一个逃奴。

但并非所有人都不信，昭成殿内，除去两个当事人之外，至少还有两人相信张粲所言非虚。

廖仲当然是其中之一。

自从见到司徒煜的那天起，他就感到这个苍白消瘦的年轻人与其他人不同，他身上有一种可怕的力量，虽然廖仲并不清楚他的身世详情，但却可以断定他一定有着非同寻常的经历，也拥有能成就大事的气质。

他唯一担心的是司徒煜身上那种近乎疯狂的执着，这个孩子心中有一团烈火，或者照亮乾坤，或者毁天灭地。

另外一个人自然是信阳君。

在廖仲推荐司徒煜接任祭酒之时，卫野曾一时颇为惊诧，司徒煜不是已经归于主公帐下了吗？怎么会跑回来做祭酒？

信阳君暗中示意卫野不要大惊小怪。

"人各有志，凡事不可强求。"

其实自从前日司徒煜黯然离开后，他就知道司徒煜不会再回来了。他之所以欣赏司徒煜，是因为司徒煜在一些地方与他非常相像，但这恰恰又是两人无法相处的原因。两人都极为精明，心智极为强大，但又都有自己的宿志，而不愿为他人所用。

"看来你我君臣缘分已尽。"信阳君不无遗憾地想，"但愿今生不必与你为敌。"

对于张粲的话，信阳君深信不疑。他很了解张粲，张粲是他的敌人，一出道就坏了他颠覆曹国的大计，此人称得上青年才俊，天下英才能与司徒煜相比之人寥寥无几，而张粲必属其一。他也许没有司徒煜治国安邦的宏韬伟略，但手段狠辣却远胜司徒煜十倍，只是想不到他们竟有这样的渊源。

"张大夫，既然你如此笃定，那么请出示证据，让在座各位看个清楚。"廖仲说道。

"证据自然是有，不过要请司徒先生配合一下。"张粲狡黠地一笑。

"有就是有，没有就没有，不要这么绕来绕去的，你以为自己很聪明吗？"鬼斧第一个不耐烦地叫道，"你要是闲着没事想斗嘴玩，老夫陪你耍个三天三夜。"

张粲没有理会鬼斧的嘲讽，而是看向他身后的司徒煜："敢问司徒先生身在哪个学院？"

"孟章。"

张粲点头一笑："在下命小福薄，无缘学宫圣地，不过道听途说，也对学宫概况略知一二。在下听说学宫内孟章、陵光学院之服装为交领，而监兵、执明为立领。"他转身环视众人："不知各位有没有注意到，身为孟章学子的司徒先生，穿的竟是立领的内衣。"

司徒煜的神色有了一丝不易察觉的变化。信阳君心中一动，他也曾注意到这一细节，当时只道是衣着小事，没有放在心上，现在看来，这其中果然另有蹊跷。

"这也轮得到你管吗？"鬼斧大笑道，"这与逃奴有什么干系？我看你真是栽赃都不会栽。他穿立领的衣裳就是为了保暖不行吗？不瞒你说，我老鬼经常不穿内衣。"他一把扯开上衣，把肥胖的肚皮拍得山响，"我就图个凉快，你管得着吗？"

张粲并不是一个容易被激怒的人，他始终保持平静："可惜司徒先生穿立领内衣不是为了保暖，而是为了遮掩一样东西。"他看向司徒煜："我说得没错吧，夫子？"他刻意把夫子二字说得很重，"我该如何称呼您呢？司徒先生？陈忌？裴忌？或者……素罗？"

众人好奇地看着张粲，猜不出他是故作惊人之语，还是有什么真凭实据。

张粲有些喜形于色的得意："这位司徒先生身上有一处文身，位于右胸锁骨下方，图案是一朵木槿花。不知夫子是否愿意当众验证呢？"

"这里是昭成宝殿，在这里袒衣露体成何体统？！"扈铭大声反对。

"常言道，大礼不辞小让，您以为是体统事大，还是学宫声誉事大？"张粲看向司徒煜，冷笑道，"难道你连脱衣服以证清白都不敢吗？"

在众人争执的过程中，司徒煜始终保持着一种超然的沉默，似乎大家在谈论的不是他。此时他缓缓起身，走到大殿正中，沉声道："各位夫子，各位大人，既然张大人执意认为在下是他府上的逃奴，为了学宫声誉，在下愿肉袒以示清白。"

信阳君不由替司徒煜捏了一把冷汗，显然他已经被逼入绝境。

"不要！"门外传来一声焦急的大喊，一个人快步冲进大殿，一把拉住司徒煜，正是赵离。

"士可杀不可辱，子熠，这个祭酒不做也罢！"赵离拉起司徒煜向外走去。

赵离的突然闯入令高漳君非常尴尬，这孩子实在是太冲动、太幼稚了。

赵介喝道："季衡，你要做什么？"

"爹，我要带子熠回定平。"

"胡闹,当着各国公侯,成何体统?!"

张粲岂能轻易放走仇人,抢上一步,挡在面前,悠然道:"如果在下没猜错的话,这位一定是高漳君的四公子了。"

"不错。"

张粲星眸闪烁:"公子这么急着带他走,难道是知道了什么隐情吗?"

"朗朗乾坤,来去自由,你敢挡我的路?!"

"不敢。"张粲一副谦卑的样子,"在下素来仰慕赵侯,岂敢跟公子作对?只是怕公子受了歹人的蒙蔽,招惹是非,陷老侯爷于不义,在国君那里也不好交代。"

"你不用拿国君压我,这件事与家父无干,塌天大祸本公子一人承担。"

张粲媚笑道:"公子凤髓龙血,前途无量,为了一个卑贱的奴隶值得吗?在下家里有不少奴隶,既有豆蔻年华的处女,也有玉树临风的少男,如果公子喜欢,在下一定倾囊相赠。"

他漂亮的眼睛突然变得狰狞,充满杀气:"但这个人断然不可,因为他不只是鄙人府上的逃奴,还是杀害章国特使的凶手!"

第二十九章
反败为胜

"阿季，难道你想看我蒙受不白之冤吗？"司徒煜平静地看着赵离，轻轻推开他的手，"别担心，不妨事的。"

司徒煜的善解人意令高漳君心生感激，如果赵离任性地将此事闹大，最为难的人是他，如果说昨晚与章军的冲突还可以解释成为保卫大域学宫，那么今天各国使臣都在，实在是师出无名，但他又怎能眼看着爱子置身险境？老侯爷五内俱焚，心中暗自懊悔自己把孩子宠坏了。

赵离又怎么不知道父亲的苦衷，但事关司徒煜的生死，别无他法，他也只能出此下策了。

一直在一旁冷眼旁观的章王嬴起却对这个突然闯入的年轻人颇有几分欣赏，虽然这小子有些莽撞，但是率性勇敢，是一条好汉，而且高大英俊，配得上我的女儿。他对张粲的私仇并不在意，但几年前特使须引之死，却一直是章国的耻辱，也一直是他心头的一处隐痛。

张粲像一头将猎物逼入绝境的猎豹，贪婪地注视着司徒煜，仿佛要用目光将他撕成碎片，由于激动，美丽的眼睛变得更加红赤，仿佛下一刻就要有鲜血涌出。

司徒煜在众人的注视下缓缓褪下青衫，敞开内衣，胸前的锁骨上，赫然是一处刺青。瞬间，在场所有人的目光都集中在这枚刺青上，它的位置与张粲所说的完全一致，但图案却不是美丽的木槿花，而是一头狰狞的异兽。

全场一片哗然，就连一向喜怒不形于色的信阳君都禁不住发出一声轻呼。

大家都好奇地看着当场的两人，等待着这桩奇事的分晓。

"章国人真是好眼力，连花木和走兽都不分了，你们家的木槿长这样？"鬼斧第一个叫起来。

张粲本来毫无血色的脸一下子变得更加苍白，心中懊悔不已，他身为刺青妙手，却疏忽了一件很简单的事——刺青是可以修改的。他过于自负，以至于再一次低估了对手，不仅未能报仇，还令自己身陷困境。

司徒煜轻轻掩住衣襟，穿好外袍，轻轻拱手："有劳各位大人还学生清白。学生自幼体弱多病，父母想尽办法求医问药皆无济于事，十岁时得一世外高人指点，说学生八字生得不好，命犯太岁，必定活不到十五岁，唯一的破解之法就是在锁骨之下纹一头异兽，两凶相克，方能长命百岁。"他娓娓道来，眼睛却看向张粲："高人的话果然不错，学生如今已经平安地活到了二十一岁，看样子还可以再活很久。"

"且慢。"章王起突然插话道，"司徒先生，寡人有一事不明，既然两位素昧平生，刺青也不是张大夫所纹，他又如何能说出阁下这处刺青的准确位置？"

章国大臣当众丢丑，嬴起身为国君也感到脸上无光，自然要为章国挽回一些颜面，可惜他这次遇到的对手是司徒煜。

司徒煜依然是一副波澜不惊的样子，他轻轻地摇了摇头，叹息道："有道是，天理昭彰，多行不义必自毙。既然章王一定要问，那么在下也不得不勉为其难了。"他看着章王起道，"我与张大夫并非素昧平生，我们昨天才刚刚见过面，而且有过一次不为人知的深谈。"司徒煜看向张粲道，"这位张大夫要在下做一件事，在下本不愿当众提起，为的是不想有损章、良两国之交好，但眼下为求清白，也只得公之于众了。"

司徒煜有意停顿了一下，众人随着司徒煜的眼神一起看向张粲。

"众所周知，承蒙信阳君大恩，在下被招募为门客，不日即将随主公去往良国，可是大家不免要问，在下为什么又临时改变主意，自食其言，要留在学宫就任祭酒呢？"司徒煜用手一指，义愤填膺道，"就是因为这位张大人要在下去良国为他卧底，刺探虚实，向他禀报信阳君的一举一动，必要时甚至……"

司徒煜下意识地止住话头，但在场的人无不深谙权谋之道，谁又能听不出他的话外之音呢？众人一片哗然，竟然有人要在信阳君身边安插眼线，可真是太胆大包天了。

司徒煜的话合情合理，榜文已经贴出，所有人都知道司徒煜是信阳君器重的门客，张粲自然也不例外，如果他要收买人做卧底，司徒煜显然是最佳人选。

司徒煜逼视着张粲："张大人是个坦荡君子，今日当着信阳君和章王以及各位公侯的面，你敢不敢把你昨天说过的话再说一遍？"

张粲不由大惊，他对司徒煜的反戈一击毫无防备，语无伦次地辩解道:"我没有……你血口喷人!我根本没有见过你!"

"原来张大夫没有见过我。"司徒煜冷笑道,"您不是说我是府上的家奴吗?"

现场众人议论纷纷,张粢前后矛盾的话令自己陷入困境。

司徒煜从怀中掏出一枚宝珠,举在手中:"张大人出手大方,花重金收买在下,甚至不惜以七彩天珠相赠。"

宝珠光彩夺目,在光线幽暗的昭成殿中灿若星辰,引得大家的眼睛随之一亮。

"如此无价至宝,章王不会不认得吧?"

无须解释,在座所有人都认得这枚宝珠,此乃是章国至宝,当年章宣公在诸侯会盟之际受天子所赐,天下只此一枚,曾有国家想以十五座城来交换,章国都未曾答应。一年前,章王特地赏赐于张粢。张粢万分珍惜,时刻佩于身边,就连就寝都从不离身,怎么会在他手里?

张粢下意识地看向腰间,随身宝珠竟然踪迹不见!张粢额头上沁出冷汗,仿佛司徒煜手中托的不是宝珠,而是来自地府的勾魂帖。他感到百口莫辩,司徒煜心思果然缜密,这一切被他编得滴水不漏,无懈可击。

"在下感念信阳君大恩,不愿做此卑鄙勾当,又得罪不起这位章国权臣,于是只能连夜出逃,打算一走了之,没想到张大夫竟派人于半路截杀,要杀我灭口。多亏章国长公主赶到,在下才侥幸逃过一死。"他看向章王起,"章王如果不信,可向公主殿下核实。"

嬴起不相信张粢会如此愚蠢,但司徒煜的话确实无法反驳,就连证人都是章国公主,真可谓天衣无缝。嬴起不由仔细打量眼前的年轻人,如果可以得到他的辅佐,寡人一定会如虎添翼。

张粲哑口无言,他知道司徒煜这一次绝不会留下任何破绽。他绝望地闭上眼睛,自出道以来,他一向都是将别人玩弄于股掌之上,只有这个陈忌,想不到今天竟然第二次栽在他的手上。

信阳君暗中称赞,这个司徒煜果然非同小可,年纪轻轻却可称得上老谋深算,这一招既保全了自己,又以其人之道反制对手,另外还能挑起章、良两国的矛盾,可谓一箭三雕。他当然不信司徒煜的这番话,但却对他的计谋大为欣赏。他自己深谙权谋之道,对高明的谋士不免有惺惺相惜之感。

司徒煜将宝珠交给章王起,正色道:"宝珠原物奉还,是非曲直各位想必自有公论。"

"先生说了这么多,寡人并无异议,只是先生还是没有说明刺青一事,恕寡人愚钝,还望先生明示。"章王起不愿破坏刚刚与良国建立的良好关系,再次将话题引向刺青。

"显而易见,这位张大夫收买不成,截杀未遂,于是就栽赃陷害,终究要置在下于死地,以免他的阴谋败露。"司徒煜朗声说道,"在下曾对人提起胸前有一刺青,在下乃阳山国人氏,在我们那里这种怪兽被称为'暮馑',暮是暮色之暮,馑是饥馑之馑。"

"不错。"一旁,阳山国使臣说道,"鄙邑的确有这个传说,这是一种藏身在森林之内,专门在夜间吃人的怪兽。"

"可惜这位张大夫只听得'暮馑'之音,误以为在下刺的是一朵木槿花,于是就煞费苦心地编造出逃奴一事来栽赃诬陷,说到这里我倒是要请问张大人,您如此迫切地想为当年章国特使被杀一案找个凶手顶罪,难不成是有什么难言之隐吗?"

自成公以来,章国鲜有败绩,但这一次在大域学宫的昭成殿上,当着各国使节，却败得片甲不留。这一战虽然没有刀光剑影，没有狼烟烽火，却令章国颜面尽失，威名扫地。

司徒煜先让季布凭着神鬼莫测的身法盗取张粲贴身的宝珠，以此佐证自己的指控，然后在昭成殿上假做惊惧，又让赵离配合自己做戏，似乎极其畏惧当场检验，这一切只为麻痹张粲，让他认为自己已是他网中的鱼虾、案上的猪羊，任其宰割，毫无还手之力。以此诱敌深入，待时机成熟之际，突然反戈一击，令对手猝不及防，完全落入自己的掌控之中。计谋之完美，堪称神机妙算。

但廖仲却感到了一丝忧虑。虽然他知道司徒煜这么做是为求自保，但其手段之凌厉，思谋之缜密，还是让廖仲从中看到了司徒煜身上狠辣的一面。好在他本性善良，心地柔和，但愿他今生永远不会堕入黑暗，廖仲心中暗自祈祷。

昭成殿中发生的一幕像长了翅膀一样迅速传遍大域学宫的每一个角落，大家添枝加叶，极尽夸张渲染之能事，虽然没有亲眼所见，但越是这样越会传得神乎其神，就连足不出户的霍安都听到了好几个版本。

霍安前日和公主一番恶斗，虽未伤筋动骨，但也着实受了些荼毒，左腿扭伤，英俊的脸上多了两块瘀青，最令他沮丧的是那颗被他视如珍宝的虎牙护身符不见了，他和田武三人找到半夜，将演武场前后左右翻了好几遍都未找到。难道这枚虎牙是神仙所赐，如今好运不再，护身符被神仙收回去了？霍安越想越烦，加之脸上带伤，羞于见人，一天未曾出门，躲在寝居中生闷气。

没想到闭门家中坐，还是会有烦心的事找上门来。今天陆续有人来告诉他昭成殿发生的精彩一幕，虽然说法各有侧重，但内容却大同小异，无外乎是司徒煜如何遭人陷害，然后绝地反击，有理有据地把对方逼入绝境，大获全胜，司徒煜如何了不起，如何给大域学宫增光添彩。说得绘声绘色，仿佛他们都身临其境似的，钦佩之情溢于言表。霍安听得火大，不耐烦地把这些多嘴的人都赶了出去，一个只会玩弄口舌的谋士，有这么值得崇拜吗？你们见过真的英雄吗？不过令他感到一丝欣慰的是，被司徒煜算计的章国人似乎就是昨天让他极为厌恶的家伙。

霍安的坏运气早在前日一早就开始了，一个自称章国大夫的小白脸找上门来，送上一份厚礼，向他打听司徒煜的状况。来人温文尔雅，外貌俊美，一双发红的眼睛仿佛是传说中的狐妖，脸上带着高深莫测的笑容，每句话似乎都很得体，让人挑不出毛病，但又说半句留半句，旁敲侧击地套霍安的话。霍安最讨厌的就是这种故弄玄虚、阴阳怪气的嘴脸，那个司徒煜也是这样，有什么话不能直说呢？非要绕来绕去，好像别人都是傻子一样。霍安越听越觉得谋士真是讨厌至极。

霍安很有些不耐烦，但又不便发作，一直保持着起码的礼节和冷静，耐着性子陪了半个时辰，听得云里雾里，始终不明白他到底要做什么。就在霍安实在忍无可忍，正要发作的时候，"狐妖"突然客气地起身告辞了。

"时辰不早了，在下就不打扰了，改日还有事要麻烦公子。"

等霍安反应过来，拎起礼物追出门外，"狐妖"早已走远。

无功受禄，霍安感到有些尴尬，送了这么贵重的礼物，难道就只是为了聊几句天？天下哪有这等好事？

霍安是一个很容易殃及池鱼的人，因为不喜欢送礼的人，连这些精美的礼物都懒得看上一眼，他出手大方，第二天就分给了身边的一帮兄弟们。

礼物甩了出去，但人情还在。所以在张粲派人来请的时候，霍安犹豫了片刻，还是硬着头皮去赴约了。收了人家那么贵重的礼物，就此不再见面，似乎有点儿太不君子了。

大域学宫依山而建。天问山位于大域学宫的南部，山势雄伟，山峰壁立，高耸入云。山体由黑色的岩石构成，满山苍翠的树木，盖地遮天，从山麓一直延伸到山顶。此时天色已近黄昏，夕阳给山体涂上一层苍茫的暮色，风起处，林波汹涌起伏，气势雄浑。幽深的山谷间弥漫着薄雾，显得清静阴森。

张粲此时正在山顶的松树下，负手而立，神态从容潇洒。他是个处变不惊的人，昭成殿的失利虽然令他措手不及，但他深知一场战役不在一城一地的得失，一个回合的输赢也无法决定最终的胜负。他很快调整好了自己的心绪，他还有下一步棋要走。

赵离出了一口恶气，立刻开始张罗去黄丘痛饮一番，以示庆祝。司徒煜却并未感到轻松，虽然赢得一筹，但危险却远远没有过去，张粲不是一个甘心失败的人，他一定会伺机反扑。

既然行踪被仇人发觉，司徒煜深知留在学宫做祭酒之事已然化为泡影。张粲不会给他时间壮大力量，一定会不遗余力地置他于死地。现在要做的是趁对手一蹶不振之际尽快离开学宫，只等章国大军一撤，立刻逃往定平国。在那里有强大的军队保护，张粲的势力才会鞭长莫及。

司徒煜猜得不错，就像博弈或技击高手一样，真正顶级的谋士绝不会只想一步，他们通常会未雨绸缪，留有后招。但他没有想到张粲的反击会如此之快，仅仅过了一天，第二次危机就降临了，而且更为凶险。

远处奇山兀立，群山连亘，脚下白云迷漫，云雾缭绕，宛如人间仙境。这里峰峦叠嶂，人迹罕至，非常清静。霍安在大域学宫三年，都未曾来过这里。谋士们总是喜欢遮遮掩掩，一点儿都不光明磊落，霍安心中想道。

不过这次"狐妖"却没有像昨日那样绕弯子，而是直奔主题，似乎有些迫不及待。

"昨日昭成殿发生的事，想必公子业已听说。"

"不错。"霍安点头道，心中暗想，你还嫌丢人丢得不够吗？还要在我面前再出一次丑？

"关于司徒煜的话，公子认为是真是假？"

"真的又如何？假的又怎样？与我什么相干？"

"当然与公子有关。"张粲邪魅地一笑，"如果是真，那么他日后就是学宫祭酒，前途无量，就连公子都无法相比。"

张粲刻意用司徒煜和霍安相比，想要以此引起霍安的妒忌。

"如果是假呢？"霍安冷冷地问道。

"如果是假，那么今天就是他的死期。"

山风吹过，张粲声音依然柔和，但霍安却感到一阵战栗。

"此话怎讲？"

"公子想必知道，在下有权处死舍下的逃奴，我会令他死得很慢，我会令他仔细品味每一次痛苦。"他仿佛在憧憬一件美好万分的事情。

霍安心中涌起一阵恶心，他是军人，不是刽子手，他不惧怕流血，却并不嗜血。

"如果您可以证明他是府上的逃奴，又何必要等到现在呢？"

"因为在下需要公子的首肯。"张粲一脸诚挚的神情。

"大人误会了，司徒煜不是在下的朋友。"霍安冷冷说道，"您要杀要剐，不必与我商量。"

"公子没有听懂在下的意思。"张粲又露出狐媚而狡黠的笑容，"司徒煜虽然与公子无关，可以证明他是逃奴的关键人物却与公子有关。"

"何人？"霍安好奇地问道。

张粲没有回答，他轻轻击掌，一个人应声从身后的树丛中走出。

第三十章
恩将仇报

斗咺是霍安府上的门客,此人精通音律,工于绘画,水墨丹青无一不精。霍安只知道他是阳山国人,于五年前来到自己府上,负责修缮房屋,雕刻门窗,烧制器皿,却并不知道,他竟然是天下有名的刺青圣手,人称"绣仙",张粲早年曾经向他问道。

六年前,司徒煜逃离曹国后,辗转来到景国,一个偶然的机会,他遇到了"绣仙"斗咺。当时斗咺身染重病,潦倒于客栈中,奄奄一息,是司徒煜不忍看这位可怜的老者客死他乡,于是仗义相救,施以援手,为他求医问药,并亲自侍奉床前,经过十几日的精心照料,斗咺才留得一命。当时斗咺非常感激这位少年的救命之恩,但他当时身无长物,不知应如何报答。

司徒煜得知他是刺青圣手,心中一动,他知道身上的刺青是张粲追捕他的铁证,既然无法消除,不如更改图案,以备不测。于是他让斗咺将木槿花改成了怪兽"暮馑"。圣手"绣仙"果然名不虚传,经他改过的图案足以乱真,很难看出原图。

如果司徒煜是个卑鄙狠毒的人,那么他大可以在斗咺完成刺青后杀掉他灭口，但他心地善良，不仅没有下毒手，反而将身上所有财物都赠予这位老者，让他滋补身体。也正是因为有了司徒煜的施舍，斗咺才得以安然无恙，并在一年后投靠霍家为宾。司徒煜没有想到，他的仁心换来的却是对方无情的出卖。

张粲看到司徒煜的刺青后，立刻猜到了缘由，以他对刺青的谙熟，可以准确地判断，天下只有三人有如此精妙的手法，而他自己正是其中之一，另外两人中一人早已去世，而剩下的就是"绣仙"斗咺。

张粲最大的本事就是探听情报，他的情报网遍布天下，无孔不入，而且效率奇高，只用了不到两个时辰，就探明了斗咺现在景国上卿霍纠家中。张粲闻言大喜，他早就听公孙痤说过，霍纠之子霍安正是司徒煜的死对头。他马上派人将斗咺劫持到大域学宫，馈以极为丰厚的礼物，并许以高官厚禄。

有道是钱可通神，在财物的诱惑下，卑鄙的斗咺忘记了当年的救命之恩，答应为张粲指证司徒煜。但他的家人尚在景国霍府，他必须得到景国霍家人的首肯，方敢出头作证。而对于张粲来说，他私自劫持景国上卿的门客，说起来也颇为不妥，万一景国人追究起来，说不好会影响两国之间的关系，这可非同小可。

现在张粲唯一要做的就是征得霍安的同意。而这并不是什么难事，张粲胸有成竹，霍安本来就对司徒煜恨之入骨，只是苦于没有机会除掉他，现在同仇敌忾，他又何乐而不为呢？

"我听说司徒煜也是公子您的仇人，处处与公子为难，如今踏破铁鞋无觅处，得来全不费功夫，司徒煜的生死就在您的手上，难道您就不想出这口恶气吗?"

斗咀的出现令霍安非常诧异,同时也为张粲的手眼通天感到震惊,他能从霍家近千名门客中找到这么一个不起眼的老头,那么在他眼中,我们霍家岂不是没有任何秘密可言了吗?

"这么说,张大夫带走斗咀,并没有得到家父的首肯?"

"实在是时间紧迫,来不及禀报霍大人。"张粲赔笑道,"不过有公子点头,还不是一样的?"

章国欺人太甚,竟然擅自绑架霍府门客,如入无人之境,置我们霍家的尊严、景国之国威于何地?霍安咬牙打量着眼前这两个人,他们的卑鄙令这山上的美景都有些打折扣。

他记得斗咀是一个谦卑而勤劳的人,干活非常卖力,但却精于算计,爱财如命。有一次他在修缮花园的时候,贪污了不少钱财。事发后,父亲大怒,要对他处以膑刑,是霍安为他求情,方逃过一劫。

现在,斗咀像一个卑微的老狗一样站在霍安面前,本来就瘦小的身躯显得更加矮小,但司徒煜马上就要命丧在这个小人的手上了。

霍安笑了,他笑得声音很大,几乎笑出了眼泪。

斗咀露出惊恐的神情,求助地看向张粲。

"公子因何发笑?"张粲好奇地问道。

"我在笑那司徒煜……枉称学宫第一谋士。"张粲忍住笑,手指斗咀道,"如此性命攸关之事,他当时为什么没有杀你灭口?"

斗咀面红耳赤,讪笑着不知如何回答,只是变得更加卑微,但他的眼睛在狡猾地转动,露出精明的眼神。

"公子说得对,司徒煜徒有虚名而已,哪能和公子之神勇相比?"张粲奉承道。

"说什么宅心仁厚,什么扶倾济弱,呸,无非是妇人之仁。"霍安恨恨地骂道,"本公子绝不会犯这么愚蠢的错误。"

"公子说得极是。"张粲趁热打铁道,"鲜花盛开,应在其最为美艳之际采摘,莫待花落尘埃,美景难再,再为其遗憾。公子,在下劝您一句,报仇在即,机不可失。"

"好一个机不可失。"霍安点头赞道,"小弟有一事不明,还望大人明示。"

"公子请讲。"

"斗喧出首恩公,不齿于人,即便是小人,也不会做此等忘恩负义之事。"霍安看了一眼羞愧难当的斗喧,认真地问道,"但不知大人是如何将他打动的?"

张粲笑了,霍安终于落入了他的圈套。很显然,张粲是利用钱财打动的斗喧,霍安这么问,明显是在谈价钱。世上果然没有钱财办不到的事。

"只要公子点头,与在下同仇敌忾,除此心头大患,在下绝不会有负于公子。"张粲看了看一旁畏畏缩缩的斗喧,"就连他都可以得到如此丰厚的礼物,何况公子您呢?"

"大人果然爽快,小弟却之不恭了。"霍安看向斗喧,"看来斗先生也是要欣然前往章国了?"

斗喧见公子不做追究,心里踏实了许多,面露欣喜之色,连忙谄媚地答道:"多谢公子大恩,老朽没齿难忘。"

霍安揶揄道:"你也会像报答司徒煜那样报答我吗?"

斗喧羞愧难当,退在一旁,低头不语。

张粲插话道:"司徒煜一介卑贱的逃奴,焉能与公子相比?斗先生深明大义，秉公灭私，也算没有辱没霍家门风。"

"蒙张大夫赏识，老朽愿尽微薄之力，以供驱驰。"斗咺不失时机地阿谀道。

"张大夫说得有理。"霍安轻轻拍了拍斗咺的肩膀，"如此，此人我就送给你了。"

话音未落，霍安脸上神情一变，眼神中杀气骤现，他按住斗咺的肩头，用力一推。

霍安身材高大健硕，膂力过人，这一推之下，即便是一头几百斤重的蛮牛都会立足不稳。瘦小孱弱的斗咺猝不及防，顿时向后倒退几步，一个筋斗从峭壁上跌落，坠入万丈深渊。

空旷的山谷中传来一声凄厉的惨叫。

张粲大惊，他机关算尽，但是没想到霍安会突下杀手。

张粲惊声喝道："你！"

霍安转身看着张粲，悠然道："山路崎岖湿滑，他怎么能如此大意呢？"眼神如利剑般刺向张粲，"大人您最好小心一点儿，千万不要有什么闪失。"

张粲惊恐地连连后退，眼看着霍安从眼前扬长而去。

"不要以为你比谁都聪明。"走过张粲的身旁，霍安稍一驻足，头也不回地傲然说道，"我的确不喜欢司徒煜，但我更讨厌你。"

在霍安与张粲在后山见面的时候，公主嬴媳正一个人在演武场"孔炽"旁边徘徊。

那日公主媳与霍安一番恶斗之后，一路上，她心中憋着一口气，琢磨着对方的招式以及破解办法，惦记着几天后再打一场，彻底打败那个骄傲的白袍少年。回到善留馆，准备沐浴更衣，当她扯下围在腰间的长袍的时候，心中却不由一动。在演武场上与霍安拼命搏斗之时，一心求胜，并没有想到男女有别，现在想来还是不免有些难为情，尤其是霍安相赠锦袍时一直盯着她的腿看，距离那么近，一定给他看得一清二楚。虽然章国民风彪悍，但嬴姒毕竟是桃李之年的女孩家，想到这些脸上不由自主地泛起了红晕。

黄昏，夕阳透过窗户照射进来。嬴姒慵懒地躺在浴桶中，长发漂浮在水面上，有些纠缠不清，就像她此时的心情。

白袍少年的样子一直萦绕在心头，挥之不去，尤其是那双眼睛，充满傲气，却不失清澈，但看向自己的眼神却很讨厌。她把腿浸入水中，似乎是要躲避他的目光。水温润柔和，令她感到惬意，仿佛要融化其中。她第一次发现自己的腿很美，皮肤光滑，如同禹地的锦缎，肌肉紧致匀称，如同秋天的莲藕一般，以前她只知道这双腿可以乘骑烈马，可以跃过沟壑，可以踢断木桩，却从未想过会吸引一个男人的目光。嬴姒感到心在怦怦跳，这是二十年来从未有过的感觉。

嬴姒跨出浴桶，赤脚走过散落在地板上的衣服，无意中踩到了某个东西。嬴姒捡起，竟是一枚黄金镶嵌的虎牙，显然是那个白袍小将的物品，在混战中落在自己身上的，她清楚记得自己亲手扯断了那条悬挂虎牙的皮绳。也许这是上天赐予的契机，让我能与他再次相见，嬴姒心中不觉掠过一丝欣喜。

嬴姒在演武场等了许久，白袍小将却始终没有出现。那颗虎牙她一直握在手心里，心中默念着见到他的时候应该怎样讲话，如果他问起原因，就说要还他这件东西。可是万一他问我在这儿等了多久，我应该如何回答?

我可以矜持地说"恰巧路过,顺便把东西还给你",嬴姒心中暗自盘算,可是这样说会不会显得过于冰冷,拒人于千里之外呢?

不如如实回答"在这儿等了两个时辰",可是这样会不会显得过于殷勤呢?如果他也像赵家小侯爷那样,是一个玩世不恭的浪荡子,身边有许多女人,我这样做会不会招来他的嘲笑?毕竟我们只有一面之交,而且还是打了一架。而且人家是否已经娶妻?是否已经有了心上人?有没有还在生我的气?这一切都未可知。

嬴姒心中烦乱不安,几乎想要转身离开,但是另外一个声音告诉她,应该再等一会儿,也许他很快就要出现了。既然他号称"监兵魁首",想必一定也爱武如痴,所以演武场应该是最容易找到他的地方,嬴姒自己就是这样,几乎没有一天不练习弓马武艺,没想到一直等到太阳偏西,白袍小将却始终未曾出现。嬴姒有些失望,她哪里知道,霍安此刻刚刚把一个人推下悬崖。

长时间的等候令她感到烦躁,嬴姒穿过树丛花草,信步走到湖畔,她打算借助湖水平复一下纷乱的心绪。湖心的弈星亭在夕阳下显得非常别致,湖边的大树下有一块巨石,一半没入水中,水面之上高约六尺,峥嵘嶙峋,形状奇特,颜色青灰,上面布满了绿色的苔藓。

嬴姒抽出佩剑,心中暗自祈祷:"皇天在上,如果我与白袍小将有缘,就让我一剑劈开这块巨石。"想罢,她凝神静气,挥剑大力劈向巨石。嬴姒膂力超人,章国冶铁之技天下闻名,她手中的剑也是百炼而成,无坚不摧。巨石应声而裂,轰然落入水中,水花溅起五尺多远。

嬴嫄还没来得及高兴，就听旁边传来一声惊叫。一个女子从树后站起，手拿书卷，身上的衣裙被湖水溅湿了大半。嬴嫄刚才一直心神不宁，竟然没有注意到树后有人，此刻不免大为尴尬，好在对方只是吓了一跳，并没有追究的意思，片刻定下神来，反而对她友好一笑。

“姑娘好剑法。”

嬴嫄这才想起，自己手中还握着出鞘的利剑，她连忙还剑入鞘，跑过来手忙脚乱为对方整理衣服，口中连声道歉。

“小妹一时唐突，还望姐姐不要见怪。”

嬴嫄注意到她并没有在意自己的衣服被弄湿，而是第一时间擦干书上的水渍，显然那是她最为珍爱之物。深秋的天气已有些微冷，风吹过，女子不禁打了个寒战。嬴嫄连忙脱下披风，裹在她身上。对方身材娇小，比嬴嫄至少矮了半头，肩膀更是窄了很多，嬴嫄的披风在她身上显得又长又大，几乎像婴儿的襁褓一样，很有些滑稽。

“不妨事的，我家住得近，回去换衣服很方便的。”女子莞尔一笑。

嬴嫄突然发现她很美，发如墨染，眸若星辰，肌肤吹弹可破，尤其是身上那种飘逸出尘的气质，更是不可方物。嬴嫄不禁暗想，她当真是人间女子吗？

“殿下如不嫌弃，可到寒舍小坐。”

嬴嫄一惊：“你认得我？”心中更是懊恼，这次丢人丢大了，章国公主没事在湖边砍石头，成何体统？

“天下除了章国长公主，又有哪个女子既仙姿玉质又力敌千钧呢？”

嬴嫄脸红了：“哪有，姐姐你才是仙姿玉质。”

她刚才就想这么说了，只是不知道这么雅致的词。

"小女子廖清，见过长公主。"那女子说道。

"你就是廖家姐姐？"嬴媤又惊又喜，"早就听说大域学宫有一位了不起的大才女，难怪这么……这么……好看！"

嬴媤也想称赞对方一下，但却一时词汇枯竭，搜肠刮肚地想了半响，到底还是用了最为最常见的一个词。

"我刚才还在想你到底是人还是湖中的仙女呢。"

"我要真的是湖妖，就会让你的祈祷马上应验。"

嬴媤又是一惊，脸顿时红了，我刚才明明是心中默念，她怎么会听到的？难道我无意之中说出了口？

"放心，我什么都没有听到，我是猜的。"廖清安慰道，旋即狡黠地眨眨眼睛，"不过看来我猜对了。"

"不不不，你猜错了！"嬴媤跺着脚大声说道，"我根本不是那么想的！"

"我还没说我猜的是什么，殿下又如何知道我猜错了呢？"

"怪不得人们都说你们读书人心眼多，话里话外欺负人……"

嬴媤窘得脸红到耳根，作势欲走，被廖清拉住。

"好了，我亲手烹茶与殿下赔罪如何？"

廖清的笑容有几分顽皮，令嬴媤感到非常亲切，她从小就和男孩们一起习武，几乎没有闺中玩伴，母亲早亡，父亲每天忙于国事，心事更是不知应该向谁说起，现在见到廖清，自然有一种一见如故的亲近感。她此时满腹心事，正愁不知向何人说起。廖清显然是最好的选择，她同为女子，又聪慧睿智，善解人意。

"既然姐姐相邀，那小妹就不客气了。还有，不许再叫我殿下，否则我就叫你夫子了。"

　　天下最勇猛的和天下最智慧的女子挽着手,沿着湖畔小路走向无为阁。夕阳下,湖面倒映着两人的身影,令周围的美景都为之黯然失色。

第三十一章
剑胆琴心

这世间，有人生而富贵，有人生而贫贱；有人天生丽质，有人天生丑陋；有人可以长命百岁，有人夭折在襁褓之中。似乎众神在创造世界的时候并没有考虑到"公平"二字，也正是有了这些千差万别，这世间才显得如此绚烂丰富。但无论出身贫富，无论身处南北，日月之光辉对于任何人都是一样的。

可是嬴娰却认为，无为阁的月色与众不同，与别处相比显得更加清澈皎洁。

"是不是老夫子给这里施过什么法术？"她坐在门廊下，周围弥漫着馥郁的桂花香，沁人心脾，她仰脸看着榕树枝头那一轮初升的明月，天真地问道。

廖清哑然失笑："难道家父是半仙之体吗？"

"人们都说廖夫子是伏羲大帝的弟子，可以未卜先知，呼风唤雨，移山倒海就像儿戏一般，据说他当年周游列国骑的是一只白鹤，千里之遥只要一盏茶的工夫就到了。"嬴娰认真地说道。

"那你可以找找，看这里有没有白鹤。"廖清笑道。

"仙人的坐骑都是召之即来的,没准就藏在老夫子的衣袖里呢。"

门廊下的案几上,铜壶中的茶冒出白色的蒸汽,在月光下显得清静安详,略带一丝神秘,把此处烘托得还真有几分像仙人的洞府。

"实不相瞒,家父当年周游列国乘的是一辆牛车,拉车的牛很老,走得很慢,有时候一天只能走几里路,有几次我还要和父亲一起下来推车,我要是有你的力气就好了。"

廖清笑着给嬴嫘的杯中加满茶,自己很喜欢这个率真单纯的姑娘,她虽然身材高大,但心性却如同孩子一般,和她在一起令人感到愉快和放松。

"如果家父真的有什么法术的话,我猜他一定会首先在大域学宫做法。"

"为什么?"

"让那些不开窍的学子变得聪明起来。"

两人大笑起来,茶叶的香味令嬴嫘感到无比惬意,她贪婪地呼吸着这里带有清香的空气,人也由跽坐改成了盘腿坐,后来干脆伸开两条长腿,半卧在坐席上。

"要是老夫子真的有这种法术,能不能先把我变得聪明起来?"嬴嫘叹息道,"让我能不为那些无聊的事所困扰。"

"我还以为你会希望自己的武艺更精进一些,比如下次可以劈开更大的石头,甚至一座山。"廖清调侃道,两人虽然相识不到两个时辰,却情投意合,一见如故,仿佛是多年的朋友。

"又笑话我!"嬴嫘打了廖清一下,旋即沮丧地道,"武功好有什么用,天下是男人的,我从小苦练武功,就是为了能像男人那样纵横天下,畅快淋漓地活着,可是现在才知道,他们根本不需要女人去打仗,女人唯一的用处就是嫁人。"

"嫁人并没有什么不好,只要能嫁给自己喜欢的人。"廖清冰雪聪明,很容易猜到嬴嫋的心事,从她娇羞的样子可以看出,困扰她的一定是爱情。

嬴嫋的心事被说中,她眼神一亮,仿佛抓到了救命稻草。在遇到霍安之前,嬴嫋从来没有质疑过父王的决定,自己的未来就是嫁到定平国,为了两国交好,这几乎是与生俱来的命运。但是那天一番恶斗之后,情感的闸门似乎突然被打开了,她突然感到有些不甘心。

"可是如何才能嫁给自己喜欢的人呢?"嬴嫋懊恼地说道,"好像一切都是定好的,我注定要嫁给一个讨厌鬼,可我根本不认识他,也不喜欢他,我们完全是两种人,就像天上的飞鸟和水里的青蛙,难道我就注定要和一个这样的人过一辈子吗?"她拉住廖清的手道,"姐姐有没有喜欢的人呢?"

嬴嫋的手很大,掌心粗糙坚硬,布满厚厚的茧子,能轻松地捏碎核桃,廖清的手在她手中显得更加纤巧精致,柔弱无骨。

"当然有。"廖清平静地答道。

嬴嫋的好奇心被勾起:"那么你们现在……"

廖清苦笑着摇了摇头。

"怎么有情人都无法在一起?!"嬴嫋叹了口气,旋即好奇地问道,"难道也是因为老夫子把你许配给旁人了吗?"

"恰恰相反,家父非常赞成。"

"老夫子真是个好父亲。"嬴嫋羡慕地说道,旋即不解地问,"那么是他……"

廖清点头:"对,他似乎不打算接受这份感情。"

"为什么？这么好的事，他竟然拒绝？他的眼睛被乌鸦啄去了吗？"嬴嫤几乎要跳起来，"我要是个男人，就一定娶你，拿整个天下换都愿意！"

廖清捏了捏她的脸蛋，笑道："你要是男人，恐怕天下的女人就要遭殃了。"

"为什么？"嬴嫤不解。

"为了你决斗啊。"廖清打趣道，"肯定会尸横遍野，比史上任何一次大战都要惨烈百倍。"

嬴嫤大笑起来，露出一口洁白整齐的贝齿。

廖清虽然生长在书香门第，但她却很喜欢这种性情爽朗、无拘无束的人，嬴嫤的笑很具有感染力，廖清也忍不住和她一起笑倒在坐席上，仿佛是和幼年的玩伴一起讲很傻的笑话。

片刻，嬴嫤止住笑声，她躺在坐席上，眸子闪闪发亮，出神地仰望星光闪烁的夜空，眼神中掠过一丝痛苦："可惜不是所有父亲都和廖夫子一样，父王眼中只有天下，他需要一位公主去与别国联姻，而我恰恰是章国公主，有时候我真的羡慕那些百姓家的女孩，她们至少可以有机会选择自己喜欢的人。"她美丽的眼睛里蒙上了一层薄雾，显得有些忧伤，"姐姐，你相信命运吗？"

此刻的嬴嫤不再是那个骁武凭陵的女将军，而变成了一个单纯无助的邻家小妹。她把头靠在廖清身上，虽然她的身材比廖清要高大许多，但却像一只猫咪一样温顺。

"我相信命运，更相信女人也能掌握自己的命运，就看你如何选择。"廖清拿起身旁的古琴，抚弄琴弦，发出琮琤之声，"就像这琴弦，永远无法离开琴身，但是你腰间的佩剑，离开剑鞘之后反而会更加锋利夺目。"

嬴姵摘下腰间的佩剑,若有所思地抚摸着剑身。

"一个女人生为琴弦还是利剑,在于她是否敢选择自己的命运。我们不需要做像男人一样的女人,而是要做一个真正的女人。"

嬴姵翻身趴在门廊的坐席上,两脚向上翘起,双手托腮。

"姐姐,你弹琴给我听好不好?"

廖清点了点头,轻抚琴弦,清婉悠扬的琴声像溪水一般从指尖流出,时而如惊涛拍岸,金戈铁马;时而如风吹竹林,令人欣喜欢悦;时而如雨打芭蕉,带着淡淡的忧伤。

嬴姵自幼喜欢舞刀弄剑,从未如此投入地听人弹琴,也从未想到过琴声竟然可以如此摄人心魄。琴声逐渐变得激昂壮烈,如咆哮汹涌的大海,荡人肺腑。嬴姵一跃而起,拔剑在手。

如此美妙的音乐,怎能没有人舞剑助兴。

月色如水,剑光如雪,映着窗前的烛火。嬴姵身形舒展,矫若游龙,长发随风飘舞,夜色中,剑光熠熠,衣袂翩翩,与琴声相得益彰,真的像天宫中的仙子一般。

一曲弹罢,琴声戛然而止。

嬴姵收剑而立,她的心也在这天籁一般的琴声的抚慰下变得开朗起来。

"姐姐,谢谢你,我知道应该怎么做了。"嬴姵呼出一口气,畅快地说道。

"你说的白袍小将名叫霍安,字少圭,是景国上卿霍纠之子,据我所知,他尚未婚配。"廖清莞尔一笑,"另外,你说的那个讨厌鬼不是旁人,正是我家四哥。"

第三十二章
一生一世

霍安回到大域学宫的时候，酉时已过，天已经彻底地黑了下来。虽然一路奔波，但是他心中感到无比痛快。

霍安从小就憧憬做一个顶天立地的英雄，勇敢、忠诚、坚毅、诚实……这些武士应该具有的美德更是成为他的做人标准。他为自己感到骄傲，扪心自问，他觉得自己今天所为非常像个英雄，如果父亲和老师知道了，一定会大为赞赏。但令他百思不得其解的是，那一刻他最先想到的不是恩师扈铭，也不是父母兄弟，而竟然是那天跟他打了一架的章国女子。从比武结束的那一刻开始，她秀丽而倔强的容貌、清澈的大眼睛、生气时嘟起的嘴巴，以及那两条笔直的长腿一直浮现在他眼前，就连与张綮见面的时候都挥之不去。

据说章莪山中有一种仙草，人吃了以后会对某件事或者某个人终生不忘。霍安摸了摸脸上的伤痕，暗想，这个女人不会给我施了法术吧？

他一路胡思乱想，不知不觉走到寝居门口，正要开门，突然身后有人叫他的名字。霍安回头，赫然看到那个章国女子站在身后，宝石一般的眼睛在黑暗中熠熠闪光。

霍安的心狂跳起来。

"是你？"想谁谁出现，他真有点儿相信这世上有法术了。

"我来把这个还给你。"嬴媤走上前，把那颗虎牙递给霍安。

霍安一时还处在懵懂之中，他手足无措地接过虎牙，甚至都忘了道谢。

"下次比武别戴这个了，容易弄丢。"嬴媤也觉得这种没话找话有些尴尬，但又不想就此离开。

"下次……什么时候比？"霍安红着脸没头没脑地问道。

我们这都是在说些什么啊？嬴媤心中万分懊恼，来之前她想了很多要说的话，在心中默念了几百遍，背得滚瓜烂熟，现在都忘到九霄云外去了。

"比不了了，没机会了。"嬴媤泄气地说道，"我就要嫁人了。"

"嫁人？"霍安吃了一惊，"真的吗？"

"当然是真的。"嬴媤没好气地说道，"我大晚上跑来跟你开这个玩笑？"

霍安心中泛起一丝苦涩，也许她只是来还我虎牙，并没有别的意思吧。

"如此，那恭喜你了。"霍安一下子变得客套起来，现场的气氛也被他弄得很有些尴尬。

"多谢。"嬴媤也只能说出这两个字。

两人无语地对视半晌，嬴媤心中烦躁，转身就走。

"告辞了。"

"等一等。"霍安在身后叫道，"不如……"

"不如什么？"

"不如我们今天就比过啊。"霍安认真地说道。

"那要还是不分胜负怎么办？"

"那就再比啊！"霍安大声道，"一天不行两天，一年不行两年，一生一世，我师父说过，文无第一，武无第二，总有一天会分出输赢的。"

嬴媤目光灼灼地看着霍安，一步步逼近："你说什么？你再说一遍。"

"我说……"霍安有些迟疑，但还是硬着头皮说道，"我说一天不行两天，一年不行两年……"

"后面那四个字是什么？"

"一生一世。"霍安一字一顿地说道。

霍安话未说完，嬴媤纵身扑上，一把抱住霍安。霍安本能地倒退两步，两人一起靠在精美的隔扇上，脆弱的隔扇不堪重负，轰然倒塌……

司徒煜早就来到赵离的寝居，他的行李非常简单，只有两身换洗的衣服和一个小小的书箱，他虽然酷爱读书，但随身携带的书籍并不多，更不像淳于式那样记了大量的笔记。他的藏书不用车载船装，因为他把所有有用的经史典籍都记在了心中，需要的时候可以随时想起任何一卷。

赵离更是简单，几乎所有的物品都被他送给了师弟们，对他来说，这世上只有人是重要的，或者说只有生命是重要的，至于器物，哪怕是稀世珍宝也是身外之物，不值得丝毫留恋。唯一遗憾的是不能去黄丘痛饮三天三夜，与朋友们告别。不过这难不倒爱热闹的小侯爷，他呼朋引伴，在寝居中大排宴席，虽然少了歌姬舞女作陪，但美酒佳肴却一样不少。当霍安来到的时候，酒宴正到酣处，室内一片喧哗，不少人已经喝多了，正相互搂抱着倾诉离别之情，说到情深之处，情不自禁地放声大哭起来。

司徒煜是其中唯一清醒的人，他很少喝酒，尤其在这种热闹的场合下。他看到霍安的时候不由有些诧异，赵离一向看不上霍安，两人虽然没有什么过节，但也鲜有往来，三年来，两人一直井水不犯河水，今天他怎么会在私人聚会上邀请霍安呢？果然，赵离一见霍安也是一愣，他此时已经喝得微醺，摇摇晃晃地站起来，含糊不清地问道："你怎么来了？"不等霍安搭话，一把揽住霍安的肩膀，道，"也罢，来了就是朋友，先喝三杯再说。"

赵离性情豪爽，最喜欢交朋友，既然人家主动示好，岂有拒之门外的道理？

霍安此时哪有心思喝酒，他一把拉住赵离道："我有要紧的事跟你们商量。"

"什么事比喝酒还要紧？"赵离端起一樽酒，不由分说地塞进霍安手中，"我先干为敬。"

说罢，将手中的酒一饮而尽。

如此一来，屋内其他的同窗也纷纷围过来敬酒，气氛之热烈令霍安难以招架，眨眼之间，他已经不由自主地喝了七八杯。一旁，赵离兴致愈发高涨，大声招呼着要跟霍安对饮一坛。

霍安知道在一个酒徒畅饮的时候，是很难让他旁顾其他的，而天下能令赵离放下酒杯的人只有一个，他求助地看向司徒煜。

司徒煜从霍安焦灼不安的眼神中感受到了情况的非同一般，他起身来到赵离身边耳语了几句，真的是一物降一物，赵离竟然乖乖地放下酒杯，神智也一下子恢复了清醒，眼神清澈地看向霍安，仿佛滴酒未沾一般。

室内实在不是讲话之所，霍安将两人拉到门外的花园中，环顾四下无人，压低声音将今天与张粲见面的经历述说了一遍。

"斗哐虽然被我杀了，但我看张粲那厮绝不会善罢甘休，谁知道他还会有什么卑鄙的伎俩，你们最好尽快离开这里，以免夜长梦多。"霍安焦急地说道。

三年来，赵离从未觉得霍安如此可爱，以前只当他是那种仗势欺人的俗人，今天才知道原来他是如此高义薄云、侠肝义胆。感动之余，赵离又不免有些惭愧，觉得自己平日冤枉了霍安，百感交集之下，眼圈竟然红了。

司徒煜也感到心中一暖，霍安一直与自己不睦，甚至多次找过自己的麻烦，没想到生死关头他非但没有落井下石，反而出手相助。

司徒煜一躬到地，恳切地说道："多谢霍公子救命之恩。"

"你们用不着谢我。"霍安正色道，"我来告诉你们这些，并不是炫耀邀功，而是希望你们多加小心，此人神通广大，家父在景国首屈一指，他竟然可以神不知鬼不觉地将寒舍的门客带走，如入无人之境，实在是不容小觑，谁知道学宫内有多少人是他的耳目？"

"不管怎么说，你这个朋友赵某交定了！"赵离一把拉住霍安的手，"以前小弟有眼无珠，多有得罪，还望少圭兄多多海涵，以后咱们就是生死兄弟！"

霍安沉吟片刻，苦笑道："如果我把另外一件事说出来，恐怕小侯爷就不会想跟我做兄弟了。"

对于一个男人来说，最大的仇恨莫过于杀父之仇和夺妻之恨。一般人一旦遇到这两种伤害，一定会暴跳如雷，拔剑相向，不拼个你死我活决不罢休。尤其是后者，侮辱的意味甚至大过伤害本身。霍安知道赵离性如烈火，他之所以先提醒他们小心张粢，就是担心赵离一旦发作，会听不进任何话。

霍安是个坦荡的人，绝不会偷偷摸摸地做苟且之事，这样对不起公主嬴媳的一片痴情。即便是塌天大祸，他也愿意一人承担。这件事有负于赵离，但他并不感到愧疚，因为他觉得自己没有做错。他爱嬴媳，并且决定为此承担一切后果，因为她值得他这样做。甚至做好了决斗的准备，如果赵离无法原谅，他会接受对方任何方式的挑战，包括让赵离选择代替他决斗的人选。既然是为了一个女人，那么就应该用男人的方式解决。

但赵离的反应却令他感到诧异，他提出的方式是——酒。

"也罢，是我抢了你的未婚妻，无论你提什么条件，霍某都奉陪到底。"霍安认真地说道，虽然用酒决斗很少见，但既然话已出口，他还是会选择接受。

"谁说要用酒决斗了？"赵离一脸雀跃的神情，"我的意思是用酒庆祝！"

"庆祝？"霍安彻底蒙了，"庆祝什么？"

"你找到了心上人。"赵离大笑道，"我也摆脱了麻烦。"

"既然是双喜临门，我先在此恭喜两位了。"司徒煜一旁笑着说道，"不过眼下霍公子恐怕顾不上喝酒庆祝，因为他还有一件大事要做。"

时至今日，"天择"大会已基本结束，只剩下最后一项——致师。这是学宫专门为监兵学院所设之名目，也是监兵学院历来最为重要的日子，在这三天，他们是学宫当之无愧的焦点。

"致师"意为挑战，在两军对垒之际，将开战的意图传达给敌军。担任这一任务的通常会是本国最强悍最机敏的将领，他会单人独骑冲向敌营，宣扬己方之勇武，向敌方示威，有时候一名出色的将领甚至可以趁此机会斩杀敌军将领、抓回战俘，甚至夺取对方的旗帜。而敌军往往也会派出"致师"的战士，两人会直接在阵前交战，而胜利的一方将会极为有效地鼓舞己方士气，震慑敌胆。人熊赵夺是当今最具威名的飞将军，他曾经三次以"致师"的机会直接斩杀对方首领，夺取帅旗，令敌军不战自溃。

赵介是天下武将至尊，出于对大域学宫和扈铭夫子的尊重，必须要参加"致师"仪式，因此赵离和司徒煜要等三天之后方可离开。

"致师"大赛是霍安最为期待的日子，对他来说，这是他在各国面前一战成名，为大域学宫、为恩师扈铭，也为家族和景国夺得荣誉的机会。霍安一生最在意的就是名声和荣誉，甚至比生命更重要，但他也知道这次"致师"大赛，想要夺得头筹却势比登天。

学宫长老及各国使节商议决定，共派出三位考官，来考核参赛者的武功、箭术和阵法。众人一致推举良国的勇士卫野负责测试武功；定平国猛将赵夺测试箭术；赵介虽然是天下第一名将，但既然儿子已然是考官之一，于是坚决推辞出任阵法考官，而王晋刚刚吃过败仗，深感面上无光，也敬谢不敏，所以这一考官的头衔就落在章王嬴起的身上。参加比赛的学子可任选其一来挑战,但这三人都是天下不二的高手,霍安虽然勇冠三军,但自忖获胜的机会并不大,尤其大赛一开始,他就看到了惊人的一幕。

这一天,校场上人山人海,各学院的学子们纷纷一早来到,或为自己的朋友助威,或争相一睹他国勇士之风采。能容纳两千人的校场一下子显得非常拥挤。

信阳君有意在各国面前彰显武力,特意叮嘱卫野要在比武中大展神威。卫野心领神会,走到校场之中,抽出双戟,掼于地上,依主公吩咐,比武只可取胜,不能有人死伤。卫野的行为激怒了在一旁观战的公主嬴媞,这条大汉太过狂妄了,难道旁人都不值得你动用兵器吗?她性情刚烈,遇强则强,最喜欢挑战这种形体高大魁梧的壮汉,每次战胜他们,都会令她感到无比开心。

嬴媞抄起一条穿甲马槊,长约丈六,重有六七十斤,锋刃长达一尺有余,虽未骑马,她依然将槊使得虎虎生风。

"壮士,我来领教你的本事!"

嬴媞将槊当胸刺来,几十斤重的马槊在她手中宛如一柄青竹折扇。人群中爆发出一片喝彩声。田武、灌央等人吃过嬴媞的亏,知道她武艺非凡,也盼着她旗开得胜,如果卫野都败在她的手下,他们也就不显得那么丢人了。

嬴媞也以为对方身着轻甲,又赤手空拳,一定不敢正面硬拼,而只要他后退一步,自己一定可以趁机一鼓作气将其逼出校场,不给他留喘息之机。没想到卫野只是略一侧身,让过槊头,一把抓住槊杆。嬴媞顿时感到槊仿佛被压在了五岳之下,任凭她如何用力都无法撤回分毫。嬴媞大惊,对方的实力远在自己之上,就连恩师聂犨也不是他的对手。

卫野左手握住椠杆,抬起右臂,大力劈下,杯口粗的椠杆应声而裂。学宫中的马椠制作精良,椠杆乃是采集柘木,用桐油浸泡晾干后,又缠绕麻绳,涂抹生漆,裹以葛布,坚硬无比,堪比混铁,而卫野竟可以轻易折断,真是天生神力,就连扈铭都禁不住大声叫道:"好功夫!"

嬴媤自恃武功卓绝,没想到在良国勇士面前竟然连一招都没过,心中不免替霍安担忧,她知道霍安希望在"致师"大赛上夺魁,但他显然不是这条大汉的对手。

卫野扔下椠头,大步走到看台前,在各国使节的坐席两侧各有一尊青铜鼎,鼎高四尺有余,壁厚盈寸,重达千斤。卫野脱去上衣,露出一身岩石般的肌肉,古铜色的皮肤在阳光下熠熠发亮,两条手臂尤为惊人,青筋隆起,像榕树的树干一般。他一手握住鼎足,一手抓住鼎耳,双臂用力,将大鼎稳稳举过头顶。现场顿时鸦雀无声,大家都已然忘记了喝彩,目不转睛地看着这位天神一般的勇士将鼎扛在右肩之上,大步走到校场另一侧,轻轻放下,这时才响起了如潮水一般的喝彩声。卫野不善言辞,但他的用意很明显,如果有人能将鼎原样放回,就算他输。

卫野单手夺椠,力举铜鼎,力压群雄。看台上,信阳君也不禁喜形于色。几名不服气的监兵学子下场比试,竟然无法挪动那鼎分毫,在众人的嘲笑声中讪讪退下,就此不再有人挑战。

接下来的比试也同样毫无悬念,赵夺的箭法有目共睹,他双手均可拉开三石的硬弓,不仅可以百步穿杨,而且可以一箭射穿七层重铠，两炷香的工夫，并无一人下场应战，生生将比赛变成了他个人武功的展示。

同属大国，良国武士威震当场，风光无限，高漳君赵介心中不免有些不服，见儿子为定平争回一分，心中略感欣慰。

"我看即便后羿下凡，也未必是贵公子的对手。"信阳君一旁赞道。

"彼此彼此，卫将军力能拔山，'刑天'这个绰号也是当之无愧。"

两人相视一笑，不约而同看向一旁的章王嬴起。

第三十三章
独占鳌头

赵介很了解嬴起的本事，两人虽无师生名分，但嬴起的战术很多来自赵介的真传。因此赵介知道，即便是扈铭亲自出战，也绝不是嬴起的对手，何况只是这些未经战阵的毛头小子。嬴起谈笑间轻而易举地击败了数名挑战者，宛如老叟戏顽童，对他来说，最大的收获是这几名颇有潜质的学子为他的战法折服，纷纷拜倒在章国大旗之下。

看台上，霍安有些坐不住了。天下大国一共五个，沛国偏安一隅，没有来参与"天择"，剩下四国中其他三国都风光无限，只剩下景国一家，作为景国上卿之子，又是监兵学院第一武士，他如何能坐得住？何况公主嬴媤也一定不希望自己爱的是一个胆小懦弱之辈，想到此，他不由感到如芒刺在背，双拳紧握，额头沁出汗珠。

霍安不是一个胆小的人，也不惧怕失败，他是一个天生的武士，心中从来不乏热血，大丈夫焉能知难而退？想到此，霍安霍然起身，正欲迈步上场，突然有人拉住他的手，小声耳语道："且慢，你想赢想输？"

霍安一贯看不起谋士，认为他们是一群只会耍嘴皮子的小人，但今天却不由自主地把宝押在了谋士身上。

司徒煜的眼神似乎有某种魔力，令人无法质疑。

"你如果想要夺魁，我可以帮你。"

霍安被司徒煜和赵离拉到一旁的树林中，大事当前，他本不打算跟他们废话，但是当司徒煜说出这句话的时候，他却本能地选择了相信。他此时方寸已乱，自己没了主意，自然会抓住任何一根救命稻草。

"你要我挑战哪个？你觉得我与谁对阵赢的希望最大？"

"我要你挑战三个。"司徒煜微微一笑。

"三个？"霍安不可思议地大声道，"你是不是疯了？我现在没心情跟你开玩笑。"

"听着，我让你挑战三个，可没说让你去硬碰硬。"

霍安听得云里雾里："你到底什么意思？不要绕弯子了好不好？"

"子熠的意思是让你与卫野比箭法，与赢起比武功，与我三哥比阵法。"一旁，赵离笑嘻嘻地搭茬道，"这叫以己之长攻人之短。这样一来，你是不是就能赢了？"

霍安几乎有些不相信自己的耳朵。

"什么？"

"这没什么。"司徒煜平静地说道，"我看过大域学宫所有的规则，包括关于'致师'大赛的条款，并没有哪一条规定挑战者不能任意选择比试的内容。"

"可是这不是投机取巧吗？"

"这只是利用规则而已。"

"我不想破坏规矩……"

"你想要赢,还是要守规矩?"

霍安无语了,是啊,他当然想赢,可是这样难道不会胜之不武吗?

"当年高漳君击败蛮族的那场大战你可记得?"司徒煜问道。

"当然记得,郓陵之战,那是大昭有史以来最为经典的战役。"

"那你应该知道,蛮族以骑兵见长,行动迅捷,大昭与蛮族的战争一向负多胜少。赵侯之所以大获全胜,是因为他深沟高垒,以守为攻,以慢制快,成功地克制了蛮族的优势,这想必你比我更清楚,但你有没有想过,老侯爷为什么不同样出动骑兵与蛮族相拼呢?"

赵氏父子一直是霍安崇拜的榜样,这场战役霍安少年时就听说过,一直记忆犹新,该战役在大域学宫更是按照经典战役来教授,他甚至对其中每一条战壕的位置、每一队人马的分配,乃至赵介每一条军令都了如指掌,他可以熟练地将其运用于战争,却从未想过可以用来指引自己的行为。

"少圭兄,世上之事并无一定之规。大丈夫要懂得随机应变,顺势而为。"司徒煜继续说道,"你按我的话去做,我保你能连胜三阵,独占鳌头。日后旁人说起,不会说霍公子不择手段,只能说你智勇双全。"

霍安被说动了,他的眼神中露出希望的光彩。

"子熠,这样做当真可以吗?"

"相信我,一定可以。"司徒煜分析道,"卫野力大无比,与他硬拼绝无胜算,但他的箭法却稀松平常;嬴起毕竟人到中年,俗话说,拳怕少壮,比武功他一定不是你的对手。"

"这些你是怎么知道的?"霍安有些疑惑。

"别忘了,我差一点儿成了信阳君的首席谋士,怎能不将他的亲信和敌人了解得一清二楚呢?"

霍安第一次意识到谋士并非百无一用,他们对信息的掌握如此精准,思考问题的方式如此缜密,并不只是会吟风弄月耍嘴皮子。

"可是赵三将军……"霍安略一迟疑,犹豫地看向赵离,"他毕竟是高漳君的亲生儿子,在老侯爷身边多年,战法一定大有所成。"

赵离大笑道:"人言名将出世,必有预兆,家母生大哥时梦见了蛟龙,生二哥时梦见了猛虎,生三哥时……"赵离坏笑着卖了个关子:"梦见了一头熊罴。他虽在父亲身旁多年,大大小小的战阵见过不少,但只知道冲锋陷阵,兵法战术却依然一窍不通,就连家父都放弃这个奢望了。所以你如果阵法上连我三哥都赢不了,以后千万不要说是大域学宫出身了。"

霍安展颜一笑:"多谢两位仁兄指点。不过小弟还有一事不明,想请教小侯爷。"他脸上露出淘气的笑容:"我想知道你出生的时候,令堂大人梦见了什么?"

"麒麟。"赵离笑着答道。

"原来是四不像。"霍安调侃道,"不过这倒很像小侯爷的为人。"

"是啊。"赵离自嘲道,"所以家母经常说我大哥是相才,二哥是帅才,三哥虽然鲁莽了些,但也能算是将才,只有我不知道应该算是什么。"

"不要忘了凡事都有两面,四不像也可以看作四象。"司徒煜说道,"麒麟集狮头、鹿角、虎眼、麋身、龙鳞、马蹄、牛尾就于一身,也许阿季以后出将入相,文武全才。"

"你这么夸我,不是又在打什么鬼主意吧?"

三人一番说笑,霍安顿觉心情轻松了许多,他回到校场后,依计而行,果然顺利地击败了三位考官,夺得此次"致师"大赛的魁首,为景国以及家族扬威,令众人刮目相看。

"想不到霍家大公子竟然文武全才,虽然他的武功和箭法都炉火纯青,但最令老夫叹服的却是他的才智。景国有此人才,日后必定大有所为。"赵介赞赏道。

"老侯爷是在称赞霍家公子,还是在称赞他背后的高人?"信阳君狡黠地一笑。

"君侯的意思是?"

"我猜他背后有两个人,一个复姓司徒,一个与您同姓。"

"是他们两人?"

"独辟蹊径又不择手段,这一定是司徒煜的计谋。"信阳君笃定地说道。

"据我所知,他们二人与霍安一向不和,怎么……"赵介感到有些费解,苦笑道,"孩子们的想法真的是我们无法捉摸的。"

第三十四章
机不可失

霍安力拔头筹，赵离似乎比霍安还要高兴，他知道司徒煜是一个不愿欠人情的人，虽然这件事对司徒煜来说只不过是举手之劳，而且也无法与救命之恩相提并论，但至少也算为对方做了点儿事，心里会轻松一些。赵离平时心很大，就算天塌下来他也不会在意，但一旦与司徒煜有关，他就会心细如发。

赵离第一件事就是火速赶往黄丘，买来几十坛美酒，对于一个酒鬼来说，结交了情投意合的新朋友，而且新朋友还在大赛中独占鳌头，这两者都是值得痛饮三百杯的理由。更重要的是，"致师"大赛提前结束，他就可以和司徒煜早一步太太平平地回到定平国了。

赵离带着两辆车的美酒佳肴回到大域学宫的时候，天色已晚，星斗初上，深蓝色的夜空一望无垠，深秋的微风吹过，令人心旷神怡。赵离更是心情雀跃，几乎有些飘飘然，酒还没喝，他仿佛已经有了几分醉意。但是当他见到司徒煜的时候，却敏感地察觉到他的神色有些异样。

"有什么事吗？"赵离不免有些紧张，最近发生的事情实在太多,也太凶险。

司徒煜似乎有些为难,欲言又止。

"告诉我,出什么事了?"

霍安从身后走出:"子熠,还是让我来说吧。"

司徒煜摆了摆手,示意霍安不要插话,他咬了咬牙,似乎在下定决心。

"阿季,有件事我要告诉你……"司徒煜很少这样吞吞吐吐,他的眼神有些游移,一直不敢直视赵离的眼睛。

"致师"大赛的胜利令霍安明白了谋士的重要,他们或许手无缚鸡之力,不谙弓马,但他们的三言两语或许抵得上千军万马。霍安虽然心高气傲,但绝不糊涂,司徒煜今天可以轻易令他击败三个不可能战胜的对手,焉知他日后不能令景国击败章、良诸国,称霸天下?现在司徒煜已经离开信阳君,他也知道司徒煜不会甘心留在学宫做祭酒,机不可失,他要为景国,也为霍家带去这个贤才。

司徒煜却没有料到霍安会邀请他一同前往景国。他本来只是为了还霍安一个人情。但霍安的邀请却给了他一个重新选择的机会。他原本已经决定和赵离去往定平,定平国国力强盛,政权稳定,赵介、栾毅等一干大臣精明强干,外敌退避,内政清明。由于赵家的关系,司徒煜在那里一定可以有一份令人羡慕的职位和可观的俸禄,过上锦衣玉食的日子,但这对他来说却是万不得已的选择。

因为平稳,机会也会更少。

他现在需要的不是一份安稳的生活,而是实现灭章复仇的大计。景国国土辽阔,曾经辉煌一时,但从厉公一朝开始,暴虐不仁,内政混乱黑暗，尤其新主即位后，更是喜好声色，宠信奸佞，荒淫无道，民不聊生，致使国君被架空，各豪门争雄，血腥仇杀频有发生，成为昭王朝的一个缩影。在这样一个国度，一定会有更多的机会崭露头角，掌握权力。尤其还有霍家作为起步的依托。

"什么？你要去景国？"赵离勃然变色，关于司徒煜的去向，赵离想过无数种可能，但绝没有想过这一条。

"对。"话已说破，司徒煜索性敞开心扉，"承蒙少圭兄诚意相邀，我已答应了他。"

"季衡，你不要怪子熠言而无信，是我百般恳求……要怪就怪我好了。"霍安走上前对赵离深施一礼。

"姓霍的，你抢我的未婚妻还不够，又来抢我朋友，你该不是老天特意派来毁我的吧？"赵离果然得理不饶人，"接下来你打算抢谁？我爹还是我哥？"

霍安面红耳赤，一时无言以对，赵离的话虽然有些刻薄，但道理却不差，这种暗戳戳的勾当确实不是大丈夫所为。霍安自忖如果是自己遇到这样的事，也一定不会善罢甘休。

"这两件事确实是小弟的不是……"霍安一向眼高于顶，不是个善于道歉的人，让他低头认错实在比杀了他都痛苦。

"阿季，这事确实不能怪霍公子，是我另有打算。"司徒煜劝解道，事实如此，他也不想让霍安为自己背负罪责。

"此事要想我不再计较，除非……"赵离依然是一副不依不饶的样子。

"除非怎样？"霍安听赵离口气有所松动，连忙问道。

"除非带我一起去。"赵离脸上浮现出特有的淘气坏笑,得意地说道,"瞧你们紧张的样子,我与你们开玩笑呢,子熠,你又上了我的当了!难道你还不了解我吗?对我来说去哪儿不一样?景国与良国有什么区别?"

霍安先是一愣,继而恍然大悟,但还是有些不可思议:"小侯爷要去景国……做什么呢?"

赵家如此显赫,从来只有别人做赵家门客的份,他们家的公子怎能去做他人的家臣呢?

"他做什么,我就做什么。"赵离指着司徒煜道,"怎么,难道我连霍家的门客都没资格做吗?"

"季衡兄不是又在开玩笑吧?"

"刚才是,现在是认真的。"赵离一副满不在乎的样子,"一日三餐你们还管得起吧?"

司徒煜早知道赵离不是个计较的人,只是没有想到他会甘心做霍家的门客。司徒煜心中一热,阿季是为了我才纡尊降贵前往景国的。霍家无法与信阳君相提并论。信阳君虽无君王之名,但天下人都知道良国真正的主人、天下诸侯之霸主是他,而不是徒有虚名的良公。而良国朝中掌握实权的大臣也几乎全部由信阳君的门客担任,这岂是霍家可以相比的?

对于这些赵离却很无所谓,人生在世,最开心的就是与情投意合的朋友朝夕相处,如果他想做官,有什么比跟父亲回定平更好的选择呢?

"这可是万万不敢当。"霍安有些拘谨地推辞道,"小侯爷来做我家的门客,我霍家如何当得起如此殊荣。"

"只是个名头而已，你可不要当真拿我当门客使唤。"赵离笑嘻嘻地说道。

"季衡兄说哪里话，两位仁兄能随我去景国，小弟已是高攀了。"

"那就不必废话，从今往后，我们兄弟就是你霍公子的人了。"赵离拍拍霍安的肩膀，"以后在景国全靠公子大人关照了。"

"且慢，小侯爷要随我去景国，必须答应我一个条件。"霍安正色道。

"你看，我说什么来着？主公的架子马上摆起来了。"赵离笑道，随之故意躬身问道，"公子大人有何吩咐？"

"小弟有个不情之请。"霍安一手拉住赵离，一手拉住司徒煜，"从此之后，我们兄弟相称如何？"

赵离大笑道："说得好，我正有此意！"

事不宜迟，说做就做，三人焚香祭拜天地。司徒煜年纪最长，霍安最小，赵离居中。

霍安恭敬地给两位兄长见礼。

赵离乐不可支，他做老幺做烦了，从此世上又多了一个称他哥哥的人。

"感谢苍天又赐给我一个弟弟，如今赵某也是弟妹双全了。"

"阿季，有件事我一直想知道，我去景国是感念三弟的救命之恩，你又如何解释？"司徒煜调侃道。

"我嘛……"赵离想了想，认真地说道，"夺妻之恩，必当涌泉相报。"

依霍安的意思，三人应即刻启程，以免夜长梦多。但赵离一定要庆祝一番，喝个通宵达旦。司徒煜更是有一件要紧的事情要办。三人遂约定明日启程。

一切都似乎有了定论，司徒煜心中却依然有一件事放不下。他临时决定前往景国，最担心的不是令赵离伤心，而是令夫子廖仲失望。老人家对我恩重如山，我却一而再再而三地令他失望，司徒煜心中万分纠结，明天就要离开，当然不能不辞而别，可是又不知道如何开口。

他在无为阁门前徘徊了很久，始终不敢抬手叩门。

虽然此时二更已过，无为阁中还是亮着灯光，廖家父女都有深夜读书抚琴的习惯。三年来，他曾多次在这里与恩师秉烛长谈，自从国破家亡之后，那是他生命中最快乐的时光，现在想想，仿佛就在昨日。恩师年事已高，不知道日后是否还有这样的机会。

清儿的琴声从屋内传来，司徒煜站在门前，出神地看着院中那棵古老的榕树，思绪万千，以至于有人走到身后也毫无察觉。

张粲不是一个会轻易罢手的人，也不是一个凡事只有一手准备的人。司徒煜是他不共戴天的仇人，前面两番谋划均已失败，眼下显然已经没有万全之策可选，于是只能铤而走险，使出最后一招。

"天择"大会中，张粲不虚此行，招募到几名执明学院的高手，现在正是让他们一试身手的机会，而且他们熟悉大域学宫的环境，便于行事。

沮獂和狐詹都是执明学子中的佼佼者，他们早就听说，章国"内围"是刺客最好的去处，现在终于如愿，而且加入伊始就被主公委以重任。两人从"致师"大赛时就暗中跟在司徒煜身后，从校场到司徒煜的寝居，直到他独自来到无为阁，终于找到了动手的最佳时机。

两人一左一右缓缓靠近司徒煜，像猫一样悄无声息，他们都戴着精致的面具，双目露出可怕的寒光，锋利的短剑隐在肘后。在距离目标不到两步之际，两人互递眼色，同时闪电般地出手……

鲜红的液体涌出，溅污了霍安白色的锦袍。

他早已有些不胜酒力，但赵离还是不由分说地给他斟满了酒樽。据说这是极品的葡萄美酒，是经由信阳城金乌港从化外番邦运到黄丘的，装在透明的水晶瓶中，用采自章国深山的冰块镇的冰凉，喝一口清冽甘醇，沁人心脾。霍安虽然也是富家公子，但这样的美酒却还未曾喝过。

没有人可以拒绝赵离的热情，他总是有一种要把天下人都喝倒的气势，更别说一旁还有鬼斧老头与他一唱一和。这一老一少两位酒仙兴之所至，真是酒神来了也抵挡不住，满屋人瞬间都被他们带入了一种狂欢的状态。霍安开始还想到过子熠已去往无为阁多时，怎么还没有回来，会不会有什么危险，但随着一杯接一杯的佳酿下肚，他的神智逐渐有些模糊，眼神逐渐迷离，情不自禁地频频举杯，司徒煜、景国乃至世间的一切都被淹没在这玉液琼浆之中了……

司徒煜被身后的声响惊动，转身看时，身后已经有一人倒地，脸上的面具被劈为两半，倒在血泊之中；另一人捂着断臂，痛苦呻吟，鲜血从指缝中汩汩涌出，他的小臂早已落入尘埃，手中依然牢牢地握着出鞘的短剑。

季布站在距离司徒煜一步之遥的地方，手中的天殇剑还在滴着血。

司徒煜瞬间明白了眼前的情形，如果没有季布再一次出手相救，自己早已命丧在这两名刺客的手中了。他还没有来得及道谢，季布突然闪电般将司徒煜拉至一棵树后，两支利箭先后钉在树干上，砰然作响。

屋顶上人影一闪。

此人身材矮小健壮，正是张粲手下头号杀手杜缺，他居高临下，占据绝佳的狙击位置。

以张粲的周密，一定会在这两名杀手之后再派接应。

"不要动，在这里等我。"

季布说罢，就势一滚，如鬼魅一般飞身登上屋顶，在他眼中，对方已然是个死人。他早已判断出弩箭的方位，如此近的距离，哪怕对方是妖魔附体也无法逃过他的追击。

但屋顶上的杀手显然也同样不凡，他明知对手袭来，却临危不乱，举起手中的劲弩，瞬间连发三箭。

杜缺是刺客中的绝世高手，刚刚两箭射空，便立刻判断出对方的身法显然在自己之上，现在对方有了防备，更不可能被自己射中。于是他调转弓弩，一箭射向断臂刺客，杀人灭口；一箭射向院内的柴房，涂抹过特殊药粉的箭簇瞬间引燃了干柴；另一箭射向亮着灯光的书房……

锋利的弩箭透过窗棂，书房内传来一声惊呼，有人跌撞翻倒。

司徒煜大惊，不顾一切地冲进院落，跑向书房。

"先救老夫子！"司徒煜向季布大声喊道。

杜缺不愧是章军中头号斥候，他有着超乎常人的矫健身手和卑鄙的灵魂，为求脱身，他可以无所不用其极。

季布果然止步，返回院内，救护中箭的廖夫子。

杜缺趁此机会逃入黑暗的夜色中。他蹿房越脊，一口气狂奔出五里之遥，确信甩脱追兵后，在后山的一片树林中停下脚步，一边喘息，一边暗自后怕。司徒煜身边有高手保护，以他的机敏和老到，竟然没有发觉！

就在此时，身后传来一声轻轻的叹息。

杜缺感到身上的汗毛顿时竖起，他拔剑回顾，见一位身材矮小的老人站在斑驳的月光下，身着宽大的外袍，稀疏散乱的白发随着夜风飘动，仿佛是森林中的精灵一般。

杜缺心中涌起一阵莫名的恐惧，这件事竟然惊动了天下刺客的祖师，这下恐怕是在劫难逃了。

"大师您……也要与小人为难吗？"

"可惜你这身功夫了。"渡鸦大师的声音尖细刺耳，在这夜色中更显得诡异。

"小人是个刺客，杀人有什么不对？"杜缺强辩道，"小人以为大师早已超脱生死，不再管凡间俗事。"

渡鸦大师虽然名列学宫四老，却一向不管凡尘俗事，除了授课，大域学宫的一切事宜他都不过问，哪怕是王晋大军围困学宫的时候，他也依然置身事外。世间的杀戮他看得太多了，自己传授的也是杀人的技巧，生死二字对他来说如同吃饭穿衣一般平常。他早已厌倦了杀人，也不屑于救人，生死有命，无论是一个人的生死，还是千万人的生死，都无法令他有一丝动容，只有一个人除外。

杜缺射向廖仲的一箭，为自己招来了灭顶之灾。

"凡人皆有命，圣人不可杀。"

"大师开恩，饶过小人这一遭吧！"

杜缺抢步上前，做跪拜状，但却突然挺身出击，眨眼之间刺出十几剑，招招狠辣致命。他的武功本就是以凌厉见长，现在生死关头，更是比平日凶险百倍。

渡鸦大师一直负手而立，看似纹丝没动，只有身上宽大的长袍随风飘摆，但杜缺却没有刺中一剑。

杜缺的额头上沁出冷汗，难道这个神秘的老人真像传闻中所说早已没有肉身，只是一个鬼魂吗？

"跟我回去。"渡鸦大师平静地说道。

回去谈何容易，难道要我指证张粲、指证章国吗？杜缺深知张粲的手段，等着他的将是生不如死的折磨。

杜缺惨然一笑："恕小人难以从命了。"

（第一卷完）

后记

春秋战国是乱世，也是华夏文明最为光辉灿烂的时代。这个时期，人们思想活跃，名士云集，豪杰辈出。政治上诸侯争霸，学术上百家争鸣，无论是苏秦张仪的纵横捭阖，还是孙庞斗智的波谲云诡，抑或聂政、要离舍生取义的慷慨悲壮，都令人唏嘘感慨。难怪这个时代一直是各种文艺作品的宠儿，戏曲舞台上就有《摘缨会》《文昭关》《刺王僚》《伐子都》《赵氏孤儿》等诸多脍炙人口的剧目，这些故事之所以长盛不衰，是因为其中不仅有曲折的情节，而且闪烁着人性的光辉。比如《窃符救赵》中，信陵君的不畏强暴扶危济难，谋士侯嬴的运筹帷幄，刺客朱亥的骁勇彪悍，无不堪称经典，但其中最动人的还是如姬夫人义盗虎符，虽然字数不多，但人物鲜活，令人过目不忘。

天地不仁，以万物为刍狗。每当大时代的车轮滚过，不知道有多少小人物的一生会沦为祭品。时代变迁，沧海桑田，唯有情感是人类永恒的话题，也唯有善良是人类最珍贵的品德。在乱世中真正伟大的功业不是雄霸天下、一统江山，而是坚守内心的信念，守护灵魂的纯净，心怀天下苍生。

这是一本虚构的历史小说。虚构的好处是更自由一些，不必拘泥某一朝代的限制，虽然背景主要参照春秋战国，但也借鉴了三国、五代乃至欧洲中世纪和日本战国时期的一些元素。我想表述的不是特定朝代的风貌特征，而是乱世中人性的探讨。虽然是虚构，但我还是想本着严肃的态度来讲这个故事。小说是作者主观的表达，很难做到绝对的客观写实，在无法保证神形兼备的时候，我会尽量追求神似。而且既然是小说，就会以情节和人物塑造为第一优先级，因此一些地方难免会与考古层面上的历史有一些偏差，比如战马以及铁器的广泛使用等等。

众所周知，先秦与后世不同，采用分封制，类似中世纪的欧洲以及战国时期的日本，都奉唯一的天子为王，但各诸侯国相对独立，没有隶属关系。虽然国家实力不等，国土面积大小有别，但地位却是平等的。如果某国成为他国附庸，并不是因为王朝的法令规定，而是因为被对方武力征服，作为附庸，要听从上国指示，但也可以得到上国的庇护。除附庸之外，强国也会以各种借口吞并弱国，以扩大自己的疆土，比如本书主人公司徒煜的祖国陈国就是被章国吞并的。另外，各国之间经常通过各种方式结盟，其中最常见的方式就是联姻，比如在本书中章国为了与定平国联姻，要把公主嫘嫁给定平重臣赵介之子赵离。

儒家和法家是诸子百家中最为著名的两派，两者都起源于春秋乱世，而它们之间争斗不息，而在这场斗争中，儒家明显处于下风，原因很简单，法家更为实用，更为直接，能够在短时间内立竿见影，所以备受各国的欢迎。无论是管仲、商鞅还是李悝、吴起，他们的变法均能给国家带来巨大的效益，令该国迅速崛起，而儒家则显得有些理想主义。所以儒法之争也可以看作理想主义与实用主义之争。

自从秦汉以来，历代更是奉行明儒暗法，虽然汉武帝时期有"罢黜百家，独尊儒术"的政策，但这恰恰证明了法家势力的强大，因为这一政策是以法家的手段来推行的。

本书中大域学宫是一个以儒学为代表的学术机构，但不可避免地受到了法家思想的挑战，并在斗争中努力保持自我。大域学宫的浮沉兴衰或可看作是人文主义在乱世中的无奈与希望。

王正

2023年10月